Mise en pages : Petits Papiers
Correction : Josselin Rieu

Illustration de couverture : © Matt Murphy

1, rond-point du Général-Eisenhower, 31101 Toulouse Cedex 9, France
Loi 49-956 du 16 juillet 1949 sur les publications destinées à la jeunesse
ISBN : 978-2-7459-9092-1
editionsmilan.com

MAIWENN ALIX

IN REAL LIFE

DÉCONNEXION

MILAN

Pour mes sœurs, Maureen, Klervi et Bleuenn.

CHAPITRE I

Je bascule dans le vide. L'accélération colle mon cœur contre ma cage thoracique. J'étends mes bras et mes jambes pour déployer les ailes de la combinaison et stabiliser ma trajectoire. Le vent me fouette le visage et déforme mes joues. J'essaie de respirer normalement malgré l'afflux d'air qui tente de s'engouffrer dans ma bouche et mon nez.

#Mike : Très bien, Lani !

Alors que le message mental se forme dans un coin de mon esprit, Mike, notre instructeur, se trouve soudain à mon niveau. Son apparition me déconcentre et je bascule sur le côté. Le monde se met à tourner autour de moi. Par réflexe, je me débats contre l'air. Mauvaise idée. La vrille s'accélère. Une violente bourrasque m'emporte et je sens ma tête plonger vers le sol. Ce n'est pas vrai… J'essaie de redéployer les ailes de la combinaison. Aucun résultat. Tout va tellement vite que je ne vois plus qu'une sorte de flou bleu. Comment est-ce que je vais me sortir de là ? J'ai beau savoir que mon corps est bien en sécurité dans sa capsule de sommeil, la panique commence à me gagner. Au moment où la sensation de nausée devient insupportable, une main ferme s'empare de la mienne.

#Mike : Du calme, Lani.

Alors que Mike m'envoie mentalement cette phrase, Tom se saisit de mon poignet libre afin de me stabiliser. Mon corps se retrouve à nouveau à l'horizontale. Je tourne la tête avec prudence pour voir l'instructeur me renvoyer un grand sourire, ou plutôt ce qui peut ressembler à un sourire tant sa bouche et son visage sont déformés par le vent.

Avec angoisse, je sens leurs deux mains lâcher les miennes. Ne pas bouger. Rester calme. Garder les membres étendus.

#Tom : Ça décoiffe, hein ?

Tétanisée, je n'ose pas répondre à mon ami de peur de partir à nouveau en vrille. Mon regard est fixé au sol : au-dessous de nous, les îles tropicales flottent au milieu de leurs lagons turquoise. Nous sommes encore haut dans le ciel, mais le vent apporte déjà le parfum plein et envoûtant des embruns et de l'écume. Je commence à peine à apprécier le spectacle qu'une nouvelle bourrasque m'emporte sur le côté. Oh non… Je me retrouve retournée sur le dos, incapable de me remettre à l'endroit. Je jette un coup d'œil à Tom qui vole juste au-dessus de moi.

#Tom : Attends, je vais t'aider…

Avec l'aisance d'un oiseau, il se place à mes côtés. D'un geste, il me remet dans la bonne position.

#Mike : On va devoir ouvrir nos parachutes dans dix secondes. Ça va aller, Lani ?

#Lani : Ça va aller…

Il m'adresse un petit signe de tête d'encouragement et tire sur sa poignée ventrale. Une fraction de seconde plus tard, il a disparu dans un bruit de toile déployée. Puis c'est le tour de Tom. Je prends alors une grande inspiration, saisis la manette, tire dessus de toutes mes forces. La décélération me donne l'impression que mon cœur a continué sa chute dans ma cage thoracique. Le souffle coupé, je me retrouve moi aussi suspendue entre ciel et terre, mes jambes ballottant dans le vide au gré des balancements du parachute.

#Mike : Ce n'était pas mal, Lani. Encore quelques progrès à faire, mais c'est en bonne voie.

Je sais qu'il dit cela pour me réconforter. Il sent ma déception de n'avoir pas pu mieux maîtriser ma chute. Deux fois que je fais ce rêve éveillé et deux fois que j'échoue pour diverses raisons. Qui sait combien de temps j'aurais pu rester à tournoyer dans les airs, sans son aide ? Je sens la frustration me gagner. Il me faudra attendre le mois prochain pour que ce cours soit à nouveau disponible sur le serveur, un mois entier pendant lequel je ne pourrai pas m'entraîner. Non, je ne vais jamais réussir. Mes émotions négatives attirent tout de suite l'attention de Tom qui essaie aussitôt de me réconforter.

#Tom : Arrête, Lani, c'était super pour une deuxième leçon. Moi, il m'en a fallu quatre pour maîtriser cette compétence.

Je sais qu'il veut se montrer gentil, mais la perspective de devoir faire ce cours encore deux fois avant de réussir ne me réjouit pas particulièrement.

– Profitez bien de la vue, les enfants, dit la voix de Mike dans nos casques. Le rêve se termine dans trente secondes.

Je tiens compte de son avertissement et balaie le paysage du regard afin de capturer le plus possible de ses nuances de bleu dans ma mémoire. Je regrette soudain que l'on ne s'entraîne pas à l'atterrissage sur un de ces îlots paradisiaques à la végétation luxuriante.

#Mike : Tu peux les visiter sur le serveur 15AB4168, si ça t'intéresse, Lani. Pour une prochaine nuit, peut-être.

Je respire une dernière fois le parfum sucré des îles avant d'être propulsée dans mon corps.

Je sens à nouveau le matelas ferme contre mon dos. Nous sommes à l'emplacement 202138, une implantation agricole standard dans une région montagneuse à l'extrême nord de l'ancien Canada. Je suis de retour dans ma couchette, un cocon juste assez grand pour contenir un adulte. Il est isolé du froid, du bruit et de la chaleur par une épaisse vitre, et pourtant connecté au gigantesque réseau mondial du Système. Je fixe un point imaginaire sur le plafond blanc situé à quelques dizaines de centimètres de mon nez et respire profondément trois fois par le ventre. Inspirer. Expirer. Bouger les doigts et les orteils avec lenteur. C'est mon rituel tous les matins pour me reconnecter avec mon corps et me préparer à affronter la journée. Je me frotte les yeux. Je serais tentée de replonger tout de suite dans un rêve vu la tonne de travail qui m'attend aujourd'hui, mais je sais très bien que le Système ne le permettrait pas. Les rêves éveillés ne nous sont disponibles qu'en dehors des heures de travail, en récompense d'une dure journée de labeur, en remplacement du sommeil primitif. Je remue mes orteils et m'étire autant que ma couchette le permet. Mon corps est encore un peu tendu avec toutes les sensations de cette nuit. J'appuie sur le bouton à gauche de ma tête et la vitre s'ouvre sur la chambre de repos.

Ma capsule est située tout en haut du mur, presque à toucher le plafond, comme celles de tous les jeunes. À quatre mètres au-dessus du sol, je me contorsionne pour me glisser à l'extérieur et attraper un barreau de l'échelle qui court le long de la paroi. Avant de descendre, comme chaque matin, je toque sur la vitre de la capsule voisine où dort Jen, ma meilleure amie. Elle attend toujours mon signal pour se lever, c'est son rituel à elle. J'ai à peine posé le pied à terre qu'elle passe une tête ensommeillée au-dehors.

#Jen : Le cours ne s'est pas bien passé, je me trompe ?

Le message mental reste un instant suspendu dans mon esprit.

#Lani : Correct. J'ai lamentablement échoué.

– Lamentablement, tu parles… bâille-t-elle.

Elle se frotte les yeux et entreprend de descendre à son tour.

– Tu transpires la frustration, ton signal est très désagréable ce matin. Mais pas autant que la fois où tu as *vraiment* échoué dans un rêve, dit-elle en posant précautionneusement ses pieds l'un après l'autre sur les barreaux.

Elle s'arrête au milieu de l'échelle et me lance un regard empreint d'une grande commisération.

– Et à ce que je vois, tu y penses encore et tu n'as toujours pas digéré… Excuse-moi, parlons d'autre chose.

Et elle a raison. J'ai perdu une fois contre Tom dans une épreuve du tournoi de Construction. Deux fois par semaine, de dix à dix-huit ans, nous nous confrontons à un autre membre de notre âge dans un rêve vierge soumis à notre seule volonté et à nos seules règles, une sorte de page blanche que nous pouvons modeler à loisir. Le but du jeu consiste à construire une réalité virtuelle, une Construction, autour d'un adversaire afin de le déstabiliser tout en évitant de se faire déconcentrer par celui-ci. L'épreuve se termine lorsqu'un participant s'en échappe alors que l'autre y est encore empêtré. Ce tournoi est l'occasion pour le Système de tester nos capacités à modeler les rêves, utiliser les serveurs de données et réagir de manière efficace. Il se base ensuite sur ces résultats pour nous affecter à un métier et à une nouvelle implantation le jour de la cérémonie annuelle de la Répartition.

En temps normal, je sors toujours victorieuse de ces affrontements. Mais une fois, contre Tom, ça ne s'est pas passé comme prévu... Il m'a prise en traître ce jour-là. Il savait que j'avais peur des essaims d'abeilles et il m'avait placée dans une ruche géante. Une Construction assez redoutable pour que je panique complètement et que je sois incapable de maintenir le rêve que je projetais autour de lui. Il s'est échappé de ma réalité virtuelle alors que je me recroquevillais de peur face aux énormes nuages d'insectes bourdonnants. Je rumine encore ma défaite quand je sens l'esprit de Jen toucher discrètement le mien et des paroles rassurantes apparaître dans un coin de ma tête.

#Jen : Calme-toi, Lani, ça ne sert à rien de ressasser ça encore une fois. Et puis, il a eu de la chance, non ? S'il ne te connaissait pas aussi bien, il n'aurait jamais réussi à te faire perdre tes moyens...

Le contact de la psyché de Jen est chaud et réconfortant. Mon amie a le don peu commun d'apaiser les esprits les plus tourmentés. Je ressens la douceur qui émane de son signal et la sérénité m'envahit.

#Lani : Merci, Jen. Je ne sais pas ce que je ferais sans toi...

Nous enlevons nos combinaisons collantes de sueur. J'attrape un linge dans mon casier et m'en enveloppe. Au-dessus de nous, les vitres s'ouvrent les unes après les autres au fur et à mesure que les membres se réveillent. Les bonjours pleuvent. Je fais un petit signe de tête à Jen et nous sortons rapidement de la chambre de repos pour arriver les premières aux bains et avoir un moment de calme rien qu'à nous.

Nous descendons les escaliers blancs d'un pas leste, nos serviettes nouées autour de la taille et nos combinaisons à la main. Arrivée à l'étage inférieur, je presse le mécanisme d'ouverture de la salle d'hygiène. La lourde porte glisse sur le côté et un nuage de chaleur nous accueille. La pièce est en béton ciré gris et presque entièrement occupée par un gigantesque bassin alimenté en eau de montagne : comme la plupart des implantations de la région, la nôtre est bâtie sur un torrent dont nous détournons une partie pour le bain et la cuisine avant de la rendre à la nature. J'avise un caisson nettoyant vide et y jette ma combinaison, avant de déposer ma serviette sur un des portemanteaux qui s'alignent sur le mur. J'attrape une savonnette et nous nous enfonçons toutes les deux dans la piscine d'eau fumante.

– Je n'ai pas envie d'y aller, soupire Jen.

Je ronchonne :

– Moi non plus.

– Tu ne veux pas revérifier le planning, pour être sûre ?

Je me connecte mentalement au serveur de l'implantation et accède à notre emploi du temps. Jen et moi sommes affectées à l'inspection de la zone 15 aujourd'hui. Nous devrons pour cela gravir un sentier escarpé à flanc de montagne et atteindre les terrasses les plus éloignées, où poussent les pommiers et les poiriers. Une fois sur place, il faudra vérifier l'état des murs de soutènement pour que notre communauté puisse programmer d'éventuelles réparations après les pluies diluviennes de ces derniers jours. C'est une longue ascension, et une tâche ardue. Je transmets ces données à Jen. Nouveau soupir.

– Au moins, ça nous tiendra occupées… Je n'arrive pas à croire que la Répartition soit déjà demain ! Tu te rends compte ? J'ai l'impression d'avoir commencé le tournoi hier !

Mon cœur fait un bond dans ma poitrine. Demain, un hovercraft spécialement affrété viendra nous chercher pour nous conduire à Honfu, la capitale de notre district. Une fois là-bas, nous participerons à la cérémonie de la Répartition. Les résultats du tournoi de Construction nous seront révélés, ainsi que nos nouvelles affectations. Demain, nous saurons enfin quel métier nous allons exercer et où nous allons passer le reste de nos vies. Nous deviendrons officiellement adultes.

– Imagine qu'ils changent la cérémonie cette année et qu'ils nous demandent de choisir, dit Jen.

– Tu rêves…

– Oui, mais imagine. Tu prendrais quoi, toi ?

– Aucune idée. Peut-être une île tropicale, je lui réponds avec une pensée pour le parfum des alizés du rêve éveillé de la nuit dernière. Oui, ça me plairait bien une île, la mer et le sable chaud, travailler à la restauration des océans…

– Moi, j'aimerais bien pouvoir rester ici avec maman, dit Jen, songeuse. D'un autre côté, je ne m'imagine pas loin de toi non plus. Oui, une île, ça pourrait être bien.

Nous faisons quelques brasses pour délasser nos muscles.

– De toute façon, je suis sûre que tu seras choisie pour devenir Constructrice, soupire Jen. Et moi, bah j'ai toujours été nulle pendant le tournoi. Tu iras certainement vivre dans une grande ville où tu créeras les meilleurs rêves éveillés de tout le Système, et moi je serai transférée dans une autre implantation agricole.

Mon estomac se contracte bizarrement à ces mots. Jen a mis le doigt sur un point sensible. J'ai toujours espéré être sélectionnée pour être Constructrice. C'est la récompense suprême du tournoi. Au lieu de vous affecter à une autre communauté standard, le Système vous envoie dans un centre de données pour continuer d'élaborer des réalités virtuelles pour les membres : visiter les pyramides incas, surfer sur les vagues de

Hawaii, sauter en parachute au-dessus des îles tropicales. Être Constructeur, c'est évoluer perpétuellement dans un rêve grandiose, vivre mille expériences et les faire partager aux autres. Jen pense que j'ai toutes mes chances car je n'ai perdu qu'un seul combat, mais est-ce que ce sera suffisant ? Certains souhaits sont trop extravagants pour qu'on ose les formuler à haute voix, c'est pourquoi je me contente de lui répondre :

– Ne dis pas de bêtises, nous irons toutes les deux dans une implantation agricole. Ou une usine. Tu imagines, si ça se trouve, le Système va nous révéler que la grande passion de notre vie, ce sera de produire des brosses à dents !

Jen part d'un rire franc.

Alors que nous finissons de nous savonner, la porte s'ouvre sur Gordon et Lee, les seuls autres jeunes de notre âge ici. Ils jettent négligemment leurs combinaisons dans un caisson libre avant de sauter nous rejoindre dans un grand bruit d'éclaboussures.

– Salut les filles ! La forme ? Vous faites quelle zone aujourd'hui ? dit Lee alors que sa tête émerge de l'eau.

– Zone 15, fait Jen tandis que Gordon l'attrape par les épaules pour lui faire une bise sur le front.

– Au moins, on aura une belle vue pour déjeuner, j'ajoute. Et vous ?

– Zone 3. Ce sera vite fini, je pense. Les rénovations ne datent que de l'année dernière. On pourrait venir vous filer un coup de main l'après-midi ? La zone 15, c'est gigantesque pour deux personnes, non ?

– Ce ne serait pas de refus ! s'exclame Jen, tout sourire à la perspective d'avoir deux grands jeunes hommes tout en muscles pour nous aider. On y va, Lani ?

J'acquiesce et nous sortons de l'eau, laissant les garçons faire quelques brasses. Je récupère ma serviette et me sèche à la hâte. Le caisson nettoyant à côté de moi émet un faible bip et je me dépêche d'y récupérer ma combinaison propre. Tandis que je l'enfile, la porte s'ouvre plusieurs fois sur d'autres membres qui viennent se laver avant d'attaquer le travail. Les salutations fusent dans la bonne humeur alors que je m'arrête un court instant devant le miroir pour me brosser les dents et recoiffer mes cheveux bruns coupés court. Comme chaque matin, les éclats de rire remplissent la salle d'hygiène quand Jen et moi en sortons pour nous diriger vers la cuisine au bout du couloir.

Ma mère et celle de Jen, Antea, s'y activent depuis longtemps déjà. Elles préparent le pique-nique que chaque membre emportera avec lui dans les cultures pour sa pause de midi.

– Bonjour les filles ! s'écrie Antea, sourire aux lèvres. Prêtes pour la zone 15 ?

Jen et moi poussons de concert un ronchonnement incompréhensible.

– Ça va vous faire du bien, vous verrez, rigole ma mère. Vous serez si occupées que vous n'aurez pas le temps de penser à demain.

Maman arbore un petit sourire en coin typique des jours où elle a réussi un bon coup. Elle est la matriarche de notre communauté. C'est elle qui décide de nos emplois du temps et interagit avec le Système pour fixer nos quotas de production et de restauration de l'environnement. Son rôle est de prendre soin des membres tout en maintenant la productivité à un niveau optimal. Ça doit faire longtemps qu'elle a prévu de nous charger de travail la veille de notre départ.

– Votre petit déjeuner et votre repas de midi sont déjà dans vos sacs, mes chéries. Vous devriez vous dépêcher d'y aller si vous voulez rentrer à temps pour la fête de ce soir.

– Ouais, ouais, dit Jen d'un ton absent alors qu'elle attrape nos deux sacs.

– Ah oui, et on vient d'avoir une communication de Honfu, ajoute ma mère. Élise va rentrer aujourd'hui avec les livraisons. Donc on fera aussi son introduction ce soir.

#Jen : Allons-y, Lani !

Je sens l'excitation s'emparer de son esprit. Élise est partie depuis presque un mois maintenant et Jen n'espérait pas la revoir avant notre Répartition. Pour ses trois ans, ses parents l'ont emmenée au centre médical le plus proche afin que les équipes de chirurgie lui implantent son transpondeur. C'est une opération longue et délicate, mais un passage obligé dans la vie de chaque membre. L'engin lui permettra d'avoir son cerveau connecté à la communauté ainsi qu'aux serveurs de données, comme nous tous. Grâce à lui, elle pourra faire des rêves éveillés d'apprentissage : en quelques semaines, elle saura lire, écrire, compter, s'adresser mentalement aux autres et, en quelques mois, elle aura intégré les connaissances qu'un humain de l'ancien monde aurait mis des années à assimiler. Le retour d'un enfant est toujours un grand événement, où l'on fête l'appartenance à part entière du nouveau membre à la toile du Système. Nous avons tous hâte de toucher son esprit pour la première fois et de ressentir la personnalité naissante qui se cache sous ses épaisses boucles blondes.

Jen me lance mon sac et m'entraîne vers la porte.

– Dépêche, Lani, on ne va pas manquer ça !

– À ce soir ! je lâche par-dessus mon épaule à nos mères qui sont maintenant secouées de rire.

Elle court dans le couloir, s'arrête devant nos deux casiers, attrape sa paire de chaussures et me lance la mienne. Je pousse les lourds battants de l'entrée principale. Comme chaque matin, je ne peux m'empêcher de m'arrêter une seconde pour admirer la vue. Sous nos yeux s'offre à nous la vallée du Ledra, découpée en pentes abruptes par la lumière rasante de l'aube. Tout autour de l'implantation s'étendent les terrasses cultivées, alignements parfaits d'arbres fruitiers, de légumes et de céréales, constructions vertigineuses de symétrie épousant impeccablement les pentes de la montagne du Faucon. Enchâssées dans une forêt verte et dense, les cultures sont traversées en leur centre par le torrent qui se jette plus bas dans une trouée de lumière au milieu de ce paysage encore sombre : le lac du Loup.

Je respire à pleins poumons l'air pâle et frais de cette belle matinée d'avril. Jen et moi mettons nos chaussures à la hâte et traversons la terrasse où se trouve le bâtiment principal. En quelques minutes, nous avons atteint le petit sentier qui court en bordure des champs et grimpe vers la partie la plus élevée de l'implantation.

Le soleil levant baigne la vallée dans un halo orangé.

L'ascension va être difficile, alors nous sortons nos petits déjeuners de nos sacs à dos pour prendre suffisamment de force. Jen attaque son pain de céréales.

– Tu sais déjà qui tu vas affronter ce soir ?

Je déglutis avec difficulté. Cette nuit, c'est la toute dernière épreuve du tournoi de Construction avant la Répartition.

– Non, je suis programmée en deuxième passage. Je ne saurai ça qu'à la fin de la première rencontre, en fonction du classement. Mais bon, ce sera Tom, j'imagine.

– Ah.

Jen capte mon angoisse.

– Je suis sûre que ça se passera très bien, me dit-elle. Il ne peut pas te prendre en traître deux fois.

– Oui, on verra…

Mais j'ai la gorge serrée par l'appréhension.

– Et toi, c'est quand ? je lui demande pour relancer la conversation.

– Premier passage.

– La chance ! Tu vas pouvoir profiter du reste de la nuit.

– Oui, je vais surtout pouvoir en profiter pour stresser sur ce qui nous attend demain, murmure-t-elle, pensive.

Nous continuons de marcher en silence.

– Tu imagines un peu si on rencontrait notre partenaire juste après la Répartition ?

Le pic d'excitation soudain qui secoue son signal m'arrache un éclat de rire.

– Arrête, les chances sont tellement faibles…

– Mais ça arrive quand même chaque année ! Imagine, dans la même journée, tu changes d'implantation, on t'attribue un métier, et en plus PAF !

Une nuée d'oiseaux effrayés par son éclat de voix s'envole soudain dans la forêt à côté de nous.

– Paf ! reprend-elle, plus bas. Tu rencontres ton partenaire de vie ! Génial, non ?

– Je ne sais pas, ça fait beaucoup d'un coup, quand même. Je préférerais avoir le temps de m'installer dans ma nouvelle implantation d'abord.

– Peut-être que tu n'auras pas le choix, peut-être qu'il sera juste là devant toi en sortant de la cérémonie, dit-elle avec un sourire espiègle.

J'éclate de rire.

– Si ça t'arrive, tu m'envoies tout de suite un message, d'accord ?

– D'accord, Jen.

La pente du sentier s'adoucit. Nous pouvons enfin reprendre notre souffle.

Le silence s'installe à nouveau entre nous alors que nous marchons toujours en bordure du bois. J'essaie d'enregistrer dans un coin de ma tête le plus possible de ces sensations, de ces petits détails. Les terrasses couvertes de rosée qui scintillent sous les rayons du soleil. Les bruits de la forêt qui s'éveille au printemps. Jen qui gambade à mes côtés sur le chemin de terre. Demain, je ne sais pas où je serai. Mais pas ici. Alors je veux pouvoir garder un souvenir le plus précis possible de mes montagnes natales sous leur meilleur jour. Une légère brise se lève et fait frémir quelques mèches sur nos fronts couverts de sueur. J'ouvre le haut de ma combinaison afin de me rafraîchir plus rapidement. Je lève la tête. Nous atteignons enfin la zone 15. Quand je me retourne, la vue est à couper le souffle : un fleuve de brume court encore au fond de la vallée et le massif des Moore s'élève devant nous sous un ciel bleu. À chaque fois que j'arrive à cet endroit, j'ai peine à croire que toutes ces montagnes recouvertes d'une épaisse végétation aient pu un jour être désertiques. C'était avant les grands bouleversements climatiques, avant les premières migrations, avant la Grande Connexion et l'avènement du Système. Cet endroit, je l'ai vu dans les rêves éveillés historiques. C'était le Grand Nord, des étendues sauvages recouvertes de neige. Maintenant, il n'y fait froid que quatre mois par an et ces latitudes accueillent une grande partie de l'humanité.

– Regarde ! s'exclame Jen.

Elle désigne dans ce paysage un petit point sur l'horizon au sud. C'est l'hovercraft de livraison qui ramène Élise et ses parents de Honfu.

– Tu sais ce qu'il rapporte de spécial ce mois-ci ?

– J'ai entendu maman dire qu'on allait recevoir de nouvelles brosses à dents et des composants de rechange pour les capsules de sommeil. Et nous, on renvoie des conserves de légumes au centre de tri.

– Pour les implantations d'Athabasca ?

– Oui, je soupire. Apparemment, il leur faudra beaucoup plus de temps que prévu pour faire sortir leurs premières récoltes de terre. Le sol est toujours trop pollué. Maman pense qu'ils sont trop optimistes et qu'on va continuer de leur envoyer notre surplus encore quelques années.

J'avale un peu d'eau de ma gourde tandis que Jen regarde l'hovercraft se poser sur le toit de l'implantation.

– J'ai du mal à croire qu'on partira dans un engin comme ça demain, murmure-t-elle. Qu'on va voir le centre de données, les usines et les immeubles de Honfu en vrai, pas dans un rêve…

– J'espère qu'on aura le temps de visiter un peu avant la cérémonie.

Jen avale un peu d'eau à son tour.

– Prête ? je lui demande.

Elle me répond d'un hochement de tête.

Je me connecte au serveur pour renseigner notre position et indiquer que nous commençons l'inspection.

#Lani202138 @ Serveur202138 : Lani202138, Jen202138, début de l'inspection de la zone 15, recherche de dégâts.

#Serveur202138 : Session ouverte. Bonne journée !

– C'est parti ! dit Jen avec enthousiasme.

Nous commençons par la terrasse la plus haute. Notre tâche aujourd'hui n'est pas très difficile, mais elle demande de la concentration et une bonne dose d'exercice physique. Nous observons chaque arbre, ainsi que le sommet du mur de soutènement à la recherche du moindre dégât causé par les récentes pluies torrentielles. Nous nous arrêtons de temps à autre pour noter telle ou telle pierre qu'il faudra sceller, telle ou telle fissure qu'il faudra colmater, et nous transmettons l'image mentale au serveur. Les plantations courent sur environ cinq cents mètres et nous prennent une bonne heure à vérifier. Arrivées au bord du torrent qui coupe l'implantation en deux, nous faisons demi-tour afin de regagner le chemin pour accéder à la deuxième terrasse. Et nous recommençons l'opération. Inspecter, noter, transmettre au serveur. Encore et encore. Quand nous en avons fini avec cet étage, le soleil est haut dans le ciel et l'ombre des frondaisons appelle à un repos bien mérité.

Nous nous asseyons sous un poirier et déballons nos sandwichs. Le bruit du torrent remplit le silence entre nous. Nous sommes toujours si affamées le midi que la priorité est de satisfaire nos estomacs, pas de faire la conversation. Arrivée à la moitié de son déjeuner, Jen pousse un soupir de contentement, ses deux grands yeux bleus levés vers les branches au-dessus de nous. Quelques taches de soleil jouent sur ses cheveux blonds coupés court et sur son petit visage fin au nez aquilin.

Ma mère s'invite soudainement dans mon esprit.

#Maria : Tout se passe bien, les filles ?

#Lani : Oui, pas de souci ! On a couvert une bonne moitié du terrain, tu verras par toi-même les données, pas de gros dégâts pour l'instant.

#Maria : Tant mieux. Soyez attentives par contre, l'implantation 202179 a signalé deux ours noirs dans la région. Non bagués, apparemment, donc ils pourraient très bien être dans le coin sans que l'on soit prévenus.

#Lani : Ne t'inquiète pas, on ouvrira l'œil !

#Maria : Parfait ! Et ne soyez pas en retard ce soir, je vous rappelle que vous êtes à l'honneur.

#Lani : Ça marche !

J'interromps la conversation. Je dois informer Jen.

– Des ours noirs ont été repérés dans la région. Non bagués. Il faudra les signaler si on les voit.

– Encore ? C'est plutôt bon signe, non ? La faune a l'air de bien réagir aux derniers changements.

– Très bon signe, mais il faudra quand même qu'on fasse attention si on ne veut pas finir en quatre-heures.

La pensée d'avoir des prédateurs prêts à nous sauter dessus n'est pas réjouissante, mais Jen a raison, l'un dans l'autre : que la nature reprenne ses droits est une bonne nouvelle. Depuis plusieurs dizaines d'années, le Système et tous ses membres travaillent à la reconstruction des écosystèmes et à la dépollution des sols. Chaque implantation doit remplir des objectifs stricts en termes de rénovation des habitats et de sauvegarde de la faune et de la flore. Recréer l'harmonie sur Terre est notre but à tous, alors voir des animaux sauvages en bonne santé, même dangereux, est toujours très gratifiant. Certaines espèces sont perdues à jamais, mais au moins les autres se multiplient à nouveau sur la surface du globe.

J'avale la dernière bouchée de mon sandwich. Mieux vaut ne pas s'attarder. Surtout si des ours traînent dans les parages. Jen descend remplir nos gourdes au torrent pendant que je communique au serveur que nous reprenons l'inspection. Nous parcourons la terrasse en sens inverse, cette fois sur le qui-vive. En terrain découvert, nous ne risquons pas grand-chose, mais une fois à l'orée de la forêt… Un ours qui ne nous aurait pas vues ou entendues pourrait être pris par surprise et attaquer.

– J'espère qu'il y aura des beignets ce soir, à la cérémonie, dit Jen bien fort alors que nous nous rapprochons des bois.

– Je suis sûre que nos mères y auront pensé !

CRAC!

Je me fige. Le bruit de la branche brisée a retenti tout près, à quelques mètres de nous à peine. J'observe avec méfiance le sous-bois sombre.

#Jen : Qu'est-ce que c'était ?

#Lani : Je n'en sais rien. Ne bouge pas.

Nous restons immobiles face à la forêt, le cœur battant. Je lance une recherche avec mon transpondeur. Le seul signal à proximité est celui de Jen. Quoi qu'il se trouve en face de nous, ce n'est pas répertorié par le Système.

– Un prédateur alors ? dit Jen à voix haute alors que je lui transmets cette information.

– Peut-être…

– Tu penses à quoi ? Un des deux ours, ou autre chose ?

Je sais que Jen essaie de faire ce qu'on nous a appris, parler fort, faire du bruit pour que l'animal réalise que nous sommes des humains et non des proies potentielles. Mais sa voix tremble et la peur irradie de son signal. Je prends une grande inspiration pour essayer de ralentir mon rythme cardiaque et lui réponds d'une voix forte :

– Un ours, à mon avis. Un loup se serait montré plus discret.

– Et il fallait que ça nous tombe dessus la veille du départ !

#Maria : Les filles, qu'est-ce qu'il se passe ? On vient de recevoir une alerte de vos transpondeurs.

Le message mental de ma mère flotte un instant dans un coin de mon esprit avant que j'arrive à lui répondre.

#Lani : Je pense qu'on est face à un ours.

#Maria : Tu es sûre ? Les deux individus signalés tout à l'heure viennent juste d'être capturés et bagués par les membres de la 202180.

Mais alors, qu'est-ce qui se tient en face de nous ?

#Maria : Tu veux que je vous envoie un Protectdrone ?

Je m'apprête à répondre par l'affirmative quand des bruits se font entendre à nouveau. Un craquement léger, des feuilles qui bruissent. L'animal, quel qu'il soit, s'enfuit à toute vitesse. Je respire soudain plus librement.

#Lani : Pas la peine. Il est déjà parti.

Jen pousse un grand soupir de soulagement à côté de moi.

– J'ai vraiment cru qu'on allait se faire gober juste avant la Répartition, souffle-t-elle.

#Maria : Vous voulez rentrer, les filles ?

#Jen : Non, c'est bon. Et puis il ne nous reste que deux terrasses à faire et on aura fini.

Je lui lance un regard curieux. Elle est blanche comme un linge. Vu son état, j'aurais cru qu'elle aurait préféré se remettre de ses émotions autour d'un bon thé dans la salle des loisirs.

#Maria : Très bien. Alors soyez prudentes. Dites-moi tout de suite si quelque chose ne va pas et je vous envoie un Protectdrone.

J'interromps la communication. Les jambes encore tremblantes, je me risque à faire quelques pas en avant. Tout est calme. Les oiseaux sifflent. Un grillon chante juste à côté de nous.

– Bon, on fait ces terrasses à toute vitesse et on rentre, souffle Jen.

J'acquiesce. Nous nous rapprochons de la forêt en silence, les sens en alerte, avant de gagner avec soulagement l'étage inférieur où poussent pommiers et framboisiers. Je m'attelle à ma tâche du mieux possible, même si je ne peux m'empêcher de lancer des coups d'œil fréquents à l'orée du bois. La sensation d'un danger, d'une menace imminente continue de me tenailler. Le moindre mouvement des basses branches me paraît désormais suspect, comme si elles allaient s'écarter d'un moment à l'autre pour laisser passer… Laisser passer quoi au juste ? Un grizzli ? Un loup ? Je secoue la tête pour essayer de me reprendre. Ce n'était certainement rien.

#Jen : Et si la bête était encore là ?

Le message mental résonne à ce moment à la frontière de mon esprit et réactive mon angoisse.

#Lani : Tu veux qu'on demande un drone de protection ?

Mon amie secoue la tête.

– Non, imagine que quelqu'un d'autre en ait besoin et qu'on en ait monopolisé un parce qu'on a eu peur d'un renard.

Je me force à rire, même si je ne suis pas rassurée moi non plus. Le jour décline quand nous regagnons le chemin qui court le long des champs pour accéder à la dernière terrasse. Mon inquiétude se dissipe, et je sens dans le signal de Jen que la sienne aussi. Tout a de nouveau l'air normal et il ne nous reste pas plus d'une heure de travail. Très vite, tout en notant les réparations à effectuer sur les murs, nous reprenons notre discussion. À propos de la vie qui nous attend à partir de demain. De la cérémonie de la Répartition, dont nous ignorons comment elle se déroulera exactement. De ce qui nous manquera…

– C'est bizarre de se dire que c'était la dernière fois qu'on grimpait ici, non ? lâche-t-elle alors que nous arrivons enfin au bout de la terrasse.

– Hmm…

Je suis trop épuisée pour articuler une réponse cohérente. Avec soulagement, j'interromps la connexion avec le serveur. Pour finir, nous n'avons trouvé que des dégâts mineurs qui ne prendront pas plus d'une demi-journée à réparer. J'imagine que ma mère enverra bientôt quelques membres pour faire ça avec l'aide de notre rapport.

Je rejoins Jen près du torrent. Ses deux grands yeux sont levés vers les terrasses les plus hautes. Comme elle, j'embrasse une dernière fois du regard la zone 15 que nous avons parcourue, ses terrasses arborées auréolées par le crépuscule, le torrent qui murmure à côté de nous. Oui, cet endroit va me manquer. Je n'arrive pas encore à réaliser que je ne le reverrai plus. La nostalgie envahit le signal de Jen. Sans un mot, nous rebroussons chemin pour retourner à l'implantation, ivres de fatigue et pleines d'émotions contraires, entre la joie de grandir et la tristesse de laisser derrière nous le monde de notre enfance.

Le soleil embrase un bref instant le massif des Moore avant de disparaître. La fraîcheur et la pénombre descendent sur nous alors que nous dévalons le petit sentier en bordure des champs. Plus bas, le toit de l'implantation crache un mince filet de fumée grise. Les fourneaux doivent tourner à plein régime pour préparer le banquet de ce soir. Je devrais pouvoir commencer à me détendre, cependant je ne peux m'empêcher de ressentir une certaine tension dans l'air. Je jette un coup d'œil nerveux à l'orée du bois envahie par l'obscurité. La sensation de menace surgit à nouveau, sans que je comprenne pourquoi. Pourtant, tout a l'air normal…

Jen s'arrête soudain à côté de moi.

#Jen : Lani, les oiseaux… Ils ne chantent plus.

Je me fige aussitôt. Elle a raison. Un silence de mort nous enveloppe. Mon sentiment de malaise s'accentue.

#Jen : Qu'est-ce qu'on fait ?

#Lani : On ne bouge pas et on demande un Protectdrone.

Les yeux toujours fixés sur la pénombre du sous-bois, j'envoie un signal de détresse à ma mère. La réponse ne se fait pas attendre.

#Maria : C'est envoyé, il sera sur vous dans deux minutes. On arrive aussi.

Les secondes s'égrainent avec lenteur alors que nous restons paralysées sur le sentier. Les sens en alerte, je scrute les fourrés plongés dans la pénombre. Il ne faut jamais courir devant un prédateur, pour éviter d'être pris en chasse. Pourtant, mon instinct me hurle de déguerpir. Ce silence n'est pas normal. Les oiseaux poussent habituellement des cris d'alarme quand un animal dangereux se trouve dans les parages. Ils ne s'arrêtent pas tous de chanter.

– Tu penses que c'est un autre membre ? me demande Jen d'une voix forte. Parfois ils peuvent réagir comme ça aux humains.

– Impossible… On capterait son transpondeur.

Je lance une nouvelle recherche sur la zone. Le signal de Jen me répond et, beaucoup plus loin, celui, plus faible, du Protectdrone en route vers nous.

– C'est pas répertorié par le Systè…

Je perçois soudain le mouvement vif d'une ombre dans les ténèbres à quelques mètres de moi.

– Cours !!!

CHAPITRE 2

La peur nous donne des ailes et nous nous élançons à toutes jambes dans la pente. Je vois Jen me jeter un coup d'œil par-dessus son épaule.

– Ne te retourne pas !

Des bruits de craquements nous suivent maintenant dans la forêt. Mes jambes fatiguées par une journée d'escalade me portent aussi vite qu'elles le peuvent. Mon souffle se hache et mon cœur bat beaucoup trop vite. En contrebas, les lumières rassurantes de l'implantation ne m'ont jamais paru aussi loin. Les craquements se font plus proches. La chose qui nous poursuit doit être à quelques mètres de nous. À bout de souffle, Jen commence à ralentir.

– Allez, le Protectdrone est juste devant !

Je l'attrape par le poignet et l'entraîne dans mon sillage. Malgré le bruit de mon cœur qui cogne dans ma poitrine et celui de mes pas qui heurtent le sol, je perçois nettement le vrombissement de l'engin qui vient à notre rescousse. Dans quelques secondes, nous serons dans son champ d'action. J'accélère. Chaque muscle de mon corps hurle maintenant de douleur et mes poumons sont en feu.

– Lani ! Jen !

Ma mère et plusieurs autres membres viennent de surgir sur le chemin. Le Protectdrone passe au-dessus de nos têtes et va se positionner entre nous et notre poursuivant, en émettant des rugissements enregistrés et des flashs de lumière vive. Je vole littéralement sur les derniers mètres qui me séparent de maman. Derrière nous, les craquements se sont tus. Je me jette dans les bras maternels qui se referment sur moi comme les ailes d'un cygne autour de son petit.

– Georges, Paul, Luan, allez voir ce qu'il se passe là-haut ! aboie ma mère en me serrant contre elle.

Je relève la tête pour voir Jen en pleurs dans les bras de la sienne et trois silhouettes qui s'élancent sur le sentier, la lumière rouge du drone clignotant au-dessus d'eux. Maman me prend par les épaules et plonge ses yeux noirs dans les miens :

– Tu vas bien ? Nous avons senti votre signal s'affoler complètement ! Qu'est-ce qu'il s'est passé ? C'était un ours ?

L'angoisse et l'incompréhension se lisent dans son regard.

– Oui, ça va... Ça va... On n'a pas bien vu ce que c'était. Ça s'est mis à nous poursuivre...

– Oh, ma chérie, j'ai eu tellement peur ! Heureusement qu'on était dans le jardin ! On n'aurait jamais pu arriver à temps si on avait prévu la cérémonie au réfectoire !

Elle me serre plus fort contre sa poitrine. Je remarque alors que la terrasse la plus proche a été décorée. Des tréteaux croulent sous des montagnes de victuailles dans la lumière pastel des lampions. Tous ceux qui nous entourent portent encore un plat, des bouteilles ou des lampes et affichent une mine inquiète. Notre mésaventure a apparemment interrompu la préparation de la cérémonie.

Georges, Paul et Luan émergent du sous-bois deux cents mètres plus haut.

#Luan : Il fait un peu trop noir pour voir ce que c'était, mais on a entendu quelque chose qui s'éloignait. Probablement un ours. J'ai envoyé le signalement à Honfu.

Il s'adresse à toute la communauté et le message reste un instant suspendu dans nos têtes, telle une menace. Ma mère prend alors la parole :

– Du calme, tout le monde. Nous vivons dans une région sauvage, c'est normal d'être confronté à des prédateurs. Quel que soit l'animal qui suivait les filles, il s'est éloigné, il a été signalé, alors je vous invite à reprendre vos esprits. Nous avons une cérémonie à préparer et un grand événement à fêter. Au travail !

À l'injonction de la matriarche, tout le monde semble se remettre de ses émotions. Les membres chargés de victuailles continuent leur chemin vers le jardin et les autres redescendent vers le bâtiment principal pour aller chercher ce qu'il manque. Maman passe un bras protecteur autour de mes épaules.

#Maria : Tu veux aller te reposer un peu, ma puce ? On peut vous attendre, Jen et toi.

#Lani : Non, c'est bon, maman. Ça va, je t'assure. Je suis juste un peu secouée. Je veux aller aider les autres.

#Maria : Très bien, ma chérie. Je vais juste chercher les derniers plats à la cuisine, mais je ne suis pas loin, fais-moi signe si tu as besoin de moi.

Elle passe sa main dans mes cheveux courts avec douceur avant de se diriger à son tour vers le bâtiment principal. Je me retrouve avec Jen.

– On va au jardin ?

Elle acquiesce. Nous poussons toutes les deux un soupirde soulagement en entrant dans la lueur des lampions qui illuminent les arbres en fleurs. Les membres qui s'affairent autour de nous finissent de mettre en place le banquet. J'aide du mieux que je peux en répartissant une pile d'assiettes sur les tables mais, très vite, nous manquons de choses à faire. L'effervescence du travail collectif laisse rapidement place à une ambiance plus festive. Les membres commencent à se détendre et à se répartir en petits groupes autour du buffet où trônent des verrines de légumes marinés, des plateaux de fromages, des petits-fours et autres délicatesses réservées aux occasions spéciales.

#Jen : Tu as vu ? Il y a des beignets.

#Lani : Je t'avais dit qu'il y en aurait.

L'instant d'après, nous avons pris d'assaut la montagne de pâtisseries.

– Alors, vous avez vu la bête, finalement ? s'exclame Lee juste derrière nous.

Je me retourne, la bouche pleine. Gordon et Lee ont les yeux brillants d'excitation.

– Pas moi, répond Jen. Mais il y avait vraiment quelque chose qui nous suivait.

– J'ai juste vu une ombre, je lâche d'un air maussade.

J'essaie de me remémorer cet instant furtif où j'ai aperçu le mouvement du prédateur. Une sorte de longue silhouette... L'image est trop floue et imprécise pour que je puisse la partager avec les autres, alors je me contente d'ajouter :

– Mais je pense que ça faisait notre taille et que ça marchait sur deux pattes. On aurait presque dit un humain.

– Tu es sûre ? demande Gordon. C'est pas possible, on était tous là à vous attendre...

Il secoue la tête d'un air perplexe. Je m'apprête à lui répondre lorsque ma mère fait son apparition au bout de la terrasse.

#Maria : Chers amis, bienvenue à la cérémonie d'Introduction d'Élise et d'adieux à Jen, Gordon, Lani et Lee.

Le silence se fait. D'un seul mouvement, les membres vont s'aligner d'un côté et de l'autre du jardin pour former une haie d'honneur. Jen et moi nous plaçons aux côtés de Gordon et Lee, le dos contre le mur qui soutient la terrasse supérieure. Lorsque les bruits de piétinement sont remplacés par le chant d'un grillon solitaire, notre matriarche reprend la parole.

– Nous sommes encore une fois réunis pour célébrer un heureux événement. Ce soir, nous accueillons un nouveau membre et nous disons au revoir à ceux que nous avons aidés à grandir. Jen, Lani, Gordon et Lee partiront demain pour leur cérémonie de la Répartition, je vous demande donc de les entourer de tout votre amour ce soir.

Des applaudissements retentissent et quelques messages mentaux volent vers moi.

#Tim : Bravo, Lani ! Bonne chance !

#Lara : Félicitations !

Ma mère lève une main et le silence revient aussitôt.

– Maintenant, veuillez tous souhaiter la bienvenue à Élise202138, fille de Marc et Alice. Son transpondeur a été implanté le 2 mars 2225 et activé le 25 mars, faisant d'elle le membre numéro 600-500-437-891-025 de notre communauté.

Élise apparaît au bout du jardin, encadrée de ses parents. Elle a l'air si petite et fragile au milieu de nous, avec son crâne à moitié rasé. Ils la conduisent jusqu'à ma mère et reculent ensuite de quelques pas. La matriarche s'agenouille, prend son petit visage à deux mains et pose son front contre le sien pour lui adresser une bénédiction mentale. Chaque membre fera de même afin qu'elle identifie et se souvienne de la marque de l'esprit de chacun.

Derrière elle, serrés l'un contre l'autre, Marc et Alice regardent leur progéniture avec émotion. Ma mère décolle son front de celui de la petite et lui caresse la joue d'un geste tendre que je connais bien. Elle prend sa main et l'amène devant le membre le plus proche. La longue suite de bénédictions commence. Je sens Jen un peu nerveuse à l'idée de faire la sienne. Je comprends qu'elle ne veuille pas se rater. C'est un moment particulièrement important dont on se souvient toute sa vie. Moi-même, que vais-je dire ? Je repense à toutes les phrases magnifiques entendues lors de ma propre Introduction. C'est mon premier souvenir précis, et certainement l'un des plus beaux. Dans les moments difficiles, je revois les visages des membres se pencher vers moi, leurs yeux plonger dans les miens pour y déverser des vœux de bonheur, de santé et d'amour. Et c'est en y repensant que je trouve les mots justes. C'est au tour de Jen. Ma mère lui sourit d'un air encourageant en lui présentant la fillette. Front contre front avec Élise, la bouche de ma meilleure amie s'étire en un sourire tandis que leurs deux visages s'illuminent. Quand Jen se redresse, ses yeux brillent d'une émotion trop forte pour sa douce sensibilité. Je prends une grande inspiration. Élise est maintenant en face de moi. Je pose un genou à terre et saisis son visage avec douceur. Ses petites joues chaudes palpitent sous mes paumes. Son signal est faible et un peu chaotique comme celui de tous les très jeunes enfants, mais révèle déjà une personnalité empreinte de douceur et de gentillesse.

#Lani : Bienvenue, Élise. Que la vie soit chaque jour un cadeau et t'apporte de merveilleuses aventures.

Alors que je formule ces mots, je lui transmets les images de ma dernière descente en parachute. Les îles vertes, le bleu du ciel, l'azur de la mer, le lapis-lazuli de la barrière de corail, le cyan du lagon, le blanc des plages, la caresse du soleil et les baisers du vent.

#Élise : Merci.

Elle plisse les yeux.

#Élise : Lani.

Son signal vacille alors qu'elle peine à m'envoyer le message. Je lâche sa petite tête dont les joues sont rouges de concentration. J'oublie souvent l'effort incroyable que demande une conversation mentale au début. Je me redresse et reprends ma place contre la pierre chaude du mur de soutènement tandis qu'Élise continue son chemin. Je n'entends plus que le bruit des pas de ma mère et ceux plus feutrés de la petite, rythmé par le froissement de l'étoffe des combinaisons lors des génuflexions. La longue cérémonie se poursuit jusqu'à ce que, parvenues au dernier membre, ma mère et Élise reprennent leur place au bout de la haie d'honneur.

– Pour marquer ton entrée définitive au sein de notre implantation, Élise, nous allons communier.

Nous nous donnons tous la main et formons un grand ovale sous les frondaisons. C'est le moment le plus fort de la cérémonie, celui qui donne son véritable sens au mot *communauté*. J'ouvre grand les portes de mon esprit au groupe. Chaque membre fait la même chose. Les voix envahissent ma conscience. Mon corps est parcouru des sensations des dizaines d'autres corps présents ce soir-là. Mes émotions se dissolvent dans le gigantesque maelström formé par les psychés de tous les membres. Je ressens les joies et les peines de mon voisin. Ses craintes. Ses espoirs. L'esprit d'Élise se joint aux nôtres et scande maintenant avec nous ce même hymne à la nature, à l'amour et à la vie. Le chant monte et prend de l'ampleur jusqu'à atteindre son paroxysme. La frontière entre mon esprit et celui des autres s'abolit momentanément tandis que celui d'Élise se soude pour la première fois à sa communauté. Nos personnalités se fondent et nous devenons un tout, une seule entité, unie dans l'amour que porte aux autres chacun de ses composants, qui parle d'une même voix et accueille un nouvel élément avec bonheur.

Quelque part dans un autre monde, une chouette hulule.

J'ouvre les yeux. Je me sens euphorique et légèrement ivre, comme à chaque fois. Un sourire béat flotte sur mon visage ainsi que sur celui de nombreuses personnes autour de moi. Beaucoup essuient des larmes. Élise, au bout de la terrasse, a l'air épuisée mais heureuse. Jen se jette dans mes bras et est très vite imitée par Gordon et Lee. Nous nous serrons fort les uns contre les autres, toujours portés par le flot d'amour généré par la cérémonie. Autour de nous, d'autres groupes se donnent l'accolade. Des couples s'embrassent. Un sentiment de paix flotte dans l'air.

– C'était magnifique ! s'exclame Jen, émue.

Elle essuie quelques larmes accrochées à ses cils d'un revers de sa manche. Les membres de l'implantation nous entourent bientôt et nous prennent dans leurs bras. Tous nous souhaitent bonne chance pour la dernière épreuve et pour la cérémonie de demain.

– Je vous invite maintenant à profiter de ce merveilleux buffet ! annonce ma mère, avant de se tourner vers Élise et ses parents pour les féliciter.

– Vous avez vu qu'on a de la liqueur de cerise cette année ?

Gordon m'entraîne vers un tréteau où s'alignent une dizaine de fioles aux couleurs ambrées qui scintillent sous les lampions. Il fait sauter le bouchon de l'une d'elles avec un petit *pop* satisfaisant, avant de la porter à son nez pour humer son contenu.

– Il faut absolument que l'on goûte cette merveille ! s'exclame-t-il.

Il entreprend de verser le liquide grenat dans quatre petits verres. Jen et Lee nous rejoignent avec un air de gourmandise sur le visage. Ces flacons viennent des implantations du Sud et, comme l'alcool n'est pas une denrée alimentaire de base, leur production est insignifiante. Les occasions d'en boire sont extrêmement rares.

– À la Répartition ! dit Lee.

Nos verres brillent d'un éclat rouge sous la lueur diffuse des lampions suspendus au milieu des feuilles.

J'avale une grande rasade qui répand une douce chaleur dans ma gorge puis dans mon estomac. Je savoure le goût de la cerise. Enfant, je me suis souvent demandé pourquoi les adultes appréciaient autant ces petits verres remplis d'un liquide coloré. Maintenant que je sens le goût pâteux et sucré de la liqueur enrober ma langue, je comprends leur excitation. Lee nous verse un deuxième verre, et nous nous écartons de la table pour laisser les autres goûter au précieux nectar. À peine sommes-nous hors de portée des oreilles les plus proches que Gordon revient à la charge sur notre mésaventure de la soirée.

– Mais tu n'as pas pu voir quelqu'un dans les bois, Lani. À part Jen et toi, tout le monde était sur la terrasse à préparer le banquet, répète-t-il, perplexe.

– Peut-être que c'était un membre d'une autre implantation ? suggère Jen.

J'avale ma dernière gorgée de cerise avant de lui répondre :

– Je pense pas. Je veux dire, on l'aurait su, non ? On aurait capté le signal de son transpondeur. Et puis sa matriarche nous aurait contactés si elle avait eu besoin d'envoyer quelqu'un sur notre territoire... Non mais laissez tomber, j'ai dû mal voir.

– Ou peut-être qu'il avait un problème de transpondeur justement ! ajoute Lee.

– Alors les jeunes, de quoi vous pouvez bien discuter ?

Herald, le plus vieux membre de notre implantation, se joint à notre petit cercle. Il a vécu des dizaines d'années dans ces montagnes ; s'il y en a un qui peut avoir une idée de ce que c'était, c'est bien lui. Alors je lui raconte ma mésaventure.

– On aurait dit une silhouette humaine, mais je n'ai capté aucun signal. Herald, il n'y a pas de membre sans transpondeur actif, hein ?

Il éclate de rire.

– Ha, Lani, tu as de ces questions ! Bien sûr que non ! Plus depuis la Grande Connexion. Imaginez ce qu'il serait advenu de cette pauvre planète si tout le monde n'était pas connecté ! Vous avez bien fait quelques rêves historiques, vous avez tous pu voir quelles horreurs la société primitive a été capable de faire !

Nous hochons tous la tête. Dans les rêves éveillés, nous avons tous dû explorer différentes époques et leurs lots de désolations. Les guerres, les famines, la destruction des habitats, les exodes... Ces rêves sont obligatoires pour compléter notre éducation, mais ils sont en général si terrifiants que nous nous arrangeons toujours pour y aller tous ensemble afin de nous donner du courage.

– Il n'y a plus aucun humain sur Terre sans transpondeur, affirme Herald, et ce, depuis près de soixante-quinze ans ! Ne vous inquiétez pas trop. Vu ce que tu m'as raconté, Lani, je parie que c'est un jeune grizzli qui s'est égaré jusqu'ici. Il y en a de plus en plus qui naissent, ces derniers mois, Honfu commence à avoir un mal fou à tous les répertorier ! Ils sont très craintifs et la plupart n'ont jamais vu d'humains… Les jeunes font ta taille, à peu près, et souvent, ils ne savent pas comment réagir. Vous n'imaginez pas le nombre de fois où ça m'est arrivé d'en croiser !

Nous poussons tous un soupir de soulagement. Le mystère est résolu.

– Vous devriez aller manger, les enfants. Vous avez une grande nuit et une grande journée qui vous attendent, vous devez prendre des forces !

Il nous entraîne vers le banquet où sont présentés fromages, fruits, noix, veloutés, purées, crèmes, petits légumes mitonnés et autres mets de choix dont certains ne nous sont servis que pour les grandes occasions. Nous prenons place au bout d'une des plus longues tables et nous jetons avidement sur la nourriture. Concentrés sur les saveurs, nous mangeons au début dans un silence presque religieux. Puis Herald entreprend de nous raconter quelques-uns de ses rêves d'escalade les plus farfelus.

– Eh bien, on pensait que cela allait être un rêve plutôt classique, mais au bout de trente minutes, paf ! La paroi commence à pivoter, le haut devient le bas, si vous voyez ce que je veux dire ! Ah, il a fallu qu'on soit bien accrochés, Vera et moi ! Et toutes les dix minutes, il se passait quelque chose. Figurez-vous qu'à un moment, le mur s'est transformé en marshmallow !

Oui, oui, parfaitement, en marshmallow ! On a compris pourquoi il y avait six mois d'attente pour le faire, celui-là !

À côté, Jen et les garçons se sont mis à parler de pêche à la mouche, l'un de leurs loisirs favoris dans les rêves éveillés. La torpeur, habituelle après un repas riche, s'installe doucement en moi et je peine à maintenir mes yeux ouverts. La fraîcheur du soir et l'excitation de la fête sont retombées, les éclats de rire font maintenant place à des conversations plus basses, lasses de la longue journée.

Herald s'apprête à se lancer dans un énième récit sur l'une de ses fabuleuses expéditions, lorsque ma mère fait irruption derrière lui.

– Lani chérie, tu as l'air très fatiguée. Pourquoi tu ne rapporterais pas la pile d'assiettes sales qui traîne sur cette table avant d'aller te glisser dans ta capsule de sommeil ? Jen, tu pourrais faire pareil avec les trois plats d'à côté.

– Merci, maman, je lui réponds, reconnaissante.

Elle contourne la table pour déposer un baiser sur mon front.

– Bonne chance, ma chérie. Rêve bien…

– Bonne chance pour cette nuit, Lani, me dit Herald en m'adressant un clin d'œil.

Je réponds d'un hochement de tête et m'empresse d'aller chercher la pile d'assiettes en question. Une Jen ensommeillée sur mes talons, je longe la terrasse avec mon chargement, jusqu'au chemin plongé dans l'obscurité. Ce dernier a retrouvé le côté accueillant et familier que je lui connais. Les bruits habituels de la nuit nous accompagnent jusqu'à l'implantation. Quand nous entrons dans le couloir blanc nimbé de lumière, mon cœur se met à battre plus fort. Ce soir, c'est la dernière épreuve du tournoi. La dernière confrontation avant la

Répartition. Je peux sentir la nervosité de Jen augmenter aussi dans son signal. Nous déchargeons notre fardeau dans les grands lave-vaisselle de la cuisine.

– Quelle journée ! soupire mon amie alors que nous empruntons le couloir pour aller aux bains.

– Et c'est pas encore fini. Tu as de la chance d'être programmée en premier passage. J'aurais aimé être débarrassée de ça dès le début.

J'ouvre la porte de la salle d'hygiène et nous sommes accueillies par un nuage de chaleur. Nous nous débarrassons de nos combinaisons dans un caisson nettoyant et profitons de l'eau chaude pour délasser nos muscles endoloris.

– Lani… murmure Jen tout en nettoyant ses doigts au savon.

– Oui ?

– Si on est séparées demain… On se retrouve sur le 15FG7890 ?

Les images de ce rêve de sport d'hiver me reviennent en mémoire. Nous y étions allées une fois pour faire du snowboard toutes les deux.

#Lani : Bien sûr, Jen !

– Et si tu es choisie pour devenir Constructrice… ajoute mon amie d'une petite voix.

Mon cœur fait un bond et je me passe à nouveau de l'eau sur le visage. Non, je ne veux pas y penser. Je n'ai pas envie de me faire des illusions.

– Tu nous feras un rêve avec nos montagnes ? Comme ça, on pourrait se retrouver ici toutes les deux quand on le voudrait…

Je nage jusqu'à elle et la serre dans mes bras. Même si je sais que nous pourrons nous revoir aussi souvent que nous le voudrons dans les rêves éveillés, même si demain notre séparation n'en sera pas vraiment une… rien ne sera plus jamais comme avant.

– Si je suis choisie, je te ferai un rêve avec notre implantation. Je te le promets.

Jen essuie une larme d'un revers de la main et m'offre un sourire rassuré. Nous terminons nos ablutions dans un silence où perce notre fatigue. Fidèles à notre routine, nous renfilons nos combinaisons propres pour la nuit, attrapons une serviette pour demain matin et montons dans la chambre de repos au milieu du brouhaha et des bruits de vaisselle. Je pénètre avec soulagement dans la grande pièce sombre et silencieuse. Je dépose ma serviette dans un casier libre et grimpe dans ma capsule de sommeil avant de m'allonger avec délice sur mon matelas.

– Bonne nuit, Jen.

– Bonne nuit, Lani. Et bonne chance.

D'une pression du doigt sur l'interrupteur, je ferme la vitre. Le premier rêve m'avale aussitôt.

CHAPITRE 3

J'ouvre les yeux et le soleil m'éblouit. Le chant des cigales résonne, le bleu éclatant du ciel fait écho à celui de la mer, l'odeur du romarin embaume l'air. De toutes les régions disparues depuis longtemps dont les Constructeurs de rêves ont réussi à préserver le souvenir, la Provence est ma préférée. Cette reconstitution-ci est plutôt petite, limitée à la plage d'une calanque, un bras de mer couleur azur venu se perdre au milieu des falaises blanches, mais elle est d'une beauté à couper le souffle.

Je fais quelques pas sur le sable jusqu'à tremper mes pieds dans l'eau fraîche. La sensation du soleil sur ma peau est exquise. Si j'ai la chance d'être choisie pour être Constructrice, j'aimerais bien rencontrer celui ou celle qui a conçu ce rêve. Les sensations qu'on y éprouve sont toujours extraordinaires.

Une main se pose sur mon épaule.

– Bonjour, Lani.

– Bonjour, papa.

Mon père vient se placer à mes côtés. Le soleil au zénith joue dans ses cheveux blonds et souligne sa mâchoire carrée et son nez droit.

– Bonne journée ? me demande-t-il comme d'habitude.

– Rude.

Je lui raconte notre longue marche, l'inspection des terrasses et enfin notre mystérieuse rencontre avec l'animal inconnu.

Ses sourcils se froncent lorsque j'explique que nous avons été prises en chasse.

– Dans cette région, c'était très certainement un loup ou un ours. Tu sais, certains n'ont jamais vu d'hommes. Il a voulu vous tester, voir si vous alliez vous enfuir ou pas, si vous étiez à classer dans la catégorie « proie » ou « prédateur ». La prochaine fois, reste calme, ne bouge pas et essaie de te rendre imposante. C'est ce que font les oiseaux. Et c'est ce qu'a fait un de mes équipiers face à un jaguar, l'autre jour. Ça lui a sauvé la vie.

– Oui, ça devait être un ours, c'est ce qu'a dit Herald aussi.

Je lui offre un grand sourire. Oui, c'est cohérent. J'ai dû me faire des idées, dans la panique.

– Et toi, ta journée ? je lui demande en continuant de regarder la mer.

– Pas mal. Quelques problèmes de perroquets, tu sais, toujours les mêmes.

Je hoche la tête. Mon père est conservateur spécialisé dans la réintroduction d'espèces disparues. Il passe sa vie à aller d'implantation en implantation avec son équipe afin de recréer les écosystèmes avec l'aide des populations locales. C'est d'ailleurs comme ça qu'il a rencontré ma mère. Il a pu m'élever et me voir grandir quelques années, le temps de réintroduire quelques variétés d'aigles autour de l'implantation, avant d'être transféré loin de nous. Nous nous voyons toujours très régulièrement, mais seulement dans les rêves éveillés.

– Quelle chaleur ! Un plongeon avant notre jus de fruits ?

Je hoche la tête et me jette à l'eau. Nous faisons quelques brasses tandis qu'il me parle de ses soucis de perroquets.

– Tu comprends, leur habitat ne leur convient pas. Il a été reconstitué à l'identique mais c'est comme s'il leur manquait encore quelque chose. Ils n'arrêtent pas de partir vers le sud, alors on fait quelques modifications, on va les chercher mais ils repartent aussi sec. Je commence à croire que les données que l'on a sur cet animal sont fausses.

– Elles ont peut-être été échangées avec celles d'un autre ?

– C'est tout à fait possible et c'est ce qu'on commence à croire. On fait un dernier essai cette semaine.

Il plonge sous l'eau et émerge quelques mètres plus loin.

– Et ensuite ?

– Ensuite, on laissera ces oiseaux aller où bon leur semble. Ils seront surveillés par les membres des implantations environnantes pour voir comment ils s'adaptent.

Il plonge à nouveau et réapparaît cette fois-ci à côté de moi.

– Je pense qu'on a mérité un cocktail, fait-il en chassant d'une main le sel de ses yeux.

Nous sortons de l'eau et nous dirigeons vers le petit restaurant à la peinture verte et blanche un peu écaillée. D'autres rêveurs sont arrivés entre-temps et jouent au badminton ou au beach-volley sur le sable.

J'attrape une serviette sur un transat libre et me sèche tandis que mon père va chercher nos jus de fruits. Je balaie du regard la dizaine de membres présents. Il m'arrive parfois de croiser des connaissances dans ce rêve mais ce n'est pas le cas aujourd'hui.

– Tiens, Lani.

La première gorgée du cocktail que papa m'a rapporté a un goût de paradis. Les oranges et les bananes sont rarement disponibles dans notre implantation, et presque jamais en même temps que les fraises : cette boisson est un luxe inouï dans la réalité. Nous nous allongeons sur un transat et continuons de siroter nos jus de fruits en regardant la mer calme onduler devant nous.

– Il te reste encore combien de temps avant d'être convoquée au tournoi ? me demande mon père tout en entreprenant d'aspirer les dernières gouttes de cocktail au fond de son verre.

– Environ cinq minutes. J'ai hâte d'en avoir fini.

– Je comprends, j'étais impatient lorsque j'avais ton âge. C'était un tel stress, ce tournoi ! La Construction me manque un peu, aujourd'hui. C'était grisant de pouvoir créer mes propres rêves, même s'ils étaient assez mauvais. Mais qui sait, toi tu es douée, tu pourrais très bien avoir la chance de continuer à rêver…

Il m'offre un sourire jusqu'aux oreilles et découvre des dents colorées en rose par le jus de fruits.

D'un air soudain plus grave, il ajoute :

– Tout va très bien se passer, crois-moi. Tu es dans le top du classement.

– On n'est sûrs de rien, papa. Je préfère ne pas me faire d'illusions.

– Je suis sérieux, Lani. Même avec une défaite ce soir, tu feras partie des trois meilleurs Constructeurs.

– Comment tu sais ça ? Je pensais qu'on ne pouvait le savoir qu'à la clôture du tournoi !

– Ah, mais je ne vais pas révéler tous mes secrets, quand même ! me répond-il en me faisant un clin d'œil appuyé.

Je sens un poids quitter ma poitrine. Réaliser que tout est déjà joué, déjà fini, est un véritable soulagement. Il n'y a plus d'enjeu à la Construction de ce soir, il ne s'agit plus que d'une formalité à remplir, d'une dernière case à cocher.

– Je pense qu'il ne nous reste que quelques secondes ensemble, alors je te souhaite bonne chance, ma puce, dit-il en me saisissant par les épaules. Tu me raconteras tout demain soir.

Son étreinte disparaît soudainement. Le bleu des calanques et le blanc du sable fondent autour de moi.

Je suis dans un espace blanc, vêtue de ma combinaison standard. Tom est un peu plus loin, le dos tourné. Je suis partagée entre le soulagement et l'appréhension. Je m'attendais à ce que ça soit lui. Après tout, il est le seul à m'avoir jamais battue. Mais c'est justement ce qui m'inquiète. Son regard croise enfin le mien. Je lui adresse un petit signe.

– Ça va, Lani ? me demande-t-il avec son grand sourire habituel.

La conversation avec mon père me revient en mémoire et je lui souris à mon tour. Plus la peine de stresser !

– On ne peut mieux. Et toi ?

Il me répond d'un hochement de tête qui envoie sur son front une mèche blonde qu'il se hâte de dégager de la main, un tic récurrent chez lui. Je me demande encore une fois s'il fait aussi souvent ce geste dans la vie. Comme nous ne vivons pas dans la même implantation, nous ne nous sommes jamais rencontrés en réalité, même si nous nous connaissons maintenant depuis des années. Quand nous étions enfants, nous avions tendance à choisir les mêmes rêves. Et après avoir sympathisé, nous avons fini par nous y fixer rendez-vous. Je ne pense pas qu'il se soit passé une seule semaine sans que je ne l'aie vu au moins une fois ces dix dernières années.

Un bip se fait entendre. La voix féminine habituelle annonce d'un ton agréable :

– Lani202138, Tom202140, bienvenue dans l'espace de Construction. Je vous rappelle les règles : pas d'immobilisation physique de l'adversaire, pas d'enfermement. Le jeu débutera dans soixante secondes et se terminera avec l'effondrement de l'un de vos rêves. Vous pouvez désormais commencer à collecter vos données.

Un second bip, plus strident, retentit pour signaler que les accès aux serveurs nous sont ouverts. J'ai maintenant une minute pour construire un rêve autour de Tom en me servant de mes connaissances et des données qui me sont accessibles.

Je le regarde attentivement. Ses yeux sont vides. Il doit déjà être en train de communiquer avec les serveurs. J'avais prévu de faire un rêve très technique, un labyrinthe rempli d'obstacles et de pièges, à même de déstabiliser mes adversaires les plus coriaces. Mais à la réflexion, je décide de changer de plan. Je construis autour de lui un rêve rassurant : nos montagnes natales. Je projette dans les grandes lignes des forêts, un chemin, les terrasses cultivées, un soleil éclatant sur le massif des Moore. Je veux lui donner un sentiment de sécurité afin de mieux le surprendre et le perdre. Je me connecte au serveur pour ajouter les détails : la forme exacte des feuilles, le bruissement de la forêt, le chant des oiseaux, les lignes du paysage, toutes ces petites choses qui échappent à notre mémoire, qu'on le veuille ou non, mais que les bases de données retiennent pour nous. Au bout de quarante secondes, mon rêve est prêt à être déployé autour de Tom. Je l'observe à nouveau. Il me scrute maintenant de ses yeux clairs, l'ombre d'un sourire sur les lèvres.

– Déjà prête ? me demande-t-il, un brin d'espièglerie dans le regard.

– Et toi ? Tu es sûr de n'avoir rien oublié ?

Un bip plus puissant retentit. Je lâche mon rêve sur Tom alors que le décor se transforme autour de moi. À ce moment du jeu, nous sommes connectés chacun au cerveau et aux émotions de l'autre pour nous permettre de modifier le rêve en fonction de ses perceptions. Je ressens ma Construction autour de lui et la manière dont il y réagit alors que j'évolue dans la sienne. Je suis au milieu d'un champ de fleurs multicolores qui s'étend à perte de vue. Je tourne sur moi-même sans observer rien d'autre qu'une immensité fleurie au parfum intense sous un ciel bleu éclatant. Dans le même temps, je note sa surprise de se retrouver sur un petit chemin de montagne en bordure d'implantation, comme celui que j'ai gravi ce matin même. Alors que j'avance dans sa Construction, il commence à grimper le sentier dans la mienne, méfiant, sur ses gardes. J'observe de mon côté le grand champ de fleurs à la recherche de la prochaine entourloupe, mais ne repère rien d'anormal. Ce sont juste des pensées, des tulipes et des iris… Je me connecte au serveur afin de récupérer les données dont j'ai besoin pour la suite de mon plan. Cette fois-ci, je suis sûre de réveiller en Tom une peur bien réelle. Je finis de télécharger les derniers détails lorsqu'un bourdonnement s'élève du tapis de fleurs.

Ainsi, il a osé. Me faire le coup des abeilles. Une deuxième fois !

Je me hâte de déployer la suite de mon rêve. Tout autour de Tom, le chant des oiseaux cesse. Autour de moi, le bourdonnement augmente et je me mets à courir. Je dois simuler au mieux la panique afin de le distraire. Il n'a pas encore remarqué le changement d'atmosphère sur le chemin, concentré sur ma réaction face aux abeilles encore invisibles qu'il fait s'agiter au milieu des pétales. Il espère me déstabiliser assez pour que je lui laisse la victoire comme la dernière fois. Mais ce qu'il n'a pas anticipé, c'est que je suis allée m'occuper de notre ruche autant de fois que possible après ma défaite, afin de maîtriser cette peur irrationnelle. Les abeilles sortent à présent des corolles. Un gigantesque essaim forme désormais une brume épaisse autour de moi et me force à m'arrêter. Je prends une grande inspiration. J'ai toujours horreur de ça. Mais maintenant, je sais dominer cette angoisse. Je laisse une dernière bouffée de panique m'envahir avant de reprendre le contrôle de mes émotions. Mon calme soudain le trouble. Il s'immobilise. Il s'intéresse alors à l'environnement autour de lui et remarque le silence, tout comme Jen et moi aujourd'hui. Alors qu'un nuage d'abeilles se forme juste devant mon visage, je lance la suite de ma Construction. À son tour d'avoir peur… La lumière fait place à l'obscurité. Un craquement sinistre retentit à côté de lui et une silhouette sombre apparaît dans l'épaisseur du sous-bois. Tom se met à dévaler la pente à toutes jambes. Devant moi, la nuée retombe lentement sur les fleurs dont les pétales se flétrissent. Ravie de mon effet, je lance la bête à ses trousses.

Tom vit dans une implantation très proche de la mienne, alors je me doutais qu'il avait été mis au courant de la présence des ours non bagués dans le massif et qu'il avait dû effectuer ses travaux aux champs dans la crainte de se retrouver face à l'un d'eux. Mais je n'avais pas anticipé que sa réaction serait aussi violente, au point qu'il en perdrait tous ses moyens. Je ne capte plus que de la peur venant de lui. Je sais alors que suis parvenue à mon objectif : lui faire oublier que tout ça n'est qu'un rêve et le déconcentrer suffisamment pour lui faire lâcher son emprise sur sa Construction. Je savoure ma victoire tandis que le paysage s'estompe autour de moi. Le ciel bleu tombe en lambeaux de couleurs vives et, en quelques secondes, je me retrouve à nouveau debout dans l'espace blanc et vierge.

Un puissant gong retentit. Tom réapparaît devant moi. Encore emporté par l'élan de sa course, il fait deux ou trois mètres avant de se rendre compte que c'est fini. Un air de surprise fige son visage, rapidement remplacé par de la déception. Je réprime un sourire. Je sais par expérience que se faire poursuivre par une créature dans les bois est déjà assez traumatisant pour ne pas avoir besoin d'en rajouter.

– Lani202138 remporte ce tournoi, annonce la voix féminine. Félicitations, Lani202138 ! Merci pour ta participation, Tom202140. Vous allez maintenant être rendus à vos couchettes.

Tom m'adresse un au revoir discret de la main. Alors que je m'apprête à répondre, je sens le matelas moelleux contre mon dos. Je suis de retour dans ma capsule.

CHAPITRE 4

J'ouvre les yeux et respire trois fois par le ventre, puis, n'y tenant plus, je sors de ma couchette et frappe à la vitre de Jen. Elle ouvre immédiatement.

– Vu ton air ravi, ça s'est bien passé, dit-elle dans un bâillement.

– On ne peut mieux ! Je lui ai envoyé un ours !

– Et cette idée affreuse a l'air de te remplir de joie.

Elle s'étire.

– C'est pas très sympa… Pauvre Tom…

– Bah, il m'a encore envoyé un essaim d'abeilles, alors je pense qu'on est quittes, je réplique en descendant de l'échelle. Et toi, comment ça s'est passé ?

– Comme d'habitude, j'ai perdu tous mes moyens en quelques secondes. Faut dire aussi que c'était super bien fait. Je devais diriger une vieille voiture du vingt et unième siècle sur une petite route en pleine tempête. J'étais morte de trouille ! Je suis ravie de ne plus jamais avoir à faire ça de ma vie.

Son signal irradie de soulagement. Je me défais de ma combinaison trempée de sueur. L'exercice mental intense des Constructions a souvent cet effet de faire transpirer votre corps comme si vous accomplissiez réellement un effort physique. Comme tous les matins, nous nous dirigeons toutes les deux vers la salle d'hygiène alors que la chambre bruit de l'agitation du réveil des autres membres. Comme tous les matins. Sauf que celui-ci est le dernier que nous passons dans notre implantation natale. Déjà, l'excitation et l'appréhension me compressent la poitrine. Comment va se passer la Répartition ? Si papa ne se trompe pas… Je secoue la tête. Pas la peine d'y penser maintenant. Mieux vaut profiter au maximum de mes derniers instants avec Jen et ma famille.

Une fois arrivée dans la grande pièce chaude et humide, je consulte notre planning de la journée sur le serveur de l'implantation. Il est vide jusqu'à ce que l'hovercraft vienne nous chercher.

– Quartier libre ! Tu veux qu'on fasse quoi ?

Jen saute dans l'eau et m'éclabousse.

#Jen : On pourrait monter faire un tour en zone 5 ? Tu sais, pour voir une dernière fois le nid des aigles pygargues avant de partir ?

#Lani : Bonne idée, ça nous fera une belle balade. On pourra en profiter pour voir s'ils ont pondu leurs œufs.

Jen émerge en souriant quand j'envoie au serveur notre destination et le but de notre promenade.

Nous nous baignons quelques minutes avant d'aller chercher nos casse-croûte. Comme d'habitude, nos mères sont déjà dans la cuisine.

– Mes chéries ! Ça s'est bien passé alors ?

Maman dépose un baiser sur mon front.

#Lani : Parfait ! J'ai battu Tom à son propre jeu.

– Je n'arrive pas à croire que dans quelques heures à peine vous allez nous quitter toutes les deux, murmure Antea, au bord des larmes. Qu'est-ce que le temps passe vite… Tu te souviens de leur cérémonie d'Introduction, Maria ?

Elle renifle bruyamment avant de prendre Jen dans ses bras. Si maman reste silencieuse et se contente de lui sourire, son signal est empreint de nostalgie. Je serre son corps chaud contre moi et respire son parfum. Plus que tout, c'est ça qui va me manquer.

– Vos sandwichs sont dans vos sacs, dit-elle avec douceur. Revenez pour onze heures, d'accord ? Comme ça, on aura tout le temps de se dire au revoir avant le grand départ. Et soyez prudentes en observant le nid !

Jen et moi nous mettons en route. Aujourd'hui, le paysage se dessine en nuances de vert sombre sur un fond gris où menacent l'orage et la pluie. Nous commençons notre ascension vers la zone 5 en discutant de ce qui nous attend cet après-midi. Je cueille quelques fleurs des champs et les tresse en bracelet.

– Tiens, tu le veux ?

Je le tends à mon amie, qui le passe avec ravissement à son poignet alors que nous faisons une pause pour sortir nos petits déjeuners de nos sacs. Nous recommençons à grimper.

– Tu imagines que demain, à cette heure, on pourrait être à l'autre bout du continent ?

– Oui, peut-être même à l'autre bout de la planète ! Et si…

Un grand bruit de raclement contre le sol m'interrompt au milieu de ma phrase. Je me retourne pour voir Jen basculer en arrière. Je m'élance pour essayer de la rattraper et tombe dans le néant.

CHAPITRE 5

Je reprends péniblement mes esprits. J'ai mal. Une douleur terrible m'élance du bas du dos jusqu'au sommet du crâne et m'arrache un gémissement. Je dois être tombée moi aussi. Je me rappelle avoir tenté de rattraper Jen. Je sens que je suis allongée sur quelque chose de dur et métallique. Une surface lisse et froide. Suis-je à l'infirmerie ? À l'hôpital central ? J'ouvre les yeux.

C'est le noir complet. Ai-je perdu la vue ? J'essaie de me connecter au serveur de l'implantation pour lancer un scanner complet de mon corps : je dois estimer les dégâts avant de prendre le risque de me lever. Pas de signe du serveur. J'essaie de contacter Jen. Pas de réponse. J'essaie de contacter ma mère. Pas de réponse. J'essaie de me connecter au Système. Pas de réponse. Comment est-ce possible ? Je lance un scanner de la zone avec mon transpondeur. Je ne détecte aucun membre. Je ne détecte personne. Je ne détecte rien. Je prends le risque de bouger. J'essaie de lever ma main droite. Mon mouvement est stoppé net par un cliquetis et un nouvel élan de douleur. J'essaie de me relever. Une sangle autour de mon cou me colle contre la surface froide et métallique sur laquelle je suis allongée. J'essaie de bouger les pieds. Ils sont aussi immobilisés par des liens. Je respire difficilement et sens la panique me gagner.

– Il y a quelqu'un ?

Je perçois un souffle à côté de moi, mais personne ne répond à mon appel.

– Il y a quelqu'un ?

Je hurle presque. La peur m'étrangle. Mon cœur bat si fort que l'afflux du sang dans mes tympans devient assourdissant.

– Lani ?

Je connais cette voix…

– Tom ? Tom, c'est toi ?

– Oui, c'est moi.

– Tom ? Qu'est-ce qu'il se passe ? C'est un rêve ? On a été répartis ?

– Je sais pas, Lani. J'étais aux champs avec Cora, et puis plus rien…

– Pareil. J'étais avec Jen… Elle est là ? Jen ?

Je tente à nouveau de bouger, mais je n'obtiens qu'un élan de douleur qui m'arrache un hurlement.

– Jen ? Jen ?

J'appelle mon amie avec l'énergie du désespoir. Je suis en plein cauchemar. Est-ce la réalité ? Ou sommes-nous réunis dans une mauvaise Construction ?

– On a déjà crié, personne n'est venu, dit une voix mouillée de larmes.

Je la reconnais comme appartenant à Cora, une amie de Tom que j'ai déjà croisée plusieurs fois avec lui dans les rêves éveillés.

– Lani, fait la voix de Tom. Tu arrives à te connecter pour appeler de l'aide ?

– Non. Je ne perçois absolument rien.

– Moi non plus, Cora non plus, dit-il. Je ne comprends pas. Quelque chose doit brouiller le signal.

Il se met à crier à l'aide.

– J'ai trop mal… gémit la voix de Cora.

– Toi aussi tu es blessée ? je lui demande.

– Oui, au dos, à la tête… Tom aussi. Et on ne peut pas bouger, on est attachés.

– Comme moi.

Je ne comprends pas… Qu'est-ce qu'il nous arrive ? Et où est Jen ?!

– Jen ? JEN ?

Aucune réponse. De longues minutes s'écoulent. Tom appelle toujours à l'aide alors que Cora sanglote doucement.

– J'ai trop mal… Tom, j'ai trop mal…

– Ça va aller, Cora. Ça va aller, finit par répondre Tom d'une voix tremblante. Il doit y avoir une explication. Quelqu'un va venir nous aider.

Il reprend ses appels. Je reste immobile en silence, concentrée sur la douleur qui me transperce de haut en bas. J'essaie de toutes mes forces de trouver le moindre signal du Système, projetant mon esprit dans toutes les directions à la recherche du moindre bout de connexion. Aucun serveur ne répond. Je sens vaguement des larmes couler le long de mes joues alors que la souffrance s'intensifie. L'arrière de mon crâne me brûle.

Tom commence à taper aussi fort qu'il peut sur la surface métallique. Le bruit des chaînes retentit comme dans une cave. Quelque part, quelque chose goutte. Un *ploc* timide se fait entendre toutes les vingt secondes, me donnant une certaine mesure du temps. Les pleurs de Cora s'intensifient, puis se changent en reniflements hachés. Au bout d'un moment, Tom arrête de taper, puis se contente de jeter un « à l'aide » de temps en temps.

Je compte qu'une heure est passée lorsqu'un rai de lumière zèbre le plafond. La pièce est allumée avec un *clic* sonore. Je bats des paupières. L'éclairage me vrille un instant les yeux avant qu'ils ne s'habituent à la nouvelle luminosité. Je suis attachée à un brancard dans une salle entièrement carrelée de blanc, éclairée d'une unique ampoule au plafond. Je tourne la tête au prix d'un nouvel élancement de douleur. À ma gauche, le mur, à ma droite, une jeune fille brune, Cora, et derrière elle, Tom, que je devine seulement. Ils sont tous deux dans la même situation que moi, solidement attachés à des brancards par des chaînes et des sangles, toujours dans leurs combinaisons. Mais où est Jen ?

Un homme d'une quarantaine d'années, habillé d'un uniforme noir, vert et kaki, s'avance. Il nous toise d'un air satisfait. Il a un visage de carnassier aux yeux avides, un profil d'aigle que ne parvient pas à atténuer sa grosse barbe sombre. J'écarquille les yeux devant toute cette pilosité faciale. Je croyais que tout le monde se rasait dans le Système…

– Bienvenue parmi les forces rebelles !

Sa voix résonne contre les parois jusque dans mes oreilles.

– Vous avez été libérés de l'emprise du Système par les soins de mon unité et vous serez conduits dans les Terres libres où vous pourrez rejoindre nos troupes.

– Où est Jen ?!

Je peine à reconnaître ma voix, rendue rauque par la douleur et l'angoisse. Mais l'homme ne m'accorde même pas un regard. Peut-être qu'il ne m'a pas bien entendue ?

– Où est Jen ?! je répète.

Ma question reste de nouveau sans réponse. Mais pourquoi ce type ne répond pas ? C'est quoi ces histoires de rebelles et de Terres libres ? C'est dans quelle partie du Système ? Une jeune femme aux cheveux blonds fait soudain son apparition aux côtés du barbu. Elle porte une blouse blanche par-dessus le même uniforme et traîne derrière elle un chariot sur lequel tintent différents flacons. Le grincement de ses roues résonne dans la pièce.

L'homme sort un vieux pistolet de sa ceinture qu'il pointe dans ma direction.

– À partir de maintenant, vous avez intérêt à vous tenir à carreau. Je n'hésiterai pas à descendre le premier qui fera un pas de travers.

Mes yeux fixés sur le canon de la vieille arme, mon cœur bat la chamade. Qui sont ces gens ? La jeune femme blonde s'approche soudain de moi et m'offre un sourire timide.

– Lani, c'est ça ? Ne bouge pas, je vais t'injecter du sérum pour t'endormir. On va devoir vous opérer pour vous soigner. Je m'appelle Bénédicte.

J'ouvre la bouche pour parler quand elle m'enfonce une grande seringue dans le cou. Je sombre à nouveau.

CHAPITRE 6

J'ai cinq ans et j'aide maman à faire des tartes dans la cuisine. Jen et moi avons participé à la cueillette pour la première fois. Maman me laisse mettre les fruits dans l'appareil. Je remue le liquide avec une grande cuiller en bois.

Je me réveille dans le noir, groggy, la bouche pâteuse. Est-ce que je me suis reconnectée au serveur ? Je vérifie encore une fois mon transpondeur pour faire la triste constatation que je suis toujours coupée du monde. Non. Ça devait être un rêve primitif. Ça avait l'air tellement vrai pourtant. Tellement réel… Je remarque que je ne suis plus allongée, mais couchée en chien de fusil, la tête sur un oreiller, les deux mains attachées au côté droit du brancard. Ma combinaison a été remplacée par un vêtement ample qui laisse l'air froid de la pièce me lécher la peau. La douleur dans mon dos me lance toujours mais semble s'être un peu atténuée.

– Tom ? Cora ?

Pas de réponse. J'entends une respiration lente et profonde à côté de moi. Ils doivent être encore en train de subir l'effet du sérum. Un frisson parcourt mon corps.

– Il y a quelqu'un ? S'il vous plaît !

Ma voix résonne contre le carrelage et me renvoie à ma solitude.

– S'il vous plaît ! Je dois aller aux toilettes !

Quelques minutes s'écoulent, rythmées par le son de la goutte d'eau qui n'en finit plus de tomber et des respirations de mes camarades d'infortune.

Enfin, des bruits de pas retentissent à l'extérieur.

– S'il vous plaît ! Je dois aller aux toilettes !

La porte s'ouvre. Une silhouette dont je distingue à peine les contours dans la pénombre s'avance dans la pièce.

– Bonjour, Lani, murmure la voix de la femme aux flacons, Bénédicte. Je vais t'y emmener. Tu risques d'avoir encore un peu de mal à te déplacer. C'est normal, ne t'inquiète pas. Il te faudra encore quelques doses de sérum de guérison avant d'être totalement remise.

Plusieurs doses ! Une seule suffit généralement à réparer les lésions superficielles. À partir de deux, on commence à parler de dégâts sérieux... Qu'ont-ils bien pu nous faire ? Dans la pénombre, la femme défait les liens de mes pieds, les attache ensemble, puis répète l'opération avec mes mains. Elle m'aide ensuite à me relever. Elle n'a pas menti, la douleur me déchire le dos et remonte jusque dans mon crâne. Je ne peux retenir un gémissement lorsqu'elle m'assied sur le brancard. Je pose un pied au sol dans un déchaînement de souffrance, puis le deuxième. Je ne comprends pas pourquoi elle a pris la peine de me maintenir pieds et poings liés : il est évident que je ne peux pas m'échapper dans cet état. Je doute même d'être capable d'aller jusqu'aux toilettes.

Appuyée sur Bénédicte, je me mets à avancer tant bien que mal. Chaque pas se répercute jusqu'au sommet de ma tête et, avant même d'être sortie de la pièce, je ne peux plus penser qu'à la douleur.

Nous arrivons dans un long couloir de béton. Les néons projettent une violente lueur blafarde qui me perce tout de suite les yeux. Des élancements parcourent mon corps à chaque mouvement. J'ai vaguement conscience que nous passons devant plusieurs portes, formes noires et floues au milieu de cette lumière qui m'aveugle. Je compte le trentième pas, le trentième élan de douleur, lorsqu'elle s'arrête devant un carré sombre. Elle l'ouvre, découvrant un cabinet de toilette. Sans un mot, elle m'assied sur le siège et referme la porte, me laissant seule dans cette petite pièce mal éclairée.

Après m'être soulagée, je reste un long moment prostrée sur le siège. Mes yeux se réhabituent progressivement à la lumière. Bientôt, je peux distinguer avec clarté le petit lavabo à côté de moi et la porte juste en face. Rien qui ne puisse m'aider. J'esquisse un mouvement vers le robinet mais un nouvel élancement me cisaille le dos. La douleur est toujours là, intense, inévitable. Je prends ma tête bourdonnante entre mes mains. Comment est-ce que je vais pouvoir me sortir de là ? Je ne peux pas m'enfuir dans cet état, je peux à peine faire trois pas seule. Non, je dois laisser ces gens me soigner. Ils ont parlé de nous emmener vers des terres libres. Aucune idée d'où c'est, mais je pourrai toujours trouver une opportunité de partir en chemin. L'image du pistolet du barbu me revient en mémoire et m'arrache un nouveau soupir… Et où est Jen ? Une bouffée d'espoir m'envahit soudain. Peut-être a-t-elle eu une chance de leur échapper ? Peut-être qu'elle a pu donner l'alerte ? Peut-être que les membres de nos implantations respectives nous cherchent à l'heure actuelle ? Peut-être qu'ils pourraient nous délivrer ? Peut-être… Non. Je ne sais même pas si nous nous trouvons toujours dans la vallée ou même dans le massif !

Comment un membre pourrait-il imaginer que nous ayons été enlevés ? Comment un membre pourrait-il même imaginer que nous soyons toujours vivants, alors que nos transpondeurs ne répondent plus ? Je m'aperçois que je pleure lorsque les larmes commencent à couler sur mes doigts. Je les essuie d'un revers de manche. Je ne veux pas que mes ravisseurs me voient comme ça.

Non, je ne dois rien laisser paraître. Je dois les laisser m'injecter du sérum de guérison. Et partir, dès que j'en aurai l'occasion.

Je rassemble mes esprits et me lève péniblement pour sortir. La douleur me transperce à nouveau de bas en haut quand je pousse la porte. Bénédicte me reprend le bras pour me faire traverser le couloir en sens inverse. Maintenant que mes yeux se sont habitués à la lumière, je remarque enfin la vétusté des lieux. Les portes métalliques usées. Le béton brut, non traité, des murs. Le Système ne se sert plus de la plupart de ces matériaux depuis des décennies… Soudain, un homme en blouse blanche à l'épaisse tignasse brune surgit d'une porte à notre droite.

– T'as bientôt fini, Bénédicte ? On a besoin d'aide ici !

Ses yeux s'agrandissent de surprise à ma vue. Mon regard se porte vers ses gants couverts de sang, puis vers l'intérieur de la pièce qu'il vient de quitter. Un corps bleu et nu au crâne découpé repose sur un brancard. À son poignet droit pend tristement un bracelet de fleurs des champs.

CHAPITRE 7

Un long hurlement s'échappe de ma gorge. Je tente de me jeter dans la pièce malgré l'élan de douleur qui me foudroie et les liens qui entravent mes pieds. Mon mouvement est stoppé net par l'inconnu qui m'attrape par la blouse et me tire violemment en arrière pour me ceinturer de ses deux bras.

– Bon sang, Bénédicte ! À quoi tu penses ? On n'est pas censés les laisser sortir de cette pièce ! vocifère-t-il.

Je continue de hurler et de me débattre, les yeux fixés vers le corps de mon amie. L'homme me saisit par les épaules et plante ses yeux dans les miens.

– Écoute, elle est morte ! On n'a rien pu faire ! Même un litre de sérum n'aurait pas pu la sauver ! Sa chute lui a fendu le crâne, t'as compris ? hurle-t-il à quelques centimètres de ma figure.

Ses yeux noirs sont durs, mais francs. Je reste un instant choquée à regarder ce visage, à essayer de donner un sens aux mots qu'il vient de prononcer. Jen est morte. Jen a eu le crâne fendu. Je retourne ces deux phrases dans ma tête de multiples fois. Inconsciemment, j'essaie de la contacter par le biais de mon transpondeur pour lui demander si c'est bien vrai. Le vide qui me répond est éloquent. Je suis seule. Les larmes roulent à nouveau sur mes joues. L'expression de l'homme en face de moi s'adoucit. Je sens l'aiguille de la seringue s'enfoncer dans mon cou, et je sombre à nouveau.

Je me réveille dans le noir. Où suis-je ? En quelques secondes, les événements des dernières heures se bousculent dans ma tête. L'enlèvement. La mort de Jen. Tom, Cora et moi prisonniers. Je remue un poignet et un cliquetis métallique me répond. Je suis de nouveau attachée au brancard, en chien de fusil, et j'ai toujours froid.

– Cora ? Lani ? Vous êtes là ? murmure Tom.

– Je suis là, dit Cora d'une voix faible.

– Je suis là, je réponds à mon tour. Tom, Cora, écoutez-moi, Jen est morte.

Alors que je prononce ces mots, les larmes traversent en silence l'arête de mon nez pour s'abattre sur la surface métallique. Un silence lourd me répond.

– Qu'est-ce qu'il s'est passé ? renifle Cora.

– Je suis allée aux toilettes et…

Les pleurs étranglent ma voix.

– Et quelqu'un a ouvert une porte… Et… Et elle était là, sur une table… Le crâne ouvert…

Je sanglote à nouveau à l'idée du corps mutilé de mon amie. Je repense à toute la vie et la gentillesse dont il avait été habité, à son sourire, et à l'avenir que nous imaginions toutes les deux et qui nous a été soudainement arraché. Quand j'arrive à retrouver mon calme, je ne peux entendre que les respirations hachées de mes compagnons.

– Ils ont dit qu'elle s'était fendu le crâne en chutant, je parviens à articuler. Mais comment est-ce que je peux les croire ? J'ai vu ce qu'ils ont fait à son cadavre. Il lui manquait la moitié du cerveau…

Un nouveau sanglot me secoue avant que j'arrive enfin à formuler ma plus grande crainte :

– Je pense qu'ils en avaient après son transpondeur.

– Lani, je suis désolé, dit Tom d'une voix rauque.

– Il faut qu'on parte d'ici. Je ne sais pas ce que sont ces Terres libres et ces rebelles, mais on ne peut pas leur faire confiance. J'ai peur… J'ai peur qu'ils nous gardent en vie uniquement pour nous prendre nos transpondeurs plus tard.

Un silence oppressant accueille mon hypothèse. L'angoisse me comprime désormais la poitrine. La perspective est terrifiante mais maintenant réaliste. Qui sait ce qu'ils sont capables de faire ?

– Tu as raison, Lani, chuchote Cora d'une voix encore étranglée de larmes. Il faut qu'on parte d'ici au plus vite. Comment vont vos blessures ? Vous pouvez bouger ?

– Un peu, mais ça fait encore mal, répond Tom.

– Même chose pour moi, je murmure. Ils ont dit qu'on partirait vers leurs Terres libres dès qu'on serait remis sur pied. Alors quand on sera dehors, il faudra saisir notre chance dès qu'ils auront le dos tourné.

– Il faudrait qu'on ait un code, ajoute Tom. Ou un signe. Qu'on puisse partir en même temps. Lani, tu sais imiter le hululement d'une chouette ?

– Bien sûr. Je vis dans les mêmes montagnes que toi, Tom, je te rappelle…

– Très bien. Je propose que l'un d'entre nous lance un hululement un peu plus long que celui d'une chouette lorsqu'il verra une opportunité. Ils ne feront pas la différence, mais nous, si. Il faudra surtout se méfier du barbu, il a l'air d'être dangereux.

– Pas seulement du barbu, j'ajoute. Ils sont peut-être tous armés. On en a vu trois pour l'instant, mais ils sont peut-être beaucoup plus.

– Ce sera déjà difficile de tromper la vigilance de trois personnes, soupire Cora. Peut-être qu'il vaudrait mieux essayer d'attirer l'attention du Système sur nous lorsqu'on sera dehors ?

Des bruits de pas résonnent dans le couloir et nous nous taisons. La porte s'ouvre sur deux silhouettes qui se découpent dans la lueur blafarde du néon. L'ampoule s'allume avec le même *clic* sonore que la première fois, et je réalise à quel point je déteste ce bruit. Je ferme les yeux, éblouie. Lorsque je les rouvre, je découvre Bénédicte, accompagnée de l'homme que j'ai surpris près du corps de Jen. Son visage a perdu de sa dureté, et il me fait un petit signe de tête en me voyant. J'hésite un instant avant de répondre, dérangée à l'idée d'échanger des politesses avec celui qui a ouvert le crâne de ma meilleure amie il y a quelques heures à peine. Mais je finis par lui rendre son salut : gagner sa sympathie nous donnera peut-être l'occasion de nous enfuir. Bénédicte s'avance au pied du brancard de Cora.

– Je sais que vous avez encore mal, mais après une dernière dose de sérum de guérison vous serez sur pied ! annonce-t-elle d'un ton presque guilleret.

– Qui êtes-vous ? Qu'est-ce que vous nous avez fait ? demande Tom.

– On vous a libérés, se contente de répondre Bénédicte. Je ne peux pas vous en dire plus.

Elle se dirige vers Tom pour lui administrer la première dose. Je la suis des yeux jusqu'à ce qu'elle soit en partie masquée par le corps de Cora. Je reste muette de stupeur. La blouse de ma camarade est ouverte sur l'arrière et découvre une myriade de cicatrices rouges qui s'étendent sur son dos, formant un motif arborescent qui couvre presque toute la surface de peau visible. Quelle sorte d'arme a pu lui faire ça ? Est-ce que c'est ce que j'ai moi aussi ? Je tourne ma tête le plus loin possible afin d'essayer d'entrevoir un peu de mon dos, mais je ne peux voir que l'horrible tissu vert. Je regrette tellement ma combinaison. Je repose ma tête sur mon oreiller. Bénédicte injecte le sérum à Cora, à présent. Après avoir remis sa seringue sur son plateau, elle caresse sa joue avec un regard doux, presque aimant. Je me demande comment elle peut coexister avec des brutes comme le barbu. Elle s'approche alors de moi.

– Je suis désolée pour ton amie, Lani. J'aurais voulu que tu apprennes cette nouvelle d'une autre façon.

Je ravale les larmes qui me montent aux yeux. Elle a l'air sincèrement peinée pour moi.

– Alexander voulait savoir comment tu allais.

Elle désigne l'inconnu du menton alors qu'elle prépare l'injection.

– Ça va, merci, je mens en regardant l'homme.

À ma grande surprise, il a l'air soulagé.

– Nous avons fait tout ce que nous avons pu, Lani, dit Bénédicte. Malheureusement, il était déjà trop tard lorsque nous sommes arrivés.

Elle enfonce la seringue dans mon cou.

CHAPITRE 8

Lorsque je rouvre les yeux, la salle est encore baignée de lumière. Je constate avec soulagement que la douleur a disparu. La dernière dose du sérum doit avoir fini de réparer tous les dégâts. Je relève la tête autant que la sangle qui m'enserre le cou me le permet. Je suis de nouveau sur le dos, pieds et mains attachés, sanglée au brancard. J'ai été débarrassée de l'horrible blouse verte, mais je porte désormais un uniforme en toile épaisse semblable à celui que j'ai vu sur le barbu. Je tourne la tête. Le brancard de Cora est vide, et Tom dort encore sur le sien. Le sommeil apporte à son visage une paix que je n'ai jamais eu l'occasion de voir lors de nos multiples rencontres dans les rêves éveillés. Je l'observe. Je réalise que c'est la première fois que je vois Tom en vrai. Il a les mêmes boucles blondes que lors de notre dernier tournoi, des sourcils épais, un nez droit et des lèvres fines. Lui aussi est revêtu du même uniforme sombre. Sa poitrine monte et descend lentement au rythme de ses inspirations et expirations. J'en compte une dizaine, lorsqu'il bat des paupières et ouvre les yeux à son tour.

– Lani ? Où est Cora ?

L'anxiété déforme soudain ses traits auparavant si sereins.

– Je ne sais pas.

– Tu penses qu'ils l'ont emmenée pour…

Il s'interrompt quand des bruits de pas se font entendre dans le couloir, mais je n'ai pas besoin d'entendre la fin de sa phrase pour penser à Jen et sentir l'angoisse me comprimer à nouveau la poitrine. La porte s'ouvre sur Bénédicte, Alexander et un nouveau que je ne connais pas.

– Je vois que vous êtes déjà réveillés, tous les deux. On commence par toi, Lani ? Je vais juste t'examiner afin d'être sûre que le sérum a bien complété son action.

Sans me laisser le temps de répondre, elle s'approche de moi, délie mes pieds et mes mains, tâte et déplace mes membres les uns après les autres.

– Tout va bien ici...

Elle m'offre un sourire avant de passer à Tom. Je vois Alexander s'approcher de moi avec appréhension. Il tend les mains vers mon cou, ces mains qui ont ouvert le crâne de Jen. Je n'arrive pas à les quitter des yeux. Je sens ses doigts sur ma peau alors qu'il défait les sangles autour de ma nuque et de mon torse. J'en ai presque la nausée. Puis, avec une douceur surprenante, il me retourne sur le ventre pour m'attacher les mains dans le dos avec une corde.

– On va se lever maintenant, murmure-t-il.

Il m'attrape par le bras et me met debout. Il sort de sa poche un tissu épais qu'il enfonce dans ma bouche puis noue autour de ma mâchoire pour me bâillonner. Tout du long, ses yeux évitent de croiser les miens alors qu'il arrange son engin de torture sur mon visage. Quand il a l'air d'en avoir fini, je remarque avec dégoût qu'il tient toujours un bout de la corde qui me lie les poignets. Va-t-il me traîner comme ça jusque dans leurs Terres libres ?

Il me pousse vers la porte.

Je lance un regard paniqué à Tom, dont le visage est plaqué contre la surface métallique du brancard pendant que l'inconnu lui attache aussi les mains dans le dos.

– Il nous rejoindra, dit Alexander en me prenant par le bras.

Nous sortons de la pièce et traversons le long couloir gris que j'ai pris la dernière fois. Au bout du corridor, il ouvre une lourde porte à manivelle d'une épaisseur incroyable. Je découvre un petit escalier étroit et sombre qui semble creusé à même la roche.

– Grimpe, me dit-il.

J'entreprends l'ascension et arrive bientôt devant un autre sas qu'il ouvre de l'épaule. La lumière du jour m'aveugle. Je cligne des yeux. Je suis dans une grande caverne à flanc de falaise qui ouvre sur un ciel sans couleur. Une dizaine d'individus, hommes et femmes vêtus du même uniforme sombre, me regardent fixement. Parmi eux, je reconnais celui qui a l'air d'être leur chef, avec sa barbe noire hirsute, à l'écart du groupe. Il adresse un signe de tête entendu à Alexander derrière moi.

– Le dernier arrive, Jo, lui dit celui-ci.

Il m'entraîne dans un coin de la grotte. Cora y est assise à même le sol, elle aussi bâillonnée et les mains liées par une corde que tient un homme aux cheveux blonds et courts. Je suis soulagée qu'ils ne soient pas en train de lui ouvrir le crâne. Puis l'angoisse reprend aussitôt le dessus quand je réalise que notre situation est toujours désespérée. Retenues par des gens dont ne savons pas qui ils sont ni ce qu'ils veulent… Nos regards se croisent et nous contemplons un instant notre propre détresse dans les yeux de l'autre. Alexander me fait asseoir à côté d'elle.

– J'espère qu'ils valent la peine qu'on s'est donnée pour eux, grommelle le gardien de Cora.

– Je l'espère aussi, Matthew.

Je sens le regard d'Alexander fixé sur mon dos alors que j'observe nos ravisseurs. J'en compte dix, tous armés d'un vieux revolver qui pend à leur ceinture et d'un fusil qu'ils portent en bandoulière. Douze en tout, avec ceux qui sont encore en bas avec Tom. Certains arborent une barbe à l'instar de Jo et les deux femmes ont les cheveux attachés en une longue tresse. Je reste un instant bouche bée à les observer. Personne ne se laisse pousser les cheveux dans le Système et les hommes se rasent toujours de près. C'est plus pratique et plus hygiénique. Mais ces gens ont tous des coupes longues et ce même regard froid et dur que je n'ai jamais vu chez un membre. Une pensée me frappe. Peut-être que cet abri était conçu pour bloquer les transmissions ? Je tente une nouvelle fois de joindre mentalement un membre ou un serveur. Pas de réponse. Je ne sais pas comment ils s'y prennent, mais ils parviennent à brouiller le signal en permanence.

Tom surgit à son tour de l'escalier, poussé par l'homme qui l'a ligoté, suivi de Bénédicte. Elle referme la lourde porte et la recouvre d'un panneau de lierre. On fait asseoir Tom à côté de moi. Jo vient alors vers nous et plante ses yeux dans les miens :

– Je sais que vous guettez certainement la prochaine occasion pour vous enfuir, mais que vous le vouliez ou non, vous êtes dans notre camp maintenant. Vos transpondeurs ont été mis hors d'usage. Pour le Système, cela veut dire une seule chose : vous êtes des nuisibles et vous devez être éliminés. Vous êtes déjà morts pour lui et pour toute votre communauté au moment où la connexion s'est coupée. Et si vous êtes repris, vous serez juste morts pour de bon !

J’écarquille les yeux, sous le choc. Nos transpondeurs, hors d’usage ? J’échange un regard catastrophé avec mes amis. J’essaie par réflexe de me connecter au serveur de l’implantation pour faire une recherche sur les causes d’un signal interrompu. Mais rien ne me répond. Je suis soudain prise de vertiges. Est-ce que c’est pour ça qu’on a eu si mal ? Parce qu’ils ont détruit les processeurs intégrés à nos cerveaux ? Mon souffle s’accélère. Non… Ça ne peut être qu’une panne ou un problème de réseau… On ne peut pas être coupé du Système ! Je cherche un signal dans toutes les directions, je tente de me connecter à tous les serveurs dont je me souviens. Rien. Rien du tout. Quand je tourne la tête vers Tom, il a les yeux en l’air, guettant lui aussi un signal. Nos regards se croisent et la réalité nous frappe de son horreur. Nous sommes déconnectés. Isolés du reste du monde. Perdus, à la merci de n’importe quel danger.

– On va voyager le plus rapidement et discrètement possible à travers les montagnes, reprend Jo. Nous serons en danger tant que nous n’aurons pas atteint les Terres libres, alors je ne tolérerai aucune jérémiade.

Il tâte à nouveau le pistolet qui pend à sa ceinture, d’un air satisfait. Je suis parcourue d’un frisson devant une menace aussi claire.

Ils se saisissent tous de leur sac à dos qu’ils jettent sur leurs épaules et se dirigent vers la falaise. Je les observe en silence disparaître l’un après l’autre à l’extérieur. Les mots de leur chef résonnent dans mon esprit : *Pour le Système, cela veut dire une seule chose : vous êtes des nuisibles et vous devez être éliminés.* Je ne peux pas y croire. Dans le Système, on cultive l’amour, la non-violence, le respect. La notion même de nuisible a disparu pour les animaux. Et comment est-ce que je pourrais les croire après ce qui est arrivé à Jen ? Ce n'est pas le Système que j'ai trouvé en train de lui découper le crâne…

Alexander me soulève soudain par un bras et me sort de mes réflexions. Il me pousse avec douceur vers la sortie de la grotte. Dans ses mains, il tient toujours fermement ma corde. Parvenue au bord d'un promontoire rocheux, j'observe quelques secondes le paysage afin d'essayer de repérer où nous sommes. Je reconnais sur la gauche la vallée à côté de la nôtre, la Feraulte, en bas de laquelle se trouve l'implantation de Tom et Cora, invisible d'ici. Devant nous, la Dent du loup, le sommet qui se situe juste derrière la montagne du Faucon. Au-dessous de moi, du vide. Nous devons donc nous trouver dans une caverne sur le flanc de celle-ci, et mon implantation doit être de l'autre côté. Je soupire de soulagement. Nous ne sommes pas si loin de la maison. Quelques kilomètres, tout au plus… Je repense encore une fois à ce que nous a dit Jo. Non, le Système ne nous ferait jamais de mal. Le Système va nous soigner et réparer nos transpondeurs. Le Système va nous envoyer des secours à un moment ou à un autre. Dès que j'en aurai l'occasion, je trouverai le moyen de rentrer chez moi.

– À ton tour de descendre, Lani, me souffle Alexander.

Sur la droite commence un petit sentier escarpé qui serpente le long de la falaise. Je n'ai jamais eu le vertige, mais je n'ai jamais dû non plus longer un chemin au bord d'un précipice avec les mains attachées dans le dos. Je réprime un frisson. Un seul faux pas et je ferai une chute de plusieurs centaines de mètres. Tom est devant moi avec son geôlier, et je vois qu'il évite aussi de regarder en bas. Nous commençons la longue descente. J'avance avec précaution sur le sol inégal. Il est encombré de pierres qui manquent de vous faire glisser à chaque pas. Au bout d'une bonne heure de sueurs froides, nous atteignons le col qui sépare la montagne du Faucon et la Dent du loup. Un vent glacial s'y engouffre et fait frissonner l'herbe rase encore jaunie par l'hiver. Les rebelles se donnent de grandes claques dans le dos, apparemment heureux d'être à nouveau sains et saufs sur la terre ferme. Tom, Cora et moi profitons de nous retrouver côte à côte pour échanger quelques regards où se mêlent le soulagement et l'appréhension. Que va-t-il se passer maintenant ? Quelle direction vont-ils prendre ? Un des hommes s'approche alors de nous et pointe du doigt le ciel où tournent deux grands vautours.

– Ils ont dû repérer le corps de votre copine, dit-il avec un rire mauvais. On n'allait pas le laisser nous pourrir une base de repli alors qu'il y a dans ces montagnes des centaines d'animaux qui meurent de faim, non ?

– Ferme-la, Levon, grogne Alexander derrière moi. Ils en ont assez bavé…

Je veux pleurer, mais je n'y arrive pas. Je ne peux pas détacher mon regard de l'endroit vers lequel les rapaces descendent en longue et lente spirale. Alexander me pousse encore une fois avec douceur pour me faire avancer. Nous nous enfonçons dans la forêt. Le temps semble s'étirer entre les arbres qui se ressemblent tous. J'essaie de me repérer, de reconnaître un sentier que j'aurais emprunté ou un tronc que j'aurais marqué. Mais ce n'est pas le territoire de mon implantation, ici. C'est celui de Tom et Cora. Si j'étais connectée, j'aurais pu demander au serveur le chemin exact jusqu'au membre le plus proche. J'aurais pu contacter ma mère et demander un drone de protection. J'aurais pu contacter un serveur central à Honfu et demander un hovercraft pour être secourue. J'aurais pu contacter leurs équipes médicales pour faire évacuer le corps de Jen. L'image des vautours tournoie encore dans mon esprit. Je me sens soudain terriblement seule et vulnérable. Je continue de marcher à la suite des autres, la gorge serrée par le chagrin, les oreilles grandes ouvertes dans l'espoir que le hululement d'une chouette donne le signal de la fuite. Avant de me rappeler que nos bâillons nous empêcheront de nous avertir. Et que, sans nos transpondeurs, nous ne pouvons communiquer mentalement. L'angoisse pèse un peu plus lourd sur ma poitrine. Et si nous étions sortis de leur territoire à eux aussi ? Et si nous nous dirigions vers le Nord, là où il n'y a plus d'implantations, seulement des espaces naturels déjà réhabilités ? La lumière ne tarde pas à décliner. Mes jambes me font mal. La faim me tord le ventre. Je n'ai rien avalé depuis mon réveil et l'effet de satiété du sérum de guérison s'est depuis longtemps estompé. Je commence à mâchonner le bout de tissu qui encombre ma bouche afin de tromper mon appétit lorsque la file stoppe net. Devant moi, le gardien de Tom se défait de son sac à dos et entreprend de déballer quelques paquets à l'aspect douteux.

Derrière moi, Alexander fait de même. C'est le moment ou jamais. Il va certainement desserrer son emprise sur le lien lorsqu'il cherchera la nourriture dans son sac. Je vois son pouce et son index s'écarter pour saisir un paquet. Il ne tient plus la corde qu'avec trois doigts. Maintenant. Je m'élance à toutes jambes dans la forêt. J'entends des jurons derrière moi et le martèlement des pieds de plusieurs personnes en train de courir. Les branches me fouettent le visage alors que je dévale la pente à grandes enjambées. Il y aura certainement mon implantation au bout de la vallée. Je zigzague tant bien que mal entre les arbres. Mes poursuivants se rapprochent. Mes jambes sont en feu, mon estomac grogne et une douleur sourde se réveille dans mon dos. Je suis au bout des limites de mon organisme mais l'adrénaline me donne des ailes. Une balle siffle près de mon oreille gauche. Je continue ma course. Je saute par-dessus les racines et les pierres qui tendent des pièges sur mon chemin. Mais chaque mouvement consume un peu plus le peu d'énergie qu'il me reste. Je ne tiendrai pas à ce rythme jusqu'à l'implantation… Je dois les semer et trouver un endroit où me cacher avant de redescendre chercher de l'aide. Les bruits de pas se rapprochent. Un éclair de souffrance me foudroie et c'est le trou noir.

CHAPITRE 9

Je me réveille avec une forte douleur à l'arrière du crâne. J'ouvre les yeux. Je suis assise contre une souche, au milieu du groupe des rebelles. Les arbres dansent autour de moi. Je suis prise de nausée et vomis un peu de bile sur le côté. Je crache. Je referme les yeux, incapable de supporter le tournoiement sans fin de la forêt.

– Tu vois bien qu'elle va mal, Jo ! murmure la voix de Bénédicte. Elle doit avoir un traumatisme crânien avec le coup qu'elle s'est pris, laisse-moi au moins lui injecter une dose !

– Je m'en fiche, Béné, elle a failli tous nous faire tuer. Pas question que j'en gaspille une de plus pour cette gamine.

– Et ça t'avancera à quoi si elle meurt dans nos bras avant d'arriver à la base ? Ou si on ramène un légume ? Je te rappelle qu'on a besoin que son cerveau soit fonctionnel pour qu'on puisse la déprogrammer !

La dernière phrase résonne un court instant dans ma tête embrumée. Qu'ont-ils dit ? Je sombre à nouveau.

Je suis dans le noir. Jen se tient en face de moi. Son visage rayonne de douceur.

– Rejoins-moi, Lani, murmure-t-elle.

Elle se retourne et m'invite de la main à la suivre dans la lumière. Les vautours jaillissent de l'obscurité et se jettent sur son cerveau à nu.

Je hurle dans mon bâillon. Je suis allongée dans les bois, les mains nouées, engoncée dans un sac de couchage. Il fait nuit. Quelque part au-dessus de moi, un hibou hulule. Je reprends mon souffle. Est-ce vraiment cela le sommeil primitif ? Des rêves affreux où les pires horreurs peuvent arriver sans que l'on ne contrôle rien ? Une ombre se redresse et je sens une main caresser mes cheveux.

– Tout va bien, Lani. On t'a injecté du sérum. Rendors-toi, murmure la voix grave d'Alexander.

J'entends bientôt le son calme et régulier de son souffle. Je reste les yeux grands ouverts à regarder le ciel entre les branches des sapins. Plusieurs étoiles filantes se succèdent à la poursuite du matin. La Voie lactée tourne au-dessus de moi, insensible à mes malheurs. L'hiver, lorsque la nuit règne en maître dans cette région, Jen et moi aimions sortir emmitouflées dans de chaudes couvertures et regarder les aurores boréales danser au-dessus de nous, compter les étoiles et inventer nos propres constellations. Avec qui partager ces moments, désormais ? Les larmes viennent brouiller un instant les étoiles avant d'aller se perdre dans mes cheveux. La fatigue finit par me vaincre et je me rendors.

Une petite secousse me tire du sommeil. J'ouvre les yeux pour découvrir le visage d'Alexander. Son œil droit est décoré d'un gigantesque coquard.

– Cadeau de Jo pour t'avoir laissée t'échapper, dit-il devant mon air d'incompréhension.

Autour de nous, les rebelles s'activent dans la pénombre, refont leurs paquetages ou mangent un morceau de ce qui ressemble aux pains de céréales qu'on fabrique à l'implantation. Le soleil n'est pas encore levé.

– Je vais t'enlever ton bâillon pour que tu manges et que tu boives un peu. On a une très longue route aujourd'hui. Tu me promets de ne pas crier ?

Mon regard se pose sur son œil au beurre noir et je hoche la tête. Je pourrais presque me sentir désolée pour lui si je ne l'avais pas surpris en train de découper le crâne de mon amie.

Il se penche vers moi pour ôter le tissu quand Jo se lève d'un bond.

– Nous avons un signalement ! Un hovercraft va survoler la totalité de la vallée dans six heures. Nous devons partir tout de suite et rejoindre le refuge au pas de course, sinon on est tous morts !

Une peur animale traverse les yeux d'Alexander. Je ne comprends pas, pourquoi est-il si effrayé par un hovercraft ? C'est juste un hovercraft... Il m'extirpe de mon sac de couchage et me remet sur pied. Je me rends compte alors qu'il n'est pas le seul à paniquer. Autour de nous, tous rassemblent leurs affaires dans la précipitation. En moins de dix secondes, Alexander a rangé nos duvets et se tient prêt à partir. Au milieu du branlebas de combat, je repère Tom et Cora, bâillonnés et les mains toujours attachées. L'angoisse se lit aussi dans leurs yeux fatigués. Ont-ils seulement dormi ? Ils me font un signe de tête auquel je réponds, avant d'être entraînée en avant par Alexander qui se met en route avec les autres.

Toute la compagnie gravit la montagne à la suite de Jo, sur une piste qu'il a l'air d'être le seul à connaître, au milieu de la forêt. La faim, la soif et la fatigue me taraudent. De temps à autre, le chef annonce la progression de l'hovercraft et nous intime de marcher plus vite, toujours sous peine de mort. Il vient d'aboyer qu'il ne nous reste qu'une heure quand nous atteignons un torrent. C'est celui qui traverse mon implantation ! Nous sommes de retour dans mon territoire, tout au fond de la vallée, au pied de la montagne du Pigeon. La pente s'accentue, et je comprends que Jo nous fait monter vers le col de la Faucille, un passage très étroit en haute altitude qui permet d'accéder au versant nord de la montagne. Il n'y a aucune implantation au-delà. Avec horreur, je réalise que l'hovercraft est peut-être notre dernière chance d'être repérés par le Système. J'essaie de ralentir la marche. Mais c'est sans compter sur Alexander qui continue de me pousser en avant. Lorsque nous débouchons sur l'alpage, la course s'accélère. Tout le groupe ahane parmi les monticules d'herbe jaunie encore courbée par le souvenir des tonnes de neige du dernier hiver.

– Plus que quinze minutes ! hurle Jo en forçant la cadence.

Je suis à bout de souffle, terriblement gênée par le bâillon qui m'obstrue la bouche. Alexander continue de me forcer à avancer à chaque fois que j'essaie de ralentir le rythme.

– Plus vite, Lani, dit-il d'une voix hachée. On y est presque…

Le col est désormais visible au-dessus de nous. Jo court sur la pente raide en direction de la falaise rocheuse à droite de la passe. Je le vois soudainement s'arrêter devant un renfoncement et nous faire signe d'avancer plus vite.

– L'hovercraft est déjà visible à l'horizon, dépêchez-vous ! dit sa voix au loin.

Les premiers rebelles qui atteignent le refuge disparaissent dans la roche. Tom se retourne et essaie de dévaler la pente vers les secours, mais son gardien tire alors d'un coup sec sur la corde. Il s'étale de tout son long contre le flanc de la montagne. Deux hommes se jettent sur lui, le soulèvent et le portent vers l'abri sous les yeux embués de larmes de Cora. J'essaie à mon tour de résister, de tirer sur la corde de toutes mes forces, mais Alexander me saisit par la taille et me balance en travers de son épaule comme un vulgaire sac. Nous sommes parmi les derniers. Je relève péniblement la tête pour essayer d'apercevoir l'hovercraft. Il est là, à l'entrée de la vallée, le petit point noir qui vibre sous le soleil. Dans une dernière tentative pour être secourue, je hurle dans mon bâillon et appelle à l'aide de toutes mes forces, sans résultat. Épuisée, je me laisse retomber sur le dos d'Alexander. Je suis ballottée en tout sens sur son épaule. Je relève à nouveau la tête. L'hovercraft est plus proche. Quelques mètres plus bas, un homme sue à grosses gouttes et peine à avancer. Il boite. L'espoir me revient. Peut-être nous fera-t-il repérer ? J'ai à peine le temps de formuler cette pensée que nous pénétrons dans l'abri. Alexander me pose directement sur le sol et s'assied en travers de moi pour m'empêcher de bouger. Il est à bout de souffle. Face contre terre, je peux voir la silhouette de Jo se découper sur le ciel bleu à l'entrée de la petite grotte.

– Dépêche-toi, imbécile ! hurle-t-il en s'adressant au dernier soldat encore dehors.

Il rentre soudain à l'intérieur de l'abri et se met à pianoter furieusement sur sa montre. Trois secondes plus tard, un *boum* sonore retentit à l'extérieur. Je hurle dans mon bâillon. À quelques mètres de l'entrée de la caverne, un corps à la tête fragmentée en milliers de morceaux flotte dans un halo de lumière verte surnaturelle.

CHAPITRE 10

Je reste un instant sidérée à la vue du cadavre. Je me mets à trembler de manière incontrôlable. Même dans les rêves éveillés historiques les plus glaçants, je n'ai jamais vu de telles horreurs. Qu'est-ce qui lui est arrivé ? Qu'est-ce qui est arrivé à sa tête ?!

– Qu'est-ce qu'elle fiche encore là, elle ? Fais-la descendre, Alex ! ordonne Jo à mi-voix.

J'ai vaguement conscience du poids d'Alexander qui quitte mon dos. Puis de deux bras qui me remettent debout et m'entraînent vers le fond de la grotte. Je n'ai pas la force de résister. Mes jambes tremblent et peinent à me porter. J'ai le cœur au bord des lèvres. Tout ce qui m'importe maintenant, c'est de mettre le plus de distance possible entre moi et l'entrée de cette caverne.

Alexander m'entraîne vers un escalier qui s'enfonce dans les profondeurs de la terre. Nous descendons à l'aveuglette, encerclés par l'écho de nos pas dans l'obscurité. Je sens maintenant le souffle désagréable de Jo contre ma nuque. Il nous a rejoints, et sa simple présence me tord le ventre. Alexander finit par allumer une petite lampe attachée à sa ceinture, éclairant des marches de béton. Encore un endroit ancien, comme le précédent. Nous continuons de nous enfoncer dans la montagne jusqu'à ce qu'une porte blindée apparaisse dans le faisceau.

Alexander me pousse à travers l'ouverture. Je débarque dans une gigantesque salle au sol et aux murs lisses, dont seule une petite partie est faiblement éclairée par les quelques lampes des soldats. Le reste est plongé dans l'obscurité la plus totale. Tous les visages se tournent vers nous.

– On a perdu Julien, annonce Jo.

Il referme la porte avec un claquement sonore dont l'écho reste un instant suspendu dans l'air. Les regards se baissent. Un homme essuie une larme qui coule le long de sa joue. Le gardien de Cora me regarde avec des yeux accusateurs. Il tient toujours ma camarade d'infortune en laisse. Juste à côté d'elle, Tom est étendu face contre terre, son geôlier assis sur son dos, tout comme Alexander l'a fait avec moi quelques minutes auparavant. Je me tourne vers ce dernier. Son visage est dur et fermé. Jo lui arrache ma corde des mains d'un geste rageur et me précipite vers l'obscurité qui envahit la gigantesque salle. Je lui résiste.

Il donne un grand coup sec qui m'envoie valser par terre. Le goût du sang envahit ma bouche. J'essaie de me relever, mais il se saisit du col de mon uniforme et me traîne maintenant au sol. Une pensée horrible surgit soudain dans mon esprit. Et s'il voulait me faire subir le même sort qu'à Jen ? S'il avait décidé d'en finir avec moi ? La peur me donne un regain de force. J'essaie de trouver une prise sur le sol avec mes pieds. Je me tords dans tous les sens pour le faire lâcher. Je hurle dans mon bâillon. Il me laisse tomber et ma tête heurte le béton. Un éclair de douleur me traverse le crâne.

Avec peine, j'essaie de me relever, tout en cherchant du regard la porte par laquelle je pourrais lui échapper. Mais je n'ai pas le temps d'esquisser un pas vers la sortie que Jo m'attrape par le col de ma chemise. Son poing vient heurter mon visage avec un bruit mat. Un bourdonnement sourd résonne dans mon crâne. Puis il me jette à nouveau à terre. Effondrée de douleur, je me recroqueville sur moi-même tandis que les coups continuent de pleuvoir.

– Jo ! appelle la voix de Bénédicte.

La corde se tend et je suis traînée au sol vers le reste du groupe. Plus la force de résister. Mon crâne râpe contre le béton lisse. Un liquide chaud coule de mon nez. Quand la corde se détend, je me laisse aller contre la surface dure et froide de la salle. Les ténèbres me guettent et je les appelle de tous mes vœux. Tout pour échapper à cet enfer.

– Elle aura quelques bleus, c'est tout, grogne la voix de Jo au-dessus de moi. Suffisamment pour lui rappeler de ne pas se barrer à nouveau. Pas de sérum de guérison cette fois. Il faut que la douleur imprime un peu le message.

Je sens des bras qui me soulèvent avec précaution. Le visage d'Alexander apparaît au-dessus du mien. Il m'assied contre le mur. Je ferme les yeux. Je ne veux plus être ici. Je ne veux plus être entourée de ces individus agressifs et dangereux. Aucun membre ne ferait preuve d'autant de violence. Aucun membre n'a jamais fait preuve de violence du tout. Le concept même a disparu avec la Grande Connexion au Système. Je sens que je tremble encore alors qu'Alexander m'ôte mon bâillon.

– Pourquoi ? dis-je d'une voix rauque en entrouvrant les yeux.

– Parce que c'est de ta faute, réplique Jo avec hargne. Si tu ne t'étais pas enfuie, si nous n'avions pas été obligés de te garder immobile hier, nous aurions déjà été loin au moment du passage de l'hovercraft.

– Et si vous ne m'aviez pas capturée, je n'aurais pas eu à m'enfuir ! je réplique du tac au tac.

– Sale petite...

La colère étouffe son dernier mot et il se jette sur moi. Bénédicte essaie de s'interposer mais il la repousse. Il me soulève par le col et me plaque contre le mur, son avant-bras contre ma gorge. Mes pieds ne touchent plus le sol. Je ne peux plus respirer. Il sort son pistolet et m'en enfonce le canon dans la bouche.

– Un mot de plus et je t'envoie rejoindre ta copine. C'est compris ?

J'ai mal et ma vision se brouille. Je sens le métal froid buter douloureusement contre le haut de mon palais.

– C'est compris ?! répète-t-il.

Je hoche frénétiquement la tête. Il me laisse aussitôt retomber au sol. J'avale une grande goulée d'air dans un bruit rauque.

Alexander se précipite sur moi et fait couler un peu d'eau de sa gourde entre mes lèvres. Je tousse.

– Bois encore, souffle-t-il.

Je croise son regard. Pour la première fois, j'y décèle quelque chose qui pourrait ressembler à de l'inquiétude. Il ramène le goulot à ma bouche. Le liquide apaise ma gorge asséchée. Bénédicte s'approche et pose à côté de moi une petite mallette dont elle sort un stylet. L'instant d'après, elle en braque la lumière dans mes yeux.

– Ça va aller, Lani, dit-elle en m'aveuglant. C'était... C'était seulement quelques petits coups. Il ne voulait pas vraiment te faire du mal...

Je retiens un ricanement. Drôle de façon de ne pas vouloir faire du mal aux gens. Elle sort un bout de gaze d'une des poches de sa veste et commence à essuyer le sang de mon visage. Du coin de l'œil, je vois Jo faire les cent pas au milieu de ses hommes, les yeux fixés sur sa montre.

– Nous avons été repérés, annonce-t-il à tout le monde à voix basse. Il y a un satellite braqué sur cette entrée et trois Protectdrones qui patrouillent sur ce flanc maintenant. Vous savez ce que cela veut dire ?

Quelques soldats prennent leur tête entre leurs mains, d'autres jettent à droite et à gauche des coups d'œil apeurés.

– Nous allons devoir passer par les tunnels. Et avant ça, attendre suffisamment longtemps ici pour pouvoir sortir de l'autre côté en pleine nuit.

À ces mots, quelques-uns tournent vers moi un regard chargé de haine. Bénédicte continue de nettoyer mes plaies, mais ses traits se sont figés dans une expression de terreur. Alexander pose une main sur son épaule.

– Béné ? murmure-t-il. Je peux finir de faire ça, va plutôt te reposer.

– Merci, Alex.

Elle lui donne les gazes et se dirige directement vers Jo qui se tient à l'écart du groupe. Elle lui chuchote quelque chose dans le creux de l'oreille. Mon regard revient vers Alexander qui imbibe le bout de coton d'un peu d'alcool tiré de son sac. Il est le seul à ne pas avoir l'air terrifié. Au lieu de ça, une expression d'extrême concentration envahit son visage alors qu'il m'applique le désinfectant. Un picotement vif me traverse le front et m'arrache une grimace.

– Désolé, s'excuse-t-il tout bas.

– Pourquoi vous nous faites tout ça ? Qu'est-ce que vous nous voulez ?

Seul un faible murmure rauque s'est échappé de ma gorge encore douloureuse. Je repense à l'homme au crâne explosé. À Jen. Les larmes me montent aux yeux. Son regard accroche le mien et il pousse un long soupir.

– On vous expliquera tout quand on sera arrivés, dit-il avec une douceur surprenante alors qu'il passe le coton une nouvelle fois sur mon front. Crois-moi seulement quand je te dis qu'on ne vous veut pas de mal.

– Pourquoi est-ce qu'il m'a frappée alors ?

Je désigne Jo du menton. Le visage d'Alexander se crispe une demi-seconde en une moue désapprobatrice avant de retrouver un air concentré.

– C'est Jo. C'est son travail. Ça aussi, tu le comprendras plus tard.

Un intense sentiment de frustration m'envahit à nouveau. Pourquoi personne ne veut nous dire ce qu'il se passe ? Je voudrais insister mais je comprends au regard d'Alexander qu'il ne me dira rien de plus.

Alors qu'il continue de nettoyer mon front, je cherche Tom et Cora des yeux. Ils sont à quelques mètres de moi, toujours tenus en laisse par leurs gardiens respectifs. Ceux-ci sont trop occupés à converser à voix basse avec leurs camarades pour accorder la moindre attention à leurs prisonniers. Et ils ne sont pas les seuls : autour d'eux, tous les soldats chuchotent maintenant d'un air inquiet, les yeux fixés vers le noir qui envahit la salle.

– Alexander, pourquoi tout le monde a l'air si effrayé ? C'est quoi ces tunnels ?

Son regard se tourne vers l'obscurité.

– Les tunnels s'enfoncent au cœur de la montagne, dans le noir là-bas. On est dans une ancienne base militaire. Et elle est extrêmement dangereuse.

– Pourquoi ?

– On va dire que ceux qui la gardent ne sont pas vraiment disposés à ce que des étrangers la traversent.

– Ça doit faire vingt ans qu'on n'a pas essayé de revenir ici, chuchote Pete, le gardien de Tom, qui s'approche de nous tout en tirant ce dernier derrière lui.

Il lui fait signe de s'asseoir à côté de moi et entreprend de lui enlever son bâillon. Mon ami me regarde d'un air effrayé et inquiet. Ses mains sont agitées d'un léger tremblement. Je devine que lui aussi est très secoué par la démonstration de violence de Jo.

– On n'a jamais revu la dernière équipe qui a été envoyée pour tenter d'établir un contact, ajoute Pete, d'un ton sinistre.

– Pourquoi est-ce qu'on ne ressort pas par là où on est venus si cet endroit est si dangereux ? murmure Tom, maintenant libéré de la boule de tissu qui lui obstruait la bouche.

– On ne peut pas, dit Alexander. On se ferait repérer par le satellite ou les drones. Et puis on est en retard, on doit être rentrés à la base dans moins de soixante-douze heures. Bon sang, il ne t'a pas ratée, Lani…

Maintenant que l'adrénaline est retombée, je peux sentir mon sang battre autour de mon œil gauche. Une douleur sourde irradie tout le long de mon corps aux endroits où j'ai reçu des coups de pied. Alexander range les gazes souillées et la fiole d'alcool dans une petite boîte en métal qui disparaît aussitôt dans son sac.

– Je vais te délier les mains. Pas de bêtises, OK ? dit-il, ses yeux noirs plantés dans les miens.

J'acquiesce, et le sang s'élance douloureusement dans mon arcade endommagée.

– Ça va, Lani ? dit Tom à mi-voix à côté de moi, tandis qu'Alexander défait les nœuds qui enserrent mes mains.

Devant son air affolé, j'essaie de le rassurer :

– J'ai un peu mal mais ça va.

– Tu... Tu es sûre ? insiste-t-il. Tu n'as pas de vertiges ? Pas de troubles de la vision ?

– Non, je lui réponds en massant mes poignets enfin libres. Rien du tout.

Mais l'angoisse ne quitte pas son visage. Ses yeux font maintenant des allers et retours entre moi et son gardien.

– Tu as reçu un très violent choc à la tête quand tu t'es enfuie, hier. Même si tu as été traitée au sérum de guérison, de nouveaux coups aussi rapidement après un trauma...

– On m'a frappée ? je l'interromps.

Une ombre de culpabilité passe sur le visage de Pete, à côté de lui.

– C'est moi, dit-il. Désolé, hein, je ne pensais pas y avoir été aussi fort...

Il baisse les yeux, l'air gêné, avant de reporter son attention sur les liens de Tom, qu'il range dans son paquetage.

Alexander sort de son sac un paquet qui contient ce qui ressemble à nos pains de céréales et m'en tend un. Mon estomac se met à grogner. Je n'ai pas mangé depuis mon enlèvement. Si le sérum de guérison provoque une illusion de satiété, il n'enlève pas le besoin en nourriture du corps, au contraire. Je l'avale en moins de deux. Alexander s'est assis contre le mur à côté de moi et mâchonne le sien mécaniquement, le regard fixé sur le sol. Quand il voit que j'ai fini mon pain, il détache un petit bout du sien et me le donne. Je l'engloutis aussi vite.

– On va se reposer ici quelques heures, murmure-t-il. Je dormirais si j'étais toi, le reste du voyage risque de ressembler à une marche forcée.

Un peu plus loin, dans la pénombre, je repère Cora, pour qui son gardien déplie un sac de couchage. Elle nous adresse un signe de la main, à Tom et à moi, auquel nous nous hâtons de répondre. Elle a l'air d'aller bien, c'est déjà ça.

Alexander étend mon duvet sur le sol et me fait signe de m'allonger. J'obéis avec un soupir. À quelques mètres de là, un soldat monte la garde devant la porte, arme au poing. Jo a dit qu'un satellite était braqué sur l'entrée et que des Protectdrones sillonnaient la vallée. Et si je réussissais à sortir et à appeler de l'aide ? L'image du corps sans tête me revient à l'esprit. Je l'en chasse aussitôt. Non, l'hovercraft n'a pas pu faire ça. Le Système est bienveillant, non violent. Si je sortais pour donner l'alerte, nous serions tout de suite secourus et reconnectés. Je jette un nouveau coup d'œil à la porte. L'homme est toujours là. Ses petits yeux me fixent d'un regard perçant. Je retombe dans mon duvet. Je dois attendre. Attendre qu'il bouge ou qu'il s'endorme. Je lutte contre la fatigue. Ne pas dormir… Ne pas dormir…

CHAPITRE II

Je me réveille doucement. Le sang martèle toujours autour de mon œil. J'y porte la main. Une grande partie de mon visage est enflée et douloureuse. Je relève la tête avec précaution. Quelques lampes sont encore allumées et découpent le relief des sacs de couchage sur le sol. Seuls deux soldats sont debout, en marge du camp, le regard fixé sur l'obscurité occupant le reste de la salle. Ils sont tendus, concentrés sur la masse noire qui aspire le peu de lumière émis par notre installation. J'esquisse un mouvement et l'un d'eux se tourne immédiatement vers moi avant de revenir à l'observation du néant. Je regarde la porte par laquelle nous sommes arrivés. Un de nos ravisseurs est couché devant, en travers, me coupant toute possibilité de sortie. Je pousse un long soupir.

– Lani ? murmure Tom.

Je me rallonge à côté de lui.

– Ça va ? me chuchote-t-il dans le creux de l'oreille. Tu as mal ?

– Ça peut aller, je souffle. C'est douloureux, mais moins que ce que je pensais…

– Je suis désolé, Lani. Pour tout ça. C'est ma faute. J'aurais dû essayer de m'enfuir aussi. Je ne sais pas ce qui nous a pris avec Cora. On est restés comme paralysés. Je t'ai vue partir en courant dans les sous-bois et je n'ai pas réalisé qu'en t'imitant on aurait augmenté nos chances… J'ai essayé de me rattraper en ralentissant notre marche quand l'hovercraft arrivait, mais ça n'a pas suffi.

Le remords peut se lire sur son visage malgré la pénombre.

– C'est rien, Tom. Vous n'auriez peut-être réussi qu'à vous blesser, vous aussi.

Un long silence s'installe, seulement perturbé par le bruit des profondes respirations des soldats endormis. Je fixe le plafond, tellement haut que je le devine à peine. Comme à mon habitude, je prends trois grandes inspirations. J'ai le pressentiment que cette journée va être difficile…

– On est perdus, non ? dit Tom au bout d'un moment, d'une voix si basse qu'elle se confond presque avec son souffle.

– Qu'est-ce que tu veux dire ?

– Tu sais aussi bien que moi qu'il n'y a plus d'implantations derrière cette montagne, murmure-t-il. C'était notre dernière chance d'être repérés par le Système.

– On trouvera une occasion plus tard.

– Pas dans ces tunnels. Je ne pense pas qu'ils soient tous si nerveux sans raison, Lani. Ils n'auraient pas mis deux gardes pour guetter une salle vide…

Il s'interrompt. Alexander s'agite dans son sommeil à côté de moi.

– Il y a toujours les implantations côtières. À l'est. 202678 et 202679, je murmure un peu plus bas.

– Mais on sera à plus d'un jour de marche de la première, avec une dizaine de types surarmés à nos trousses, en terrain découvert… On n'a aucune chance.

– Sauf si on s'enfuit tous les trois en même temps. Ils ne pourront pas tous nous poursuivre. On doit tenter le coup,

Tom. Il a dit qu'on arriverait dans moins de soixante-douze heures. On n'a pas le choix.

– Tu es sûre de vouloir réessayer ? Après ce que le barbu t'a fait tout à l'heure ?

Je ne lui réponds pas tout de suite. Je repense aux coups assénés par Jo. À l'homme au crâne explosé.

– C'est à mettre dans la balance avec toute une vie coupée du Système, je finis par lâcher, presque pour moi-même.

Il prend une grande inspiration.

– Tu as raison. On doit prévenir Cora. Et quand on verra une occasion, on sera prêts à partir.

Au moment où il prononce ces mots, quelques personnes au sol commencent à se relever. Jo est le premier debout. Il secoue ses hommes et crache des ordres secs. À côté de moi, Alexander ouvre des yeux ensommeillés avant de se redresser d'un bond. Son regard me cherche aussitôt. Sans un mot, il m'aide à me relever et entreprend de plier mon sac de couchage.

Je jette un coup d'œil à Tom. Adossé contre le mur, il observe Cora que son gardien tire sans ménagement du sommeil. Il se met à mâchonner sa lèvre inférieure, l'air nerveux. Je ne l'ai jamais vu faire ça dans les rêves éveillés. Peut-être parce que je ne l'ai jamais vu dans une telle situation de stress.

À mon grand soulagement, Cora est bientôt conduite vers nous. Elle m'adresse un regard interrogateur avant que la déception ne se peigne sur son visage. Je devine qu'elle a dû me demander comment j'allais par message mental, avant de se souvenir que nous n'étions plus connectés. Alors je lui réponds par un hochement de tête et un sourire. Elle essaie de me le rendre, mais les larmes envahissent ses yeux. Tom le remarque tout de suite et lui ouvre ses bras. Elle s'y blottit aussitôt.

La peur me tord un peu plus le ventre. Et si nous arrivions à nous enfuir, mais que le Système ne pouvait pas réparer nos transpondeurs ? Serions-nous condamnés à vivre ainsi, coupés de tout, incapables de tenir la moindre conversation mentale ?

– Hé là, les décérébrés ! s'écrie Jo à mi-voix.

Il me faut un instant pour comprendre qu'il s'adresse à Cora, Tom et moi.

– Cet endroit est trop dangereux pour qu'on vous attache les mains, vous pourriez en avoir besoin pour vous défendre.

Il esquisse un sourire en coin.

– Mais je vous préviens : inutile de s'enfuir. Cette montagne est un dédale avec une seule entrée et une seule sortie. Et je suis le seul à les connaître. Abandonnez le groupe et vous vous retrouverez à errer dans les couloirs jusqu'à ce que vous creviez de faim ou de soif. Et ça, c'est si les choses qui vivent ici ne vous sont pas tombées dessus avant. C'est clair ?

Je m'empresse de hocher la tête devant son air menaçant. Notre réaction a l'air de le satisfaire, car il retourne invectiver ses soldats. Je remarque alors que chaque homme a désormais empoigné son fusil. Quel genre de personnes peut bien garder ce lieu pour qu'ils soient tous à ce point sur les dents ?

– Surtout ne faites pas de bruit lorsque nous serons dans les tunnels, ajoute Alexander. On ne sait pas si ce qui s'y cachait autrefois est toujours là, mais on ne veut surtout pas le découvrir, compris ?

Nous acquiesçons. J'échange un bref regard avec Cora et Tom. Eux non plus ne sont pas rassurés. Un peu plus loin, deux soldats vérifient frénétiquement leurs chargeurs de balles. Les autres attachent une torche au canon de leur arme. Ma nervosité monte d'un cran.

– En route, dit Jo en s'adressant à tout le monde. Souvenez-vous, pas un bruit, on avance en file indienne et on ne perd pas de vue la personne devant soi.

Tous se placent aussitôt derrière lui.

– Attends, viens par là, Lani.

Alexander m'attire soudain à lui par ma ceinture.

– Voilà, dit-il simplement en allumant la petite lampe qui y est attachée. C'est le même bouton pour l'éteindre. Au cas où…

Un court instant, j'ai l'impression qu'il va sourire, mais ses yeux noirs gardent leur sérieux. Puis il me pousse avec douceur pour prendre ma place dans la file, derrière le gardien de Tom.

Nous nous enfonçons dans l'obscurité de la grande salle. Nos pas résonnent avec un écho lointain, le faisceau des torches n'éclaire qu'un sol froid et lisse, uniformément gris. Quelques minutes s'écoulent ainsi, avalées par le néant.

Soudain, des formes inanimées surgissent devant nous. Je reconnais des avions à réaction sur lesquels la poussière a émoussé l'éclat vif du métal. Ces engins ont disparu il y a des dizaines d'années mais j'en ai vu dans certains rêves historiques. Je pensais qu'ils avaient tous été recyclés depuis longtemps. Alexander me pousse gentiment en avant. Je presse le pas pour rattraper la file qui s'enfonce dans l'obscurité devant nous.

Nous longeons les appareils. Des outils jonchent le sol, comme si le hangar avait été quitté dans la précipitation. Apparaît bientôt un engin beaucoup plus gros, qui ressemble à un ancien hovercraft. Je connais ce modèle. J'en ai piloté un similaire dans les rêves éveillés. Il doit dater de juste avant la

Grande Connexion. Je contemple le ventre grand ouvert de la bête au cockpit vide, jonché de boîtes de transport renversées, comme s'il était prêt à décoller une fois le dernier chargement embarqué. S'il marchait encore, je pourrais monter à bord et m'enfuir loin d'ici. Mais je doute qu'il fonctionne : une couche de poussière forme un mince linceul sur sa carlingue.

Je comprends les dimensions gigantesques de la salle. Nous sommes dans le hangar d'une ancienne base militaire de montagne. Quelque part dans le noir, de grandes portes de métal devaient s'ouvrir sur le ciel pour laisser ces engins prendre leur envol. Je me demande si elles sont toujours opérationnelles, quand un portail aux battants d'acier s'esquisse sur le mur devant nous. Alexander se penche pour murmurer à mon oreille :

– À partir de maintenant, plus un seul bruit…

Je lui réponds d'un hochement de tête. La porte s'ouvre dans un long chuintement plaintif. La file se remet à avancer pour s'engouffrer dans la montagne. Nous pénétrons dans un large couloir de béton gris. Le sol est jonché de feuilles volantes et d'objets épars qui reposent sous une épaisse couche de poussière. Comme dans le hangar, tout dans cet endroit trahit la panique et un départ précipité.

Nous avançons dans un silence seulement perturbé par notre souffle et le craquement discret du vieux papier sous nos pas. De part et d'autre du grand corridor, des portes béantes s'ouvrent sur des salles où les faisceaux des lampes révèlent un amoncellement de tables et de chaises enchevêtrées. À ma grande surprise, quelques consoles électroniques et autres tableaux de bord y clignotent toujours avec un léger bourdonnement. Pourtant, tout avait l'air abandonné jusqu'ici.

L'inquiétude m'envahit. Quelqu'un doit forcément entretenir ces machines. Mais qui ?

Devant moi, le gardien de Tom jette des regards anxieux à chacune des pièces, les mains crispées sur son fusil. La file s'arrête soudain devant une nouvelle porte. Je me surprends à retenir mon souffle tandis que le battant s'ouvre avec lenteur. Puis la file redémarre. Elle bifurque vers la droite dans un couloir perpendiculaire au précédent. Ici aussi, le sol est recouvert d'une épaisse couche de poussière qui vole sous nos pas. En revanche, aucune autre porte ne donne sur cette coursive.

Nous parcourons encore quelques dizaines de mètres jusqu'à un escalier dont les marches s'enfoncent dans les ténèbres. Alors que j'entame la descente à la suite du gardien de Tom, je me sens de plus en plus mal à l'aise. Aucune couleur dans cet endroit. Les murs, le garde-corps, les marches, le plafond, tout est du même gris, du même béton brut.

À chaque palier, la file s'arrête un instant, le temps pour Jo de vérifier que le couloir est vide. Et quand je passe à mon tour devant, chaque nouveau corridor me fait l'effet d'une gueule noire et profonde, prête à m'avaler à tout jamais.

Nous avons dû déjà descendre plusieurs dizaines de mètres et je n'en vois toujours pas la fin… Qui a bien pu avoir l'idée de transformer cette montagne en gruyère ? Et qui serait assez fou pour encore y vivre ? Alors que je me pose cette question, la file devant moi s'engage enfin dans un couloir. J'en comprends la raison quand j'arrive à mon tour sur le palier. À la place des marches suivantes, un puits sans fond. Le reste s'est effondré.

Je m'engage à la suite des autres dans le corridor. Toujours gris. Toujours poussiéreux. Puis un autre. Puis encore un autre.

Nous avançons bientôt dans un nuage d'impuretés de plus en plus dense. Ma gorge me gratte, irritée par cette atmosphère poudreuse. Je me retiens de tousser ou de me racler la gorge. Mais les larmes finissent par me monter aux yeux. Je plaque mes mains sur ma bouche pour étouffer un toussotement. Trop tard. Le bruit résonne un long moment entre les murs.

La file s'arrête net. Le gardien de Tom pointe vers moi la lampe de son arme et m'aveugle un instant. Je sens la main d'Alexander écarter les miennes et appliquer un bout de tissu sur mon nez et ma bouche. Un mouchoir. Je prends une grande inspiration dans son étoffe dense et le gardien de Tom écarte enfin sa lampe.

Les yeux encore perturbés par le soudain changement de luminosité, je devine seulement les faisceaux coniques des torches qui dansent devant moi, seuls indicateurs de la présence du groupe qui se remet en mouvement. Je les suis tant bien que mal, le mouchoir plaqué sur mon visage.

La file continue de serpenter dans la montagne, gauche, droite, droite, gauche, droite… J'ai bientôt perdu tout sens de l'orientation. Nous pourrions être en train de tourner en rond que je ne m'en rendrais pas compte. Tout se ressemble, ici. Les murs sont toujours aussi gris, les portes aussi noires, les intersections toutes identiques, en forme de croix. Pas un fléchage, pas un plan, pas un panneau. Pas un signe distinctif qui permettrait de faire la différence. Comment Jo arrive-t-il à se repérer ici ? Surtout si personne n'y a mis les pieds depuis vingt ans ? À moins que nous ne soyons perdus, justement, et en train de tourner en rond ! Alors que je commence à perdre espoir, le gardien de Tom s'arrête net devant moi. Nous sommes devant une nouvelle porte. Je peux apercevoir Jo l'ouvrir, jeter un bref coup d'œil de l'autre côté, puis nous faire signe d'avancer.

Nous pénétrons dans une salle aux dimensions impressionnantes. Une gigantesque console pentagonale trône en son centre, toujours en état de marche. Ses diodes projettent d'énigmatiques clignotements rouges, verts et bleus. Des cartes du monde gravées dans le verre ornent les murs au-dessus d'autres appareils électroniques qui tournent encore dans un doux ronronnement. Je suis bouche bée. Un ancien poste de commandement de l'armée d'Amérique du Nord. Comme ceux que j'ai vus dans les rêves éveillés historiques… Mais tous les gouvernements ont été dissous lors de la Grande Connexion, il y a plus de soixante-quinze ans !

Je promène mon regard sur les moniteurs. Il n'y a pas un grain de poussière ici. Avec soulagement, j'enlève le mouchoir de ma bouche et de mon nez. L'air est frais, propre. J'en aspire une grande bouffée. Et l'inquiétude me saisit aussitôt. Tout a l'air d'être entretenu avec le plus grand soin. Comme si l'état-major allait revenir d'un instant à l'autre. Ou comme s'il était encore là. Un espoir fou s'empare soudain de moi : et s'il s'agissait de membres du Système ? Je secoue aussitôt la tête pour chasser cette idée. Si c'était le cas, pourquoi cet endroit serait-il alors plongé dans le noir, en partie laissé à l'abandon ?

Je n'ai pas le temps de me poser plus de questions que la file s'engouffre dans un autre couloir. Je m'apprête à respirer à nouveau dans le mouchoir lorsque je remarque que, dans ce corridor, il n'y a pas de poussière non plus. Tout comme dans le suivant. J'ai soudain l'impression d'entrer par effraction chez quelqu'un, comme si j'avais pénétré sur le territoire d'une implantation voisine sans y être invitée ou sans annoncer ma présence. Vu l'état de propreté des lieux, à l'évidence, des gens vivent ici. Et nous faisons irruption chez eux, arme au poing. Charmant.

La file s'engouffre dans un nouvel escalier, plus étroit. Je perds bientôt toute notion du temps. Le bruit léger de nos pas me semble agressif dans le silence de la montagne. Plus nous descendons, plus mon propre souffle me paraît trop bruyant, trop aisément repérable dans cet océan de calme. Nos lumières trop vives pour tout ce noir. Sûrement, les occupants des lieux doivent déjà être en train de se demander ce que nous faisons ici. J'ai peine à croire que notre présence soit passée inaperçue. Devant moi, la main du gardien de Tom se crispe de plus en plus sur son fusil : je ne dois pas être la seule à me faire cette réflexion.

Nous arrivons enfin au bout d'un escalier, après ce qui m'a semblé des heures de descente. Ici aussi, tout est propre. Les rares portes ouvertes dévoilent des chambres où les lits sont pliés au carré comme s'ils avaient été quittés par leurs occupants le matin même. Nous sommes dans ce qui a l'air d'être les quartiers du personnel. Un lieu qui, si la base était habitée, devrait grouiller de vie, non ?

Un léger murmure s'élève soudain derrière nous. Mon cœur fait un bond. Le gardien de Tom stoppe net devant moi. La file s'est arrêtée. Le bruit de nos pas aurait dû laisser place au silence, mais des voix retentissent toujours au fond du couloir. Je fais volte-face vers Alexander dont le regard est fixé sur l'obscurité.

Quand il se retourne vers moi, ses yeux s'écarquillent de terreur. Devant nous, la file a recommencé à avancer et disparaît déjà à un tournant quelques mètres plus loin. En un instant, la peur de me retrouver perdue au milieu de ce dédale de ténèbres me saisit. J'accélère le pas pour rattraper les autres le plus vite possible, sur la pointe des pieds pour éviter que ma foulée ne fasse trop de bruit. À l'intersection, je peux voir la lumière de leurs lampes disparaître dans un autre couloir. L'avertissement de Jo retentit encore à mes oreilles : *Abandonnez le groupe et vous vous retrouverez à errer dans les couloirs jusqu'à ce que vous creviez de faim ou de soif. Et ça, c'est si les choses qui vivent ici ne vous sont pas tombées dessus avant.* Je me mets alors à courir pour de bon. J'entends le souffle court d'Alexander derrière moi, par-dessus le murmure sifflant des voix de la montagne. Quand je rattrape la file, je réprime un soupir de soulagement.

Le groupe avance désormais à petite foulée et je cale mon rythme sur le leur. Derrière nous, le chuchotement nous poursuit toujours et semble s'amplifier au fur et à mesure que nous nous enfonçons dans les quartiers du personnel. La panique semble avoir gagné les soldats. Les canons des fusils et les faisceaux des lampes torches sont pointés nerveusement sur chaque pièce, chaque bifurcation.

Après avoir passé une énième porte, l'éclat des lampes est avalé par l'obscurité. Nous sommes de nouveau dans une salle gigantesque, peut-être aussi grande que la première. Nos torches éclairent des rangées de lits superposés dont le métal brille faiblement dans la lumière. Nous nous engageons au milieu du dortoir. Le murmure nous suit toujours, continue de se rapprocher au fur et à mesure que nous avançons.

Les voix viennent maintenant de tous les côtés. Je réalise avec horreur qu'elles nous encerclent. Le gardien de Tom pointe son fusil et sa lampe dans de multiples directions, à la recherche de la source de ces bruits. Son faisceau parcourt les lits l'un après l'autre, alors que nous passons à côté d'eux. Jusqu'à ce qu'il rencontre une silhouette noire assise sur un matelas. La chose lève la tête. Un coup de feu part.

– Courez ! crie Jo.

Les voix hurlent maintenant dans une langue que je ne reconnais pas. Je prends mes jambes à mon cou mais, devant moi, les lumières du groupe se sont déjà éloignées. Je m'élance à leur poursuite. Une silhouette noire surgit soudain sur ma route. Je fais un bond de côté et m'engage dans une autre rangée de lits.

Je cours désormais comme si ma vie en dépendait. Les voix vomissent des paroles incompréhensibles de tout côté. Je dois retrouver le groupe. C'est ma seule chance. Plus loin, la lueur des torches s'engouffre par une porte. Je fonce vers le carré noir où je les ai vues disparaître. J'y suis presque. Plus que quelques enjambées…

Alors que je m'apprête à franchir la porte, je sens une pression sur mon poignet. Le contact glacial dure moins d'une demi-seconde avant que la chose ne me relâche. Sans réfléchir, je me jette à travers l'ouverture.

Sur ma droite, les faisceaux du groupe scintillent un instant avant de disparaître de nouveau. Je cours vers eux. Les voix résonnent contre les parois. Se rapprochent. Des pas me rattrapent. Avec soulagement, je reconnais le souffle haché d'Alexander sur ma gauche. Il est encore là, je ne suis pas toute seule.

Sa main me saisit par le bras et me tire en avant. Les muscles de mes jambes me brûlent alors que j'essaie d'allonger ma foulée pour le suivre. Nos torches éclairent finalement une porte blindée, entrouverte sur plus d'obscurité. Il me fait passer devant lui et me pousse dans la fente avec une telle force que je manque de m'étaler au sol.

– Continue, Lani ! Ne te retourne pas ! crie sa voix derrière moi.

Je continue à courir en ligne droite, seule. Plus loin, je devine les lumières du groupe derrière ce qui semble être un autre battant métallique. Plus un signe d'Alexander. Seulement les hurlements des voix derrière moi. Si proches… Est-ce qu'il s'est fait prendre ? La peur me comprime la poitrine.

Je franchis la deuxième porte blindée. Le groupe est là, devant moi, à une centaine de mètres. Les rebelles s'agglutinent les uns contre les autres pour sortir par une mince ouverture. La lumière des lampes est étouffée par le tissu des uniformes. J'entends deux coups de feu résonner dans le couloir derrière moi. J'accélère, malgré mes poumons qui brûlent, mes muscles qui tirent. Des pas me rattrapent. Une main se saisit de la mienne. Alexander. Il m'entraîne à nouveau. Il me pousse en avant et je me retrouve à mon tour coincée entre les hommes qui tentent de s'échapper. Je sens sa main qui me propulse à travers l'ouverture.

Je respire enfin avec soulagement l'odeur de la nuit. Un ciel étoilé se découpe au bout du tunnel terreux où nous nous trouvons. Je me précipite vers lui.

CHAPITRE 12

Une grosse main m'attrape par le col et me tire sur le côté.

– Par ici, toi ! dit une voix que je reconnais comme étant celle de Matthew, le gardien de Cora.

Je pousse un soupir de soulagement. À côté de lui, Tom et Cora sanglotent dans les bras l'un de l'autre. Lorsqu'ils m'aperçoivent, ils m'ouvrent leurs bras. Je m'y jette et fonds en larmes. Nous restons un long moment à pleurer de soulagement à l'idée de nous en être sortis tous les trois vivants, encore choqués de ce que nous avons vu dans la montagne.

– Mais c'étaient quoi ces choses ? gémit Cora à voix basse.

– Silence ! peste Matthew.

À côté de lui, la voix de Jo annonce tout haut le nom de ceux qui sortent de la montagne. Une nouvelle rafale retentit dans le tunnel et me fait sursauter. Effrayée, je resserre mon étreinte autour de mes camarades et enfouis mon visage dans le cou de Tom. Un silence oppressant s'installe.

– Alexander ! clame enfin Jo.

Je relève la tête. Avec étonnement, je réalise que je suis contente qu'il s'en soit tiré. Je repense aux derniers moments dans les tunnels. Il aurait très bien pu m'abandonner aux choses qui nous poursuivaient et prendre ses jambes à son cou. Et pourtant, il n'a pas hésité à me pousser pour me faire sortir avant lui. Sa silhouette vient se poster juste à côté de moi.

– Ça va ? Vous allez bien ? murmure-t-il.

Je lui réponds d'un hochement de tête alors que nous rompons notre étreinte.

– Quelqu'un a vu Levon ? crie soudain Jo à la ronde.

Quelques « non » épars lui répondent alors qu'il braque le faisceau de sa lampe sur le visage de chacun.

– Il était juste derrière moi, répond Alexander à côté de nous.

– Par le Système, il doit être encore dedans.

Jo glisse rapidement sa tête à travers la porte, puis fait signe à deux hommes de l'aider. Ils referment le lourd battant avec un bruit sourd, abandonnant définitivement Levon aux créatures de la montagne.

– Le couloir était vide, dit Jo d'un ton plat. Ils l'ont eu. Matthew, Alexander, Pete, aboie-t-il, attachez vos rats maintenant. Tout le monde éteint ses lampes et on se remet en route.

L'annonce a le même effet que pour Julien. Les visages s'assombrissent, les têtes se baissent. Un ou deux hommes me jettent un regard chargé de haine, comme si j'étais responsable de cette situation. Mais tous obéissent. Les gardiens de Tom et Cora déballent des cordes de leur sac. La nuit envahit la grotte au fur et à mesure que les lampes s'éteignent. Alexander me saisit doucement les mains et commence à les lier. Je sens ses doigts trembler dans l'obscurité, et il s'arrête plusieurs fois pour s'essuyer le visage de sa manche. Je distingue à peine ses traits, mais je sais qu'il pleure. Il devait être proche de ce Levon. Alors, quand il fait un dernier tour avec la corde, dans un geste qui me surprend moi-même, je lui saisis la main. Il presse la mienne en retour.

– Merci, dit-il tout bas.

Nous nous dirigeons vers la sortie du tunnel. Une légère brise chargée d'un froid polaire me parvient et me fait frissonner sous l'uniforme pourtant épais.

Nous sommes au pied de la montagne. Devant nous s'étend une grande plaine vallonnée, faiblement éclairée par un mince quartier de lune qu'étouffent par moments des nuages de passage dans leur course effrénée vers le sud. Nous nous engageons en silence au milieu des hautes herbes qui s'accrochent au bas de nos pantalons et craquent d'un bruit sec sous nos pas. Le ciel étoilé dessine de noirs reliefs montagneux autour de nous alors que nous marchons en direction du nord. La lueur de l'aube s'annonce à l'est. Il doit être un peu plus de quatre heures du matin. À côté de moi, la silhouette d'Alexander se retourne fréquemment vers l'immense masse ténébreuse qui se dresse dans notre dos. Une idée m'emplit soudain d'un certain malaise.

– Alexander ?

Ma voix tremble un peu.

– Oui ?

– Est-ce qu'ils pourraient nous suivre ?

– Je ne pense pas. Ils sont liés à la base, murmure-t-il. Enfin je crois.

– Et qu'est-ce que c'était alors ?

– Je ne pense pas que je peux t'en parler ici. Tu n'es pas encore prête à entendre certaines vérités.

Je me retourne moi aussi. La montagne du Pigeon offre un visage menaçant, avec ses pentes pierreuses escarpées et ses éperons rocheux, à l'image du terrible labyrinthe qu'elle renferme. Je réalise seulement maintenant que, alors que nous sommes partis du sommet, notre déambulation dans les couloirs de la base nous a conduits jusqu'au pied de la montagne, dont nous sommes désormais assez loin pour apprécier la taille. Cela signifie que la base est énorme. Pourquoi une structure aussi gigantesque a-t-elle été construite si loin de tout ? Et pourquoi a-t-on pris tant de soin à la dissimuler ?

– Tu ne peux vraiment rien me dire sur cet endroit ?

Un long silence accueille ma question.

– C'est un ancien centre gouvernemental, finit par répondre tout bas Alexander. Construit avant la Grande Connexion. Une base de repli.

Ça ne m'avance pas plus. J'avais déjà deviné tout ça.

Bénédicte s'approche de moi.

– Comment va ton visage, Lani ? me demande-t-elle.

Je prends soudain conscience du faible élancement qui traverse le côté gauche de ma figure. L'adrénaline a presque réussi à me faire oublier la douleur.

– Ça va mieux.

– Très bien alors. Nous allons avoir une longue route aujourd'hui, je devais m'assurer que cela ne nous ralentirait pas.

Elle jette un regard involontaire à la silhouette massive de Jo qui marche à l'écart des autres, les yeux fixés sur son étrange montre. Qu'avait-il prévu de me faire si j'avais risqué de les ralentir ? Je frissonne en repensant au pistolet qu'il a enfoncé dans ma bouche. Bénédicte part le rejoindre pour lui parler à voix basse.

– C'est sa femme, me dit Alexander en guise d'explication.

– Sa femme ?

– Oui, ils sont mariés. Je me suis toujours demandé comment elle pouvait le supporter. Ou même survivre, dit-il avec un rictus de dégoût.

– Mariés ? je répète avec surprise.

J'avais déjà entendu parler de cette ancienne coutume, mais j'étais loin d'imaginer qu'elle était encore en usage.

– Oui, mariés.

C'est son tour de me regarder avec un air d'incompréhension.

– Pourquoi, vous ne vous mariez pas dans le Système ?

– Non. Pourquoi est-ce qu'on devrait ? Les couples se forment naturellement. Les deux partenaires savent dès le début qu'ils sont faits l'un pour l'autre. Tout le monde le sait. Pas besoin de contrat ni de serment pour quelque chose qui est naturel et évident aux yeux de tous.

Ma réaction semble le laisser perplexe. Il lève les yeux vers le ciel comme pour chercher une réponse appropriée.

– C'est vrai que dans ce cas…

La lumière de l'aube fait son apparition et éclaire quelques pans de neige fraîche qui ont survécu à la pluie et au réchauffement des températures des dernières semaines. Nous traversons la plaine en une quinzaine de minutes. Un torrent de montagne a creusé une petite ravine que nous suivons vers la droite dans le sens de son écoulement. Sur l'autre rive, le terrain s'élève en pente abrupte vers un sommet dont je ne me souviens plus du nom. Par réflexe, j'essaie de me connecter au serveur pour consulter la carte de la région. La réalité se rappelle brutalement à moi. Je pousse un soupir. Toujours coupée du monde. Comment s'appelle ce sommet déjà ? Le Fig… Non, le Fir… Quelque chose qui commence par « Fi » et se termine par « a ». Pas moyen de me souvenir. Je me sens soudain terriblement frustrée. Je jette un coup d'œil à Tom et Cora qui marchent un peu plus loin devant. Oui, dès que nous en aurons l'occasion, nous devrons nous enfuir. Hors de question de passer le restant de notre existence comme ça, privés de l'accès aux informations de base.

Nous longeons toujours le petit cours d'eau qui dévale la montagne et nous nous enfonçons dans une épaisse forêt où la lumière s'infiltre en rayon oblique. Je fais le compte des jours depuis notre enlèvement. Quatre, peut-être cinq ? Nous aurions dû être repartis depuis un moment déjà. Je repense à ma dernière conversation avec Jen à ce sujet. Peut-être aurions-nous vraiment pu partir ensemble dans une autre implantation ? Au regard des événements des derniers jours, mon rêve de devenir Constructrice me semble si puéril... Je donnerais tout maintenant pour être dans une communauté lambda, avec une Jen bien vivante à mes côtés. Mon regard se porte sur mes mains entravées : combien de temps allons-nous subir ce traitement ? Qu'ont-ils l'intention de faire de nous ?

Le petit ruisseau que nous longeons se jette bientôt dans un gros torrent de montagne qui file vers le sud dans un bruit de tonnerre. Nous en remontons le cours. L'eau roule sur les pierres grises et blanches, rebondit parfois sur un roc, avant de tomber en cascade dans des bassins agités de convulsions. Au-dessus des arbres qui poussent sur l'autre rive, je peux apercevoir les sommets qui nous coupent l'accès aux côtes et aux implantations 202678 et 202679. Au moment où la chaîne de montagnes s'interrompra, une porte sera ouverte vers la liberté.

Notre progression est facile et nous avançons maintenant à un bon rythme sous l'ombre protectrice des arbres. Au fur et à mesure que le torrent se rétrécit, l'atmosphère chez les soldats semble se détendre. Alors que nous avons toujours marché dans un silence presque absolu, des conversations naissent maintenant entre les membres du groupe. Les gardiens de Cora et Tom avancent désormais côte à côte en devisant sur le nombre de lapins qui doivent circuler dans les environs, et quelles recettes peuvent mieux convenir à leur préparation. J'écoute d'une oreille attentive. Nous ne mangions presque pas de viande à l'implantation. Nous n'en recevions pas de l'hovercraft et nous n'en avions que les rares fois où nous devions réguler une population d'animaux sauvages. Le dialogue entre Pete et Matthew me semble surréaliste. L'inventaire des tortures qu'ils veulent infliger à ces pauvres bêtes me sidère. Rôtis, bouillis, écorchés vivants, suspendus au-dessus du feu, noyés dans le bouillon... Qui peut imaginer autant de souffrance pour quelque chose d'aussi dérisoire qu'un repas ?

Nous arrivons devant un gros tronc d'arbre couché en travers du torrent. Nous le traversons et continuons notre route, mais vers l'est cette fois. Nous montons à nouveau vers les sommets. Le terrain est difficile et parsemé de racines noueuses dissimulées sous les feuilles mortes. L'atmosphère semble pourtant s'alléger un peu plus à chaque pas.

À quelques mètres devant moi, Tom se rapproche sensiblement de Cora. Un murmure agite ses lèvres. Il doit être en train de lui communiquer notre plan d'évasion. Je jette un coup d'œil à leurs gardiens. Toujours absorbés par leur conversation culinaire, Matthew et Pete n'ont pas l'air de prêter la moindre attention à ce que leurs deux prisonniers peuvent bien se dire. Je prends soudain conscience qu'Alexander derrière moi pourrait lui aussi les voir. Je dois tout faire pour le distraire.

– Alexander ? Qu'est-ce que vous comptez faire de nous ?

C'est la première question qui m'est passée par la tête.

– Je ne peux pas t'en parler, Lani. On vous dira tout en temps et en heure.

Ce sujet est un cul-de-sac. Je dois trouver autre chose et vite. En désespoir de cause, je demande :

– Et toi, tu es marié ?

Un rire silencieux agite ses épaules.

– Non ! Quelle idée !

Je ne comprends pas vraiment les raisons de son amusement. Les couples de mon implantation avaient tous l'air très heureux et rencontrer son partenaire était censé être un événement formidable dont Jen et moi parlions souvent.

– Pourquoi tu ris ? je lui demande, décontenancée.

– Pour se marier, il faut être deux, et trouver une fille quand on est… enfin, quand on a une occupation comme la mienne… Enfin, bref, je n'ai jamais eu le temps pour quelqu'un.

– Et c'est quoi ton occupation ?

À part enlever des gens pour leur découper le crâne, pensé-je pour moi-même.

– Je suis…

Il semble réfléchir un instant, les yeux toujours rivés au sol.

– Ça aussi, on en parlera à la base. Ce serait dangereux de te l'expliquer ici.

– Il y a quelque chose de pas dangereux à dire ici ? je lui réponds, non sans une pointe d'agacement dans la voix.

– Ça dépend, tu as d'autres questions ? répond-il du tac au tac, l'ombre d'un sourire sur le visage

– Je ne sais pas…

Je jette un coup d'œil à Tom et Cora, toujours en pleine conversation.

– Tu as des enfants ?

Nouveau rire silencieux.

– Non plus ! Tes questions sont très sérieuses ! Et toi ? Tu n'avais pas de petit ami dans le Système ? ajoute-t-il avec malice et une pointe d'inquiétude dans la voix.

– Non, je réplique froidement. On ne peut rencontrer son partenaire qu'après la cérémonie de la Répartition. Pour les raisons que tu sais, je n'ai pas pu y participer cette année.

– Désolé, dit-il. Mais c'était nécessaire. Tu comprendras quand on sera arrivés.

Je jette un nouveau coup d'œil à Tom et Cora. Leur conversation a pris fin. Leurs gardiens n'ont rien remarqué et Alexander a toujours les yeux baissés. Je réprime un soupir de soulagement.

Je continue de marcher en silence, mon attention fixée sur le chant des oiseaux dans les hautes branches des arbres afin d'éviter d'entendre l'horrible discussion culinaire qui se poursuit entre Pete et Matthew. La forêt s'éclaircit peu à peu. Le terrain devient pierreux et difficile, parsemé de petits sapins qui doivent avoir à peine trois ou quatre ans au milieu de troncs morts couchés sur les rocs. Je lève les yeux : un pan entier semble s'être récemment détaché de la paroi au-dessus de nous, près d'un passage étroit qui permet d'accéder aux sommets. Les pierres bougent sous nos pas et Alexander entreprend de me tenir par un bras pour m'aider à avancer tout en gardant mon équilibre.

Nous atteignons péniblement le col, où nous posons enfin les pieds avec soulagement sur l'alpage. Une grande vallée herbeuse file vers l'est, encaissée entre deux défilés rocheux. Le soleil décline et les dents de pierres grises projettent leurs longues ombres dans cette gorge inquiétante. Nous avançons parmi les mottes d'herbes. Plusieurs centaines de mètres devant nous, la vallée fait un coude et prend la direction du sud-est. J'essaie de me remémorer les cartes de la région. Si nous continuons dans cette direction, nous devrions aller droit vers les côtes et les implantations. Mon excitation grandit au fur et à mesure que nous nous approchons de la courbe. Tom se retourne vers moi et, en un regard, comme si nous étions à nouveau connectés, je sens son envie d'agir. Il hoche la tête avec lenteur. Il est prêt. Je vérifie l'état de mes liens. Ils sont toujours aussi serrés autour de mes poignets et Alexander a soigneusement enroulé la corde autour de sa main gauche. Je dois le distraire.

– Alexander, est-ce que je peux avoir à boire ? Je ne me sens pas très bien.

Il desserre un peu la corde pour attraper la gourde qui pend à sa ceinture et me la tend. Je prends une petite lampée. Je respire profondément plusieurs fois pour feindre mon malaise. Nous continuons de marcher alors que j'avale de temps en temps quelques gorgées. Au bout de quelques minutes, les montagnes à notre droite découvrent la vallée qui court vers le sud-est et la mer que l'on aperçoit au loin. Mais au lieu de prendre cette direction, le groupe bifurque à gauche pour grimper vers un col au nord.

Un hululement retentit dans la vallée, un peu trop long pour venir d'une chouette. Le signal.

Je lâche la gourde et tire de toutes mes forces sur la corde.

CHAPITRE 13

Alexander glisse de tout son long, sa main toujours crispée sur le lien. Je lui donne un violent coup de talon et elle cède. Tom s'élance vers le fond de la vallée que nous venons de quitter. Je me précipite vers la mer, dans la direction opposée. Derrière moi, c'est la cacophonie. Jo aboie des ordres. Un coup de feu part et me fait sursauter. J'allonge ma foulée.

– Si vous voulez revoir votre copine en vie, arrêtez-vous ! tonne Jo.

Sa voix rebondit contre les montagnes et est bientôt couverte par un long hurlement de douleur qui résonne dans toute la vallée. Mon cœur se serre. Je jette un coup d'œil derrière mon épaule. Jo tient Cora à genoux devant lui. Personne n'a l'air de s'être mis à ma poursuite. Je continue ma course vers la mer.

– Et si on commençait par lui enlever une oreille ? rigole Jo.

– Non !!! dit l'écho de la voix de Tom.

Je m'arrête brusquement et me retourne vers le groupe.

– C'est bien, mon garçon, on est raisonnable. Maintenant, revenez avant que j'aie fini de la couper.

Les hurlements de Cora reprennent, terrifiants. Je m'élance vers elle, aussi vite que je peux. Deux soldats la maintiennent devant Jo. Du sang coule le long de son cou.

– Arrêtez ! hurle Tom.

Il atteint le groupe avant moi et deux hommes se jettent sur lui. Les cris déchirants de Cora continuent.

– Arrêtez ! je hurle à mon tour alors que j'approche de nos ravisseurs.

Alexander me saute dessus et me plaque dos au sol, la tête contre un de ces coussins d'herbes jaunes. Je sens tout le poids de son corps contre le mien. Les hurlements de Cora cessent, remplacés par des pleurs incontrôlables. Son oreille gauche a été sectionnée à partir du lobe sur presque la moitié de sa hauteur.

– Qu'est-ce qu'on va bien pouvoir faire cette fois pour faire rentrer la leçon ? dit Jo en marchant à pas lents vers Tom.

Chacun des rebelles le regarde maintenant avec crainte, comme pétrifié à l'idée de ce que leur chef peut bien imaginer.

– Jo, je t'en prie ! supplie Bénédicte en s'approchant de lui.

– Silence ! hurle-t-il.

Il se penche vers Tom.

– Je me demande quelle gueule tu aurais s'il te manquait une oreille ou un œil... Après tout, tu n'en auras pas tellement besoin.

Un frisson me parcourt quand il abaisse à nouveau son couteau teinté de rouge.

– Chef ! Elle s'est évanouie ! dit Matthew, qui tient encore Cora dont la tête retombe maintenant mollement sur sa poitrine ensanglantée.

Jo se relève, et je pousse un soupir de soulagement quand je vois la lame s'éloigner du visage de Tom.

– Béné, occupe-toi d'elle, lâche-t-il.

Bénédicte se précipite vers Cora et l'allonge avant de sortir son matériel de secours. L'angoisse me tord les entrailles. Est-ce qu'elle va bien ? Mais la peur vide soudain mon cerveau de toute pensée : Jo se dirige maintenant vers moi.

– Et si on commençait par toi plutôt ? dit-il en penchant son visage de rapace vers le mien. Il me semble que c'est toi qui devrais essayer de retenir les leçons.

La lame de son couteau scintille devant mes yeux avant de se rapprocher de mon oreille droite.

– Jo, souviens-toi de ce qu'il a dit… On a besoin de son aide, murmure Alexander, si bas que je l'entends à peine.

Je sens maintenant le tranchant de la lame contre mon lobe. Mon cœur bat à tout rompre. Je ferme les yeux aussi fort que je peux.

– Jo, ne fais pas ça, murmure Alexander.

Je ressens une douleur aiguë et ne peux retenir un cri de surprise. Et puis plus rien. Je rouvre les yeux. Jo s'est éloigné.

– Que cela te serve de leçon, me lance-t-il d'un air mauvais. Pete, Alexander, rattachez-moi cette vermine, et plus serré cette fois ! Béné, tu as cinq minutes, ensuite on lève le camp.

Le soulagement semble avoir envahi Alexander. Il porte sa main à mon oreille et en retire une petite goutte de sang sur son index.

– Ce n'est rien, juste une égratignure, dit-il tout bas. Je t'en prie, n'essaie plus jamais de t'enfuir. Jo ne plaisantait pas quand il disait qu'il vous abattrait… J'ai cru qu'il allait te descendre sous mes yeux tout à l'heure.

Le sérieux qui habite l'intensité de ses yeux noirs maintenant à quelques centimètres des miens me fait frissonner. Il se relève et me remet sur pied. Je le vois reprendre le long bout de corde qui pend de mes mains et se l'attacher directement autour de la taille. C'est fini. C'est vraiment fini. Plus moyen de s'échapper, maintenant. Plus loin, Pete fait de même avec Tom dont le regard embué de larmes est fixé sur Cora, inconsciente dans l'herbe. Bénédicte s'affaire encore autour d'elle. Je ne peux voir que son dos, mais je devine qu'elle est en train de la recoudre.

– Elle va bien, Jo, dit-elle toujours penchée sur notre camarade. Mais j'ai dû utiliser notre dernière dose de sérum de guérison. On ne pouvait pas la ramener dans cet état. Il faudra la porter sur une civière jusqu'à ce qu'elle reprenne connaissance.

Le soulagement d'apprendre qu'elle va s'en sortir n'est que de courte durée. Nous allons repartir. Mais vers où ? Et pour faire quoi ?

Aussitôt Cora installée, Jo hurle un ordre sec et le groupe se remet en marche. Alexander m'offre un regard compatissant avant de me prendre par le bras pour me faire avancer. Je le suis, résignée, dans la pente herbeuse de la montagne, en direction du nord. Je jette un dernier coup d'œil en arrière. Au fond de la vallée, la brume se lève et la langue bleue de la mer a disparu. Nos chances d'évasion aussi.

Nous atteignons rapidement le col. De l'autre côté, la côte réapparaît au nord-est, au bout d'une vaste lande balayée par les vents. Un sourire éclaire le visage de Matthew.

– J'ai cru qu'on n'y arriverait jamais, dit-il en se retournant vers Alexander.

Il hoche la tête, le regard fixé sur l'océan.

La montagne descend en pente douce vers la lande. Nous continuons notre route vers la mer. Le ciel pâlit au-dessus de nous. Tom marche la tête baissée devant moi et ne la relève que pour jeter un coup d'œil discret sur le brancard où est allongée Cora. J'avance mécaniquement à côté d'Alexander. Toute cette violence est au-delà de tout ce que j'ai pu imaginer. L'expression de Jo alors qu'il coupait l'oreille de Cora me revient par flash. C'était une véritable folie sanguinaire.

J'ai l'impression d'être dans un rêve éveillé. Tout ceci ne peut pas être réel. Cora ne peut pas être blessée et inconsciente. Jen ne peut pas être morte. Tom ne peut pas être en train de sangloter doucement devant moi. Nous ne pouvons pas être si loin de chez nous. Tout ceci doit être une Construction qui a mal tourné. Je dois être en train de perdre face à un adversaire extraordinaire à l'imagination malsaine. J'avance au milieu des herbes en espérant franchir à un moment les limites du rêve, voir les couleurs s'effacer et me retrouver dans le grand espace blanc et neutre face à l'adversaire qui a triomphé de moi. Mais au lieu de ça, le paysage continue de défiler.

Le soleil peint les nuages en orange et le ciel en rose au-dessus des montagnes sombres. Nous sommes tout près de la côte à présent, je peux voir l'océan se balancer sur l'horizon obscur et entendre le grondement des vagues. J'ai déjà vu la mer dans les rêves éveillés. Une mer chaude, bleu azur et accueillante. Je ne l'ai jamais vue ainsi, agitée, écumante et noire.

Nous nous arrêtons brusquement. Dans la pénombre devant nous, la terre s'ouvre en deux. Ce doit être un canyon creusé par un torrent, et la montée des eaux a dû l'élargir il y a de nombreuses années. L'océan s'y engouffre au rythme régulier du bruit du ressac. Le groupe s'approche du bord. Nous sommes en haut d'une haute falaise rocheuse. Ce bras de mer me fait penser au dernier rêve que j'ai fait avec mon père, au milieu des calanques. Sauf que cette fois-ci, les parois sont noires et les flots battent durement leurs flancs partiellement effondrés en amoncellements de blocs rocheux.

Une soldate à la longue tresse brune s'engage au milieu des rochers. Nous la suivons en file indienne sur un chemin invisible qui descend le long de la falaise, sautant de roc en roc. Avec mes mains attachées, j'avance prudemment. Alexander m'attend toujours avec patience, conscient peut-être que la corde qui nous relie l'entraînerait avec moi si je chutais.

Nous atteignons enfin un endroit protégé de la marée où le clapotis des vagues lèche seulement les blocs de pierre sombre. Notre guide se penche vers un rocher et prend ce qui ressemble à une minuscule embarcation, une sorte d'ovale creux et noir, à la surface inégale, dont la couleur le confond avec la pierre. Elle s'élance sur l'eau à genoux dans cet engin et pagaie avec ses bras pour s'enfoncer dans le canyon marin. L'ondulation des vagues la pousse de plus en plus loin, et elle disparaît bientôt de notre vue derrière un éperon rocheux. Mes entrailles se tordent un peu plus de peur au fur et à mesure que les minutes s'écoulent, dérangées seulement par le bruit du ressac contre la côte. Devant moi, Jo a toujours les yeux rivés sur sa montre. Au bout d'un temps qui me paraît interminable, le son d'un petit moteur nous parvient. La femme revient à bord d'une plus grande embarcation, blanche celle-là. Elle la positionne près des rochers d'où elle s'est élancée et Jo fait signe à Alexander de m'amener.

L'esprit engourdi par la fatigue et l'angoisse, je m'avance vers le bateau. D'un bond gracieux, Alexander saute dedans puis m'aide à faire de même. Nous sommes rapidement rejoints par Tom et Pete puis par deux hommes dont je ne connais pas les noms mais dont je devine qu'ils ont été de garde la nuit dernière, à en juger par leur mine fatiguée. La jeune femme à la tresse brune remet les gaz et repart. Je regarde la côte rocheuse et le reste du groupe s'éloigner et disparaître alors que nous nous enfonçons dans cette gorge marine. Où est-ce qu'ils nous emmènent ? Dans une autre base militaire cachée ? Il fait très sombre maintenant, et ici on n'y voit presque plus.

C'est alors que je le devine dans l'obscurité. Un grand voilier blanc, fin et élancé, caché au fond d'une gigantesque grotte sur le flanc droit de la falaise. Je reconnais tout de suite un bateau d'observation du Système. Avec des moteurs électriques puissants, capables d'avaler des milles et des milles et d'atteindre une vitesse incroyable en haute mer. Et un mécanisme de voiles et de mâts rétractables pour permettre une navigation dans un silence quasi absolu. C'est un bateau taillé pour traverser des océans entiers, à la suite des bancs d'orques et de baleines lors des migrations. Nous partons donc loin. Je sens le peu d'espoir qu'il me reste mourir pour de bon au fond de moi. Il n'y aura pas de retour. Pas si nous avons besoin d'une telle embarcation pour rentrer.

Nous nous approchons du navire par l'arrière et nos gardiens nous font grimper à bord, Tom et moi. Je n'ai pas le temps d'examiner le pont qu'Alexander nous fait descendre dans la cabine. Nous traversons d'abord une pièce basse de plafond, faiblement éclairée, qui a l'air de servir à la fois de cuisine et de réfectoire. Puis il ouvre une porte étroite et nous fait signe d'entrer. Au lieu des capsules de sommeil qui auraient dû se trouver là, deux lits superposés de part et d'autre de la chambre constituent le seul mobilier. Au fond, un petit cabinet d'aisance avec lavabo et toilettes m'apparaît comme le comble du luxe après des jours loin du confort de l'implantation.

– Vous resterez ici pendant la traversée. On amènera Cora quand elle ne sera plus sous l'effet du sérum. Vous avez des vêtements de rechange et un pyjama sur votre couchette. Vous pouvez vous débarbouiller au lavabo. Je vous conseille de dormir. Une fois arrivés dans les Terres libres, les occasions de vous reposer seront rares, croyez-moi.

Alexander débite tout ça comme un texte appris par cœur alors qu'il me délie les mains. Il m'adresse ensuite un dernier signe de tête, sort à la suite de Pete et referme la porte.

CHAPITRE 14

Mon premier réflexe est de me jeter dans les bras de Tom et de fondre en larmes. Nous restons un long moment à pleurer dans les bras l'un de l'autre, bercés par le tangage lent et régulier du navire.

– J'ai peur, Tom, je finis par réussir à articuler.

– Moi aussi.

Son étreinte se resserre autour de moi.

– J'ai jamais été séparé de Cora. Même quand on faisait des rêves éveillés différents, je savais qu'elle était dans la capsule juste à côté de la mienne. Je…

De nouvelles larmes font trembler sa voix. Je hoche la tête et ne peux réprimer un nouveau sanglot. Jen et moi étions inséparables, nous aussi.

– Je suis désolée, Tom. Je n'aurais jamais dû proposer de nous enfuir à nouveau, je murmure d'une voix tremblante. Ce qui est arrivé… C'est ma faute.

– Non, tranche-t-il. On devait essayer une dernière fois. On était tous d'accord.

Un long silence s'installe, bientôt troublé par les bruits de pas des hommes sur le pont au-dessus de nous. Le reste du groupe doit être monté à bord.

– Qu'est-ce qu'on va faire maintenant ? demande Tom, presque pour lui-même. Ce bateau pourrait nous emmener à l'autre bout du globe…

Il s'écarte pour essuyer ses larmes d'un revers de la main. Puis remet en place une mèche blonde qui pend sur son front, comme je l'ai si souvent vu faire dans les rêves éveillés. En le voyant faire ce geste familier, je me sens un instant égoïstement soulagée d'être dans cette situation avec quelqu'un que je connais depuis toujours.

– Et on ne sait toujours pas ce qu'ils veulent de nous ! rajoute-t-il.

Je me laisse tomber sur une couchette alors qu'il fait les cent pas dans la cabine. Une secousse manque de lui faire perdre l'équilibre. Le bateau s'est mis en mouvement.

– On est fichus, je murmure.

Tom s'assied en face de moi, le regard éteint.

– Et dire que ma seule préoccupation il y a à peine quelques jours, c'était d'être sélectionné pour être Constructeur...

Sa réflexion m'arrache un sourire triste.

– Tu penses qu'on aurait été pris tous les deux ? demande-t-il, l'air abattu.

Je me contente de hocher la tête. Ça me fait mal rien que d'y penser. Tom et moi, à bord d'un hovercraft après la Répartition, en route vers un centre de données pour élaborer des rêves grandioses. Une Jen bien vivante à qui j'aurais pu donner rendez-vous pour faire du snowboard. Une Cora sans cicatrice à l'oreille. J'ai envie de pleurer, mais je n'ai plus de larmes à verser.

– Le pire, c'est que j'étais tellement angoissé après avoir perdu contre toi que j'ai à peine dit au revoir à mes parents avant de partir aux champs avec Cora.

Il enfouit son visage dans ses mains. Je me lève pour m'asseoir à côté de lui et passer un bras autour de son épaule. Depuis tout le temps que je le connais, je ne l'ai jamais vu dans un tel état de détresse. J'en oublie mon propre chagrin.

– Allez, ça va aller. Je… Je suis sûre qu'ils nous cherchent. Que le Système nous cherche. Qu'ils ne nous ont pas abandonnés… On va les revoir…

Mais je ne crois pas moi-même en mes paroles de réconfort. Je reste là, la main sur son épaule, à essayer de trouver une raison d'espérer. Une soudaine accélération nous pousse sur le côté. Les vrombissements des moteurs se font entendre et le roulis s'amplifie : nous sommes lancés à pleine vitesse.

Tom écarte enfin ses mains de son visage rougi par le chagrin. Nos regards se croisent.

– Je suis désolé de t'avoir envoyé les abeilles, Lani. C'était un coup bas.

Je me surprends à rire pour la première fois depuis notre enlèvement.

– C'est pas grave, Tom. Je suis désolée de t'avoir envoyé un ours.

L'ombre d'un sourire détend enfin son visage.

– Tu sais, ça fait des jours que je n'arrête pas d'y penser. Malgré tout ce qui nous est arrivé, j'avais peur que tu m'en veuilles. C'est bête, hein ?

– Ouais, Tom, c'est bête.

Un rire léger nous échappe et j'ai brièvement l'impression d'être revenue à la maison. Tom et moi en train de nous taquiner mutuellement, dans le décor d'un nouveau rêve éveillé. Il essuie ses larmes du revers de la manche et se passe la main sur le visage.

– On devrait peut-être faire comme il a dit ? Se laver et essayer de dormir ? propose-t-il.

J'acquiesce. De toute façon, je ne vois pas quoi faire d'autre ici. Et puis je me sens si sale. À quand remonte mon dernier bain ? Quatre, cinq jours ? J'ai un frisson de dégoût.

Je me lève et me dépêche d'enlever l'uniforme dont on m'a revêtue. En un clin d'œil, la lourde veste, le pantalon kaki, le tee-shirt et les sous-vêtements noirs forment une pile sur mes chaussures de marche. Quand je me relève, je ne peux retenir un hoquet d'horreur à la vue du dos de Tom.

– Quoi ?

Son visage se décompose alors que ses yeux parcourent mon corps. Je me précipite sur le miroir au-dessus du lavabo, dans le petit cabinet de toilette. Je vois d'abord mon visage tuméfié, la lèvre fendue, l'œil coloré de noir, de jaune et de rouge. Puis la centaine de cicatrices aux motifs arborescents qui enserrent mon épaule et la base de mon cou. Je me contorsionne pour découvrir qu'elles recouvrent tout mon dos et s'étendent jusqu'à mon talon le long de ma jambe gauche, tel du lierre rouge qui tenterait d'étrangler un arbre. Comme celles que j'avais remarquées sur Cora, dans la première base. Comme celles que je viens de voir sur Tom. Il me rejoint pour constater lui aussi les dégâts dans la glace. Je parviens tout juste à articuler :

– Qu'est-ce qu'ils nous ont fait ?

– La seule fois où j'ai vu ça, Lani, c'est quand un membre a été frappé par la foudre, dit-il en examinant les cicatrices sur l'arrière de sa jambe gauche. Ça doit être comme ça qu'ils ont endommagé nos transpondeurs, ils ont dû nous électrocuter. Avec quoi, par contre… Je comprends pourquoi ils nous ont administré autant de sérum, les dégâts infligés à nos organes devaient être considérables.

Je passe la main sur mon épaule marquée. Chaque branche semble avoir poussé en relief sous la surface de ma peau. L'effet sous mes doigts est dérangeant. Je n'ai jamais vraiment accordé d'importance à mon apparence, comme tous les membres, d'ailleurs, mais je ne peux m'empêcher de ressentir une gêne. Vais-je rester comme ça toute ma vie ? Les légers renflements de chaque petite cicatrice me semblent étrangers à moi-même, et je voudrais pouvoir les arracher avec mes ongles pour retrouver ma peau lisse. Malheureusement, avec la dose de sérum qui nous a été injectée, j'ai bien peur que ce soit l'état définitif de la cicatrisation.

Je pousse un long soupir et attrape un gant de toilette qui pend au lavabo. Nous entreprenons de nous nettoyer avec le mince filet d'eau qui sort du robinet dans un gargouillement bruyant. Après tant de jours de voyage sans même pouvoir se laver la figure, ce débarbouillage, bien que sommaire, est divin. Il fait froid dans la cabine et, nus et mouillés, nous ne tardons pas à claquer des dents. J'avise une des serviettes accrochées au mur et me sèche à la hâte.

Quand je regagne la chambre, je repère sur chacune des couchettes une sorte de pyjama dans les tons bleu marine. J'en attrape un et l'enfile avec délice. Le tissu est étonnamment moelleux et doux, très différent de celui des uniformes dont on nous a habillés. Je n'avais jamais porté d'autres vêtements que ma combinaison standard, avant. Elle était conçue spécialement pour épouser et isoler parfaitement le corps, réguler la température intérieure et le protéger des éléments par temps chaud comme par temps froid. Nous l'agrémentions parfois d'une deuxième couche en hiver, mais c'était tout. En comparaison, l'uniforme était désagréable, mal ajusté, pas très pratique. Mais ce pyjama… Je passe encore et encore la main sur le tissu dont la douceur m'émerveille.

– On n'a jamais eu de textiles comme ça à l'implantation, si ? me dit Tom qui a remarqué mon manège et qui admire lui aussi ce nouveau vêtement.

– Non, jamais… Je me demande en quoi c'est fait…

– On pourra leur poser la question quand on arrivera, j'imagine. Après « pourquoi nous avoir enlevés ? » et « qu'est-ce que vous nous voulez ? » entre autres.

La résignation perce dans sa voix. Il prend ma tête à deux mains pour me déposer un baiser sur le front, à la racine des cheveux, comme on le fait tous les soirs à l'implantation pour souhaiter bonne nuit aux enfants, puis grimpe s'allonger dans une des couchettes en hauteur. Je l'imite et prends possession de celle opposée à la sienne. Les couvertures sont aussi épaisses et chaudes que mon pyjama et une sensation de confort m'envahit pour la première fois depuis longtemps. Une fois installé, Tom éteint les lumières.

Je reste les yeux grands ouverts dans le noir malgré l'épuisement. J'ai peur de les fermer. Peur de ce que je pourrais voir dans les rêves primitifs. Peur de ce qui pourrait nous attendre au réveil. Je prends une grande inspiration par le ventre. Une fois. Deux fois. Trois fois. Mais le nœud dans ma gorge continue de se resserrer. Le bateau tangue d'avant en arrière et la fureur des flots résonne contre la coque. Mon esprit se perd en conjectures sur notre destination. Les îles arctiques ? Le Groenland ? À moins qu'on pousse encore plus à l'est vers l'Europe ? L'Afrique ? Je prends une nouvelle grande inspiration.

– Lani ? Tu dors ? fait la voix de Tom dans l'obscurité.

– Non. Je n'y arrive pas.

– Je peux te rejoindre dans ta couchette ? Je... J'ai peur de dormir seul.

Tom se glisse bientôt dans mon lit et nous nous blottissons l'un contre l'autre. Le silence s'installe entre nous, seulement perturbé par le vacarme de la mer au-dehors. Tom resserre ses bras autour de moi et je somnole la tête contre sa poitrine. Nous restons de longues minutes ainsi, jusqu'à ce que le sommeil finisse par nous emporter.

CHAPITRE 15

Je tire sur la corde d'un coup sec avant de dévaler la pente à toutes jambes. La mer est là, au fond de la vallée. Encore quelques centaines de mètres et je serai en vue de la première implantation. Mais ma course est stoppée net. Les corps ensanglantés de Jen et Tom sont étendus par terre devant moi. Jo joue de son couteau sur Cora qui hurle, maintenue par Matthew et Pete. Les vautours se jettent sur elle.

Je me réveille en sursaut. Des larmes inondent mes joues.

– Ça va, Lani ? demande Tom d'une voix ensommeillée à côté de moi.

– Je… Non.

J'étouffe un sanglot dans les couvertures. Les images étaient si réelles.

– Je le revoyais la massacrer, je peine à articuler entre deux sanglots. Et je ne pouvais rien faire pour contrôler le rêve…

Tom me prend à nouveau dans ses bras. J'inspire un grand coup pour essayer de calmer mes pleurs alors qu'il me serre un peu plus fort contre lui. Je me concentre sur mon souffle et, petit à petit, je cesse de trembler.

Quand ma respiration redevient normale, je remarque qu'il ne fait plus aussi sombre dans la cabine. Devant nous, la lumière du jour filtre sous le cache d'un hublot. Je m'écarte de Tom pour le remonter. Dehors, une mer agitée jette ses vagues grises sur le pont. Nous restons un moment interdits devant ce spectacle.

– Tu as déjà vu ça dans un rêve éveillé, toi ? je finis par souffler, captivée par les mouvements de l'océan.

– Non, répond-il. La mer était toujours calme. Et bleue...

Le voilier a l'air de glisser sur des collines d'eau noire, d'en fendre certaines et d'être repoussé par d'autres. À plusieurs reprises, j'ai l'impression que notre embarcation va être submergée, avant qu'elle ne se redresse et ne reparte à l'attaque d'une nouvelle hauteur marine. Rien à voir avec les jolies promenades disponibles sur les serveurs.

Le cliquetis de la serrure se fait entendre et je sursaute. Dans l'encadrement de la porte apparaît le visage ovale et doux de Bénédicte. Je pousse un soupir de soulagement. J'ai eu peur que ce soit Jo. Elle fait des yeux ronds à notre vue, et rougit comme une pivoine.

– Je vois que tout va bien ici... Euh... Entre, Cora, balbutie-t-elle, tu vas rester avec tes amis jusqu'à ce qu'on arrive.

Elle pousse une Cora à l'air un peu perdu d'un geste gentil mais pressé à l'intérieur de la pièce et referme la porte avec hâte. Tom et moi sautons de la couchette pour l'étreindre.

– Tu vas bien ? demande Tom. Ils ne t'ont pas encore fait du mal ?

– Non, répond-elle. Ça va. Tom, Lani, j'ai eu tellement peur ! Je me suis réveillée et vous n'étiez plus là... J'ai cru... J'ai cru...

Elle fond en larmes. Nous lui ouvrons nos bras et la serrons contre nous de toutes nos forces. Ses pleurs redoublent. Je n'imagine même pas ce qu'elle a dû ressentir, soudain seule au milieu de nos ravisseurs, à envisager le pire. Je resserre mon étreinte autour de ses épaules encore secouées de sanglots.

– On est où ? finit-elle par renifler d'une voix hachée.

– Je ne sais pas, je lui réponds. Ils nous ont fait monter dans le bateau hier soir. Aucune idée de la direction ni de la vitesse. On pourrait être n'importe où.

La porte s'ouvre à nouveau derrière nous. Je lâche Cora et fais volte-face, prête à me protéger. Mais c'est encore Bénédicte, les bras chargés d'un plateau de nourriture. Elle nous adresse un sourire avant de le poser sur une des couchettes. La vision des petits pains de céréales remet tout de suite notre estomac au centre de nos préoccupations et nous nous jetons dessus. La médecin s'empresse de s'éclipser alors que nous avalons notre repas à grandes bouchées.

– On a l'air d'aller vers le nord, non ? dit Tom, la bouche pleine, alors qu'il regarde par le hublot.

J'engloutis le reste de mon pain et monte sur la couchette afin de pouvoir jeter un œil dehors.

– Oui, on dirait, je lui réponds. On va peut-être vers une des îles arctiques. Elles sont inhabitées, il me semble.

– Mais elles ne sont pas sous les glaces six mois par an maintenant ? demande Cora, perplexe.

– Aucune idée…

Elle et Tom me rejoignent sur mon lit et nous nous perdons dans l'observation de l'océan.

– Je déteste être déconnectée, soupire enfin Cora. Ce serait tellement plus simple de demander à un serveur où on se trouve !

La porte s'ouvre à nouveau sur Bénédicte qui apporte une grande carafe d'eau et des verres.

– Vous devez vous réhydrater un peu tous les trois.

Elle a toujours l'air mal à l'aise. Elle nous sert un verre à chacun. J'ai tellement soif que j'avale le mien d'un trait sous son regard examinateur, vite imitée par Tom et Cora. Elle reprend les récipients avec un sourire satisfait et nous adresse un bref signe de tête avant de quitter la cabine.

– Vous pensez que c'est vrai ce que Jo a dit ? demande Tom, une fois qu'on est seuls. Que le Système nous éliminera si on est repris ?

– Quelle importance ? dit Cora. Entre se faire éliminer par le Système et se faire éliminer par eux… Je doute, par contre, que le Système s'amuse à me couper une oreille avant.

Elle caresse de son index la fine cicatrice qui parcourt désormais son lobe. C'est alors qu'une vision d'horreur me revient comme un flash. Je suis saisie d'un vertige. Le cadavre sans tête… Je ne leur en ai toujours pas parlé.

– J'ai vu… Dans le rayon de sauvetage de l'hovercraft, Julien…

Je tente de reprendre mes esprits, avant de réaliser que la tête me tourne réellement. Devant moi, Cora s'effondre sur les couvertures. La voix de Tom me parvient, lointaine, avant que je sombre moi-même sur l'oreiller moelleux.

Il fait presque nuit lorsque je rouvre les yeux. Je note immédiatement que le bateau est immobile. Je me relève et jette un coup d'œil par le hublot : nous sommes à quai, dans un grand hangar nautique qui s'ouvre vers l'ouest. Les rayons obliques du soleil couchant caressent le dock en béton gris et les bittes d'amarrage attaquées par la rouille.

Nous sommes dans une implantation côtière. Je pourrais en mettre ma main à couper. La plupart sont bâties sur le même modèle et comportent un port couvert similaire à celui-ci. Une douleur sourde martèle ma tempe gauche. Avons-nous été repris par le Système ? L'espoir fait battre mon cœur un peu plus vite. Je me penche pour mieux observer dehors. Tout est calme. Pas le moindre membre. À moins qu'ils soient sur le pont ? Ou déjà dans le bateau ?

Un bruissement se fait entendre derrière moi. Je tourne la tête, le cœur battant. Alexander est là, debout au milieu de la cabine.

– Chhh, fait-il en posant un doigt sur ses lèvres.

Je le regarde un instant, incertaine de ce que je dois faire. Est-ce que nous nous cachons du Système ? Est-ce qu'il faudrait que je crie pour être entendue par un membre ? Il fait un pas vers moi. Ses yeux brillent sous ses cheveux bruns, habités par le même sérieux et la même gravité que lorsque Jo a voulu me couper l'oreille dans la montagne. Des bruits de chute et des éclats de voix nous parviennent depuis le mess. Il tourne la tête vers la porte, l'air anxieux. Instinctivement, je retiens mon souffle.

– Il est parti, Jo ? demande une voix dans le couloir.

– Non, il est encore sur le pont...

La conversation devient inaudible alors que les soldats s'éloignent. Alexander se rapproche de ma couchette.

– Tiens, bois, chuchote-t-il, en me tendant un verre d'eau.

– Non, s'il te plaît, je ne veux pas me rendormir, je supplie à voix basse.

– Je sais, Lani, mais crois-moi, il faut que tu dormes encore.

Ses yeux font maintenant des allers et retours entre moi et la porte. Qu'est-ce qu'il se passe ? Qu'est-ce qui le rend si nerveux ?

– Pourquoi ? je lui demande. Et on est où ?

– Dans une implantation abandonnée, souffle-t-il si bas que je l'entends à peine. Bois, je t'en supplie.

De nouveaux bruits de pas se font entendre depuis le couloir. Sa main libre se saisit soudain de mon poignet.

– Je t'en prie, Lani, insiste-t-il, il faut que tu me fasses confiance…

Je peux désormais lire de l'angoisse sur son visage. Une angoisse que je n'ai vue à aucun autre moment de notre voyage pourtant rempli de situations périlleuses. Je repense à la manière dont il m'a poussée hors des tunnels. À celle dont il s'est interposé entre Jo et moi. Oui, il m'a enlevée et a ouvert le crâne de Jen. Mais il m'a déjà aidée à plusieurs reprises. Et si… Et si je devais lui faire confiance ? Je lui prends le verre et l'avale d'un trait. Il pousse un soupir de soulagement.

– Merci, dit-il tout bas.

Il récupère le verre et sa main presse une dernière fois mon poignet avant de le lâcher.

– Dors, maintenant, et si tu te réveilles, surtout ne fais pas de bruit, à moins que je sois dans la cabine.

Je hoche la tête et suis déjà saisie d'un premier vertige. Je le regarde s'asseoir sans un bruit sur une chaise dans un coin de la pièce, les yeux toujours fixés sur moi. Puis je jette un dernier coup d'œil à l'extérieur. J'ai juste le temps de voir Jo marcher sur le quai avant que le somnifère ne m'emporte.

CHAPITRE 16

Je me réveille avec une migraine et la bouche pâteuse. La pièce est plongée dans l'obscurité, éclairée seulement par l'éclat de la lune qui tangue par la fenêtre. Je fixe le plafond et respire trois fois longuement par le ventre. Les paroles d'Alexander me reviennent en mémoire. Ne pas faire de bruit à moins qu'il soit dans la cabine. Je le cherche du regard.

Il est toujours là, assoupi sur la chaise au fond de la pièce. Je suis surprise par la sérénité de son visage. Il a des traits très fins. Un nez droit, des pommettes hautes, des sourcils épais, une mâchoire carrée et des lèvres pleines. Il doit avoir vingt et un, peut-être vingt-deux ans. Ainsi immobile dans la douce lumière blanche, il a l'air d'être taillé dans le marbre. Je me relève sans faire de bruit jusqu'au hublot.

Le bateau glisse sur une mer calme d'un noir profond tranché par le reflet mouvant de la lune sur ses flots. Au loin, je peux voir une masse sombre s'élever sur l'horizon. Vu notre direction, sûrement une des îles arctiques. Probablement l'île Banks, si je me souviens correctement de mon atlas. Je laisse mon regard se perdre dans la nuit. Jen me manque. Ma mère me manque. Même les interminables conversations sur la pêche à la mouche me manquent. Comment maman a-t-elle réagi quand elle a réalisé que notre signal s'était coupé ? Ont-ils retrouvé le corps de Jen ?

Imaginent-ils que je suis toujours vivante quelque part ou ont-ils abandonné tout espoir ?

Je me rends compte que les larmes coulent sur mes joues et je les essuie du revers de la main. Je dois tenir bon. Ce que m'ont appris les derniers jours, c'est que cette société rebelle a l'air d'être organisée selon la loi la plus archaïque possible, celle du plus fort. Tout le monde se soumet devant celui qui fait preuve du comportement le plus agressif et violent, en l'occurrence Jo. Et dans ce genre de société, les plus petits se font manger. Si je veux survivre, je ne dois plus afficher la moindre faiblesse.

Un bruit de tissu me fait me retourner. Alexander est près de moi, son visage à quelques centimètres du mien. Je lui suis reconnaissante de m'avoir aidée à sortir des tunnels et de m'avoir protégée de Jo, mais à ce moment précis, je donnerais tout pour être enfin seule, loin de celui que j'ai surpris près du corps sans vie de ma meilleure amie. Sa main se tend pour saisir la mienne et je la retire, instinctivement. Il a soudain l'air gêné.

– Je… Je suis désolé, Lani. Pour tout.

Il relève la tête et plonge ses yeux dans les miens. La sincérité que j'y lis me désarme et je sens ma volonté d'être forte vaciller. Les larmes coulent à nouveau sur mes joues sans que je puisse les retenir. J'enfouis mon visage entre mes mains. J'ai tout perdu. Jen, mes parents, l'implantation, les tournois, les rêves… Tout ce qui constituait ma vie.

Je sens une main se poser dans mon dos et Alexander qui m'attire contre son épaule. Mais je n'ai plus la force de résister. Je me laisse aller à pleurer en silence sur son uniforme qui sent les embruns et l'iode.

– Est-ce que tu veux un somnifère pour te rendormir ? finit-il par demander d'une voix douce.

Je m'écarte enfin de lui. Ses yeux brillent dans la faible lumière blanche qui baigne la cabine. J'ai l'impression qu'il partage mon chagrin. Je hoche la tête avec lenteur. L'inconscience est préférable à la torture d'imaginer mes proches à la recherche de mon corps et de celui de Jen dans les bois.

Il sort de la pièce. Dans les deux lits en face du mien, Tom et Cora sont profondément endormis. Je contemple à nouveau l'océan et repense au geste de tendresse d'Alexander. Il est la seule personne à m'avoir demandé pardon. D'abord pour Jen. Et ensuite pour moi. Contrairement au reste de nos ravisseurs, lui a l'air conscient de nous avoir fait du mal et semble s'en soucier un peu.

La porte se rouvre avec un cliquetis discret. Il revient avec un grand verre qu'il me tend. Une fois le liquide glacé avalé, je me rallonge et appelle le sommeil de tous mes vœux. Alors que je sombre, je crois percevoir la douce pression des lèvres d'Alexander sur mon front.

Quand je reprends connaissance, Tom et Cora sont déjà debout et revêtent des uniformes propres. Alexander est toujours assis dans un coin de la pièce.

– On va bientôt arriver, Lani, tu devrais te changer, fait-il d'un ton égal.

Je m'étire dans ma couchette. Je n'ai aucune envie de quitter le confort de mon pyjama pour cet horrible uniforme rêche. Aucune envie non plus que le voyage se termine, d'ailleurs. Je descends de mon lit à contrecœur et pars chercher les vêtements propres dans le placard. Je me déshabille entièrement et les enfile à la hâte. À côté de moi, Tom finit d'ajuster sa ceinture et Cora fait ses lacets, assise sur sa couchette. Alexander, quant à lui, fixe ostensiblement le sol.

– Je pense que je devrais vous mettre au courant de certaines choses, dit-il.

Nous dressons tous les trois l'oreille. Nous allons enfin avoir des réponses.

– Oui, enfin… Vous savez, chez nous, il n'y a pas les mêmes coutumes que dans les implantations. On ne peut pas se déshabiller devant quelqu'un comme ça… À moins d'être marié avec en tout cas… Enfin voilà, vous n'avez pas eu le choix maintenant vu que je dois vous maintenir sous surveillance constante, mais je préfère vous avertir, comme vous n'aviez pas l'air gênés que je sois là…

– Comment ça, *marié* ? dit Tom. Ça existe encore ?

– Oui, bien sûr que ça existe, répond Alexander.

– Mais… Et si on a trop chaud ? demande Cora.

Alexander esquisse un sourire.

– Même si tu as trop chaud, tu ne peux pas le faire. Je sais, ça semble injuste, dit-il devant le regard courroucé de Cora, mais c'est comme ça.

– Pourquoi ? je lui demande.

– Ne cherche pas de pourquoi, Lani, me dit-il, l'air gêné. C'est comme ça.

Manifestement, la conversation est close. Et cela n'augure rien de bon. Nous échangeons un regard éloquent avec Tom et Cora. On nous a toujours appris dans les rêves éveillés historiques que ce genre d'interdictions arbitraires était typique des sociétés archaïques.

Je remonte sur ma couchette et observe à nouveau la mer. La côte est visible à quelques encablures de là.

– C'est l'île Banks ? je demande tout haut.

Je me retourne. Tom et Cora fixent Alexander, suspendus à ses lèvres. Il hoche lentement la tête. Une vague de soulagement me submerge. Je ne sais presque rien de cette île, sinon qu'elle est trop au nord pour avoir été colonisée par le Système, mais au moins je sais où on va.

– Alexander, qu'est-ce qui nous attend là-bas ? demande Tom.

– Je ne peux pas vous le dire, soupire-t-il. Vous avez deviné où on va, c'est déjà bien assez. On devrait arriver d'ici une bonne trentaine de minutes, je pense. Si j'étais vous, je me reposerais.

– Et toi, tu ne te reposes pas ? je lui demande.

– Je suis infatigable, me répond-il avec un clin d'œil.

Tom et Cora me rejoignent sur ma couchette et nous nous penchons tous les trois pour observer l'île qui doit devenir notre nouveau lieu de résidence. Ses falaises sont grises et abruptes, comme découpées au couteau, et surplombées de conifères sombres, typiques des climats très froids. Nous restons longtemps à contempler la côte sans repérer le moindre signe de présence humaine.

Puis, au détour d'une falaise, nous la voyons : une ancienne implantation marine. Son bâtiment principal, son port, son hangar à bateau. Et tout autour, des petits immeubles qui semblent avoir poussé comme des champignons et dont les toits crachent une fumée épaisse. Mon cœur balance entre la hâte d'arriver pour apprendre enfin pourquoi nous avons été arrachés à nos proches et l'aversion que j'éprouve déjà pour une communauté qui a commandité notre enlèvement. Les minutes s'égrainent lentement. Cora, Tom et moi restons silencieux à regarder la côte se rapprocher. Je me rends compte que je tords mécaniquement les draps lorsque Cora saisit une de mes mains pour la serrer dans la sienne.

– J'ai peur, Lani, souffle-t-elle.

Puis à Alexander, d'une voix paniquée :

– Est-ce que vous allez nous ouvrir le crâne ?

– Bien sûr que non, répond-il en haussant un sourcil. On ne se serait pas donné la peine de vous ramener vivants.

Cora paraît un peu plus rassurée mais ne lâche toujours pas ma main ni celle de Tom. Nos paumes sont moites. Mon cœur bat désormais la chamade. Au-dessus de nous, le pont s'agite, les bruits de pas courent de l'avant à l'arrière de la coque de manière frénétique. Au fur et à mesure que nous nous rapprochons, je réalise qu'une foule compacte se presse sur les quais.

– Qui sont ces gens, Alexander ?

– Les habitants de notre base principale, ils viennent pour nous accueillir.

Le bateau effectue une manœuvre et notre hublot donne à nouveau vers le large jusqu'à ce qu'on s'immobilise. La porte s'ouvre à la volée sur un Jo apparemment de fort bonne humeur.

– On est arrivés, les rats ! Dégagez de mon navire et plus vite que ça !

J'échange un regard avec mes compagnons d'infortune. Avec beaucoup d'hésitation, nous descendons de ma couchette. Mes jambes tremblent un peu alors qu'Alexander nous guide vers le pont où les hommes finissent d'amarrer le bateau.

Une gigantesque clameur nous accueille. Je cligne des yeux. Sur une grande place bordée de bâtiments à l'air ancien, une petite foule en liesse explose de joie devant nous. Jo se saisit d'une de mes mains qu'il lève haut dans le ciel et hurle :

– On les a ramenés !

Nouveau déferlement de cris. Je suis abasourdie. Tom et Cora, eux aussi, sont muets de stupéfaction. Jo me pousse vers la passerelle pour rejoindre le quai. Je l'emprunte d'un pas incertain, non sans me retourner pour vérifier que mes camarades me suivent toujours.

À terre, cinq hommes nous attendent et tiennent la foule à distance. Dès que je pose mon pied au sol, Alexander apparaît à mes côtés et se saisit de mon bras pour m'escorter. Toujours sous le choc de cet accueil, je me laisse faire, trop occupée à essayer de comprendre ce qu'il se passe autour de nous. Je titube un peu alors que nous fendons la foule en direction du bâtiment principal, visible à l'autre bout de la grande place.

Je ne sais plus où donner de la tête. Des mains se tendent pour nous effleurer. De multiples visages nous fixent, nous complimentent sur notre bonne santé ou notre beauté, commentent l'apparence de nos cheveux, de nos yeux, de nos uniformes. Je jette un coup d'œil à Tom et Cora derrière moi, eux aussi décontenancés. Pourquoi est-ce que tous ces gens ont l'air si contents de nous voir ? Est-ce que ces personnes savent ce que nous venons de vivre ? Nous sommes à mi-parcours lorsqu'une jeune femme blonde aux yeux hagards se jette sur Alexander :

– Où est-ce qu'il est, Alex ? Où ?!!!

Celui-ci secoue la tête. Le visage de la femme se décompose. Un homme âgé l'attrape par le bras alors qu'elle pousse un long hurlement hystérique, et la foule avale la détresse de l'inconnue.

Nous arrivons bientôt devant l'ancien bâtiment principal de l'implantation.

Je lève la tête vers la grande façade grise qui devait autrefois être immaculée. L'inscription « Hôtel de ville » a été taillée sur le fronton de la porte. Drôle de nom… Les soldats nous font pénétrer dans le couloir principal.

J'ai soudain l'impression étrange d'être revenue chez moi. La taille du corridor, les lampes intégrées dans les murs, le grand escalier à l'autre extrémité… Tout est exactement comme à la maison. En moins bien entretenu.

Jo nous dépasse et prend la tête du groupe. Il s'arrête un instant devant la porte qui devrait mener au réfectoire, puis l'ouvre d'un geste énergique. Toujours aux côtés d'Alexander, je pénètre dans une grande salle sombre. Plus aucune trace ici de ce qui devait être la belle pièce lumineuse et aérée où les repas étaient pris en commun. Les murs sont d'un gris crasseux et les hautes fenêtres ne laissent passer qu'une lumière diffuse et un peu poussiéreuse. Au bout de la pièce, sept personnes nous regardent depuis une estrade, assises derrière une longue table de bois sombre. Jo se tient droit comme un piquet face à ces gens aux mines sérieuses. On nous fait tous les trois avancer derrière lui.

– Voici donc nos jeunes amis, dit un homme âgé à la barbe et aux cheveux gris. Seulement trois ?

– Oui, répond Jo, la quatrième a été victime d'un accident juste avant notre intervention.

– Hum. Je vois… C'est très regrettable. Le voyage de retour s'est bien passé ?

– Quelques tentatives d'évasion…

– Comme je l'avais dit, c'était à prévoir. Le conditionnement est extrêmement fort.

– Nous avons perdu Levon et Julien, ajoute soudain Jo d'un ton abrupt.

Un murmure de désapprobation s'élève de l'estrade.

– Raconte-nous ce qu'il s'est passé, ordonne un homme bedonnant à la calvitie prononcée et dont les sourcils broussailleux sont froncés en une expression sévère.

Jo se lance dans le récit de notre marche forcée à travers les montagnes. Je ne l'écoute que d'une oreille, trop absorbée par l'observation des personnes en face de nous. Il y a une femme entre deux âges et six hommes, tous habillés du même uniforme noir, dont l'austérité est réveillée par un petit rectangle doré épinglé sur le côté gauche de leur poitrine.

Lorsque Jo termine son récit, l'assemblée a l'air perplexe.

– Merci, Jo, tu peux disposer, dit d'un ton léger l'homme à la barbe grise. Nous discuterons à nouveau de ça tout à l'heure. À nous maintenant, mes jeunes amis. J'imagine que vous avez plein de questions sur les raisons de votre présence ici. Nous y répondrons, dans la mesure du possible. Mais tout d'abord, permettez-nous de nous présenter. Vous vous trouvez devant le Grand Conseil de la ville de Nujfolk, capitale de l'île Banks. Je suis Socrate, le commanditaire de cette expédition et le responsable de la protection de cette communauté.

Il désigne de la main l'homme à l'air sévère qui a demandé des comptes à Jo il y a quelques instants.

– Je suis Rodolphe, chef de la guilde des Récupérateurs.

Je fronce les sourcils. Aucune idée de ce que peuvent être des Récupérateurs.

Le reste des membres du Conseil donnent un à un leur nom et leur titre. Artisanat, énergie, police… Tous ont l'air d'occuper une fonction essentielle à la bonne marche d'une ville. Mais cela fait tellement de nouvelles informations en même temps que lorsque le dernier, Zy, un jeune homme affable à la peau d'ébène, annonce qu'il est à la tête de la guilde des Marchands, j'en ai déjà oublié la moitié.

– Et vous êtes Tom, Lani et Cora, si je ne me trompe pas, dit Socrate.

Nous répondons d'un hochement de tête.

– Très bien. J'imagine que vous vous demandez pourquoi vous êtes ici. La réponse est simple. Pour m'aider. Pour protéger cette communauté et en assurer la prospérité. Comment ? Vous découvrirez cela en temps et en heure...

– Qu'est-ce que vous allez faire de nous ? l'interrompt Tom.

– Vous protéger de quoi ? s'écrie Cora.

– Pourquoi on devrait vous aider ?

Nous avons parlé presque tous les trois en même temps. La bouche du vieil homme ébauche un sourire.

– Il ne vous sera fait aucun mal, si c'est ce qui vous préoccupe. Quant à vous dire ce que l'on va précisément faire de vous, comme je l'ai dit, vous verrez ça en temps et en heure. Vous répondre maintenant ne servirait à rien de toute façon. Alexander, mon garçon, installe nos jeunes amis pour la première phase, s'il te plaît.

Des soldats en uniforme brun nous poussent vers la sortie, Alexander à leur tête. Je me retourne : les membres du Conseil, penchés vers Socrate, discutent à voix basse.

– Et nos questions ? je proteste.

– Pas maintenant, me réprimande un de nos gardes.

Il me saisit par le bras et me tire sans ménagement dans le couloir. Je pousse un soupir de frustration. Personne ne va donc nous dire ce que nous faisons ici ? Je jette un coup d'œil aux hommes qui m'encadrent désormais. Ils sont différents de ceux qui nous ont enlevés mais affichent le même air dur et inflexible. Et le même revolver à la ceinture. Ils nous escortent jusqu'à l'escalier principal puis jusqu'au premier étage, où se trouvent normalement les salles réservées à la détente. Ici aussi, tout est comme à la maison, simplement un peu plus usé. Alexander ouvre la porte de la salle de repos.

La chambre sombre est parcourue de fils électriques et éclairée par la seule lumière des diodes qui clignotent sur plusieurs appareils. Les capsules de sommeil sont toujours là, mais la cloison du grand mur blanc dans lequel elles sont encastrées a été arrachée, révélant une armature complexe de piliers de métal et de câbles. Au centre de la pièce, une gigantesque console monopolise l'espace, ses dizaines d'écrans et d'unités reliés au mur d'électronique. Je reste interdite devant cette installation. Alexander ouvre une première capsule et fait signe aux soldats de lui amener Cora.

– Hé, attendez, vous allez nous faire quoi, là ? demande-t-elle en essayant de se dégager de leur emprise.

– Tais-toi et allonge-toi, réplique aussitôt un des hommes alors qu'il la jette avec force sur la couchette.

Je regarde sa vitre se refermer sur ses protestations avec angoisse. Quels types de rêves peuvent bien être disponibles ici ? À moins qu'ils veuillent accéder au contenu de nos cerveaux ? Je lance un coup d'œil à Tom. Son visage est figé dans une expression d'horreur. Mais bientôt, les soldats le poussent aussi vers une capsule. Contrairement à Cora, il s'allonge sans un mot, sans opposer de résistance.

La peur me comprime la poitrine quand je réalise qu'il ne reste plus que moi, seule au milieu de mes ravisseurs, maintenant que mes deux amis sont endormis. Alexander fait signe aux hommes qui m'encadrent de me faire avancer.

Quand j'arrive devant lui, nos regards se croisent un court instant.

– Vous pouvez disposer maintenant, dit-il soudain d'un ton autoritaire. Je peux me débrouiller seul avec elle.

Aussitôt, les hommes me lâchent, font un signe de tête et quittent la pièce. Je les regarde partir avec un mélange de soulagement et d'appréhension.

– Ça va, Lani ?

Je me retourne vers Alexander, toujours debout à quelques centimètres de moi.

– Qu'est-ce que tu vas nous faire ? C'est quoi cette première phase ?

J'ai parlé très vite, en un souffle, sous l'effet du stress. Il pose alors sa main sur mon épaule et plonge son regard sombre dans le mien.

– Détends-toi, murmure-t-il. Je sais que ces soldats n'étaient pas une très bonne idée pour vous mettre en confiance, mais je peux te promettre que je ne vous ferai rien que je ne sois prêt à subir moi-même...

Je jette un coup d'œil involontaire à Tom et Cora, allongés dans leurs capsules.

– Ne t'inquiète pas, tu ne sentiras rien du tout, ce sera fini avant même que tu le réalises.

Mes yeux se posent sur la couchette avant de revenir vers lui. Dans les siens, le même sérieux et la même gravité que lorsqu'il s'est interposé entre Jo et moi. Encore une fois, c'est son regard qui me convainc.

– Je serai là quand tu te réveilleras, me dit-il alors que je m'allonge dans la capsule.

La vitre se referme et je sombre aussitôt.

CHAPITRE 17

Je suis dans un espace noir. Entièrement noir. Je flotte. Les ténèbres semblent résister sous mes doigts, s'enrouler autour de mes bras. Je tends les mains. Le néant me retient prisonnière. Je me tourne dans tous les sens. Je m'arque. Mais je suis piégée dans cette glu noire.

Je ne sais combien de temps je reste à lutter contre les ténèbres. De la lumière apparaît. Elle électrise la noirceur autour de moi. Bleue. Parfois rouge. La glu s'irise ensuite de vert. Je me sens un peu plus libre de mes mouvements. Puis la lumière part.

Je continue à me battre, à repousser ces murs noirs. La lueur revient. Elle enveloppe mes bras lorsque je touche les murs de matière, elle m'inonde de sa chaleur. Encore et encore, j'attaque, et elle m'aide. Le manège continue ainsi pendant des heures. La lumière va et vient alors que je me jette contre les murs noirs et visqueux avec la fureur du désespoir. Et puis soudain, un trou apparaît. Derrière se trouve un espace blanc.

– Rejoins-moi, Lani.

C'est la voix d'Alexander.

Je me jette sur l'ouverture et arrache la matière boueuse à pleines mains. Les ténèbres luttent elles aussi et essaient de combler cette sortie. Je hurle et accélère le mouvement. À bout de souffle, je me jette la tête la première à travers l'ouverture. Les ténèbres se referment sur ma taille. Je bats des pieds et les repousse. Elles m'expulsent dans un grand bruit de succion et disparaissent.

Je me retrouve seule dans un grand espace blanc semblable à celui d'un début de tournoi de Construction. Enfin, pas vraiment seule. Je ressens pour la première fois depuis mon enlèvement la présence de plusieurs serveurs de données. Un sentiment de sécurité m'habite soudain. Je suis de nouveau connectée à un réseau. Un rapide examen m'informe que ce n'est pas celui du Système, mais c'est déjà un progrès. Mon transpondeur n'est peut-être pas si abîmé que ça.

Sans réfléchir, j'élabore le premier rêve qui me vient à l'esprit. La maison. Ma mère. Mon père. Jen. C'est la première fois que je crée un rêve pour moi seule et non pas pour déstabiliser un adversaire. Cette liberté est déroutante. Je fouille les serveurs à la recherche des données dont j'ai besoin, mais je les trouve remplis d'informations pour la plupart inutilisables pour ce que je veux créer. Tant pis. Je lance mon rêve avec celles provenant uniquement de ma mémoire. Les montagnes, les terrasses en fleurs, l'implantation se déploient devant mes yeux. La superbe matinée d'avril avant que je ne sois enlevée. Jen se tient devant moi. Je me jette dans ses bras.

– Je suis désolée, Jen, je n'ai pas pu te rattraper.

Les larmes coulent sur mes joues.

– Ce n'est pas ta faute, Lani, murmure-t-elle. Rien n'aurait pu éviter ça.

Est-ce mon esprit qui a imaginé cette réponse pour me débarrasser de ma culpabilité ou le souvenir de la nature aimante de Jen qui parle ? L'accès aux serveurs s'interrompt brutalement. Je me sens tirée en arrière. Autour de moi, le rêve s'efface. Le visage de Jen est le dernier élément à disparaître.

CHAPITRE 18

Je me réveille avec difficulté. Ma vitre s'ouvre et un air froid vient lécher mes joues. Alexander est là, à mes côtés, comme il l'avait promis. Son visage éclairé par la seule lumière des diodes est illuminé d'un sourire. J'ai l'impression de le voir pour la première fois. Je ne l'ai jamais vu sourire avant. Ses yeux pétillent dans la pénombre et c'est comme s'il s'était transformé en une autre personne. Il me tend la main :

– Bonjour, Lani.

J'essaie de me lever. Mais mes membres bougent douloureusement, avec peine.

– Doucement, me dit-il d'une voix attentionnée alors qu'il soutient ma nuque.

J'essaie tant bien que mal de m'extraire de la capsule. Mais mes jambes sont si faibles que je n'arrive même pas à les soulever. Avec précaution, Alexander m'aide à m'asseoir sur le bord de la couchette. Mes yeux se posent alors sur mon corps. Je ne peux retenir un hoquet de stupeur : mes mains sont décharnées. Mes membres sont si squelettiques que je flotte désormais dans mon uniforme. J'ai l'air d'avoir perdu plusieurs kilos.

– Qu'est-ce qu'il m'est arrivé ? je murmure.

Ma voix est rauque et ma gorge douloureuse.

– On t'a déconditionnée, répond-il. C'est un processus très long, très complexe…

– Déconditionnée ? Qu'est-ce que tu veux dire ?

Il hésite.

– On a enlevé un à un les interdits et les limitations que le Système a posés dans ton esprit au fil des années, dit-il d'un ton prudent. Des règles conçues pour brider ton comportement naturel…

J'ai une soudaine impression d'engourdissement. Le Système aurait modifié mon comportement ? Je m'en serais rendu compte quand même ! Et pourquoi le Système aurait-il fait une chose pareille ?

Alexander s'apprête à continuer ses explications mais je le coupe :

– Combien de temps je suis restée là-dedans ?

– Environ trois mois, avoue-t-il.

Je suis estomaquée. Trois mois dans une capsule de sommeil ! C'est de la folie ! Je regarde à nouveau mon corps amaigri.

– Mais comment vous avez fait pour me maintenir en vie ?

– On t'a nourrie par sonde, réhydratée par perfusion… On a pas mal de matériel médical emprunté au Système, ici. Pas le meilleur, mais suffisamment bon pour nous sortir de situations normalement désespérées.

Nourrie par sonde… Voilà qui explique la sensation de brûlure dans ma gorge. Assise sur le bord de la couchette, j'examine la pièce. Un coin est encombré d'équipement médical en tout genre et certains appareils à l'air particulièrement compliqué me sont même inconnus. Je repense soudain à mon rêve.

– C'était quoi cet espace noir ?

– Tu as vu un espace noir ? Intéressant… dit-il en levant un sourcil. On va dire que cet espace noir était la représentation des barrières que le Système a posées dans ton esprit au fil des années. Des centaines de comportements et réactions ont été bridés. Le programme qu'on t'a fait subir a forcé ton esprit à se « nettoyer ». Il t'a confrontée à tous ces obstacles afin que tu les détruises. Tu ne t'en rends pas encore compte, mais la vie devrait commencer à te paraître un peu différente.

Je l'écoute sans l'écouter. Même si ce qu'il raconte me semble grotesque, j'ai peur de ce que ses explications impliquent.

– Différente comment ?

– Je ne sais pas trop, c'est un peu la première fois qu'on teste ce programme, dit-il d'un air gêné. Disons que tu devrais voir des idées nouvelles apparaître dans les prochains jours ou les prochaines semaines. Envisager pas mal de choses sous un autre angle.

Mon souffle et mon rythme cardiaque s'accélèrent soudain.

– Tu veux dire que tu as pris mon cerveau comme cobaye ?!

Il a un mouvement de recul. Avec horreur, je réalise que je lui ai crié dessus. Je n'avais jamais crié sur quelqu'un avant. Pourquoi ai-je fait ça ? On ne crie pas sur les gens dans le Système…

– Euh… Non, pas vraiment, on savait que c'était relativement peu risqué, répond Alexander. On ne savait simplement pas que ça prendrait tant de temps. On n'imaginait pas le nombre de choses qui avaient été modifiées ou altérées dans votre tête, à toi et à tes amis.

À la mention de mes camarades, l'intense sentiment de colère qui m'a envahie quelques secondes auparavant est aussitôt remplacé par de l'inquiétude.

– Et Tom et Cora ? Ils sont où ?

– Ç'a été plus rapide pour eux. Ça fait deux semaines qu'on les a envoyés reprendre des forces en dehors de la ville. C'est ce qui t'attend aussi. Tu dois reprendre du muscle. Même avec les électrodes, tu as beaucoup perdu.

Je passe une main tremblante sur mon visage. Et m'aperçois qu'il dit vrai. J'arrive à peine à soulever mon bras. Pourtant, ce rêve ne m'a paru durer que quelques heures. Un détail me revient.

– J'ai entendu ta voix qui m'appelait. Ça aussi, c'était dans le programme ?

Son visage s'éclaire un bref instant et retrouve aussitôt son sérieux.

– Non, les visions sont toujours très personnelles. Ton amie Cora entendait des oiseaux, par exemple, et devait sortir d'une forêt sombre. Et Tom était dans une sorte de labyrinthe.

– Je pourrais les voir ?

– Pas pour le moment. Tu vas passer une nuit ici et ensuite on te conduira dans la famille Brac. Ils ont une ferme au bord de la rivière, et deux petites filles. Tom et Cora ont été envoyés chacun dans une famille différente…

– Quoi ? Mais comment ça ? Pourquoi je ne peux pas les voir ?!

Je plaque mes mains sur ma bouche. J'ai à nouveau crié sans le vouloir. Mon sang n'a fait qu'un tour et mon souffle est devenu erratique en un quart de seconde… Qu'est-ce qu'il m'arrive ?

– Du calme, Lani, murmure Alexander d'un ton apaisant alors que je prends une nouvelle grande inspiration. Tu pourras les voir dès que vous serez remis. On s'est juste dit que vous vous adapteriez mieux si on vous séparait un peu et qu'on vous montrait que les gens d'ici sont différents de ceux qui sont venus vous enlever. Les Récupérateurs forment une bande à part.

– Les Récupérateurs ?

– Les seules équipes qui s'aventurent dans les Terres contrôlées par le Système. Ceux qui vous ont enlevés. Ils sont… plus violents que la moyenne. Ce qui se comprend. Ils doivent se battre pour survivre et ne faire preuve d'aucune pitié, y compris envers leurs propres membres. Ils vivent dans un monde très dur…

– Je crois que j'en ai eu un aperçu, merci, je réplique d'une voix froide. Et donc toi, tu en fais partie ?

– Moi ? Non ! s'exclame-t-il en fronçant les sourcils. Enfin si, mais pas vraiment. Non, moi, j'étais là uniquement pour faire en sorte que vous arriviez sains et saufs à la base. Et quand je vois ce qu'on a traversé, je ne remercierai jamais assez Socrate de m'avoir forcé à y aller.

Une moue de dégoût déforme brièvement sa bouche. Son attitude durant notre voyage m'apparaît soudain sous un jour nouveau. Sa manière de s'interposer entre moi et Jo, d'essayer de calmer les accès de violence de ce dernier, sa présence constante dans notre cabine pendant notre traversée… Il nous a protégés. Et qui sait quelles horreurs il a réussi à nous éviter. Mais mon élan de sympathie est tout de suite atténué par la première image que j'ai de lui. En train d'ouvrir le crâne de Jen. Je suis parcourue d'un frisson.

– Je vais te porter jusqu'à ta chambre pour cette nuit.

Sans me laisser le temps de réagir, il se penche vers moi et me soulève comme si j'étais aussi légère qu'une plume. Ce qui, à la réflexion, doit être le cas. J'esquisse un mouvement pour essayer de sauter de ses bras, mais mes jambes, trop faibles, refusent de bouger. Résignée, je le laisse m'amener dans la pièce adjacente. Je reconnais la chambre où, dans les implantations du Système, sont entreposées les combinaisons de rechange, serviettes et autres linges. Sauf que celle-ci a été vidée des grandes étagères impeccablement rangées qui l'habillent habituellement. Ici, un lit, une petite table, une bibliothèque croulant sous des livres. Et partout sur les murs, des dessins représentant des motifs géométriques complexes. Des croquis. Des schémas. Des notes. Parfois sur plusieurs couches. Pas un seul centimètre carré de paroi n'est visible sous cette accumulation de papier griffonné. Alexander me dépose sur le lit avec délicatesse.

– Je vais te chercher à manger. Un vrai repas va te faire du bien.

Il s'éclipse. Je parcours les murs du regard. Les notes sont impénétrables pour moi. Je reconnais des caractères des alphabets romain, grec, cyrillique et, à ma grande surprise, ce que j'identifie comme des signes mayas. Le tout formant des suites incohérentes de symboles variés qui s'étalent sur toute la longueur des feuilles. Les schémas ont un peu plus de sens. Je reconnais un modèle de transpondeur. Quelques motifs électroniques des composants des capsules de sommeil. Je suis toujours perdue dans mes observations lorsque Alexander revient avec un plateau.

– Ma chambre te plaît ? dit-il avec un sourire.

Je hoche la tête avec lenteur, encore perdue dans l'observation des dessins.

– C'est quoi tous ces symboles ? Pourquoi tu as accroché tout ça aux murs ?

– Oh, tu verras, tu les comprendras bientôt. Socrate t'apprendra tout ça à toi aussi…

Je me rappelle l'homme âgé à la longue barbe qui s'est présenté comme le protecteur de cette communauté. Notre rencontre avec lui et le reste du Conseil de cette île me revient par flash. Ainsi qu'une question essentielle.

– Et maintenant, tu vas pouvoir me dire pourquoi on a été enlevés ?

Il pousse un long soupir avant de poser le plateau sur mes genoux.

– J'aimerais bien, Lani, mais Socrate a décidé qu'il vaudrait mieux attendre que tu te sois remise…

– Mais… Mais ça va prendre des semaines ! je proteste. Vous pouvez pas nous laisser comme ça, sans savoir ce qu'on fait là !

J'ai à nouveau crié. Mais cette fois-ci, bizarrement, je n'en ai pas honte. Au contraire, j'ai l'impression de m'être déchargée d'un poids qui pesait sur ma poitrine. Un sourire en coin étire les lèvres d'Alexander.

– C'est ce que j'ai répondu aussi, dit-il d'un ton calme. Mais je n'ai pas réussi à le convaincre. Crois-moi, si ça ne tenait qu'à moi, je t'aurais déjà tout dit. Mais Socrate pense que c'est prématuré…

J'ouvre la bouche pour répliquer mais il continue :

– Écoute, je te promets d'essayer de le faire changer d'avis. Mais en attendant, il faut que tu prennes un vrai repas. Plus vite tu seras remise, plus vite tu pourras tout savoir.

Je reste un instant sans répondre devant son regard à nouveau sérieux et grave. Puis je pose mes yeux sur le plateau qu'il vient d'apporter. Un petit morceau de pain recouvert de fromage frais, un potage et un verre d'eau. J'aimerais pouvoir protester, dire que je ne mangerai pas tant qu'on ne m'aura rien dit. Mais j'ai tellement faim…

Avec un air de défi, j'attrape la tartine et mords dedans. Non, je vais engloutir ce repas et tous les suivants, reprendre des forces, et ensuite je trouverai bien un moyen de rentrer chez moi. Je mange en silence sous le regard attentif d'Alexander. Je n'ai pas avalé la moitié que je me sens déjà pleine à éclater. Je repousse mon plateau.

– Je me doutais que ton estomac aurait sacrément rétréci. Tu es sûre que tu ne peux pas prendre une bouchée de plus ?

Je fais non de la tête. Je sens déjà la torpeur m'envahir. J'ai dormi trois mois et, pourtant, je suis épuisée.

– Je vais te laisser te reposer, murmure enfin Alexander. Si tu as besoin de quelque chose… Je serai dans la pièce d'à côté. Bonne nuit !

Il attend un moment que je lui réponde mais je reste à le regarder en silence. Il pousse un bref soupir, reprend le plateau et sort de la pièce.

Une fois seule, je regrette aussitôt de m'être emportée contre lui. C'est la seule personne qui m'ait aidée jusqu'à présent, le seul qui ait l'air d'être de mon côté. Et je lui ai crié dessus avant de refuser de lui souhaiter bonne nuit. Alors qu'il venait de proposer de m'obtenir enfin des réponses.

J'enfouis mon visage dans les draps. Qu'est-ce qu'il m'arrive ? *Mais peut-être qu'il t'a dit la vérité, Lani. Peut-être que le Système t'a vraiment bridée*, murmure une petite voix que je ne connais pas dans un coin de mon esprit. Non. Le Système ne ferait jamais ça. Si ? Je dois retrouver mon calme. Je prends une grande inspiration. Le tissu sent le savon, les aiguilles de pin et une autre odeur que je n'arrive pas à identifier. Un étrange mélange qui, à ma grande surprise, m'apaise. Je prends une nouvelle bouffée. Petit à petit, la sérénité envahit à nouveau mon esprit. Et le sommeil m'emporte aussitôt.

CHAPITRE 19

– C'est notre nouveau moineau alors ?

La grosse voix joviale me tire de mon sommeil d'un coup. Un homme à la tignasse brune et à la carrure impressionnante se tient dans l'encadrement de la porte. Où suis-je ? Je cligne des yeux pour apercevoir les murs recouverts de notes. Ah oui, la chambre d'Alexander.

– Oui, c'est Lani, dit sa voix derrière le géant qui s'approche de moi à grands pas.

– Eh bien, Lani, je sens que tu vas raffoler de la cuisine de ma femme. Et qu'on va même t'en gaver.

Je lève un sourcil, incertaine de ce qu'il se passe. L'instant d'après, Alexander s'est glissé à mon chevet.

– Lani, voici Georges Brac, murmure-t-il en désignant le colosse. Georges et sa femme vont t'accueillir quelques semaines dans leur ferme. Tu sais, je t'en ai parlé hier…

Je hoche la tête. Notre conversation me revient par pans entiers. Oui, une famille loin de la ville, pour reprendre des forces.

– Je passerai te voir, ajoute-t-il. Enfin, si tu en as envie.

Ses grands yeux sombres et sérieux m'observent. Une petite voix dans un coin de mon esprit me susurre que oui, j'aimerais bien le revoir. Je déglutis et hoche la tête.

– Très bien alors.

Une fois encore, un sourire illumine un bref instant son visage.

– Ne fais pas attention à lui, Lani, dit le colosse. Il veut venir te voir uniquement parce que ma femme fait les meilleures tartes de cette île. Et moi les meilleurs gratins.

Georges éclate d'un rire tonitruant et pousse Alexander pour prendre sa place à mon chevet.

– Allez, passe tes bras autour de mon cou, dit-il en se penchant vers moi. Je vais te porter jusqu'à la charrette.

Sans réfléchir, je m'exécute et il me soulève. Il émane de ce géant une curieuse impression de sécurité. Sa veste sent bon la brioche chaude. Il me transporte à travers les couloirs familiers de l'ancienne implantation et nous sommes rapidement dehors dans la lumière éblouissante de l'été arctique. La grande place est déserte. Il doit être encore très tôt. Georges m'installe à l'arrière d'une charrette tirée par un petit âne robuste aux yeux doux. Alexander lui tend une couverture qu'il étale sur mon corps amaigri, ainsi qu'un sac qu'il dépose à côté de moi.

– Ton équipement réglementaire, dit-il devant mon regard interrogateur.

Georges lui donne une grande claque dans le dos avant de monter sur son siège.

– Et n'oublie pas de passer manger un bout à la maison, Alexander. Tu nous raconteras tes aventures dans les Terres contrôlées. Hue da !

La charrette s'ébranle.

– Au revoir, Lani !

Alexander m'adresse un signe de la main. Je m'apprête à lui répondre mais sa silhouette disparaît à un tournant. Je pousse un soupir. Tant pis.

Je reporte mon regard sur le paysage qui défile. Nous traversons des rues désertes parsemées de petits immeubles au style bigarré. Certains sont en bois, d'autres en pierres sèches, d'autres encore en pierres taillées dans un style exquis qui rappelle l'ancien monde. La ville a l'air de s'être étendue de manière anarchique selon les besoins et les modes, sans cohérence aucune et dans toutes les directions. Quel contraste avec le Système et son maillage serré d'implantations presque semblables ! Combien de personnes peuvent vivre ici ? Quatre mille ? Cinq mille ? Peut-être plus ? Bien plus en tout cas que dans les centres névralgiques du Système, qui dépassent rarement le millier d'habitants. Ballottée dans la charrette, j'observe ce décor avec fascination. Les petits immeubles laissent bientôt place à d'imposantes maisons individuelles, entourées de jardinets. Quelques personnes ont l'air d'y être réveillées et balaient le perron ou s'occupent des plates-bandes.

– Ces gens habitent ici ? je demande à Georges.

– Oui. Mais ces maisons ne sont pas à eux. Ce sont les familles marchandes les plus riches qui vivent là. Les gens que tu vois les servent.

– Ils les servent ? Mais pourquoi ?

– Pour vivre. Avoir un toit et de quoi manger.

La réponse me prend de court. Je n'ai jamais envisagé que l'on puisse ne pas avoir de toit, ni de quoi manger quand d'autres ont de quoi partager.

– Ne te bile pas, va ! Ces gens sont plus heureux que si le Système les avait décérébrés.

Je décide d'ignorer sa réflexion. À l'évidence, il ne connaît rien du Système ; il ne sait pas de quoi il parle.

La route pavée laisse maintenant place à un chemin de terre et les maisons disparaissent au loin. Je ne peux plus distinguer que les hauts talus touffus qui bordent la chaussée. Ils vrombissent du bourdonnement des abeilles à l'œuvre. De temps en temps, la muraille verte s'ouvre sur un champ de blé ou un verger où paissent quelques vaches et moutons à l'ombre des frondaisons. Je reconnais les mêmes espèces que nous cultivons chez nous. Le fruit de dizaines d'années de sélection afin de résister à ce climat rude et froid, aux longs hivers sans soleil et aux longs étés sans nuit. Je me demande si eux aussi ont été volés au Système.

Nous continuons sur cette voie jusqu'à un pont de bois. La rivière qu'il enjambe court vers la ville dont les toits sont encore visibles au loin. Une fois sur l'autre rive, la charrette bifurque et remonte un petit chemin vers un chalet en rondins, adossé à une forêt de sapins. Une femme blonde bien en chair, les joues rouges et les yeux pétillants, se précipite vers nous.

– Alors, comment se porte notre moineau ?

– Vois par toi-même, on va avoir besoin de plus de tartes sous ce toit !

La femme contourne la charrette et m'observe en détail. Une moue de désapprobation glisse doucement sur son visage.

– Dans quel état ils t'ont mise ? dit-elle en secouant la tête. Je m'appelle Juliette. Comment tu t'appelles, petit moineau ?

– Lani.

– Eh bien, Lani, ton remplumage doit commencer de suite. Aide-moi à la soulever, Georges.

– Je peux marcher…

– Très bien. Appuie-toi sur moi alors.

Je me glisse à l'extrémité de la charrette et pose prudemment mes pieds à terre. Juliette passe un bras sous mes aisselles et me soutient quand je fais péniblement quelques pas vers la maison. Mes jambes tremblent sous mon poids. Arrivée sur le perron, je manque de m'effondrer et Georges m'enlève soudainement du sol pour me faire entrer.

Je suis accueillie par des cris. Deux petites filles d'environ cinq et sept ans se précipitent vers leur père et l'assaillent de questions.

– C'est ça un membre ?

– On peut la toucher ?

– Pourquoi elle est toute maigre ?

– Elle est malade ?

– Elle pourra jouer avec nous ?

– Laissez Lani respirer, les filles, dit Juliette d'une voix douce. Elle jouera avec vous quand elle en aura la force. Pour le moment, il faut qu'elle mange ! Lani, Georges, je nous ai fait un pudding au pain pour le déjeuner.

Elle sort un plat d'un fourneau pendant que son mari m'installe sur un banc autour de la grande table en bois qui trône au centre de la pièce. En quelques secondes, je me retrouve devant une belle assiette de pudding et un bol de lait chaud, assise au milieu de cette famille inconnue. La scène me paraît surréaliste après ce que j'ai traversé.

– Mange ce que tu peux et bois tout ton lait, dit Juliette à côté de moi alors qu'elle entame son repas. Ça te fera du bien.

J'ai tellement faim que je n'ai pas à me faire prier. La nourriture est délicieuse et fond dans ma bouche. Les deux petites filles blondes assises devant moi me regardent avec de grands yeux fascinés.

– Si tu te sens assez en forme après le repas, tu pourras jouer avec les petites. Ça les occupera un peu pendant que je travaille. La plus grande s'appelle Lilly et la deuxième Rose.

Je fais oui de la tête.

– Alors, il paraît que tu es restée trois mois dans la machine à rêves ! dit Georges. C'était comment ?

– Déstabilisant, je réponds en m'éclaircissant la gorge. Je n'ai pas eu l'impression d'y être restée plus de quelques heures.

– Alexander a pris grand soin de vous. Il n'a pas quitté votre chevet. Socrate m'a raconté qu'il devait le forcer à dormir et à se laver de temps en temps, rigole-t-il.

– Vraiment ? je demande, surprise.

– Oui. C'est un gentil garçon. Il était inquiet pour vous. Surtout pour toi, vu que tu ne te réveillais toujours pas. J'ai cru qu'il allait devenir fou ! Tu l'aurais vu, la semaine dernière !...

Il part d'un rire tonitruant.

– Je lui avais bien dit de ne pas s'inquiéter. Socrate n'était pas inquiet, lui.

Je finis tant bien que mal mon assiette, pensive. J'ai du mal à imaginer Alexander se mettre dans un tel état à mon sujet. Il avait à peine réagi à l'annonce de la traversée des tunnels alors que tous les autres étaient terrifiés.

J'avale une gorgée de lait chaud. Et une idée me vient. Si Georges connaît ce Socrate, peut-être sait-il ce qu'il veut faire de moi ? Je me racle la gorge avant de demander d'un ton que j'espère le plus détaché possible :

– Et vous pouvez me dire ce que Socrate a prévu pour nous ?

Juliette et Georges se regardent un instant avant que celle-ci ne prenne la parole :

– J'aimerais bien, ma chérie, mais le problème, c'est qu'on n'en sait rien. Tu vas l'aider, c'est sûr. Mais comment ? Il n'y a que lui qui peut te le dire… Enfin, lui et Alexander.

– L'aider à quoi ?

– À protéger la communauté… Il t'expliquera tout lui-même, bientôt. Mais en attendant, tu dois reprendre des forces.

Je réprime un soupir. C'est peine perdue. J'aurais dû insister beaucoup plus avec Alexander quand j'en avais l'occasion. Je plonge le regard dans mon bol de lait chaud avant de l'avaler d'un trait.

Les petites filles devant moi s'agitent soudain comme si je venais de donner le signal que l'heure du jeu est arrivée. Dans un concert de cris, elles se saisissent de mes mains et m'entraînent vers un coin de la pièce où poupées de chiffons et petits chevaux de bois règnent en maîtres.

J'ai un pincement au cœur en découvrant leurs jouets. J'aidais souvent à m'occuper des plus petits à l'implantation. Jen adorait ça. C'était toujours elle qui lançait de nouveaux jeux, inventait de nouvelles histoires. Assise en tailleur à même le sol, je contemple la poupée de chiffon que Lilly vient de me fourrer dans les mains. Jen en confectionnait des similaires pendant l'hiver. Les larmes me montent aux yeux. Je prends une grande inspiration. Non, je ne dois pas pleurer devant les enfants. Elles ne comprendraient pas.

Heureusement, les deux fillettes ne remarquent pas mon trouble et se lancent aussitôt dans une histoire d'aventure au pays des sucres d'orge. Je les suis dans leur monde imaginaire du mieux que je peux, malgré la boule qui me serre la gorge.

Je passe une grande partie de la journée ainsi, à vivre avec elles des aventures extraordinaires sans quitter le coin de la pièce. Georges est parti aux champs et Juliette fait des conserves de fruits dans une gigantesque marmite comme celles qu'utilisait ma mère à l'implantation. Au fur et à mesure que les heures défilent, je me surprends à apprécier le calme et la tranquillité qui règnent ici… Mes idées noires se sont mises en sourdine. La vie me semble avoir la même douceur qu'à la maison : les repas pris en commun, la grande pièce réchauffée par un bon feu de cheminée, les membres qui prennent soin les uns des autres… À la fin de la journée, j'ai déjà l'impression d'avoir vécu ici pendant des mois.

– Je vais te préparer un bain, Lani, dit soudain Juliette alors qu'elle finit de ranger sa dernière conserve. Et je vais te retirer cet horrible uniforme. J'ai l'impression d'avoir un membre d'un commando de Récupération devant moi et c'est insupportable ! Je dois avoir quelques robes qui devraient t'aller. D'avant mes grossesses, bien sûr.

Juliette m'envoie un grand sourire avant de disparaître par une petite porte au fond de la pièce. Elle en ressort avec une marmite. Elle la place sous un robinet près du fourneau et actionne une manivelle afin de faire couler l'eau.

– Une pompe reliée à un puits six mètres plus bas, dit Juliette devant mon regard interloqué. Georges a construit cette maison pour moi avant de demander ma main à mon père. J'ai su qu'il m'aimait vraiment quand il m'a dit qu'il avait placé la pompe à l'intérieur pour que je n'aie pas à aller chercher de l'eau dehors en plein hiver.

Elle glousse et met à chauffer la marmite dont elle va déverser l'eau dans la pièce d'à côté dès qu'elle fume. Elle répète l'opération plusieurs fois. Les deux petites jouent mollement avec leurs poupées. J'en profite pour enfin observer la pièce un peu plus en détail. Tout est en bois, du parquet au plafond. La porte à côté de la cheminée doit mener à la salle de bains, où Juliette fait des allers et retours, et, du côté opposé, deux portes ont l'air de conduire à des chambres. Un escalier au fond de la pièce grimpe vers l'étage supérieur – le grenier, je suppose. Seules deux petites fenêtres sur la façade principale de la maison laissent pénétrer la lumière du jour et l'essentiel de l'éclairage provient de la grande cheminée de pierre où craque un grand feu. Un fourneau, une table et des bancs, quelques fauteuils garnis de coussins constituent le seul mobilier de la pièce. L'endroit est très rustique comparé à mon implantation, et pourtant j'ai une impression de confort immense. Je bâille. Je suis épuisée.

– Allez, viens avec moi, me dit Juliette.

Je la suis dans l'autre pièce. Là aussi, tout est en bois à part un seul mur, en pierre, qui doit être le conduit de la cheminée et dont il émane une douce chaleur. Un grand baquet rempli d'eau chaude occupe presque tout l'espace. Quelques serviettes pendent au mur. Avec peine, je commence à retirer mes vêtements. Quand elle voit que mes bras tremblent, Juliette se met aussitôt à m'aider. Elle ne peut retenir un cri de surprise quand elle m'enlève mon tee-shirt. Ah, les cicatrices. J'en avais moi-même oublié l'existence.

– Mes aïeux ! Qu'est-ce qu'il t'est arrivé ?

Je reste murée dans mon silence. Comment dire à cette femme si gentille que ce sont des membres de sa communauté qui m'ont si salement amochée ?

– Ne me dis pas que c'est dû à ta capture… Ils n'ont pas osé ? demande-t-elle.

Je hoche lentement la tête. Elle me prend dans ses bras et me serre fort contre elle. Lorsqu'elle me lâche enfin, je peux voir son émotion.

– Je suis désolée, ma chérie, dit-elle en essuyant son visage avec un bout de son tablier. Certains d'entre nous sont des monstres.

Elle pousse un soupir avant de finir de me déshabiller avec douceur. Je la laisse faire sans broncher. Par bien des aspects, elle me rappelle maman. Douce, prévenante, à s'occuper de tout le monde autour d'elle. Si différente de ces Récupérateurs qui m'ont enlevée… Je réprime un grognement quand je réalise que c'est exactement pour que j'aie ce genre d'idées qu'Alexander et Socrate m'ont envoyée ici.

– Appuie-toi sur moi, ma chérie, souffle Juliette, me sortant de mes réflexions.

Elle me soutient par le bras pour m'aider à monter dans le bain. Puis, après m'avoir tendu un pain de savon, elle ramasse mes affaires en une boule.

– Je vais ranger ça dans ton sac et te ramener ton pyjama. Je reviens dans quelques minutes pour te sécher, d'accord ? Tu m'appelles si tu as besoin de quoi que ce soit, je suis juste à côté.

Un dernier sourire et elle referme la porte.

Je reste seule dans l'eau chaude. Les questions se bousculent dans mon esprit. Où sont Tom et Cora ? Quand est-ce que je pourrai les revoir ? Que fait ma famille ? Est-ce qu'ils me cherchent encore ? Une boule se forme à nouveau dans ma gorge. Je les imagine en train de parcourir les bois autour de l'implantation, encore et encore, dans l'espoir désormais de trouver un cadavre auquel donner une sépulture… Le chagrin de maman. Celui de la mère de Jen. J'étouffe un sanglot.

– Ça va, Lani ? fait la voix de Juliette à travers la porte. Tu t'en sors ?

Je me passe un peu d'eau sur le visage dans l'espoir de stopper cette nouvelle crise de larmes.

– Oui, je réussis à répondre d'une voix un peu tremblante.

Je prends une grande inspiration. Je dois me calmer. Je ne peux pas imposer ma détresse à ces gens, ils n'y sont pour rien... Non, c'est ce Socrate qui est responsable de tout. C'est lui le coupable. C'est lui qui nous a fait enlever. Et pourquoi d'ailleurs ? Pour me transformer en squelette dans une capsule de sommeil en me triturant le cerveau ? J'ai soudain envie de hurler. Ma respiration devient erratique. Je serre les dents et les poings. Et après tout ce que j'ai subi, je n'ai même pas le droit à une explication ? Je frappe la surface de l'eau.

L'éclaboussure que je me prends en plein visage me ramène à la réalité. Qu'est-ce qu'il m'arrive ? *Tu vois, c'est bien la preuve que tu étais bridée par le Système avant*, murmure la petite voix qui semble avoir élu résidence dans un coin de mon esprit. Je ne peux pas le croire. Et pourtant... Jamais je n'ai eu de telles réactions. Je viens de frapper quelque chose en pensant à quelqu'un. Quelqu'un que je ne connais même pas, en plus ! Et si c'était vrai ? Et si j'avais été bridée par le Système ? Mais à quel degré dans ce cas ? Dans quel but ? Et est-ce que tous les membres sont soumis au même conditionnement ?

Je secoue la tête pour essayer de chasser ces pensées. Non, même si le Système bride ses membres, il doit y avoir une explication. Une explication très logique. Quelque chose qu'on ne m'a pas dit. Ou alors, c'est le programme d'Alexander qui m'a mis le cerveau sens dessus dessous et le Système n'y est pour rien. Oui, ça c'est possible !

Alexander… Je m'enfonce un peu plus dans l'eau chaude alors que son visage apparaît avec netteté dans mon esprit. Quel est son rôle dans tout ça ? Si j'en crois ce qu'a dit Juliette, à part ce Socrate, lui seul sait pourquoi nous avons été enlevés. Peut-être que je pourrais le convaincre de me révéler ce qu'il sait quand il viendra me voir ? Mon esprit vagabonde vers la traversée en bateau et le moment où il m'a prise dans ses bras pour me consoler. Son attitude protectrice pendant le voyage. Puis ses gestes attentionnés hier. Se pourrait-il qu'il veuille vraiment m'aider ? Que son programme ait vraiment nettoyé mon cerveau ?

Je pousse un long soupir. Je ne sais pas quoi penser de lui. Il ouvre le crâne de ma meilleure amie, et ensuite il se transforme en chevalier servant, comme dans certains rêves éveillés sur le Moyen Âge. Ça n'a pas de sens !

J'aspire une grande goulée d'air et plonge sous l'eau dans une tentative désespérée de laver un peu ma tête des idées qui la parasitent. J'ai l'impression qu'un chaos sans nom règne dans mon crâne. Est-ce que ça aussi, ce serait un effet de mon déconditionnement ? Je n'ai pas le temps de creuser cette question, car je suis brusquement tirée hors de l'eau.

– Par le Système ! J'ai cru que tu te noyais !

Une Juliette paniquée me caresse fébrilement les cheveux.

– Ça va ? Tu vas bien ?

Je hoche la tête.

– Tu t'es savonnée ?

– Euh…

Elle s'empare aussitôt du savon et du gant et entreprend de me laver. À bout de forces, je me laisse faire.

– Voilà. Au séchage maintenant, dit-elle lorsqu'elle a fini. Tu n'as vraiment plus que la peau sur les os !

Elle m'aide à sortir et m'enroule dans une serviette chaude. Puis elle me frictionne avec énergie avant de me faire passer le pyjama qu'on m'a remis sur le bateau. Je retrouve le tissu doux avec bonheur.

– Mets ces chaussons, sinon tu auras froid aux pieds, me dit-elle. Tu vas m'aider un peu à la cuisine ce soir, si tu veux, pendant que je lave les filles. Tu te sens la force d'éplucher des légumes ?

– Oui.

– Bien. Suis-moi.

Elle me conduit dans la cuisine et me montre une pile de navets, choux et carottes qui n'attendent que moi pour finir en bouillon. Je m'empresse de les détailler en cubes pendant qu'elle conduit les petites dans la salle de bains. Pendant quelques minutes, le tumulte de mes pensées est couvert par le bruit du couteau tranchant la chair des légumes. Je finis de couper ma dernière carotte quand Georges rentre à la maison.

– Je vois que Juliette t'a déjà mise à contribution ! Ça va ? me demande-t-il. Les filles ne t'ont pas trop épuisée ?

– Non, je lui réponds avec un sourire. Elles sont vraiment adorables ! Elles ont beaucoup d'imagination…

– Elles tiennent ça de leur mère. Elle leur invente des histoires formidables tous les soirs. Moi aussi, j'ai hâte de les entendre avant d'aller me coucher, rigole-t-il.

Il accroche sa veste à l'entrée et remplit une marmite d'eau qu'il met au-dessus du feu. Il me fait signe d'y jeter les légumes.

– Voilà, dit-il, satisfait. Tu vas aider Juliette avec les filles dans les prochains jours. Et quand tu auras un peu plus de force, tu viendras avec moi aux champs. À ce rythme-là, et avec un ventre régulièrement bien rempli, tu retrouveras tous tes muscles en moins de deux !

– Merci. J'ai hâte de pouvoir me rendre un peu plus utile.

Je le pense sincèrement. Les moments d'oisiveté étaient rares à l'implantation. On ne laissait pas un membre se charger seul d'un travail si l'on était désœuvré. L'entraide était la règle tacite qui régissait nos vies. Être trop faible pour pouvoir correctement aider cette famille, même étrangère, me remplit d'un profond sentiment de désarroi.

Georges découpe de gros quartiers de viande séchée sur la table à présent. Je le regarde un moment sans rien dire. J'ai tellement de questions sur cet endroit, sur ses habitants, mais par où commencer ? Et qui sait ce qu'il a le droit de me dire ?

– Georges, comment se fait-il qu'autant de gens vivent ici en dehors du Système ? Je pensais que tout le monde avait été connecté il y a des années.

Le mouvement de son couteau s'interrompt une seconde. Puis reprend.

– Non, pas tout le monde, dit-il en continuant de découper la viande. Tous les habitants de cette île descendent de ceux qui ont refusé la Grande Connexion.

Il pousse un soupir.

– Quand ils se sont rendu compte qu'elle était inévitable… Eh bien, ils se sont regroupés et ont émigré dans les endroits les plus reculés du globe. En espérant que ce soit assez loin du Système. Mais, même au bout du monde, il y avait déjà des implantations, prêtes à accueillir leurs nouveaux membres après la toute première Répartition. Alors nos ancêtres ont mis la main dessus avant ceux à qui elles étaient destinées. Tu as vu le bâtiment central en ville ?

Je hoche la tête.

– À l'époque, ils en ont fait une place forte pour se défendre et éviter de se faire connecter. Les autres ont fait pareil sur chaque île.

– Les autres ? Il y a d'autres îles ?

Il me jette un coup d'œil et mon air surpris lui arrache un sourire.

– Onze en région arctique. Enfin, aux dernières nouvelles. Certaines ne comptent qu'une poignée de personnes.

Il se saisit des morceaux de viande et les jette dans la marmite au-dessus du feu.

– Il y en avait beaucoup plus avant. Mais les premières années après la Grande Connexion ont été très dures. Toutes les implantations de la région étaient prévues pour être dépendantes des livraisons en nourriture du Système, au moins jusqu'à ce que les premières semences sortent de terre. Les bateaux à disposition n'étaient pas conçus pour pêcher mais pour permettre l'observation et l'exploration scientifiques. Nos ancêtres ont connu la faim au cours des premières années. Le froid. Les maladies. Et en plus de ça, les attaques du Système qui essayait de les faire rentrer dans le moule. Mais ils ont réussi à transformer cette île en un endroit habitable. Ce n'était qu'un désert de forêt ici, auparavant, avec des arbustes et des sapins qui avaient envahi presque toute l'ancienne toundra après le réchauffement de la région. Et presque pas de gibier à manger : la plupart des espèces n'avaient pas survécu aux changements climatiques. Ils ont déboisé pour réaliser les premiers semis, construit des abris, remodelé le paysage pour se protéger des éléments. Tout ce qui a poussé ici, c'est grâce à eux. Mais toutes les îles rebelles n'ont pas eu cette chance.

Certaines communautés en ont attaqué d'autres pour voler leur nourriture et ont laissé leurs victimes mourir de faim. D'autres ont été décimées par la maladie. Maintenant, chaque île est un territoire indépendant. Un petit pays en quelque sorte. Nous faisons du commerce ensemble. Nous coopérons pour nous protéger du Système. Mais ça ne va pas plus loin. Certaines plaies mettent du temps à se refermer.

J'en reste sans voix. Onze îles ! Rien que dans cette région ! Combien d'individus ont échappé ainsi au contrôle du Système ? Combien d'endroits du globe sont le refuge de groupes rebelles ?

Le visage de Georges est doucement éclairé par les flammes alors qu'il remue le ragoût dans la marmite. Il semble perdu dans la contemplation du feu qui craque, ses yeux absents certainement tournés vers l'histoire qu'il vient de me conter.

– Et dans le reste du monde ?

– On ne sait pas trop. Mon père me disait que lorsque son ancien lui racontait l'histoire de l'exil, il parlait d'un phénomène planétaire. Mais on n'a jamais pu savoir où se trouvaient les autres bases rebelles ni même si elles existaient encore. Après la Grande Connexion, tous les réseaux de télécommunication étaient verrouillés et tu imagines qu'avec tout le travail qu'il y avait ici, on ne pouvait pas utiliser l'un de nos rares bateaux pour partir chercher je ne sais qui je ne sais où à l'autre bout de la Terre. Mais qui sait, peut-être que partout dans le monde, il y a des gens comme nous qui se posent exactement la même question.

Je hoche la tête, pensive.

– Et pourquoi tous ces gens ont-ils refusé la Grande Connexion ?

Ses yeux se détournent du ragoût pour rencontrer les miens.

– Ça, c'est typiquement le genre de chose dont il faudra que tu discutes avec Socrate…

Il est interrompu par Juliette qui ramène les filles toutes propres dans leurs pyjamas. Elle les assied sur le banc en face de moi et entreprend de dresser la table. Dans une routine qui semble bien rodée, Georges commence à lui raconter sa journée. La visite en ville. L'état des champs. Quand le grain sera prêt pour la moisson. Combien d'arbres il devra débiter demain pour préparer l'hiver. Juliette l'écoute patiemment et ponctue son récit de petits « ah ! » et « oh ! » alors qu'elle dépose bols et couverts devant nous.

Je ne prête pas une grande attention à ce qu'ils racontent. Mon esprit est encore trop préoccupé par ce que m'a révélé Georges. Leurs ancêtres devaient avoir de solides raisons de renoncer à une vie de confort, aux rêves éveillés avec leurs possibilités illimitées, à l'abondance, pour aller s'exiler dans l'un des endroits du globe les plus isolés et hostiles. Georges nous sert désormais le ragoût à l'aide d'une louche. Je l'avale sans prononcer un mot alors que la conversation va bon train autour de la table. Les questions s'accumulent dans mon esprit. Qu'est-ce qui a pu pousser ces gens à fuir le Système ? Et qu'est-ce qui les retient ici ?

Les filles piquent bientôt du nez dans leur assiette, et je sens moi aussi la fatigue s'installer. Quand elle s'aperçoit que j'ai fini mon bol, Juliette me prend par la main et m'aide à grimper l'échelle qui monte au grenier. Au milieu des ballots, un lit de paille moelleux a été arrangé, avec des draps de laine épais.

– Je t'ai mis une de mes robes à côté de ton lit pour demain matin. Elle devrait être un petit peu large mais, à part ça, ça devrait aller. Passe une bonne nuit, me dit-elle en me déposant un baiser sur le front.

Je reste seule dans la pénombre. À travers le plancher me parviennent les bruits étouffés de la pièce principale. Je m'allonge sur le matelas, les yeux grands ouverts. Au-dessus de moi, la structure sombre de la charpente dessine des figures géométriques.

Je pousse un long soupir. Je ne sais plus quoi penser. Ce que m'a dit Georges va à l'encontre de tout ce qui m'a été enseigné dans le Système. Je me remémore un par un mes rêves éveillés historiques sur la Grande Connexion. J'ai dû en faire une bonne dizaine, au moins. Et tous insistaient sur le fait que toute la population du monde avait été connectée de manière pacifique. Sans exception. Pourquoi nous avoir menti ? Et pourquoi le Système nous cache-t-il l'existence de ces îles encore maintenant ?

Je ne tarde pas à tordre les draps entre mes mains. Non, quelque chose d'autre me gêne encore plus que ce mensonge. Quelque chose de terrifiant. Le fait que des individus mouraient de faim et de froid sur ces îles, au vingt-deuxième siècle, à quelques heures d'hovercraft d'entrepôts remplis de nourriture. Alors que le reste de l'humanité vivait dans le confort. J'ai été élevée dans l'idée du partage, de l'entraide, de la compassion envers les autres. Ces principes sont censés être les valeurs fondamentales du Système... Et pourtant, il a laissé ces gens mourir à ses portes. Pourquoi ne les a-t-il pas nourris, aidés, protégés même si ceux-ci ne voulaient pas de lui ? Pourquoi a-t-il cherché à les connecter de force au lieu de respecter leur choix ? Je secoue la tête. Il doit y avoir une explication. Il a dû se passer autre chose. Le Système devait avoir une bonne raison de faire tout ça. C'est obligé... *Oui, comme il doit bien y avoir une explication au fait qu'il t'ait bridé le cerveau*, répond la petite voix dans ma tête d'un ton sarcastique.

– Silence ! je peste dans le noir.

Je pousse un soupir. Voilà que je parle toute seule maintenant... Qu'est-ce qu'Alexander a bien pu faire à mon cerveau ? Je me retourne dans la chaleur des draps. Les interrogations continuent de danser dans ma tête jusqu'à ce que le sommeil finisse par l'emporter.

CHAPITRE 20

Une vingtaine de jours s'écoulent ainsi, semblables à mon premier chez les Brac. Je me lève de bonne heure grâce aux filles qui montent chaque matin au grenier et se jettent sur mon matelas. J'aide Juliette à préparer le petit déjeuner et à s'occuper des quatre vaches de la famille. Je joue avec Lilly et Rose jusqu'à l'heure du déjeuner ou aide au potager. Juliette m'apprend à coudre et, en quelques jours, je peux réparer les vêtements des filles. En retour, je lui apprends les recettes de mon implantation.

Au contact des Brac, je découvre lentement la vie des Terres libres, tout du moins côté champs. La famille vit principalement de sa production de blé et de laine. Ils possèdent un grand cheptel de moutons qui paissent pendant l'été dans un endroit plus au sud recouvert seulement de lande. Ils les ramènent à la ferme l'hiver pour les protéger de la rigueur du climat. Pour veiller sur les bêtes, Georges emploie plusieurs bergers qui se relaient chaque semaine et qu'il paie en boisseaux de blé. Il vend la laine chaque printemps à Marc, le chef de la guilde des Artisans, le plus souvent en échange d'autres biens, comme des médicaments ou des objets de première nécessité. J'apprends d'ailleurs que mon pyjama si doux sort de sa filature. Les champs autour de la ferme fournissent du blé, ce qui constitue apparemment la base de l'alimentation des rebelles, ainsi que de la paille et du foin pour les bêtes en hiver. En plus de cela, la famille produit un peu de fromage de vache et de brebis, et quelques pommes issues de leur verger près de la rivière.

Parfois, Juliette va aux champs avec Georges et me laisse les petites pour la journée. Nous passons alors tout notre temps à jouer à chat ou à construire une cabane sous un des sapins à proximité de la maison. Je me surprends de temps en temps à espérer la visite d'Alexander, dans l'espoir qu'il m'apporte des explications, mais il ne passe au chalet que quelques ouvriers agricoles qui viennent chercher leur paiement.

Je m'habitue à porter des robes, le vêtement le moins pratique du monde, mais qui me va comme un gant d'après Juliette, ravie que je commence à les remplir un peu. Le soir, je reste écouter les contes merveilleux que racontent tour à tour les deux parents au coin du feu, avant de monter me coucher, épuisée. Je continue de poser des questions sur l'île, ses habitants, Socrate… Mais Georges et Juliette me répondent à chaque fois d'un ton désolé qu'ils ne peuvent pas m'en dire plus.

Je n'arrive même pas à leur en vouloir. Ils n'y sont pour rien dans ce qui m'arrive. Et ils sont tellement gentils et bienveillants avec moi, si différents des monstres qui m'ont enlevée. Juliette me traite comme sa propre fille. Quant à Lilly et Rose, elles m'ont officiellement nommée grande sœur au bout d'une semaine, ce qui m'a fait rosir de plaisir. Et c'est vrai que j'ai l'impression de faire partie de la famille, d'avoir une place auprès d'eux. Au point que je me sens parfois coupable de me sentir si bien dans leur maison. Que dirait ma mère si elle se voyait ainsi remplacée si rapidement par une étrangère ? Et mon père ? Mais j'évite de trop y réfléchir. En fait, j'évite de réfléchir tout court pour ne pas me perdre dans le méandre de mes pensées. Je me lance à corps perdu dans le travail et les corvées de la maison, malgré ma faiblesse. Le moindre moment d'oisiveté ne fait qu'apporter des questions sans réponses.

Seules les nuits sont pénibles à la ferme, sans cesse hantées de cauchemars où Jo continue de torturer à loisir les gens qui me sont proches. Je me réveille souvent en sueur, paniquée, parfois pleurant de rage à l'idée d'être retenue contre mon gré si loin des miens.

Un après-midi, alors que j'aide à faire la vaisselle, on frappe trois coups à la porte. Juliette va ouvrir.

– Bonjour Ju ! Ça va ? Lani est là ?

C'est la voix d'Alexander. Pour une raison qui m'est inconnue, mon cœur fait un bond dans ma poitrine.

– Oui, bien sûr ! Je t'en prie, entre !

Les mains pleines de savon, je me tourne vers lui. Il s'est arrêté net au milieu de la pièce, et m'observe de ses grands yeux sombres des pieds à la tête, l'air surpris.

– Je vois que Juliette ne t'a pas laissée porter ta tenue réglementaire, dit-il en se fendant d'un sourire.

– Et comment ! Pour avoir l'impression d'avoir une de ces horribles brutes sous mon toit, non merci. Et puis ça lui va beaucoup mieux, regarde-la : quelques kilos et quelques centimètres de cheveux en plus et tous les garçons de cette île lui tomberont dans les bras.

Il éclate de rire.

– Je voulais savoir si tu aurais envie de venir avec moi faire une balade dans les hauteurs au-dessus de la ville, Lani. Enfin, si Juliette n'a pas besoin de toi aujourd'hui.

– Bien sûr qu'elle veut ! Allez, oust vous deux !

Ni une ni deux, nous nous retrouvons poussés sur le pas de la porte.

– Euh… J'espère que ça ne te dérange pas. Je me suis dit que tu aimerais découvrir les environs, dit Alexander, l'air tout à coup gêné.

Je hausse les épaules.

– De toute façon, je ne pense pas que Juliette me laisse vraiment le choix.

– Je connais un très beau lac dans les hauteurs. Ça te dit d'y aller ? Si tu t'en sens la force, bien sûr.

– D'accord. Mais seulement si tu as des explications à me donner, je réplique d'un ton ferme.

Un long silence me répond.

– Ne me dis pas que tu n'as toujours pas le droit de me dire ce que je fais ici ?

– J'ai parlé à Socrate et il ne pense pas que ce soit une si bonne idée, il pense que…

Mais je ne le laisse pas continuer. J'ai déjà tourné les talons pour rentrer au chalet.

– Attends, Lani ! s'écrie-t-il. Je…

Sa main se saisit de la mienne pour me retenir mais je la retire aussitôt.

– Attendre quoi, Alexander ?! j'explose. Ça fait des mois que vous nous avez enlevés ! Vous nous avez arrachés à nos proches, vous nous avez mutilés ! Tu as retourné mon cerveau ! J'ai perdu la moitié de ma masse musculaire ! La moindre des choses serait de me dire pourquoi !

Il reste un instant à me regarder la bouche ouverte, avant de reprendre :

– J'allais te dire que je ne pouvais pas tout te révéler, dit-il d'une voix calme et grave. Mais que j'ai réussi à convaincre Socrate qu'il fallait au moins t'expliquer certaines choses.

Ma colère retombe comme un soufflé.

– On se met en route ? demande-t-il d'un ton plus hésitant cette fois. Et je te promets d'essayer de répondre à tes questions en chemin…

Je hoche la tête, sans prononcer un mot. Je me sens un peu honteuse de m'être emportée contre lui sans même lui avoir laissé le temps de s'expliquer. Surtout s'il a effectivement convaincu Socrate de me donner au moins quelques réponses.

Je m'engage à ses côtés sur le chemin qui descend jusqu'au pont.

– Vas-y, je t'écoute, dit-il. Qu'est-ce que tu veux savoir ?

Je commence par ce qui me tient le plus à cœur :

– Tom et Cora, ils vont bien ?

– Très bien. Je pense que d'ici deux semaines, ils seront tous les deux remis.

– Et je pourrai les voir quand ?

– Quand toi, tu te seras remise… dit-il avec un sourire en coin. À ce moment-là, on vous emmènera en ville.

– Pourquoi ? Qu'est-ce qu'on va faire en ville ?

– Ça, c'est précisément ce dont je n'ai pas le droit de te parler, répond-il.

Il ouvre la barrière d'un champ à notre droite et m'invite à le suivre. Nous nous engageons sous les pommiers chargés de jeunes fruits.

C'est étrange de marcher à côté de lui, seule à seul. Comme s'il manquait les sbires de Jo pour compléter le tableau. Et pourtant, sa présence est apaisante. Quelque chose de rassurant, de sécurisant émane de lui sans que je sache pourquoi. Je secoue la tête. *Reprends-toi, Lani : il a beau t'avoir protégée quelques jours, tu l'as quand même surpris, les instruments à la main...*

– Jen, je lâche alors. Pourquoi tu lui as fait ça ?

Je jette un œil à Alexander. Son regard est perdu au loin.

– Je n'ai pas eu le choix. Jo...

Il secoue la tête et prend une grande inspiration.

– Elle a chuté juste avant qu'on vous envoie un choc pour couper vos transpondeurs. Quand on s'est approchés, elle était déjà morte, et tu allais également y passer si tu ne recevais pas des soins tout de suite. Je voulais la laisser. Béné était de mon avis. Mais Jo n'a rien voulu savoir, il voulait la ramener. On n'a pas eu le temps d'argumenter. Les Protectdrones étaient peut-être déjà lancés. Et on devait vous sangler sur des brancards, injecter une première dose de sérum et se cacher, avant qu'ils ne se mettent à vous chercher partout. Alors on a obéi, et on a pris le corps de Jen.

Il pousse un nouveau soupir alors que nous nous engageons sur un petit sentier de terre qui monte vers les hauteurs, sous l'ombre fraîche des sapins et les rayons du soleil.

– On est restés quelques heures dans un abri de fortune qu'on avait aménagé à quelques centaines de mètres dans la forêt. Le temps que les Protectdrones regagnent l'implantation.

– Tu... Tu veux dire que tout le temps où ma famille me cherchait, on était là, juste à côté ? je l'interromps, atterrée.

Il secoue la tête.

– Ils ne vous ont pas cherchées, Lani, dit-il avec douceur. On a seulement entendu deux drones voler autour de l'endroit où on vous avait déconnectées. Et quand ils ne vous ont pas trouvées, au bout d'un certain temps, ils sont partis...

Je m'arrête net.

– Non. Maman… Ma mère a dû me chercher, non ?

Une énorme boule me serre la gorge désormais. Je sens les larmes me monter aux yeux. Il doit mentir. Mes proches ne m'auraient jamais abandonnée comme ça dans la forêt. Mais Alexander plonge son regard grave dans le mien et j'y lis encore une fois toute sa sincérité.

– Je suis désolé, Lani, reprend-il d'une voix douce. Mais… Votre signal était coupé. Vous avez été considérées comme mortes à la minute où il s'est interrompu… Tout ce que le Système pouvait faire dans un cas comme ça, c'était envoyer des Protectdrones pour repérer vos corps et préparer vos proches à l'état dans lequel ils allaient les trouver. Et si deux engins ne les localisaient pas, c'était probablement qu'ils avaient été emmenés par un prédateur… Et qu'il n'y avait alors plus rien à ramener. Ça va aller ?

Il esquisse un geste vers moi mais se ravise au dernier moment. Je hoche la tête malgré ma vision qui se brouille. J'essuie d'une main tremblante les larmes qui coulent le long de mes joues. Même si imaginer ma mère à ma recherche dans les bois a toujours été une torture, l'idée que quelqu'un ait essayé de me retrouver avait toujours été d'un certain réconfort. Pendant toute notre marche forcée, j'avais entretenu l'espoir que nous tomberions sur un membre qui se serait mis à notre poursuite. Alors apprendre que Jen et moi n'avons eu droit qu'à deux drones…

– Ça va, je renifle d'une voix étranglée. C'est peut-être mieux comme ça… Qu'ils… Qu'ils ne nous aient pas cherchées pour rien, qu'ils ne se soient pas posé de questions… Continue.

Il acquiesce et nous reprenons notre marche dans la forêt agitée de pépiements.

– Quand on est arrivés à la base de repli, Jo m'a ordonné de récupérer le transpondeur de Jen, dit-il d'un ton grave. J'étais le seul à savoir comment l'extraire sans l'endommager. J'étais contre, mais je n'ai pas eu le choix.

Il s'arrête soudain. Son regard se promène sur le sol, comme s'il cherchait ses mots.

– Je ne sais pas comment je dois te dire ça pour que tu me croies, mais je suis désolé, dit-il d'un ton plein de regrets. Tu n'étais pas censée voir ça. Ni même être au courant. C'était déjà une chose de t'enlever. Mais de t'imposer ça en plus... J'aurais voulu que ça se passe autrement, tu sais.

Mes yeux accrochent les siens. Et je comprends que je ne suis pas la seule à être hantée par ce voyage.

Dans un élan d'empathie, je tends la main pour la poser sur son épaule. Mais je n'ose pas et mon bras retombe le long de mon corps. Quand il remarque mon geste, Alexander m'adresse un sourire triste et se remet en route.

– En fait, j'aurais voulu que ça ne se passe pas du tout. Je ne voulais pas faire partie de la mission, au départ. J'étais opposé à votre enlèvement, alors je ne voyais pas pourquoi il fallait qu'on m'y fasse participer.

– Tu y étais opposé ? je répète, surprise.

– On va dire que je n'étais pas enthousiaste. Jusqu'au dernier moment, j'ai cherché une autre solution. Mais le fait est qu'il n'y en avait pas. Socrate avait déjà examiné toutes les alternatives possibles avant moi. C'était ça ou...

Il laisse sa phrase en suspens.

– Ou... ? Ou quoi, Alexander ?

– Ou condamner les habitants de l'île, à un moment ou à un autre...

– Quoi ?! je m'exclame. Mais comment ? Qu'est-ce que notre enlèvement a à voir avec ça ?

Il se mord la lèvre. Quelques taches de lumière dansent sur son visage tandis qu'il marche.

– J'en ai déjà trop dit, excuse-moi… Cette partie-là devra attendre que Socrate décide de vous révéler pourquoi on vous a fait venir ici.

Je pousse un soupir de frustration. On en arrive toujours au même point.

La pente s'accentue sous nos pas et je sens mes pauvres muscles souffrir mais encaisser le choc. Le chemin est traversé de racines noueuses sur lesquelles mes pieds butent sans arrêt. Nous marchons un moment en silence pendant que je digère les révélations d'Alexander. Mais quelle sorte de miracle attendent-ils de mes camarades et moi s'ils nous ont fait venir pour sauver leur île ? La sauver de quoi d'ailleurs ? Et pourquoi nous ? La situation me semble absurde. Je n'ai pas la moindre idée de ce que Tom, Cora et moi pourrions faire de si vital ici… Je réprime un nouveau soupir. Au moins, maintenant, je connais l'enjeu. Mais je ne suis pas certaine d'avoir envie de les sauver. L'image de Juliette, de Georges et de leurs deux petites filles s'impose soudain à moi. Non, bien sûr qu'il faudrait que je les aide. Même si ça signifie aider aussi les brutes qui m'ont kidnappée. Je me surprends à me tordre les doigts.

Je jette un coup d'œil à Alexander. Sans que j'arrive à me l'expliquer, ça me rassure de savoir qu'il n'a pas voulu m'enlever. Qu'il a essayé de l'éviter. Je revois tout ce qu'il a fait pour nous protéger durant le voyage, son attitude prévenante envers moi, Tom et Cora… Par bien des aspects, son comportement me rappelle celui d'un membre. Penser aux autres avant de penser à soi. Prendre soin de ceux qui vous entourent. Nos regards se croisent. Il m'offre un bref sourire qui illumine son visage. Et pour la première fois, je le lui rends.

– Et Jo, pourquoi est-ce qu'il voulait le transpondeur de Jen ? je finis par demander.

– Parce que Jo est un Récupérateur, explique-t-il. Lui et son équipe s'introduisent dans le territoire du Système pour récupérer tout ce qui peut nous être utile, d'où leur nom. Tu n'imagines pas tout ce dont on peut avoir besoin quand on n'a pas de manufactures, de mines, de matières premières. Par exemple, les fils électriques. Les batteries. Les médicaments. Les pièces de rechange des équipements initiaux de l'implantation. Produire tous ces machins demande d'avoir accès aux ressources d'une grande partie du globe et ce n'est pas notre cas. Les Récupérateurs se chargent d'aller discrètement en Terres contrôlées par le Système et de ramener tout ça. Cela peut venir des villes abandonnées après la Grande Connexion, comme de ce que le Système peut laisser traîner, ou même des réserves des implantations. Alors, devant le corps de Jen, il n'a vu que l'opportunité de ramener à la base des composants électroniques normalement introuvables…

– Alors il voulait juste… des pièces de rechange ?

– Oui, dit-il alors qu'une moue désapprobatrice déforme brièvement son visage. C'est un peu comme ça qu'il voit le monde au-delà de cette île. Un réservoir de pièces de rechange…

Je secoue la tête, dégoûtée. Tout ça pour des composants électroniques. Je n'aimais déjà pas le personnage. Mais là, je me surprends à serrer les dents et les poings en pensant à lui, à vouloir frapper quelque chose. Je crois que je le hais. Je ne pense pas avoir déjà ressenti ça pour quelqu'un.

– Il est tout le temps comme ça ? Aussi… cruel et agressif ?

Alexander secoue la tête.

– C'est quelqu'un d'assez brutal, tous les Récupérateurs le sont. Mais je ne l'avais jamais vu comme ça. Tu dois comprendre qu'ils font tous le serment de mourir plutôt que d'être capturés. Ils sont préparés à abattre le premier de leurs camarades qui risque de se faire prendre par le Système. Et là, pour la première fois, ils étaient avec des personnes dont le principal objectif était de signaler leur présence. Je pense que c'est ça qui l'a fait sortir de ses gonds.

Je fronce les sourcils, perplexe.

– Mais le Système doit forcément être au courant de toutes leurs allées et venues, non ?

– Oui et non. Ils savent très bien qu'on n'aurait jamais pu survivre si on n'allait pas de temps en temps s'approvisionner sur le continent. Ils savent qu'on prend tout ce qu'ils laissent traîner. Par contre, ils ne se doutent pas un seul instant qu'on puisse s'introduire dans le stock des implantations. Socrate dit toujours qu'ils nous voient comme une petite famille de rats qui vit dans un recoin abandonné du jardin de leur palace. Ils ne font pas attention à nous tant qu'on ramasse les miettes. Mais s'ils apprenaient qu'on va se fournir directement dans le garde-manger… Ça irait mal.

Je repense alors au cadavre sans tête dans le rayon de suspension de l'hovercraft. Je prends une grande inspiration :

– Julien, celui qui est mort à l'entrée des tunnels, c'était le Système ou alors… ?

– C'était Jo.

Sa réponse me glace le sang. Son visage s'assombrit.

– Comment ?

– Je laisserai le soin à Socrate de t'expliquer tout ça. Il faut juste que tu saches que Jo a rendu un grand service à Julien en lui évitant d'être pris vivant.

J'ai l'impression d'être plongée dans un bain d'eau glacée. Qu'est-ce qui peut être plus horrible que de mourir dans de telles conditions ? La sensation d'engourdissement continue de se répandre. Le Système m'a déjà menti à propos de l'existence de ces îles, de ces gens… Que m'a-t-il caché d'autre ? Qu'a voulu éviter Jo en tuant Julien ?

Je passe une main tremblante sur mon visage.

– Ça va ? me demande Alexander quand il remarque mon trouble. Tu veux qu'on s'arrête un moment ?

Je secoue la tête. Je dois juste penser à autre chose. Évacuer cette image de ma tête.

– Et les créatures dans les tunnels ? je demande pour changer de sujet. Qu'est-ce que c'était ?

Un sourire éclaire un bref instant son visage.

– J'étais sûr que tu finirais par me poser la question. Socrate m'a autorisé à te raconter cette partie-là de l'histoire. En fait, pour que tu comprennes, il faut que je remonte à quelques décennies avant la Grande Connexion, bien avant la construction des bases de la région. Tu connais l'origine du Système, non ?

– Oui, je lui réponds. Un conglomérat d'entreprises high-tech et d'associations qui ont décidé de trouver une solution aux problèmes du climat, de la perte de la biodiversité et des migrants en créant des communautés connectées dans les réserves naturelles. Utiliser la technologie des transpondeurs et les populations déplacées pour recréer les écosystèmes, etc. On a plusieurs rêves éveillés obligatoires à faire là-dessus.

– Je vois, sourit-il. Eh bien, juste avant la naissance du Système, la situation était explosive. La plupart des pays d'Amérique centrale avaient dû se déclarer en faillite à cause des conditions climatiques. Tous étaient en proie à la guerre civile pour les dernières ressources. Et l'Amérique du Nord prenait le même chemin, à devoir gérer ses propres exodes massifs avec la sécheresse à l'ouest, les inondations et la disparition des côtes sous les eaux à l'est, l'afflux de réfugiés de ses voisins du Sud… Le Système n'en était qu'à ses balbutiements quand s'est déclarée la grande épidémie qui a ravagé le continent.

Je hoche la tête. Ça aussi, nous l'avions appris dans les rêves éveillés. Une épidémie de grippe aviaire combinée à une intense sécheresse avait tué une grande partie de la population et jeté sur les routes la plupart des survivants. Les toutes premières implantations, dans le Grand Nord, avaient ouvert leurs portes à beaucoup de migrants.

– En plein milieu de la crise, le gouvernement et l'état-major se sont réfugiés dans leurs quelques rares bases souterraines du Nord, continue Alexander. Et ils se sont rendu compte qu'en cas de nouveau désastre, celles-ci étaient complètement sous-équipées, à peine capables de tenir plus de quelques semaines coupées du monde. Quand l'épidémie s'est terminée et qu'ils ont pu en ressortir, c'est devenu leur nouvelle priorité : créer suffisamment de bases militaires conçues pour vivre en autarcie durant des années, y faire survivre une partie très privilégiée de la population et tenir un siège si elles étaient prises d'assaut par des réfugiés. Et dans le même temps, vu l'efficacité démontrée par les toutes premières implantations du Système, ils lui ont délégué toute la reconstruction du pays après l'épidémie. En fait, ils lui ont surtout donné des autorisations pour construire des implantations dans les zones dont les propriétaires avaient disparu...

– Attends, je l'interromps, tu es en train de me dire que c'est comme ça que le Système s'est étendu hors des parcs nationaux ? Je pensais que tous les nouveaux terrains avaient été donnés par des mécènes !

Une légère brise fait s'agiter les branches des sapins autour de nous. Alexander lève les yeux vers le ciel qu'on entraperçoit entre les arbres, l'air pensif.

– Oui, c'est comme ça. Ils ont simplement récupéré les territoires laissés vacants après l'épidémie. Des terrains, des champs, des immeubles, des maisons... Tout ce qui n'avait pas été réclamé dans une période de deux ans leur est revenu. Socrate m'a souvent répété que si le gouvernement n'avait pas été si occupé à se construire des abris au lieu de gérer la reconstruction du pays, le Système n'aurait certainement pas pu voir le jour. Sans ces autorisations, ç'aurait été difficile pour lui de se développer, il aurait vite manqué de terres. Mais voilà, en à peine dix ans, il était partout sur le continent. Et les résultats étaient spectaculaires. Grâce à l'étendue du réseau des implantations, il pouvait répartir les rares ressources de manière à nourrir tout le monde. Et grâce au partage d'informations avec les transpondeurs, les habitats étaient restaurés les uns après les autres, la production de denrées alimentaires maximisée... Le phénomène a pris une ampleur considérable pour s'étendre sur toute la planète jusqu'à la Grande Connexion. D'après Socrate, vos rêves éveillés décrivent assez fidèlement ce qu'il s'est passé jusqu'à ce point-là. J'imagine que tu les as déjà faits ?

Devant son regard interrogateur, je m'empresse de lui répondre :

– Bien sûr. Les rêves sur la naissance du Système sont les plus importants du programme d'histoire. On en avait une série sur l'expansion du Système hors de l'Union d'Amérique du Nord. Il y en avait un où on devait prendre part à une sorte de conseil où les représentants des différents pays discutaient de la gestion de la crise climatique. À la fin, ils prenaient la décision de faire venir le Système, car c'était la meilleure solution à moindre coût pour reconstruire des zones sinistrées, tout en réglant le problème des populations déplacées. Il suffisait de mettre les terres à disposition, une somme dérisoire, et le Système se chargeait de tout : nourriture, abris, travail. Et éducation et loisirs grâce aux transpondeurs et aux rêves éveillés…

Il hoche la tête comme pour confirmer l'exactitude du rêve. Je m'éclaircis la gorge avant de continuer :

– Il y en avait un autre sur la connexion des populations des pays les plus riches. On suivait une famille assez aisée qui choisissait d'intégrer le Système pour bénéficier de la pose gratuite d'un transpondeur et de l'accès aux rêves éducatifs pour leurs enfants. On nous expliquait que beaucoup faisaient ce choix, car les transpondeurs coûtaient extrêmement cher et permettaient d'atteindre des niveaux de qualification impossibles à obtenir avec de l'apprentissage normal… Et puis il y avait aussi un rêve sur la réduction des inégalités. Dans celui-là, on suivait un guide dans différents endroits du globe pour constater l'impact positif de quelques années de Système. Dans les États les plus pauvres, il permettait la répartition des richesses et la justice climatique grâce aux hovercrafts qui délivraient tous les jours de la nourriture en provenance des régions les moins touchées. Et dans les États les plus riches, intégrer le Système générait des économies considérables en termes de santé, de sécurité, d'éducation… Le Système rendait obsolètes la plupart des organes et des missions de l'État. À la fin du rêve, on apprenait que c'était comme ça que s'était passée la Grande Connexion. Toute la gestion des affaires se faisait grâce au réseau, il n'y avait plus besoin d'élire qui que ce soit. Au bout de quelques années, la totalité de la planète était connectée, et donc les États ont disparu naturellement, parce qu'il n'y en avait plus besoin.

Alexander hoche la tête.

– Tout est correct, sauf la conclusion, poursuit-il. Dans les années 2140, c'est vrai qu'il ne restait que quelques gouvernements en place qui refusaient de disparaître. Pour beaucoup, il s'agissait surtout d'avoir toujours leur mot à dire sur les choix que faisait le Système sur leur territoire, ou encore de garder le contrôle de certaines entreprises stratégiques. Mais ce n'était pas le cas de l'Union d'Amérique du Nord. L'armée surtout. Les militaires avaient pris énormément d'importance à force d'être envoyés partout sur le globe pour pacifier les États en faillite, protéger les nouvelles implantations en territoires dangereux… Et pour eux comme pour le reste du gouvernement, le Système avait toujours été un subordonné jusqu'alors, un acteur qu'ils avaient payé pour gérer un problème. Ses serveurs, ses centres de décision, tout était sur le territoire de l'Union, et sous leur protection depuis des années. Plus ou moins sous leur coupe. Et ils avaient bien l'intention de laisser les choses en l'état. Ils voulaient garder le contrôle sur le Système pour contrôler le monde. Je pense qu'ils ont fait l'erreur de voir cette organisation comme une sorte d'armée pacifique qui leur permettait de faire main basse sur d'autres pays, de s'approprier leurs ressources. Sans se rendre compte que le Système était en train de leur échapper, qu'il devenait une puissance supranationale… Alors, quand les dignitaires de l'armée ont eu vent de la Grande Connexion et se sont rendu compte qu'avec elle, ils perdraient toute forme de contrôle sur le Système, ils se sont réfugiés dans leurs bases pour organiser une riposte et reprendre les choses en main.

Il pousse un long soupir.

– Mais ils avaient fait une énorme erreur. Tu vois, beaucoup de leurs soldats avaient déserté pour rejoindre le Système pendant l'épidémie. C'était le paradis, comparé à la vie de misère qui les attendait. Et après, avec l'essor des implantations, ils n'arrivaient plus à trouver assez de nouvelles recrues. Alors, quelques années avant la Grande Connexion, ils avaient remplacé une partie de leur armée régulière par des androïdes dernière génération.

– C'était ça, ces créatures noires ?

– Oui. Des robots ultrasophistiqués, constitués de tissu vivant et de nanites, d'où leur durée de vie exceptionnelle. Tous contrôlés de manière centralisée par le haut commandement.

– Et qu'est-ce qu'il s'est passé alors ?

– Ce qui devait arriver. Le Système a réussi à pirater le réseau qui contrôlait les androïdes et les a retournés contre leurs maîtres. Tous les militaires ont fui vers les îles juste avant la Grande Connexion, et plus particulièrement sur celle-ci. En fait, nous descendons presque tous de l'ancien état-major et des officiels qui s'étaient réfugiés dans les dizaines de bases de la région. C'est pour ça que nous connaissons leurs plans et leurs emplacements. Celle que nous avons traversée, par exemple, c'est la base Alpha-101, la plus grande de toutes. C'était le grand-père de Jo qui en était le commandant.

Je reste muette de stupéfaction. Dans les rêves éveillés, nous apprenions que la transition s'était faite en douceur, de façon pacifique. Que les derniers États avaient unanimement décidé de rejoindre le Système, ainsi que les quelques personnes qui n'étaient pas encore connectées. Jamais je n'aurais pu imaginer qu'il avait fallu abattre un gouvernement et une armée...

– Ces robots, il y en a dans d'autres bases ? je demande.

– Oui. Dans toutes les grandes bases. Dans les plus petites, par contre, nous avons réussi à nous en débarrasser.

– Et sur les autres îles ? Ce sont aussi des descendants de l'armée ?

– Non, répond-il. L'armée a seulement pris possession de Banks. Sur les autres îles, c'étaient des gens normaux, qui voulaient juste échapper à l'implantation d'un transpondeur et à la vie connectée. Certains pour des raisons religieuses ou traditionnelles. Beaucoup parce qu'ils voulaient conserver leur liberté...

Je hoche la tête, pensive. Je comprends un peu mieux pourquoi le Système aurait laissé mourir de faim le reste d'une armée qui aurait essayé de contrôler ses membres. En revanche, qu'il ait pu faire ça avec les habitants des autres îles m'échappe. À moins qu'il s'agisse de respecter leur choix de n'avoir rien à voir avec lui ?

– Est-ce que je peux te poser des questions, moi aussi ? demande soudain Alexander.

– Vas-y.

– Tu as quel âge ?

– Dix-sept ans. Et toi ?

– Vingt. Tu as des frères et sœurs ?

– Non. Toi ?

– J'avais un frère.

– Oh... Je suis désolée...

– Ne le sois pas, dit-il d'une voix douce.

Un ange passe, puis Alexander recommence à me poser des questions. Ce que font mes parents. Ce que j'aime le plus manger. Ma couleur préférée. Ce que je faisais à l'implantation. Les rêves éveillés que j'ai le plus appréciés. Et ça me fait du bien de tenir tout à coup une conversation normale, après avoir abordé des sujets si graves. Je lui raconte mes missions d'exploration au printemps pour observer la faune. Le rêve où Jen et moi avons appris à surfer. La plage de Provence où nous nous retrouvions avec mon père. Je décèle bientôt une étincelle d'envie dans ses yeux quand je lui raconte toutes les expériences que m'ont permis de vivre les réalités virtuelles.

Je continue de lui détailler mes rêves préférés jusqu'à ce que nous arrivions devant un lac transparent, miroir du ciel et des hauts sapins verts qui le bordent. Quelques oiseaux rident d'une aile sa surface pour se nourrir de moucherons, et de hautes herbes poussent par endroits sur ses rives, d'où me parvient le chant des grenouilles. Je m'arrête, saisie par la beauté des lieux.

– J'aime bien venir ici, dit Alexander d'une voix douce. C'est tellement paisible. Je me suis dit que tu apprécierais aussi.

Je partage son sentiment. Cet endroit ressemble à un refuge au milieu de la tempête, un îlot de tranquillité perdu en pleine nature.

– Socrate m'emmenait parfois pêcher ici quand j'étais petit. Les rares fois où il prenait un jour de repos.

Je hausse un sourcil.

– Socrate… C'est ton père ?

Ma question lui arrache un sourire.

– Non, mais c'est tout comme. C'est lui qui m'a élevé. Attends, viens avec moi, je vais te montrer quelque chose.

Il me tend la main. J'hésite une seconde avant de la saisir. Je ne suis plus connectée, mais j'ai un bref instant l'impression que son cœur qui bat à toute allure au creux de ma paume me transmet son signal. Un sourire illumine son visage et il m'entraîne le long de la rive. Un peu plus loin, un petit embarcadère s'avance sur les flots. De là, un chemin mène à une maisonnette de bois, blottie contre les sapins. Il tire sur le loquet mais la porte résiste. Il donne un grand coup d'épaule et elle s'ouvre à la volée sur un intérieur douillet qui sent bon le feu de bois.

– C'était la maison du vieux Jake. Je pense que je suis bien le seul à encore venir ici.

Nous pénétrons à l'intérieur. À gauche, deux fauteuils défoncés font face à une cheminée de pierre. Un fourneau similaire à celui des Brac occupe un coin de la pièce à droite de l'entrée et, au fond, le long du mur, se trouve un lit.

– Tu voudrais une tisane ?

Je hoche la tête. Fatiguée par notre marche, je m'assieds sur un des fauteuils et regarde Alexander allumer un feu de bois dans le fourneau. Je lui propose plusieurs fois mon aide, mais il la refuse toujours avec un sourire. Alors qu'il s'affaire devant moi, j'essaie de l'imaginer ici, enfant, avec le vieil homme que j'ai aperçu à mon arrivée. Il m'a dit que son frère était mort. Que Socrate l'avait élevé. Qu'est-il arrivé à sa famille ? La question me brûle les lèvres mais je n'ose pas la poser. C'est certainement un sujet douloureux pour lui, il n'a peut-être pas envie d'en parler ou de s'en souvenir.

Au bout de quelques minutes, il finit par me tendre une timbale de tisane au goût épicé. Nous sortons nous asseoir sur le ponton pour siroter notre boisson.

Je l'observe dans la lumière tranchante de l'été arctique tandis qu'il trempe ses lèvres dans le liquide fumant. Son nez droit et fin, ses sourcils épais, ses lèvres pleines, ses cheveux bruns, ses hautes pommettes légèrement rosies par la chaleur du liquide. Tout en lui est harmonieux. Au sein du Système, je n'ai jamais vu de vraie différence physique entre les gens. Je n'ai jamais eu l'idée que quelqu'un puisse être considéré comme « beau ». Mais il y a une sorte de perfection dans les traits du visage d'Alexander qui me subjugue brutalement. Cet éblouissement dure quelques secondes avant que je ne me ressaisisse. Il s'en rend compte et m'offre un large sourire.

– Pourquoi tu me regardes comme ça ?

– Je ne sais pas. Ça doit être à cause des trucs que tu as faits à mon cerveau pendant trois mois, je réplique du tac au tac.

Il rit de bon cœur, et son sourire découvre des dents blanches éclatantes.

– Tu as pu voir la différence alors ?

– Pas vraiment. Enfin si, j'ai juste souvent l'impression que mon esprit est très encombré et que mes émotions sont hors de contrôle.

– Des idées nouvelles ?

– Non.

Du moins si on fait abstraction de cette idée nouvelle de la taille d'une maison qui vient de me frapper de plein fouet, il y a quelques instants… Je ne sais pas ce qui me pousse à la lui cacher. Le rouge me monte aux joues. J'ai soudain chaud et je transpire. Le soleil cogne et la tisane m'a trop réchauffée, certainement. Je me lève et enlève ma robe et mes chaussures, ne gardant que mes sous-vêtements.

– Je vais me baigner.

– Hmm, tu te souviens de ce que je t'ai dit à propos du fait d'enlever ses vêtements, sur le bateau ?

– C'est une règle stupide, Alexander.

Je saute dans l'eau bleue et limpide. Le froid me saisit. Je fais quelques brasses, avant d'entendre un bruit de plongeon derrière moi. Il m'a rejointe.

– Alors comme ça on sait nager, dans le Système ?

– Et comment ! Je te parie que je te bats à la course !

– Très bien. Le premier jusqu'aux hautes herbes, là-bas !

Nous nous élançons et, bien sûr, je gagne haut la main, et ce malgré le peu de muscles que j'ai. J'ai fait suffisamment de rêves au bord de l'océan pour que mon corps retienne la manière la plus efficace et fluide de bouger ses membres. Même si je suis affaiblie, ma technique est de loin supérieure à la sienne.

– La revanche jusqu'au ponton ! s'écrie-t-il, outré, en partant sans m'attendre.

Je m'élance vers l'embarcadère et le rejoins en quelques mouvements amples seulement. Je ris aux éclats, accrochée au gros pilier de bois recouvert de mousse. Jamais je n'avais fait de compétition auparavant, à part dans le tournoi de Construction. Et encore, gagner ces épreuves m'avait satisfaite, mais jamais rendu aussi euphorique et fière.

– Je crois que je vois ce que tu veux dire par « nouvelles idées », Alexander. C'est la première fois que je suis aussi contente de battre quelqu'un à quoi que ce soit, je dis en riant.

– Je suis ravi que ma piteuse défaite participe à ta guérison, réplique-t-il en touchant à son tour le pilier.

Le bras appuyé contre le bois, il est à quelques centimètres de moi à présent. Il passe sa main dans mes cheveux mouillés. Le soleil illumine quelques gouttes d'eau accrochées à ses cils. Mon cœur se met à battre la chamade. Il me sourit et s'écarte de moi pour refaire quelques brasses.

Je sors de l'eau et entreprends de me rhabiller. Je ne sais pas si je tremble à cause du froid ou à cause de ce qu'il vient de se passer. Il n'a été qu'à quelques centimètres de moi et pourtant j'aurais tout donné pour que cette distance disparaisse. Je suis terrifiée par ce nouveau sentiment qui semble avoir un moment pris possession de mon esprit. Ce n'est pas normal. Ce n'est pas rationnel. Un bruit d'éclaboussure m'avertit du retour d'Alexander. Quand je me retourne vers lui alors qu'il se hisse sur le ponton, je ne peux retenir un hoquet de surprise.

Des centaines de cicatrices au motif arborescent parcourent son corps.

CHAPITRE 21

Il se fige. Devant mon expression de stupeur, il réalise qu'il a fait une erreur.

– Alors... toi aussi ? je finis par articuler.

– Eh bien... oui. Mais c'est une histoire très différente de la tienne.

Il a l'air penaud. Il s'empresse d'enfiler son tee-shirt et son pantalon.

– Je vais te raccompagner chez les Brac. On est partis depuis plusieurs heures maintenant.

Je lui emboîte le pas.

– Attends... Tu ne vas pas me donner d'explications ?

– Non, je suis désolé. J'ai promis à Socrate. Je n'aurais pas dû oublier ces maudites cicatrices... murmure-t-il, à moitié pour lui-même.

Il nettoie rapidement les tasses et part fermer la petite cabane.

– Tu ne peux vraiment rien me dire ?

– Non. Sinon que je comprends ce que tu as dû endurer. Viens avec moi, Juliette doit déjà t'attendre pour le dîner.

Il m'entraîne sur le chemin du retour.

– Quand est-ce que tu as été enlevé ?

Il marche d'un pas rapide à présent, et je peine à le suivre.

– Tu viens de quelle implantation ?

Silence.

– C'est quoi ton numéro de membre ?

Il accélère le pas et je dois presque courir pour me maintenir à sa hauteur.

– Tu… Tu as dit que tu avais un frère, il est resté dans le Système ?

Il s'arrête net. Dans ses yeux passe un bref éclair de souffrance.

– Je t'ai dit que mon cas était différent du tien… N'insiste pas, Lani, s'il te plaît.

Il se remet en marche.

– Pourquoi ? Pourquoi ton cas est différent du mien ? Qu'est-ce qu'ils t'ont fait, Alexander ?!

Mais il avance toujours à un rythme soutenu, les yeux ostensiblement fixés au sol.

– Tu ne peux pas me dire que tu as été enlevé et te taire ensuite ! J'ai besoin de savoir !

Au-dessus de nous, une nuée d'oiseaux s'envole, effrayée par mes cris. Comment peut-il me laisser ainsi dans l'ignorance ? Sachant qu'il a vécu la même chose ! C'est trop fort !

Je me saisis de son bras pour le forcer à me regarder dans les yeux. Mais s'il s'arrête, il garde la tête baissée.

– Qu'est-ce qu'ils t'ont fait, Alexander ?!

– Rien, Lani, dit-il avec une voix surprenante de douceur. Ils m'ont sauvé. Socrate m'a sauvé.

Sa réponse me laisse un instant sans voix.

– Sauvé de quoi ? je finis par demander, serrant son bras un peu plus fort.

Il plante alors ses yeux dans les miens. Et tout à coup, sans que je comprenne pourquoi, son regard grave me coupe le souffle.

– J'aimerais pouvoir tout te raconter, là, maintenant, souffle-t-il. Si cela ne tenait qu'à moi, je t'aurais déjà tout dit, mais Socrate a des plans et je lui fais confiance. Aie confiance en moi aussi, s'il te plaît.

La sincérité qui sous-tend chacun de ses mots me désarme et je lâche son bras.

Nous faisons le trajet du retour en silence. Je marche à ses côtés, la tête dans un épais brouillard de pensées. Je ne peux m'empêcher de jeter des coups d'œil à son profil et d'imaginer dans quelles circonstances il est arrivé ici. À quel âge ? De quelle région vient-il ? De quoi Socrate l'a-t-il sauvé ? Mon souffle s'accélère à nouveau. Je garde toutes ces questions pour moi. Je sens que si j'ouvre encore la bouche, je vomirai toute la rancœur que je ressasse depuis mon arrivée et, étrangement, je ne veux pas que ce soit sur Alexander.

Quand nous atteignons enfin la porte du chalet, mon estomac gronde et c'est avec bonheur que je suis accueillie à l'intérieur par la douce odeur de la cuisine de Juliette.

– Vous voilà enfin ! Je vous ai fait un gratin de pommes de terre et une tarte pour le dessert. Tu restes manger, Alexander, n'est-ce pas ?

– Ce serait avec plaisir, Ju, mais Socrate a besoin de moi cette nuit. Une autre fois peut-être ?

Alexander me fait un signe de la main et repart sur le chemin. J'ai un drôle de pincement au cœur à le voir s'éloigner. Je me trouve soudain bête de m'être énervée contre lui. Il m'a aidée et je l'ai remercié en lui criant dessus… S'il a été enlevé par les rebelles lui aussi, qu'y peut-il ? Je me promets de m'excuser la prochaine fois que je le vois. *S'il veut encore te voir*, susurre la petite voix dans un coin de ma tête.

À l'intérieur, toute la famille est déjà attablée. Lilly me presse immédiatement de questions sur ce que j'ai fait cet après-midi et je lui raconte notre excursion, le lac, notre baignade et la cabane. Un sourire énigmatique passe de temps en temps sur le visage de Juliette alors que j'évoque notre escapade, mais sans que j'en comprenne vraiment le sens.

Après le repas, je monte me coucher, épuisée, mais pas suffisamment pour repousser toutes les nouvelles questions soulevées par la discussion avec Alexander. Mon esprit s'égare vers les origines du Système et les mensonges contenus dans les rêves éveillés censés être la base de notre éducation. Puis vers le cadavre sans tête. *Jo a rendu un grand service à Julien en lui évitant d'être pris vivant*, a dit Alexander. Allongée dans le noir, je me sens à nouveau gagnée par cette curieuse sensation d'engourdissement. Et si l'existence des rebelles, l'origine du Système, si tout ça n'était que le début d'une longue suite de mensonges proférés au cours de mon éducation ? Quels autres rêves historiques ont pu être trafiqués ? Quelles autres vérités dérangeantes ont été maquillées ? J'ai soudain du mal à respirer. Je me redresse dans mon lit, bouche ouverte pour happer l'air. Je prends ma tête entre mes mains. Inspirer. Expirer. Inspirer. Expirer. Penser à autre chose, je dois penser à autre chose. L'image d'Alexander en train de boire sa tisane sur le ponton s'impose à moi.

Je me laisse retomber sur le matelas, toujours concentrée sur mon souffle. Je revois les gouttes d'eau accrochées à ses cils, son visage tout près du mien après que je l'ai battu à la nage… Une chaleur inconnue remplace l'engourdissement. Malgré mes exercices de respiration, mon cœur bat un peu plus vite. Cette nuit-là, je ne fais pas de cauchemar. Mais je rêve pour la première fois d'Alexander.

Le lendemain matin, Georges décide qu'il est temps qu'on entreprenne sérieusement de me remuscler. Nous sommes fin juillet, ce qui signifie que nous devons nous dépêcher de couper assez de bois pour être prêts pour l'hiver, et il n'y aura pas trop de bras pour aider. Il me tend une hache qui pèse une tonne et me confie la tâche de débiter une pile de bois. Je m'effondre à moitié sur le sol au bout de dix minutes. Il reprend l'outil en riant et continue de trancher les bûches comme s'il s'agissait de mottes de beurre.

Au cours des jours suivants, je passe plus de temps avec Georges. Pour ce qu'il aime appeler mon « programme muscles », il m'emmène aux champs où je l'aide à faucher les blés et confectionner les meules, ou bien il me fait encore débiter du bois. Et il faut reconnaître que ça marche. Au bout d'une semaine, je peux tenir presque une demi-heure avant de m'épuiser. Je remplis enfin les vieilles robes de Juliette qui ne se lasse pas de me faire tourner sur moi-même tous les matins pour que je lui montre à quel point elles me vont bien. Sous mes doigts, je peux sentir que mes joues sont à nouveau pleines. Bref, je me sens mieux, même si je me surprends souvent à espérer une nouvelle visite d'Alexander. Pour une raison qui m'échappe, son visage semble tenir à distance certains de mes cauchemars.

Dix jours après mon excursion avec Alexander, Georges passe sa tête par la trappe du grenier.

– Bonjour, Lani, désolé de te réveiller aussi tôt… Je pars en ville recruter quelques ouvriers pour battre le grain. Les petites sont malades et Juliette va être débordée toute la journée. Est-ce que tu pourrais t'occuper des vaches ce matin ? Conduis-les dans le champ près de la rivière, celui juste avant le pont.

J'accepte avec des yeux ensommeillés. Je descends et allume le fourneau pendant que Juliette s'occupe des filles dans leur chambre – de grands bruits de toux se font entendre derrière la porte. Je sors dans le matin pâle. Il fait plus froid que les jours précédents et de la buée sort de ma bouche à chaque expiration. On peut presque sentir l'hiver nous guetter. J'attrape le seau à l'entrée de la grange et commence à traire les vaches. C'est une tâche difficile, qui demande de la force et de la douceur en même temps. Les bêtes ne manquent pas de me faire savoir si je ne m'y prends pas bien et frappent alors durement leurs sabots sur le sol. Je remplis le seau et le vide au fur et à mesure dans un grand bidon. Juliette se servira d'une partie pour la cuisine et le reste deviendra du fromage pour les tables de la ville. Une fois les vaches soulagées de leur lait, j'attrape le bâton de Georges et les pousse gentiment en dehors de l'étable. Elles avancent lentement devant moi sur le chemin sombre. Au-dessus de nous, les nuages gonflent leur panse grise et semblent se préparer pour une attaque pluvieuse en bonne et due forme. Je presse le pas avec l'espoir d'éviter la douche et fais presque trotter les vaches jusqu'au champ près de la rivière, dans lequel elles rentrent docilement.

J'ai à peine refermé la barrière derrière moi que je reçois un violent coup sur la tête. Je suis projetée au sol. Trois personnes cagoulées me frappent beaucoup trop vite pour que je puisse émettre la moindre protestation. Recroquevillée par terre, le souffle coupé, je ne peux que gémir sous le déluge de coups de pied et de poing. Un des hommes me saisit alors par les cheveux et me traîne jusqu'à la rivière. Je devine avec horreur son intention. Je me débats de toutes mes forces avec la rage du désespoir. Une mèche épaisse reste dans la main de mon agresseur alors que je me dégage. Je m'élance à toutes jambes vers le chemin. Mais je n'ai pas fait dix mètres qu'une masse me plaque au sol, me coupant le souffle.

Je me débats sous le poids de mon assaillant, mais il est trop lourd. Je sens ses mains qui cherchent à se saisir des miennes. Je me mets à hurler.

– Reste tranquille, sale petite…

Dans un mouvement qui me surprend moi-même, mon coude va frapper sa mâchoire. Aussitôt, son poing vient s'abattre sur mon visage. Le choc me laisse sonnée. Je sens des mains qui se saisissent de mes bras et de mes chevilles. Qu'on me soulève. Il faut que je lutte de toutes mes forces contre les ténèbres pour rester consciente. Un sursaut d'adrénaline m'envahit soudain quand le bruit de la rivière se fait plus fort.

Je me débats, tire et pousse sur mes jambes et mes bras dans l'espoir de faire lâcher mes agresseurs.

– C'est que le chaton s'est fait pousser des griffes, rigole l'un d'eux.

– Et qu'est-ce qu'on fait aux chatons ? demande un autre d'une voix cruelle.

La rivière est à quelques pas désormais. Je me mets à hurler. J'appelle à l'aide. Je continue d'essayer de libérer mes bras et mes jambes.

L'eau glacée étouffe mes cris. Mes mains cherchent à repousser le fond de la rivière mais sont toujours fermement maintenues par les hommes. Je n'ai presque plus d'air. J'essaie de me relever. Ils m'enfoncent seulement plus profondément dans le flot, la tête contre les pierres glissantes de vase. L'eau brûle ma gorge, rentre dans mes poumons. Je sens ma conscience s'éloigner, puis partir.

CHAPITRE 22

– Reviens, Lani. Je t'en supplie, reviens.

La voix d'Alexander me parvient, lointaine. Je suis encore dans un espace noir. Je dois être en train de rêver. Je sens quelque part de grandes secousses qui agitent mon corps. Puis la pression de lèvres sur les miennes. L'air et la vie qui reviennent en moi. Les gouttes qui tombent sur mon visage.

– Reviens. Reviens. Reviens.

Sa voix martèle mon cerveau. Ce rêve ressemble tellement à celui de mon déconditionnement.

Une décharge parcourt soudain l'ensemble de mes muscles. Mon corps entier se contracte et je crache une grande quantité d'eau.

J'ouvre les yeux. Je suis allongée dans l'herbe, sous la pluie, Alexander juste au-dessus de moi. Son visage trahit son anxiété.

– C'est bien, c'est bien… Respire…

Il passe fébrilement sa main sur ma figure. Mes poumons me brûlent. Je crache à nouveau. Une fatigue intense et inhabituelle habite mon corps. Une douleur sourde résonne dans mon crâne. Je voudrais tellement me rendormir. Je referme les yeux.

– Non, reste avec moi. Reste avec moi.

Sa main caresse ma joue avec insistance. Son visage est si près du mien qu'il me paraît irréel. Une goutte de pluie descend le long de l'arête de son nez.

Soudain, l'agression me revient en mémoire. Les coups. La noyade. Paniquée, j'essaie de me relever, mais mes jambes ne répondent plus.

– Les hommes. Attention, dis-je d'une voix étranglée.

– Quels hommes, Lani ?

– Ils m'ont noyée…

Les yeux d'Alexander s'agrandissent de frayeur. Il me soulève du sol et se met à courir en direction du chalet des Brac. Ballottée dans ses bras, je grelotte. Je voudrais m'agripper à son uniforme mais mes doigts engourdis semblent ne plus fonctionner. Les ténèbres me guettent à nouveau. La tête contre sa poitrine, je me rattache aux battements frénétiques de son cœur pour ne pas sombrer. Un instant plus tard, nous sommes accueillis par les cris de Juliette qui se rue hors du chalet.

– Par le Système ! Alexander ! Qu'est-ce qui lui est arrivé ?

– Elle m'a dit qu'elle avait été attaquée. Je l'ai trouvée dans la rivière. Elle… Elle ne respirait plus, balbutie-t-il. Je l'ai réanimée mais on doit la réchauffer tout de suite, elle est en hypothermie.

Il se précipite dans la maison et me dépose près du feu. Une onde de chaleur me lèche aussitôt le visage et chasse momentanément les ténèbres. Alexander entreprend alors de retirer ma robe alourdie par l'eau. Juliette reste un moment interdite devant nous.

– Juliette, barricade la porte et va chercher des linges, on doit faire remonter sa température.

Juliette sort de sa stupeur et s'exécute. Engourdie par le froid, je me laisse faire tandis qu'ils me frictionnent devant le feu. De toute façon, je constate très vite que je ne peux pas bouger. Mes jambes, mes bras sont figés, comme rigidifiés. Je sens à peine le frottement des serviettes sur ma peau. Toutes les sensations sont distantes, lointaines. Je jette un coup d'œil à Alexander. Son visage affiche le même air concentré que lorsqu'il m'a soignée, dans les tunnels. En silence, il essaie d'activer la circulation du sang dans mes jambes et mes pieds. Quant à Juliette, elle lâche de temps en temps un commentaire acerbe en frictionnant mes bras et mes mains.

– Si j'attrape un de ces monstres, je te jure…

Sa phrase se termine toujours en grommellement incompréhensible. Au bout d'un long moment, je peux sentir le sang affluer à nouveau dans mes extrémités. De légers picotements au début, puis c'est comme si des centaines d'échardes s'enfonçaient sous ma peau et sous mes ongles. La douleur m'arrache un long gémissement avant de s'estomper sous le frottement des linges. Quand j'arrive enfin à bouger mes orteils, le soulagement envahit le visage d'Alexander.

– Qu'est-ce qu'il s'est passé exactement, Lani ? me demande-t-il alors qu'il continue de me frictionner.

– Je conduisais les vaches au pâturage. Ils m'ont attaquée…

Ma voix tremble encore de froid.

– Combien ils étaient ?

– Trois. En noir. Cagoulés. Je n'ai pas vu leurs visages.

– En noir ? Tu es sûre, Lani ?

– Ils m'ont traînée vers la rivière et m'ont maintenu la tête sous l'eau.

À cet instant, quelqu'un tente d'ouvrir la porte. Alexander se lève d'un bond, prêt à combattre. Des coups retentissent.

– Qui est là ? demande-t-il, anxieux.

– Alexander ? Mais qu'est-ce que tu fais là ? C'est Georges, bien sûr ! C'est chez moi ici, je te rappelle.

Il s'empresse d'ouvrir la porte et le fait entrer avant de refermer aussitôt. Le regard de Georges se porte sur moi, emmitouflée dans des couvertures devant la cheminée, et sur Juliette qui continue de me frictionner.

– Mais qu'est-ce qu'il se passe ici ? Tu peux m'expliquer ?

– Lani a été attaquée. Trois hommes ont tenté de la noyer dans la rivière et l'ont laissée pour morte. Trois hommes en noir. Je pense qu'il pourrait peut-être s'agir de Récupérateurs mais je ne suis pas sûr… Je dois prévenir Socrate au plus vite, ils pourraient s'en prendre à Tom et Cora ou revenir ici s'ils apprenaient qu'elle est encore en vie.

– Non, toi tu restes ici avec elle. Tu es le seul à pouvoir leur tenir tête. Moi, je retourne en ville pour prévenir le Conseil et vous, vous vous barricadez.

Georges ressort à la hâte et Alexander remet la barre en travers de la porte.

– Je vais chercher de l'alcool pour désinfecter ses plaies, dit Juliette.

Alexander s'assied à nouveau à côté de moi.

– Je dois vérifier que tu n'as rien de cassé ou de foulé, d'accord ? Dis-moi si tu as mal…

Encore tremblante de froid, je hoche la tête. Avec précaution, il se saisit de ma jambe gauche et se met à la manipuler. Je ne sais pas si c'est à cause de mon séjour prolongé dans l'eau ou de ma commotion, mais j'ai soudain l'impression que mon épiderme est devenu hypersensible. Je n'ai plus conscience que de ses mains chaudes qui parcourent ma peau, de ses doigts qui enserrent ma cheville pour la faire travailler. Je déglutis avec difficulté. Sans que je comprenne pourquoi, la chaleur de ce contact envahit le reste de mon corps et me monte aux joues.

– Ça va ? Pas de douleur ? demande-t-il en levant la tête vers moi.

– Non, je murmure, rougissante.

Il manipule ma jambe droite de la même façon et mes tremblements cessent. Mon souffle s'accélère.

– Toujours pas de douleur ?

Aucun mot ne parvient à franchir mes lèvres, alors je secoue la tête. Quand ses doigts s'entrelacent avec les miens pour faire travailler mon poignet, j'ai l'impression que mon cœur va s'arrêter. Je jette un coup d'œil furtif à son visage. Toujours aussi concentré, il n'a pas l'air de s'être rendu compte de mon trouble. Tant mieux. Parce que s'il me posait la moindre question, je ne saurais pas quoi lui répondre.

– Rien de cassé apparemment, dit-il alors qu'il finit de manipuler mon bras droit. Mais tu es couverte d'hématomes.

Je le regarde s'écarter de moi, à regret. La chaleur reflue et je frissonne à nouveau. J'ai l'impression que mon cerveau tourne à cent à l'heure. Je ne sais pas ce qu'il vient de se passer… Jamais je n'avais réagi comme ça. Ce doit être à cause de l'agression. J'ai reçu un gros coup à la tête, c'est ça qui a dû me perturber.

Juliette interrompt le fil de mes pensées en revenant avec son équipement.

– Tu n'as qu'une plaie très superficielle, Lani, dit-elle en inspectant mon cuir chevelu. Je vais seulement la désinfecter, d'accord ?

La morsure de l'alcool fait résonner la douleur dans mon crâne. Je ne peux m'empêcher de faire une grimace.

– Ça va ? me demande Alexander d'un ton inquiet.

– Ça va, je murmure d'une voix rauque. J'ai juste froid.

Malgré la chaleur du feu, je tremble encore un peu. Alexander part aussitôt au grenier et revient quelques instants plus tard avec mon matelas et ma couverture. Il les installe devant la cheminée avec l'aide de Juliette, puis tous deux m'y allongent.

Confortablement recroquevillée dans la chaleur de l'âtre, mes tremblements finissent par disparaître. Le bien-être m'envahit et mes paupières se ferment toutes seules. Je tombe dans une sorte de demi-sommeil, incapable de sortir de ma somnolence sans pour autant sombrer dans l'inconscience, comme si après toutes ces épreuves mon corps refusait de se remettre en veille.

– Elle s'est endormie, murmure Alexander.

– Pauvre petite. Elle a déjà traversé tellement de choses. Qui a bien pu vouloir lui faire subir ça ?

– J'ai ma petite idée. Elle a fait une tentative d'évasion au début du voyage. Ça nous a ralentis et nous a forcés à emprunter les tunnels de la base Alpha-101. On a perdu Levon là-bas.

Il pousse un long soupir. Une vague de fatigue menace de m'emporter mais je lutte contre l'inconscience.

– Tu connaissais Levon et ses idées… Il était devenu très populaire. Il était question qu'il obtienne sa propre section. Apparemment, il y en a même au sein des Récupérateurs qui l'auraient bien vu chef de leur guilde, à la place de Rodolphe. Ça ne m'avait pas frappé jusqu'à sa disparition. Comme tu le sais, on n'était pas proches, et j'évitais de trop m'attarder à la caserne après les entraînements. Mais depuis sa mort, je me rends compte de son influence sur certaines sections. Je ne serais pas étonné que ses partisans aient cherché à se venger.

– En sachant l'importance qu'elle a pour nous tous ?

– Sauf que pour eux, sa vie n'a aucune importance. Ils ne croient en aucune solution pacifique. Au contraire, elle représente tout ce qu'ils ont décidé de détruire. J'ai complètement sous-estimé le fanatisme des partisans de Levon, Juliette. J'ai l'impression que beaucoup sont prêts à tout pour mettre en œuvre ses idées. Tu n'imagines pas ce qu'ils avaient prévu de faire lors de notre escale à l'implantation de la Pointe…

– Quoi ? demande-t-elle d'une voix inquiète.

– Je les ai entendus discuter pendant leur quart. Ils…

Sa voix hésite un instant.

– Ils avaient prévu de… de… Enfin, tu vois. Une fois que Jo aurait débarqué pour faire le point avec la section qui devait prendre le relais.

Il s'éclaircit la gorge.

– Ils attendaient juste qu'elle se réveille, reprend-il d'une voix où perce la colère. Ils voulaient être sûrs qu'elle en garde le souvenir…

– Par le Système ! Mais Alex, c'est horrible ! Qu'est-ce que tu as fait ? Tu as empêché ça, j'espère ?

– Oui. J'ai prévenu Jo. Ensuite, avec Bénédicte, on l'a droguée pour qu'elle ne se réveille pas et j'ai passé le reste du temps dans sa chambre pour pouvoir intervenir s'ils tentaient quelque chose. Jo les a rétrogradés en section 4 au retour. Je pensais qu'une fois sur l'île et avec la sanction exemplaire qu'ont pris ces types, elle serait à l'abri. Je me suis trompé, à l'évidence…

Mon estomac se noue alors que les souvenirs de la traversée me reviennent. La présence constante d'Alexander dans la cabine. Son insistance pour que j'avale le somnifère quand je me suis réveillée. Les regards angoissés qu'il jetait à la porte. Son ordre de ne pas faire de bruit. Je me débats contre le sommeil qui me tire de plus en plus loin des voix de Juliette et d'Alexander. Je voudrais pouvoir me réveiller et le remercier.

Et je voudrais lui demander en quoi les idées de Levon ont pu conduire des Récupérateurs à vouloir me tuer. Mais mes yeux refusent de s'ouvrir et mon corps reste inerte.

– Alexander, qu'est-ce qu'on va pouvoir faire ? murmure Juliette, inquiète. Georges et moi, on peut la nourrir mais on ne peut pas la protéger face à ces brutes !

– Socrate demandera certainement l'aide de Rhodes ou de Rodolphe pour que quelqu'un vienne ici assurer votre sécurité. Au pire, je suis prêt à rester s'il le faut.

– Tu l'aimes beaucoup cette jeune fille, n'est-ce pas ?

Mon cœur manque un battement. Un long silence répond à la question de Juliette.

– J'ai cru qu'elle était morte…

– Mais elle aurait dû être morte, Alex. Elle a dit qu'elle avait été attaquée juste après avoir amené les vaches, mais on ne peut pas survivre à presque trois heures dans l'eau !

– Si. Elle a un transpondeur, rappelle-toi. Incapable d'échanger des informations avec le Système mais toujours actif. Ces engins contiennent des mécanismes de survie capables de préserver le cerveau pendant quelques minutes si l'organisme se retrouve privé d'air à température ambiante, voire plusieurs heures s'il fait très froid. Ils possèdent un petit dispositif qui mobilise les ressources disponibles en oxygène quand il vient à manquer. En cas d'urgence, ils peuvent choisir de le diffuser dans les endroits les plus importants du cerveau et éteindre momentanément les autres fonctions, en quelque sorte. C'est comme s'ils mettaient le corps en veille en attendant les secours. Je pense que c'est ce qu'il s'est passé. Elle n'avait presque pas d'eau dans les poumons, et quand j'étais en train de la réanimer, elle avait des spasmes qui n'avaient rien à voir avec mon massage cardiaque. C'était certainement son transpondeur qui tentait de la faire revenir une fois le danger passé. Quand elle a repris ses esprits, j'étais surtout inquiet pour son état d'hypothermie. Mais j'ai quand même eu une belle frayeur. Quand je l'ai trouvée, je ne savais pas depuis combien de temps elle était dans l'eau…

– Plusieurs heures… répète Juliette, pensive. Nos moyens sont vraiment dérisoires à côté de la technologie dont dispose le Système.

– En l'occurrence, je suis heureux qu'ils aient développé celle-ci. Quand je pense à ce qui aurait pu se passer si je n'avais pas décidé de venir ! J'ai longuement hésité, j'avais peur qu'elle ne veuille plus me voir après mon refus de répondre à ses questions. J'étais en route pour lui révéler ce qui m'était arrivé, quitte à me brouiller avec Socrate. J'avais besoin de la voir, de m'assurer qu'elle n'était plus fâchée contre moi…

Perdue dans les limbes de mon esprit, je retourne cette conversation dans ma tête. Des Récupérateurs qui veulent ma peau. Le fait que mon transpondeur ne soit pas complètement détruit, seulement endommagé. Et Alexander qui a tout mis en œuvre pour me protéger. Une chaleur qui n'a rien à voir avec le feu m'envahit alors. Il voulait tout me révéler. Il avait besoin de me voir. Rassérénée par cette dernière pensée, je sombre tout à fait.

CHAPITRE 23

Je suis réveillée par des tambourinements sur la porte.

– C'est Georges, ouvrez-moi !

Juliette se précipite sur la barre. La porte s'ouvre sur la pâleur de la nuit arctique, et il pénètre dans la maison, encore ruisselant d'eau de pluie.

– Comment va-t-elle ?

C'est moi qui lui réponds, en me redressant sur mon matelas :

– Mieux.

– Par le Système, je suis rassuré… souffle-t-il. Tu étais bleue tout à l'heure !

Il dépose son pardessus trempé à un crochet.

– Socrate était hors de lui quand je lui ai raconté ce qu'il t'était arrivé. Il a réuni le Conseil en urgence. Ils pensent que tu es la seule cible, mais pour plus de sûreté, Rodolphe a immédiatement dépêché deux de ses hommes pour veiller sur tes amis, au cas où. Quant à toi, Lani, le Conseil a décidé de laisser croire à ta mort pendant quelques jours, le temps de faire une enquête. Ils envoient un Récupérateur ici demain matin, officiellement pour constater ton décès et nous interroger. Officieusement, il commencera ta formation au combat. Ils veulent que tu rejoignes la ville dans trois jours. Alexander, ils t'ordonnent de rester ici cette nuit et de ne pas la lâcher d'une semelle.

Je suis rassurée à l'idée que quelqu'un veille désormais sur Tom et Cora, mais ce sentiment n'est que de courte durée. Demain, il y aura un Récupérateur ici. Et si c'était Jo ? J'ai soudain l'impression qu'on a coulé du plomb dans mes entrailles. Je ne suis pas en état de me battre. Et puis l'usage de la violence va à l'encontre de tout ce que j'ai toujours appris dans le Système. Je ne veux pas me comporter comme ceux qui m'ont enlevée. Non, je la leur laisse, leur formation au combat. Je suis bien mieux ici avec les Brac, plutôt qu'en ville avec ces brutes. Mais si mes agresseurs revenaient ? Ils pourraient s'en prendre à Juliette et aux filles ! Peut-être qu'en apprenant juste à retourner les coups…

Je lève les yeux vers Alexander, debout près de mon matelas. Nos regards se croisent un bref instant, et un sourire rassurant éclaire son visage.

– Tu vas dormir près du feu ce soir, Lani, dit Juliette avec douceur. Alexander, je vais t'installer un matelas de paille à côté d'elle.

Elle part immédiatement au grenier tandis que Georges se laisse tomber sur un des bancs.

– Il va y avoir du grabuge, les enfants. Le Conseil ne va pas laisser passer ça. Bien sûr, les soupçons se portent sur les Récupérateurs, vous vous en doutez, mais cette fois-ci je ne pense pas que les coupables puissent bien s'en sortir si on les attrape.

– Pourquoi, ils s'en sortent d'habitude ? je demande. Vous en parlez comme si c'était normal pour eux d'agresser des gens sans que personne ne leur reproche rien.

– Ils bénéficient généralement d'une sorte d'impunité, me répond Alexander. Ils ne peuvent pas tout faire, mais presque. C'est pour ça qu'on les évite autant que possible.

– Leur statut les protège, Lani, rajoute Georges. Quand tu es le principal fournisseur des produits les plus vitaux pour une communauté, les juges ont tendance à être cléments. Si tu veux mon avis, le Conseil n'a de conseil que le nom. Ce sont Rodolphe et Socrate qui mènent la barque. Et Rhodes, dans une moindre mesure, avec sa force de police. Les autres chefs de guilde suivent. Ils savent très bien que sans eux on retournerait au Moyen Âge en quelques mois…

– Mais cette fois-ci, ils ne s'en sortiront pas, dit Juliette qui redescend du grenier avec un matelas bourré de paille.

Elle le pose près du mien.

– Alexander et moi, on a déjà mangé, tu dormais si profondément qu'on n'a pas osé te réveiller. Mais si tu as faim, il y a de la soupe et du pain. Il y en a pour toi aussi, mon chéri, dit-elle à Georges.

– Non merci, Ju, Socrate a insisté pour que je profite d'un repas pendant le Conseil. Après une journée comme celle-ci, je vais directement me coucher… Alexander, avant que j'oublie, Socrate m'a demandé de te rappeler ce que tu lui as promis. Le Conseil insiste aussi. Aucune idée de ce qu'ils veulent dire, mais j'imagine que toi, tu sais. Allez, bonne nuit, dit-il en s'engouffrant dans sa chambre.

Le visage d'Alexander reflète un instant de la contrariété.

– J'aimerais bien manger un peu, je dis d'une petite voix.

– Je vais t'apporter ça, Lani, souffle-t-il avec un sourire rassurant.

– Bien, si tu t'en occupes, je vais me coucher moi aussi, dit Juliette. Passez une bonne nuit, vous deux.

Elle part rejoindre Georges, nous laissant seuls dans la pièce principale. Alexander s'empare d'un quignon de pain et d'un bol qu'il remplit de soupe de carottes avant de les déposer entre mes mains.

La première gorgée me réchauffe divinement. Je mange avec lenteur, les yeux fixés sur les flammes qui dansent dans l'âtre. Alexander s'assied en tailleur sur le matelas à côté de moi. Un long silence s'installe entre nous, seulement interrompu par les craquements du feu. Je ne peux m'empêcher de lui jeter quelques brefs coups d'œil entre chaque gorgée. Dans cette lumière rouge, l'harmonie de ses traits m'apparaît comme encore plus évidente. L'angle que fait son nez droit avec son front. La courbe de ses lèvres. Son regard croise le mien et je me surprends à arrêter de respirer. Il y a tellement de choses que j'aimerais lui dire. Merci de m'avoir sauvée. Merci de m'avoir protégée. Excuse-moi de m'être énervée contre toi. Mais les mots restent coincés dans ma gorge.

– Tu es toujours fâchée contre moi ? lâche-t-il au bout d'un moment.

Une légère inquiétude anime son visage éclairé par les flammes.

– Non. Comment est-ce que tu peux penser ça ? Tu viens de me sauver la vie. Et…

J'hésite un instant, Alexander suspendu à mes lèvres.

– Et je vous ai entendus discuter, Juliette et toi. Je sais tout ce que tu as fait pour moi. Je sais que tu venais pour tout me dire malgré l'interdiction de Socrate.

Son regard se perd dans la contemplation des flammes.

– Et j'étais toujours bien décidé à tout t'avouer jusqu'à ce que Georges mentionne la promesse que j'ai faite à Socrate. Mais tu l'as entendu comme moi. C'est un ordre du Conseil maintenant. Je ne peux pas désobéir.

– Ne dis rien alors. Je ne voudrais pas t'attirer plus de problèmes.

– Merci.

Sa bouche ébauche un sourire. Je pose mon bol vide sur le plancher.

– J'ai juste une question dont je dois vraiment connaître la réponse, Alexander, dis-je doucement. Qu'importe ce que Socrate et votre Conseil ont l'intention de faire de moi. Est-ce que, quelque part dans ces plans, je revois un jour ma famille ?

J'ai prononcé cette question le cœur battant. Elle hante mes nuits depuis mon arrivée. Et j'ai peur de sa réponse.

Il secoue lentement la tête, ses deux grands yeux sombres emplis de tristesse.

Je mets un moment à comprendre que mes craintes étaient fondées. Les visages de mes proches défilent dans ma tête. Ma mère. Mon père. Mes amis. Tous perdus à jamais. Je sens une larme couler le long de ma joue. Je l'ai à peine essuyée d'un revers de la main qu'une autre roule déjà sur mon visage. Alexander se rapproche de moi. Sa main se pose dans mon dos et m'attire contre lui. Ma tête contre le creux de son épaule, je laisse couler mes larmes en silence. Sa peau sent bon le savon, les aiguilles de pin et quelque chose d'autre, une odeur masculine que je n'identifie pas.

– Comment tu as pu supporter toute cette souffrance ? je murmure.

– Je t'ai rencontrée.

Je lève ma tête vers lui et plonge mes yeux dans son regard sombre. Son visage est tout près du mien désormais. Et encore trop loin. Mon cœur s'emballe. Sans comprendre ce qu'il se passe, je sens que j'agrippe son uniforme. Sa main droite enveloppe ma nuque. Je n'arrive plus à respirer. Ses lèvres se posent avec douceur sur les miennes.

À l'implantation, seuls les couples s'embrassaient. J'aurais pu moi aussi embrasser quelqu'un, après la Répartition, quand j'aurais rencontré celui qui serait devenu mon partenaire. Mais il n'y a plus d'implantation à présent. Plus d'avenir. Plus de famille. Ivre de douleur, je lui rends son baiser. L'instant d'après, il n'y a plus que la sensation de ses lèvres sur les miennes, de ses mains sur ma peau. Je resserre mon étreinte autour de lui. La souffrance disparaît, remplacée par un sentiment nouveau, gigantesque et effrayant. Je m'écarte de lui, confuse. Les réactions de mon cerveau déconditionné me terrifient. Qu'est-ce qu'il m'arrive ? Je viens d'embrasser quelqu'un que je connais à peine, sans même savoir ce qu'un baiser signifie ici...

Comme s'il avait entendu mes interrogations, il caresse ma joue et m'attire à nouveau à lui. Blottie dans ses bras, mon rythme cardiaque ralentit enfin. Je ne sais pas ce qu'il vient de se passer. Je n'ai jamais ressenti quelque chose d'aussi intense et je n'ai même pas de mots pour le décrire. Je ne sais pas pourquoi j'ai soudain eu le besoin d'être si proche de lui et pourquoi je me sens désormais si bien dans ses bras. Mais je crois que pour le moment, je m'en fiche. La tête contre son torse, je ferme les yeux et me blottis un peu plus dans la chaleur de son étreinte. Je finis par sombrer dans un sommeil sans rêve.

CHAPITRE 24

– Debout !

Je me réveille secouée dans tous les sens. Le visage d'une inconnue est à quelques centimètres du mien et me regarde d'un air méprisant. Je me redresse sur mon matelas. Les cendres sont froides dans la cheminée. Les portes des chambres sont encore fermées. Il doit être très tôt.

– Dépêche-toi, j'ai pas toute la journée.

Je me lève. La jeune femme porte l'uniforme des Récupérateurs. Brune, un visage ovale, les cheveux courts qui lui tombent sur les yeux, elle fait ma taille et ne doit pas être beaucoup plus âgée que moi. Les paroles de Georges sur la personne qui doit m'entraîner me reviennent en mémoire.

– Ne me regarde pas comme ça, va t'habiller.

Je balaie la pièce des yeux. Pas le moindre signe d'Alexander. Son matelas est replié dans un coin de la pièce.

– Si tu cherches Alexander, je viens de le renvoyer à la base.

Un sourire moqueur et méprisant s'étale sur son visage. Il est parti. Une étrange sensation de manque m'assaille et mon cœur se serre douloureusement. J'aurais aimé pouvoir lui parler de ce qu'il s'est passé hier soir. Comprendre ce que tout cela signifie. Je ne sais même pas quand je vais pouvoir le revoir.

Je me penche pour ranger mon matelas.

– Ne perds pas de temps avec ça, m'ordonne-t-elle d'un ton sec. On les paie suffisamment pour s'occuper de toi. Va mettre ton uniforme.

Son ton me pétrifie. Elle a le même regard froid et dur que les membres de l'escouade qui m'ont enlevée. Je m'exécute et monte au grenier. Mon équipement réglementaire est resté dans son sac depuis que je suis arrivée ici. Je l'enfile à la hâte et descends rejoindre la Récupératrice.

– Bien, fait-elle alors que je pose le pied sur le sol du salon. Je m'appelle Tricia. Je vais commencer ta formation. Je te préviens, je ne tolérerai aucune jérémiade. Tu n'as aucune valeur à mes yeux, alors ne va pas croire que parce que le Conseil veut te protéger, je vais me montrer plus clémente. Suis-moi.

Son petit discours me fait penser à celui de Jo la première fois que je l'ai vu, encore attachée à mon brancard. Je me demande s'ils sont vraiment tous comme ça, ou s'ils se passent le mot. Quoi qu'il en soit, je suis bien résolue à ne pas me laisser dominer par cette brute.

Je la suis à l'extérieur, où trône un énorme engin à quatre roues. Un quad. Blanc, avec pile à combustible, le tout dernier modèle. Je me rappelle en avoir conduit un dans un rêve éveillé. Dans la réalité, seules quelques rares implantations isolées en ont reçu. Comment ont-ils bien pu mettre la main dessus ?

Nous contournons la maison et nous enfonçons dans la forêt envahie d'une épaisse brume matinale. L'air froid et humide me fait frissonner. Tricia me fait bientôt signe de m'arrêter.

– Je vais t'enseigner nos techniques de combat. Une gigantesque perte de temps, si tu veux mon avis, grogne-t-elle. Si tu te fais attaquer demain, tu n'auras toujours aucune chance de survie. Il faut des années pour maîtriser les bases. Mais bon, le Conseil veut que tu apprennes, alors… Regarde-moi bien.

Elle effectue une série de mouvements rapides. Balancer le poing, l'autre, l'avant-bras, le coude, le genou, le pied, la tête…

– Tu vas effectuer cet enchaînement avec moi, maintenant.

Elle recommence, plus lentement. Je l'imite. Une fois. Deux fois. Encore et encore, je répète les mêmes gestes, de plus en plus rapidement. Elle s'arrête et me fait signe de continuer. Je suis en sueur et mes membres sont encore douloureux à cause de l'agression d'hier. Elle corrige de temps en temps ma posture ou mon mouvement, presque sans un mot, d'un regard toujours glacial. Au bout de ce qui me semble être une bonne heure, elle me fait enfin signe de m'arrêter. À bout de souffle, je prends appui contre un tronc pour récupérer.

– C'est bien. Socrate m'avait prévenue que tu apprendrais vite. C'est déjà ça de gagné. Tu connais les gestes de base à présent. C'est ce qu'on va travailler tous les matins. On va passer au combat proprement dit, maintenant.

Elle me montre la posture à adopter, puis quelques parades défensives et esquives. Je les réplique une par une avec application. Elle a dit vrai. Certains gestes me paraissent si complexes que je ne pense pas être capable de m'en souvenir demain, et encore moins en situation d'agression. Il va me falloir des années pour maîtriser tout ça…

Après m'avoir détaillé les techniques, Tricia se met à cogner. Je suis censée reconnaître ses attaques et y opposer l'esquive ou la réplique appropriée. J'essaie d'appliquer ce qu'elle m'a enseigné mais je me trompe si souvent que je ne peux éviter de me prendre plusieurs fois son poing en plein visage. Elle émet un petit rire mauvais à chaque fois. Me faire du mal semble être une plaisanterie du meilleur goût. Je serre les dents. Ce cours, censé m'apprendre à me protéger, ressemble de plus en plus à une agression en bonne et due forme. Je sens la rage bouillonner au fond de moi. Jamais je n'avais eu envie de frapper quelqu'un jusqu'à maintenant. Jamais je n'avais même considéré la possibilité de le faire. Mais là...

Quand nous inversons les rôles et que c'est à mon tour d'attaquer, je suis prête. Je balance mon poing avec toute la force dont je suis capable. Elle l'évite facilement et me balance le sien en plein ventre. Mes poumons se vident d'un coup. Je tombe à genoux, luttant pour reprendre mon souffle.

– Allez, debout, m'invective-t-elle. C'était rien.

Je me redresse péniblement. Elle se campe devant moi, les jambes légèrement écartées.

– Attaque, ordonne-t-elle.

La rage est toujours là, présente. Je me lance. Encore et encore. Mais je n'arrive pas à la toucher.

Le reste de la matinée s'écoule ainsi, sans que je puisse lui rendre la monnaie de sa pièce. Quand elle me fait enfin signe de m'arrêter, mes mains tremblent, et je ne sais pas si c'est de fatigue ou de colère.

Elle me reconduit au chalet. Juliette nous attend, l'air nerveux.

– Bonjour, Tricia. Bienvenue chez nous...

Mais Tricia ne lui accorde pas plus d'attention qu'à un rat mort sur le bord de la route. Elle pénètre dans la maison où un déjeuner copieux a été préparé. Elle s'assied sur le banc et attend en silence que Juliette vienne la servir. Je me précipite pour aider celle-ci mais Tricia met sa main sur mon bras et s'adresse à moi d'un ton dur :

– Laisse, tu n'as pas à faire ça. Assieds-toi.

J'obtempère en lançant un regard désespéré à Juliette. Je suis scandalisée par l'attitude de Tricia. Pas un seul mot de remerciement ne franchit ses lèvres quand on lui sert son repas. Elle se comporte comme si tout lui était dû, et que les Brac étaient là pour lui obéir. Je comprends tout à coup les remarques d'Alexander sur le sentiment d'impunité des Récupérateurs. Je n'aurais jamais imaginé que la violence et la froideur qu'ils avaient manifestées à mon encontre lors de mon enlèvement puissent s'appliquer dans les mêmes proportions au reste de la population. Je jette un coup d'œil discret au visage dur et froid de Tricia, qui avale son repas comme s'il n'avait aucune saveur. Qu'a-t-il bien pu arriver à ces hommes et ces femmes pour qu'ils soient tous aussi imbuvables ?

Nous mangeons notre pudding en silence. Juliette nous quitte rapidement pour s'occuper des filles, qui sont encore alitées avec une forte toux. Je m'en veux d'être la raison de la présence de Tricia ici. Les Brac m'ont ouvert leur foyer et je les remercie en invitant le loup dans la bergerie. J'ai hâte de repartir à l'entraînement afin d'éloigner Tricia d'eux le plus vite possible.

– Viens, on y retourne.

Elle laisse son assiette en plan sur la table et m'entraîne à nouveau vers la forêt. Le ciel est à présent dégagé et le soleil s'infiltre en longs rayons dorés dans les bois. Nous reprenons les mêmes exercices que ce matin. Elle a raison. J'apprends vite. Quand vient mon tour de frapper, je repère une ouverture dans sa garde. Une fraction de seconde plus tard, mon poing heurte son visage avec un bruit mat et je ne peux me retenir d'imiter son petit rire méprisant. Je comprends aussitôt que j'ai fait une erreur monstrueuse. Est-ce que je suis vraiment devenue suicidaire ? Le sang quitte son visage. Elle me balance successivement son poing, son genou et son avant-bras, et en trois coups, je suis à terre, recroquevillée sur moi-même, le souffle coupé.

– Fais ça encore une fois, et je t'envoie rejoindre ta petite copine.

La mention de Jen me remet les pieds sur terre. Que lui a-t-on dit ? Est-ce que le récit de notre enlèvement est devenu une histoire drôle que ces monstres se racontent au coin du feu ? Verte de rage, je serre les poings et me relève.

– C'est vrai ce que disait Matthew, tu as vraiment une gueule de fin de race du Système. Je me demande ce qu'Alexander te trouve. Il doit certainement s'amuser avec toi en attendant de trouver mieux ailleurs.

Elle me regarde d'un air narquois. Qu'est-ce qu'elle insinue ? Mon sang ne fait qu'un tour. J'ai été assez bête pour penser que les moments passés avec Alexander n'appartenaient qu'à nous deux. Avec un cri guerrier, j'envoie l'enchaînement offensif qu'elle m'a appris. Elle pare mon premier coup, esquive de justesse le deuxième et bloque finalement mon coude.

– Eh bah voilà, tu te bouges enfin. Encore !

Je repars à l'assaut. Mais je n'arrive pas à la toucher.

– Encore !

Ce manège dure tout l'après-midi. À aucun moment je ne réussis à l'atteindre à nouveau. Ma rage faiblit au fur et à mesure que la fatigue s'installe. Lorsqu'elle me fait signe de m'arrêter, je suis vidée, non seulement de toute énergie, mais de toute émotion. Je la suis mécaniquement vers le chalet à travers les troncs sombres. Toute la famille est déjà attablée. Deux bols nous attendent. Lorsqu'elle nous aperçoit, Juliette se lève prestement et nous sert. Je remarque avec détresse que ses mains tremblent. Les filles ont encore l'air pâles et mangent en silence. Georges salue la Récupératrice d'un signe de tête.

– Bonsoir, Tricia. J'espère que tu as faim. Ce soir tu manges les meilleures tartes de cette île.

– Pommes ? demande-t-elle.

– Pommes.

– Bien.

Elle se mure dans le silence et engloutit son ragoût. Je jette un coup d'œil nerveux à Georges et Juliette. D'un signe de tête, celle-ci m'encourage à manger. J'articule le mot « désolée » en silence et plonge dans mon propre bol. J'ai l'impression que nous jouons à un étrange jeu inventé par Lilly et Rose et qui pourrait s'intituler « Ne réveille pas le dragon qui dort » tant toute l'assemblée évite de faire trop de bruit ou de bouger trop brusquement en présence de la Récupératrice. Le plat fini, Georges nous débarrasse et Juliette nous sert sa tarte. Je remarque que la part de Tricia est largement plus grande que celle des autres. Pour la première fois de la journée, elle a l'air vraiment satisfaite. Les tartes de Juliette sont un vrai délice et probablement l'une des meilleures choses qu'il m'ait été donné de goûter. J'engloutis ma propre assiette avec voracité.

À la fin du repas, les Brac se dépêchent de débarrasser et de ranger, tandis que Tricia commence à faire quelques étirements devant la cheminée.

– Viens avec moi, me dit-elle. J'ai pas envie de donner des leçons à une mamie courbaturée, demain.

Je la rejoins sans discuter. Juliette met les filles au lit et disparaît rapidement avec Georges dans leur chambre en nous souhaitant bonne nuit. Pas d'histoire au coin du feu ce soir-là.

J'observe les mouvements de Tricia. Ils me rappellent le yoga que je faisais souvent à l'implantation. Je n'ai cette fois aucun mal à l'imiter.

Au bout d'une dizaine de minutes, elle se dirige vers la pompe et se verse un pichet d'eau. Elle l'avale en entier, le remplit à nouveau et me force à en faire autant. Distendu par autant de liquide, mon estomac est douloureux. Elle remplit ensuite un bac d'eau et le porte dans la salle de bains.

– Suis-moi. Tu pues la sueur.

Elle se déshabille devant moi et commence à se savonner au gant. Les paroles d'Alexander me reviennent en mémoire. J'esquisse un sourire.

– Qu'est-ce qu'il y a ? me demande-t-elle, agressive.

Mon sourire disparaît aussitôt.

– Rien.

Je me déshabille à mon tour et me nettoie au gant et au savon.

– On dort, maintenant.

Pour la première fois, je suis contente de lui obéir. Je ramasse mon uniforme et la suis au grenier. À côté de mon matelas se trouve celui que Juliette avait préparé pour Alexander. Tricia se jette dessus. Je comprends que je n'aurai pas le droit à un mot de plus quand elle se retourne vers le mur.

J'enfile mon pyjama et m'effondre sur mon lit. Le parfum d'Alexander m'assaille aussitôt. Le savon, les aiguilles de pin et quelque chose d'autre. Je repense à la veille, à ce besoin si impérieux d'être proche de lui, à la douceur de son étreinte. La sensation de ses lèvres sur les miennes. Mon cœur s'affole à nouveau. Je ne crois pas avoir déjà ressenti une émotion aussi puissante. Et je n'arrive toujours pas à la nommer. Je ferme les yeux et fouille ma mémoire. Je repense au sentiment de paix et d'amour que j'ai éprouvé après chaque Communion. Au petit aperçu que j'ai eu alors des sentiments que se portaient les couples dans le Système. Cela y ressemble. Semblable mais différent. Plus intense. Plus puissant aussi. Est-ce que j'aurais aussi ressenti ça si j'avais rencontré mon partenaire après la Répartition ? Ou bien est-ce quelque chose de nouveau, libéré par mon déconditionnement ? Je repense à notre baiser avec un frisson. Je ne comprends rien à ce qu'il se passe. Je ne sais pas comment ces choses-là fonctionnent ici. La douloureuse sensation de manque revient. Où est-il maintenant ? Est-ce que lui aussi pense à moi ? J'inhale à nouveau son odeur et je me sens curieusement apaisée. Je laisse ma conscience flotter un moment puis s'éloigner vers son visage.

CHAPITRE 25

– Debout !

Je me réveille à nouveau secouée par Tricia. Elle est déjà habillée. Je me redresse avec difficulté sur mon matelas. Mes membres sont douloureux et de nouvelles ecchymoses sont apparues sur mes bras et mes avant-bras. J'ai l'impression que mon visage est enflé. J'attrape mon uniforme et l'enfile avec dégoût. Il est encore poisseux de l'entraînement de la veille.

– On y va.

Comme hier, son ton est froid et sec, comme celui de quelqu'un qui ne souffre pas qu'on lui désobéisse. Dans la cuisine, elle me lance un quignon de pain et nous sortons dans la fraîcheur du petit matin. Je frissonne. Elle me conduit dans la forêt tandis que je mange le croûton le plus rapidement possible. Ma dernière bouchée avalée, elle se met à courir. Je la suis. Elle accélère. Mes poumons et mes muscles crient grâce, mais je tiens bon. Nous trottinons au milieu des troncs noirs et humides des sapins, dans la lumière de l'été arctique qui se dilue lentement dans la brume matinale. Mon nez est envahi par des odeurs de mousse et de sève.

Au bout d'une demi-heure, une lueur vive perce la forêt devant nous. Nous sommes arrivées au bord d'une grande baie marine, pâle sous le ciel blanc. Sur l'autre rive, la terre s'élève en pente douce vers des collines illuminées par un mince rayon de soleil. Insensible à ce paysage, Tricia fait volte-face.

– L'enchaînement de base. Allez.

Sous ses yeux attentifs, j'exécute les mouvements appris la veille. Elle me corrige une ou deux fois mais, dans l'ensemble, j'ai l'impression que la leçon est retenue. Nous passons ensuite au corps à corps. Cette fois, je m'en sors moins bien et ne réussis pas toujours à éviter ses coups. Comme hier, son petit rire méprisant vient ponctuer à chaque fois le bruit mat de son poing ou de son genou. J'encaisse en silence, décidée à ne pas la laisser me faire perdre mon calme cette fois-ci. Ce manège dure plusieurs heures, jusqu'à ce qu'elle fasse le signe « stop » de la main.

– Il est l'heure. On rentre.

Elle s'élance à travers la forêt. À bout de souffle, je la suis, mais elle me distance. Je ne peux plus courir. Je n'ai plus d'énergie. Je trottine dans un dernier effort pour essayer de la garder en vue. Peine perdue. Parvenue à la lisière, à quelques pas du chalet, je m'écroule contre le tronc le plus proche. Appuyé contre l'écorce, mon bras tremble. Je sens que je pousse mon corps bien au-delà de ses limites habituelles. Je faisais beaucoup d'exercice à l'implantation, le travail des champs l'exigeait. Mais pas à ce rythme ni à ce niveau. Je pense avoir plus ou moins récupéré mes muscles, mais je n'en ai clairement pas assez pour le programme que Tricia compte m'imposer. Je relève la tête pour apercevoir les petites qui jouent à se poursuivre devant la maison. Elles, au moins, ont l'air d'avoir recouvré des forces.

Tout se passe très vite. C'est d'abord un bourdonnement d'enfer. Puis l'hovercraft surgit par-dessus les arbres et se positionne juste au-dessus des filles dans un nuage de poussière. Le rayon de sauvetage vert se matérialise sur elles, et j'entends leurs cris quand elles réalisent qu'elles sont soulevées du sol. Je me précipite pour leur porter secours. Une masse se jette sur moi et me plaque face contre terre. Tricia.

– C'est trop tard pour elles ! On doit défendre la ville !

J'entends Juliette hurler derrière nous. Son visage est déformé par l'horreur. Je lève les yeux. Juste à temps pour voir les petits visages apeurés de Rose et Lilly disparaître dans la soute noire de l'appareil.

– Noooon !!! Non ! Non ! Non !

Juliette se précipite vers l'hovercraft mais celui-ci se met déjà en mouvement. Vers le nord. Vers la ville.

Tricia me remet sur pied et se jette sur son quad qui est resté garé devant la maison. Sans réfléchir, je saute derrière elle. D'un coup de poignet rageur, elle démarre l'engin et le lance à pleine vitesse sur le chemin. Nous roulons à tombeau ouvert. Les roues soulèvent des nuages de gravillons et de poussière sur la route. L'hovercraft noir est encore devant nous.

Un rush d'adrénaline parcourt mon corps.

– Tricia ! je hurle pour couvrir le bruit du moteur. Passe-moi ton revolver !

– Poche avant, cuisse droite !

Je dézippe sa poche et sors l'arme. Je me lève sur le quad, ma main gauche accrochée à l'épaule de la Récupératrice, ma main droite tendue vers l'engin. Je vise un point précis du rotor droit. C'était toujours là que ça lâchait, qu'on devait toujours les dépanner à l'implantation. Je tire. La balle ricoche avec un bruit aigu sur la cuirasse de l'appareil. Je recharge et vise à nouveau. Un dos-d'âne manque de me désarçonner et je retombe assise derrière Tricia. Un autre bruit de rotor me fait me retourner. Trois. Il y a trois autres hovercrafts derrière nous. Leurs soutes s'ouvrent et le halo vert descend sur le sol, prêt pour sa prochaine capture.

– Accélère !

– Je ne fais que ça ! hurle Tricia.

Je vois les halos se rapprocher avec angoisse. Je lève mon arme et tire sur le point faible du premier. Je le manque encore. Il est à quelques mètres du quad maintenant, et projette un grand rond vert sur le chemin, prêt à saisir sa prochaine proie. En face, le quartier avec les jolies maisons des marchands approche. Le halo est sur le point de nous engloutir. Il touche l'arrière de notre quad quand Tricia effectue un virage serré à droite dans une des rues. Les sirènes de la ville hurlent. Le quad est secoué en tout sens sur les pavés alors que nous fonçons vers la grande place et le bâtiment principal de l'implantation. Des gens s'enfuient en hurlant, se jettent contre les portes, supplient leurs propriétaires absents de leur ouvrir. La foule se densifie et nous manquons d'écraser ceux qui courent devant nous. Je ne comprends pas pourquoi il y a autant de monde dans les rues, avant de réaliser que toutes les fenêtres arborent des fanions. Une fête. Ils ont attaqué pendant une fête.

– On y est presque ! hurle Tricia. On va descendre !

Elle arrête le quad au milieu de la foule. C'est la panique. Une masse compacte se presse devant nous pour s'échapper de la place principale. Les gens se bousculent, se marchent dessus. Tricia saisit ma main, coupe la foule et m'entraîne dans une rue adjacente. Elle sort une petite clé et ouvre une porte sur notre droite.

Nous arrivons dans un long couloir gris éclairé au néon. Je cours derrière elle à travers une enfilade de corridors, jusqu'à une grande pièce où les murs sont couverts d'armes. Elle en attrape une et me la lance. Je reconnais tout de suite un fusil d'assaut, un vieux modèle.

– Tu en as mérité un plus gros, me dit-elle alors qu'elle me reprend le revolver que je tiens toujours à la main.

Nous ressortons et grimpons quatre à quatre un escalier. Nous arrivons sur un toit plat qui surplombe la place principale. Je tombe sous le choc.

– Des enfants…

Devant moi, cinq hovercrafts sont en vol stationnaire au-dessus du cœur de la ville. Dans leurs halos, des dizaines de petits corps sont soulevés, parfois suivis d'un adulte qui a désespérément tenté de sauver sa progéniture. En bas, c'est la débandade. Les rues étroites qui s'échappent de la place font goulot d'étranglement et la foule s'y est agglutinée, bloquant toute sortie. Les gens se piétinent dans l'espoir de s'échapper. Au milieu, quelques centaines de personnes se retrouvent prises au piège et tentent vainement de s'engouffrer par la porte des immeubles. Un concert de cris s'élève de cette fosse qui s'ouvre devant moi. Les rayons se déplacent à la recherche des plus jeunes. Des mères qui tentent désespérément de couvrir leurs bébés de leur corps se retrouvent emportées.

Sur le toit, plusieurs Récupérateurs tirent sur les hovercrafts, sans réussir à endommager leur coque ou à les gêner dans leur sordide moisson. Leurs balles ricochent avec une note aiguë sur la cuirasse noire et luisante des appareils sans cockpit.

– Maintenant que tu as vu ce que nous fait subir ton cher Système, ne te prive pas de tirer, m'invective Tricia.

Je lève mon fusil vers le premier hovercraft et vise la partie faible du rotor. *C'est toujours là que ça lâche*, je me répète encore une fois. J'envoie une première salve. La puissance du recul me fait tituber en arrière. J'ai déjà fait du tir dans les rêves éveillés, mais avec des fusils à seringue hypodermique, jamais avec ce type d'arme. Je me campe plus solidement sur mes jambes et fais feu à nouveau. Presque. Une légère fumée s'élève du rotor. Pas assez cependant à mon goût. J'essaie encore, mais les balles viennent frapper le côté renforcé de l'engin.

– Jo, ils vont bientôt repartir ! Occupe-toi des adultes ! crie Tricia par-dessus le bruit des balles.

Ce nom me fait sursauter. Il est à quelques mètres de moi, accroupi, son visage de carnassier penché sur sa montre. Une seconde plus tard, les têtes des quelques personnes qui montent encore dans les faisceaux se renversent en arrière. En bas, les cris redoublent d'intensité. Les halos capturent encore un ou deux enfants et les soutes se referment sur leurs supplications. Malgré l'horreur, je continue de tirer. De viser leurs rotors. Mais c'est trop tard. Déjà, ils s'éloignent vers le sud. En quelques secondes, ils sont partis.

Je tombe à genoux, en larmes. Rose et Lilly. Tous ces enfants. Tous ces gens qui ont désespérément essayé de les retenir au sol, et dont Jo a explosé le crâne. Les hurlements continuent. Une main vient frapper durement mon épaule.

– Ne pleure pas, m'invective Tricia. Tu ne veux pas avoir l'air d'une faible quand tu viens de prouver que tu sais te battre.

Son ordre me fait l'effet d'une douche froide. J'essuie mes larmes d'un revers de la manche et me relève. En bas, les masses humaines compactes qui tentaient de fuir n'ont pas encore réalisé que le danger s'était éloigné et bouchent encore les deux rues. Quand mon regard s'arrête sur le spectacle au centre de la place, mon estomac se retourne. Je me penche sur le côté et vomis une bile amère.

– Lani ?

Je reconnais la voix de Tom. Il est à l'autre bout du toit. Un fusil pend mollement dans sa main droite. Son visage est sale et tuméfié. Comme le mien, très certainement. Je me précipite vers lui. Il me saisit dans ses bras un bref instant puis me relâche.

– Tu vas bien ? Tu n'es pas blessée ?

– Ils les ont enlevés, Tom, je balbutie. Ils enlèvent les enfants, Tom. Ils ont enlevé les enfants de ma famille. Ils les ont enlevés…

– Je sais. Moi aussi.

Des larmes perlent au coin de ses yeux.

– Hé ! Ne restez pas plantés là, vous deux, il y a des gens à secourir en bas !

Les Récupérateurs évacuent le toit. Je suis le mouvement, Tom à mes côtés. Nous descendons les escaliers avec une rigueur militaire et traversons une salle jusqu'à une grande porte. Au-delà de celle-ci nous attend une vision de cauchemar. Dans la panique, il y a eu bousculade. Des hommes et des femmes en sang errent en état de choc. D'autres pleurent. Certains hurlent. Les Récupérateurs tentent de disperser la foule encore terrorisée pour secourir ceux qu'elle continue de piétiner. Mes jambes tremblent. Tricia me pousse vers un des endroits où un attroupement s'est formé.

– Va les aider, lâche Tricia, d'un ton sec.

Je m'approche d'un Récupérateur qui traîne un homme inconscient vers le centre de la place et me saisit des pieds pour lui faciliter la tâche. Il lève les yeux vers moi et tressaille.

– Impossible…

Je connais cette voix. Sauf erreur, j'ai en face de moi l'un des hommes qui ont tenté de me noyer.

CHAPITRE 26

Au milieu des cris et des supplications, nos regards restent fixés l'un sur l'autre. Il a des yeux bleus et une barbe brune. Il ne doit pas avoir plus de trente ans. Sa bouche est grande ouverte, comme s'il avait vu un fantôme. Sur son visage, à la surprise initiale succède une détermination froide. Je vois sa main droite lâcher le bras du cadavre et s'emparer de son revolver. Mue par un bizarre instinct de survie, la mienne s'approche du fusil que je porte en bandoulière. Il lève son arme vers moi alors que je peine encore à me saisir de la mienne.

Venu de nulle part, Alexander se jette sur lui. Un coup part et la panique reprend autour de nous. Les deux hommes roulent maintenant par terre au milieu des flaques de sang. Alexander lutte pour éloigner le revolver de lui. À califourchon sur le Récupérateur, il lui frappe plusieurs fois la main au sol pour lui faire lâcher l'arme. Elle tombe dans un bruit métallique et il l'envoie glisser plusieurs mètres plus loin d'un coup de genou. Profitant de cette distraction, l'homme lui balance un solide crochet du droit dans la mâchoire, suffisamment puissant pour qu'il tombe en arrière. Mon agresseur se relève et se précipite sur le revolver mais Alexander le rattrape et le plaque à nouveau au sol. Son adversaire totalement immobilisé, il lui assène un violent coup de poing. Puis un deuxième.

Son visage est déformé par la rage et la colère. Le Récupérateur a sombré dans l'inconscience mais il continue de le frapper. Jo et Tricia se saisissent de lui par les épaules et l'éloignent de force. Le nez en sang, il est à bout de souffle. J'ai assisté à la scène, figée, en état de choc.

– C'est lui... souffle-t-il. C'est lui qui a essayé de la tuer. Il allait lui tirer dessus.

– Je te crois, Alex, dit Jo. Finch ! Avery ! Débarrassez-moi de ce mec et foutez-le au trou !

Deux hommes à proximité rappliquent et évacuent l'homme encore inconscient.

– Bon sang, Tricia, tu étais censée la surveiller ! hurle Jo. Amène-les à Socrate maintenant, ils ne peuvent pas rester ici !

Ils lâchent enfin Alexander. Nos regards se croisent un instant et le monde extérieur paraît s'effacer. Je suis ramenée à la réalité par un grand coup de coude de Tricia.

– Avance, on ne va pas traîner ici.

Tom est à nouveau à mes côtés. Je jette un dernier coup d'œil à Alexander. Il est déjà retourné aider les autres à dégager les cadavres et les blessés.

Tricia nous conduit, Tom et moi, à l'hôtel de ville, l'ancien bâtiment principal de l'implantation, qui se trouve de l'autre côté de la place. Nous traversons d'un pas rapide le couloir principal pour pénétrer dans la pièce qui était autrefois le salon. Curieusement, le mobilier n'a pas été changé ici. Défraîchis par les ans, de grands fauteuils et canapés occupent le centre de la salle. La plupart ont été rafistolés et consolidés par endroits. Les grandes bibliothèques recouvrent encore le mur, mais beaucoup de livres ont disparu au profit d'empilements de feuilles et de dossiers. La grande baie vitrée qui devait autrefois ouvrir sur la nature a été recouverte d'une sorte de peinture blanche, pour cacher cet espace de la rue, j'imagine. Elle laisse entrer une lumière douce et diffuse qui caresse les tissus pastel. Assis dans de grands fauteuils, deux hommes sont en pleine discussion. Ils s'interrompent à notre arrivée et tournent leurs visages vers nous.

Mon rythme cardiaque s'accélère quand je reconnais Socrate, le commanditaire de notre enlèvement, et Rodolphe, celui qui s'est présenté comme le chef des Récupérateurs. Peut-être allons-nous enfin savoir ce que nous faisons ici.

– Qu'est-ce qu'ils font là, Tricia ? demande Rodolphe d'un ton dur. Elle était censée rester en dehors de la ville ! Et lui aussi !

– J'ai entraîné Lani avec moi après l'enlèvement des petites Brac, répond Tricia. Lance a amené l'autre. Pareil, le fils des Tomlinson a été pris. On va dire que ces deux-là ont eu un petit cours express sur le Système et le maniement des armes. Ils s'en sont très bien sortis.

Si le vieil homme a l'air de rester calme, le visage de Rodolphe rougit de plus en plus alors que sa bouche happe l'air de manière frénétique, comme s'il préparait des réserves d'oxygène pour une formidable explosion de colère.

– C'était très risqué de ta part, mais à la réflexion, c'est aussi bien ainsi, intervient Socrate d'une voix douce. Ne sois pas trop dur avec elle, Rodolphe, ils sont tous les deux vivants et ont pu voir de leurs yeux le mal infligé à cette communauté. Cela nous évitera pas mal de discussions inutiles.

Mais le visage de Rodolphe est désormais rouge de fureur.

– On en reparlera plus tard, Tricia, crache-t-il d'un ton acerbe. Retourne auprès de ta section maintenant, on s'occupe d'eux.

Elle le salue d'un signe de tête et tourne les talons. Socrate attend que la porte se ferme avec un petit *clic* discret pour continuer.

– Je vous en prie, installez-vous, dit-il en désignant le canapé en face de leurs deux fauteuils.

Sans hésitation, Tom et moi nous asseyons sur le sofa au tissu défraîchi, sous le regard perçant du vieil homme.

– Étant donné les circonstances et ce à quoi vous avez dû assister, je pense que l'heure des explications est venue, mes chers amis, dit Socrate.

Le soulagement m'envahit. Il poursuit :

– Je tenais à vous remercier pour votre courage et votre patience. Vous avez tous les deux vécu des heures difficiles, et ensuite on vous a maintenus dans un état d'ignorance pendant une longue période. Sachez que j'en suis désolé. Ces méthodes et ce secret sont nécessaires à notre préservation. Et comme vous avez pu le voir dehors, quand nous employons le mot *préservation* ici, c'est au sens premier du terme.

Sa voix est très douce, très posée. Son visage bienveillant s'est contrit quand il a présenté ses excuses. À l'instar d'Alexander, il a l'air sincèrement désolé de ce qui nous est arrivé. Rodolphe, quant à lui, nous observe toujours d'un air dur et fermé. Le contraste entre les deux hommes est saisissant.

– Avant toute chose, je dois vous raconter une petite histoire. Voyez-vous, il y a quelques années, j'étais comme vous, poursuit-il avec une pointe de nostalgie dans la voix. Jeune, beau et surtout excellent en Construction. Comme vous, je remportais tous mes combats. Le jour de la Répartition, c'est sans surprise que j'ai été envoyé à Toronto pour devenir Constructeur. Pendant quelques années, j'ai construit des rêves fabuleux, parmi les plus populaires de tout le Système.

Il marque une pause. Je suis bouche bée. Socrate aussi a été un membre ? Et pas un simple membre, un Constructeur avec ça ! J'échange avec Tom un regard incrédule avant de reporter mon attention sur le vieil homme, des questions plein la tête. Mais avant que j'aie le temps d'en poser une seule, il reprend :

– Ce que j'ignorais à l'époque, et ce que vous ignorez, c'est que le tournoi des Constructeurs n'est qu'un prélude à un autre, plus exclusif, plus prestigieux, pour obtenir un des postes clés du Système : le tournoi des Architectes. Voyez-vous, il ne suffit pas de construire des rêves pour faire tourner cette gigantesque machine. Il faut pouvoir façonner les interactions homme-Système, les serveurs, les programmes de gestion, et surtout les programmes de contrôle des esprits. C'est ce que font les Architectes dans les tours de la ville de New York.

Je fronce les sourcils. Je n'ai jamais entendu parler de ça. Ni même d'ailleurs imaginé qu'il pouvait exister une ville remplie de gens qui façonnaient le Système.

– Vous avez tous les deux fait des rêves éveillés depuis votre plus jeune âge. Mais est-ce que vous vous êtes un jour demandé ce qu'il se passait vraiment durant ceux-ci ?

Il plante ses yeux bleus dans les miens. L'impression de profonde intelligence qu'ils reflètent me frappe aussitôt. Je me mords l'intérieur de la joue avant de tenter une réponse :

– On apprend de nouvelles choses. Et le Système fait une sauvegarde de nos données, non ?

– Pas seulement. Voyez-vous, pendant que vous vivez des aventures extraordinaires, votre cerveau transmet les informations qu'il a assimilées pendant la journée. On peut dire que vos souvenirs les plus importants, l'ensemble des caractéristiques qui constituent votre personnalité sont sauvegardés sur les serveurs du Système. Vous savez déjà ça. Ce que vous ignorez, c'est que les informations ne circulent pas que dans un seul sens. Le Système vous envoie aussi les meilleurs comportements et attitudes à adopter pour augmenter la productivité. Comme la manière la plus rapide d'enfiler une combinaison le matin, par exemple. Ou comment sarcler plus vite un champ. Un seul petit ajustement de ce genre peut représenter un gain de plusieurs millions d'heures pour la collectivité.

– Mais… Mais c'est bien, ça, non ? je balbutie, incertaine de là où il veut en venir.

– Oui, Lani. Ça peut être bien. Sauf que le Système ne s'arrête pas là. Il intervient aussi directement sur certains aspects de votre personnalité. Il gomme les colères, les chagrins, la frustration, la violence… Vos sentiments négatifs sont amoindris. Mais certains de vos sentiments positifs aussi. Vos pulsions animales comme la passion, la sexualité, la haine sont atténuées ou même supprimées. Certaines pensées jugées dangereuses sont carrément effacées, quand d'autres sont encouragées pour augmenter la productivité et le bien-être. Vous avez certainement déjà expérimenté ça : une idée vous paraît intéressante avant de vous coucher, puis totalement saugrenue le lendemain. Vous vous endormez préoccupé, mais vous vous réveillez d'excellente humeur, en vous demandant pourquoi un problème a bien pu vous causer tant de soucis…

Alors qu'il continue de donner des exemples qui ne me paraissent que trop vrais, la curieuse sensation d'engourdissement m'envahit à nouveau. Quand Alexander m'avait dit que le Système avait posé des barrières dans mon esprit, je m'étais imaginé qu'elles étaient liées au transpondeur ou à la manière de communiquer avec le Système. Jamais je n'aurais cru que mon cerveau avait été consciencieusement lavé, recalibré, inhibé chaque nuit. Que le Système avait décidé quels éléments de ma personnalité il fallait garder ou jeter. Mes mains agrippent désespérément le tissu du canapé désormais. J'ai le vertige. Si ce qu'il dit est vrai, est-ce que j'ai un jour été moi-même, dans le Système ? Ou n'étais-je qu'une copie, un esprit interchangeable avec n'importe quel autre membre ?

– Votre esprit a été formaté par ces programmes, termine Socrate, d'autant plus qu'avant la Répartition, le Système bride totalement les instincts reproducteurs des jeunes.

– Attendez, attendez, intervient Tom, horrifié. Ça veut dire quoi, ça ?

Socrate se cale un peu plus contre le dossier de son fauteuil et croise ses mains sur ses cuisses.

– Eh bien, le Système vous empêche physiquement de tomber amoureux et d'avoir des pulsions sexuelles jusqu'à la Répartition, explique-t-il d'un ton prudent. Vous pourriez parfaitement rencontrer votre partenaire à quinze ans et décider d'avoir cinq enfants, mais le Système l'en empêche. C'est le Système qui décide où, quand et comment vous allez rencontrer votre partenaire après la Répartition. Et les sentiments amoureux que vous développerez à ce moment-là seront amoindris par les programmes de contrôle des esprits. Les membres peuvent s'aimer, mais seulement avec modération.

Je m'agrippe un peu plus fort au tissu du canapé, sous le choc. Les sentiments que j'éprouve en la présence d'Alexander… Est-ce que c'est pour ça que je n'arrive pas à les définir ? Parce qu'ils auraient été supprimés ou atténués dans le Système ? Un court instant, je me sens presque heureuse d'avoir été enlevée pour les expérimenter. C'est étrange mais jamais je ne me suis sentie aussi... vivante. Je jette un coup d'œil à Tom. Les yeux dans le vague, il est pensif.

– Je sais que c'est un choc d'apprendre ça, reprend Socrate. Alors si vous voulez qu'on vous laisse seuls quelques minutes pour digérer la nouvelle, je comprendrai...

Je secoue la tête. J'ai attendu trop longtemps d'avoir des explications. Je veux en finir.

– Très bien alors, dit Socrate d'une voix douce. Comme je vous le disais, ce sont les Architectes de la ville de New York qui développent les programmes de contrôle des esprits, les programmes qui supervisent toutes les pensées et les comportements que vous pouvez avoir en fonction de votre âge, votre sexe, votre implantation et j'en passe. Tout le monde y est soumis, à une exception près : les Architectes eux-mêmes. Comment en effet décider d'inhiber un comportement si l'on n'est pas au courant de son existence et de sa nocivité ? Ils se contentent d'effectuer un nettoyage léger de leur propre cerveau tous les ans, et c'est généralement plus pour mettre de l'ordre dans leurs pensées qu'autre chose.

Un sourire amusé passe brièvement sur son visage.

– J'avais seulement quelques années de plus que vous quand j'ai été sélectionné pour faire partie des Architectes, à l'issue du tournoi réservé aux Constructeurs. À ce moment-là, j'ai été déconditionné par le Système. Je comprends donc très bien ce par quoi vous passez en ce moment. C'est pour le moins... déstabilisant. Comme si les émotions étaient démultipliées, hors de contrôle. Comme si l'esprit n'était plus jamais calme.

Je hoche la tête avec lenteur. C'est exactement ça.

– Il m'a bien fallu quelques semaines pour m'y faire. C'est pour ça que j'ai choisi de vous envoyer chacun à la campagne pour quelque temps. D'expérience, je savais qu'il vous fallait un environnement stable et reposant pour vous y habituer.

J'échange un regard avec Tom. Il a l'air sonné, un peu perdu. Comme moi.

– Après avoir été déconditionné par le Système, j'ai commencé à participer au programme de contrôle des esprits, entre autres. J'ai été un bon petit soldat pendant des années. J'étais convaincu que tous ces programmes, cette structure, le Système dans son ensemble étaient en place pour le bien de l'humanité. Pour éviter les guerres, la violence, la folie qui avaient raturé des siècles d'histoire. Et il régnait une telle atmosphère au sein des Architectes… On œuvrait tous pour la paix, la restauration des écosystèmes et des habitats, pour une humanité éclairée et heureuse… Jusqu'au jour où toutes mes certitudes ont volé en éclat. Comme les vôtres aujourd'hui, j'imagine.

Il marque une courte pause et scrute nos visages avec attention, comme pour guetter le moindre signe de dénégation. Puis il continue :

– Je vous fais grâce des circonstances, mais j'ai un jour découvert par hasard l'existence de ces îles et des communautés qui l'habitaient. J'ai ensuite enquêté pendant des semaines pour découvrir la vérité. Ç'a toujours été mon plus gros défaut, la curiosité.

J'entends la porte s'ouvrir discrètement derrière moi.

– Ah ! Alexander, tu tombes bien ! s'exclame Socrate. Nous allions justement parler de toi. Viens t'asseoir avec nous.

Mon cœur fait un bond dans ma poitrine. Je n'ose pas me retourner. Je ne sais pas pourquoi, mais mon instinct me hurle de ne surtout pas laisser transparaître la moindre émotion devant Rodolphe, le chef des Récupérateurs. Engoncé dans son fauteuil, celui-ci nous observe toujours d'un visage dur et impassible. Comme s'il cherchait à juger de nos réactions.

Alexander s'assied en face de Tom et moi, sur un fauteuil à côté de Socrate. Une partie de ses vêtements est encore maculée de sang. Nos regards se croisent un court instant puis il fixe délibérément Socrate. Sa froideur me frappe. Ai-je fait quelque chose de mal ?

– Je disais donc que j'ai enquêté pendant des semaines pour finalement découvrir la vérité : le Système enlevait des enfants. Tous les deux ou trois ans, des hovercrafts étaient envoyés pour « moissonner », comme ils disaient, les jeunes encore en âge d'être connectés. Pas tous, juste assez pour s'assurer que la population reste stable sur les îles.

– Pourquoi ? l'interrompt Tom. Pourquoi ne pas plutôt éliminer les îles une bonne fois pour toutes ?

Je hoche la tête. Il a raison, ça n'a aucun sens.

– Il y a plusieurs raisons au maintien de ces communautés, reprend Socrate. La première et la plus importante, c'est que le Système considère ces îles comme des réserves de populations non connectées. Un moyen de préserver d'anciennes formes de société, d'anciens comportements. Une sorte de « population originelle », au cas où certaines attitudes, certains gènes finiraient par disparaître à cause des manipulations du Système. Ou encore une « population test », pour mieux mesurer les effets de celles-ci… Mais dans le mot *réserve*, il y a le même dédain qu'avaient les premiers colons de ce continent envers les indigènes : ce sont des sauvages qu'il faut parquer dans des portions de territoire minuscules. Et derrière ces enlèvements, il y a la même raison que derrière tous les enlèvements d'enfants qu'ont subis les populations aborigènes de par le monde : le mépris d'une culture jugée trop primitive. Le Système est persuadé d'offrir un meilleur avenir à ceux qu'il arrache à leurs familles, tout en limitant la taille de ces populations. Les petits sont automatiquement nettoyés de leurs souvenirs, connectés et envoyés dans différentes implantations. Les souvenirs des membres sont modifiés pour leur faire croire que l'enfant est le fils ou la fille de l'un d'eux et a toujours vécu là.

J'ai l'impression qu'on m'a coulé du plomb dans l'estomac. Je revois le visage souriant de la petite Élise lors de sa cérémonie d'Introduction. Est-ce qu'elle aurait pu avoir été enlevée sur l'une de ces îles ? Les souvenirs de son enfance me reviennent par flash : les après-midi de jeux avec elle dans la salle des loisirs, Jen qui aide sa mère à lui donner le bain… Est-ce que tout ça aurait pu être inventé et implanté dans mon esprit ? Je passe une main tremblante sur mon visage. Comment savoir si ces souvenirs sont réels ou non ?

– L'autre raison pour laquelle le Système garde ces îles en l'état est bien plus sordide, continue Socrate.

Deux secondes de silence planent entre nous. Je jette un coup d'œil à Alexander. Il fixe toujours délibérément le vieil homme.

– Si un adulte est pris vivant…

Socrate prend une grande inspiration qui me laisse craindre le pire.

– Son cerveau est d'abord fouillé pour glaner quelques informations sur la communauté, bien sûr. Mais ensuite, il est entièrement effacé. Et quand le corps n'est plus qu'une coquille vide, le Système s'en sert pour…

Alexander pose soudain une main sur le bras de Socrate et lui fait « non » de la tête d'un air concerné.

– Oui, peu importe ce que le Système fait des corps, reprend le vieil homme. Vous avez eu votre dose d'horreur pour aujourd'hui.

J'en ai le souffle coupé.

– Il efface leurs cerveaux ? je m'étrangle. Mais c'est… C'est comme tuer quelqu'un !

– C'est très exactement ça, Lani. C'est même pire à mon avis. C'est pour ça que les rebelles préfèrent une mort rapide et sans douleur à la capture. Je pense que vous avez peut-être entendu les soldats utiliser le terme de *décérébré*. C'est parce que c'est ce qui leur arrive s'ils sont pris vivants. C'est ce que le Système leur fait avant de jouer avec ce qu'il reste…

J'ai l'impression d'avoir été projetée dans une dimension parallèle. Le Système se servirait des gens comme cobayes. Enlèverait des enfants. Formaterait les cerveaux des membres. Je n'arrive plus à respirer. Je m'agrippe un peu plus au tissu du canapé. Un instant, le visage du vieil homme devient flou. C'est la voix de Tom qui me ramène à la réalité :

– Et pourquoi est-ce qu'on devrait vous croire ? demande-t-il d'un ton agressif que je ne lui connaissais pas. Après tout, vous aussi vous enlevez des gens…

Socrate pousse un soupir.

– Eh bien, Tom, c'est une remarque très juste. Vous n'avez *a priori* aucune raison de me faire confiance. Mais examinez seulement les faits : il y a quelques mois, vous étiez convaincus que ces îles étaient inhabitées. Jusqu'à votre arrivée, vous pensiez que la totalité de la planète était connectée, sans exception. Jusqu'à ce matin, vous croyiez que le Système était non violent. Et j'imagine que vous avez pu remarquer les effets du déconditionnement sur votre personne ces dernières semaines. Alors, qui vous a menti, jusqu'ici ?

Je me laisse tomber contre le dossier du canapé. J'ai le vertige. Il y a bien trop de preuves en faveur de ce qu'avance Socrate. Je repense au chaos émotionnel qui règne dans mon crâne, à mes réactions abruptes et aux sentiments nouveaux qui ont fait leur apparition depuis que je suis sortie du rêve à la glu noire. Je revois les visages paniqués de Lilly et Rose alors qu'elles étaient englouties par l'hovercraft. Les mouvements de la foule face aux rayons qui traquaient les enfants.

Du coin de l'œil, je vois Tom enfouir son visage dans ses mains et se balancer d'avant en arrière.

Une tasse se matérialise devant moi. Socrate nous tend une tisane à chacun. Je ne m'étais même pas rendu compte qu'il s'était levé. Je la saisis d'une main tremblante.

– C'est un choc, je sais, dit-il en se rasseyant face à nous. J'ai eu plus ou moins la même réaction que vous. Seulement moi, j'étais déconditionné et j'avais choisi d'y croire, à ce mensonge. J'y avais pris part. Quand j'ai enfin ouvert les yeux sur le fait que le Système n'était pas du tout une organisation pacifique mais une dictature des esprits qui harcelait ceux qu'elle jugeait primitifs, j'ai décidé de partir. Je ne pouvais pas laisser ces communautés subir ça. Ces gens avaient le droit de vivre en paix eux aussi. Alors j'ai décidé de les rejoindre et de leur apporter mon aide. Mais avant, je voulais ramener le plus d'enfants possible avec moi. J'ai réussi à m'échapper de New York – un exploit en soi – et à localiser l'endroit où les petits étaient conduits pour être reconditionnés. J'y ai découvert Alexander.

Socrate échange un regard complice avec lui.

– C'était le seul qui restait de la dernière moisson, tous les autres avaient déjà été répartis. Restait un problème de taille. En tant qu'Architecte, une partie de mon transpondeur avait été désactivée pour empêcher que je communique par erreur des informations confidentielles sur le réseau public qui s'étendait en dehors de New York. À moins que je me connecte physiquement au Système, celui-ci était incapable de repérer où je me trouvais et de contrôler mes pensées. Sauf que ce n'était pas le cas d'Alexander. Son transpondeur indiquait son emplacement en temps réel au Système et son cerveau était constamment relié pour transmettre ses observations sur son environnement. Je ne pouvais pas l'emmener avec moi sans me trahir. Il y avait une solution pour le désactiver mais elle était risquée et douloureuse : l'électrocution, et à un très fort ampérage. J'ai dû employer un appareil à électrochocs légèrement modifié. Comme vous pouvez le constater, ça a marché, mais le pauvre a passé des heures difficiles.

Il adresse un sourire presque paternel à l'intéressé. Je repense aux cicatrices qui zèbrent sa peau… Je comprends maintenant pourquoi Alexander lui voue une confiance quasiment aveugle. Quand il m'a dit que Socrate l'avait sauvé, je pensais qu'il parlait métaphoriquement. Je n'avais pas imaginé qu'il l'avait vraiment sauvé.

– J'ai volé un bateau et rejoint cette île avec lui, continue Socrate. L'accueil que j'ai eu a été des plus… intéressants. On va dire qu'ils étaient très suspicieux. Mais qui leur en aurait voulu ? Tout s'est heureusement arrangé quand les parents d'Alexander l'ont reconnu. Ils m'ont enfin laissé leur prêter main-forte. Et depuis quatorze ans maintenant, j'aide cette communauté à survivre. C'est pour ça que je vous ai fait venir ici : j'ai besoin de votre aide.

Il marque une pause pour nous observer. Mon regard plonge dans la tasse chaude que je tiens entre les mains.

– Je sais… Nous vous avons kidnappés, nous aussi. Mais croyez-moi, pas de gaieté de cœur. Si nous avions trouvé une autre solution pour garantir la survie de cette île, jamais nous ne vous aurions arrachés à vos familles.

Je relève la tête et croise les yeux bleu acier du vieil homme. Je suis à nouveau frappée par leur intelligence. Je ne sais plus quoi penser de lui. Je lui en ai tellement voulu durant les semaines où j'étais chez les Brac. Je le détestais pour m'avoir fait enlever. Mais maintenant… Je ne sais plus. Après ce que j'ai vu ce matin, comment pourrais-je lui reprocher de vouloir protéger ces gens ? Je me demande s'il ne faudrait pas plutôt que je le remercie de m'avoir déconditionnée et sortie de cette prison mentale construite par le Système…

J'avale une petite gorgée de ma tisane. Une douce chaleur se répand dans ma poitrine et atténue un peu l'état de choc dans lequel je me trouve depuis ce matin.

– J'aimerais pouvoir vous en dire plus, reprend-il d'une voix grave, mais comme ce que je dois vous révéler est hautement confidentiel et que notre survie en dépend, j'ai besoin de savoir d'abord si vous êtes de notre côté. Alors, voulez-vous nous aider ?

Un silence pesant envahit la pièce. Je reprends une gorgée de tisane. Je ne sais pas quoi répondre. Je revois le visage de ma mère. De mon père. J'aimerais pouvoir me dire que je préférerais être à leurs côtés mais je n'en suis plus certaine. Avec ce que j'ai découvert sur le conditionnement, je ne sais même pas si j'ai envie d'être un jour reconnectée. Je tourne la tasse entre mes doigts. Je n'ai pas besoin de le regarder pour avoir une conscience aiguë de la présence d'Alexander en face de moi. Mon cœur bat un peu plus vite. Ce que je ressens en sa présence… Si repartir dans le Système signifie abandonner ces sensations nouvelles, je ne suis vraiment pas sûre d'en avoir envie.

Je retiens un soupir. De toute façon, ai-je encore la possibilité d'y retourner ? Je ne sais même pas si mon transpondeur peut être réparé pour que je sois reconnectée. Ou si le Système ne risque pas de me considérer comme une rebelle et de me décérébrer. J'ai l'impression que je n'ai plus trop le choix. Je suis coincée ici, et ma vie est liée au destin des habitants de ces îles.

Je lève les yeux vers Alexander. Nos regards se croisent un court instant et mon cœur manque un battement.

– Oui, je m'entends murmurer.

Ma réponse me surprend moi-même. Je ne sais pas si j'ai accepté parce que j'ai été convaincue par les explications de Socrate ou par les yeux sombres qui ont plongé dans les miens. J'avale une autre gorgée de tisane afin de masquer mon trouble.

– Je suis avec vous, répond enfin Tom à son tour d'une voix résignée.

Un sourire éclaire le visage du vieil homme.

– Très bien. Je veux que vous sachiez à quel point toute la communauté de Banks et moi-même vous sommes reconnaissants. J'ai conscience que tout votre monde a été chamboulé ces dernières semaines et que cette décision n'a pas dû être facile. Je vous en remercie d'autant plus.

Il incline la tête vers nous dans un geste de gratitude avant de poursuivre :

– Entrons maintenant dans le vif du sujet. Si j'ai choisi de venir dans cette implantation au départ, c'est surtout parce que ses capsules de sommeil fonctionnaient encore. En faisant mes petites recherches, j'avais pu voir qu'elles clignotaient toujours sur la carte. Je me doutais que cette communauté avait des équipes qui pénétraient dans le territoire du Système, mais, comme je le supposais, seulement pour récupérer les débris de la précédente civilisation et les quelques objets laissés par des membres en pleine nature. Quand je suis arrivé, ils n'osaient pas s'approcher des installations du Système. Ils ne pouvaient pas se procurer de technologie récente, de médicaments, de pièces de rechange pour les infrastructures existantes… C'était déjà un miracle que tout fonctionne encore quand je suis arrivé. Ce n'était plus le cas sur les autres îles, dont certaines étaient en train de retourner au Moyen Âge, lentement mais sûrement. Mon intervention a changé la donne. J'ai modifié les capsules de sommeil afin de me connecter au tournoi des Constructeurs.

– Mais pourquoi ? l'interrompt Tom.

– Avez-vous une idée de la quantité de données que vous extrayiez des serveurs pour construire un rêve ? Et combien un Constructeur débutant en extrait par erreur ?

Sa question m'interpelle. Pendant les Constructions, la plupart des serveurs du Système nous sont accessibles. C'est d'ailleurs une erreur fréquente que d'extraire des plages de données entières sans en faire aucun usage dans le rêve que l'on projette.

– Je vois à vos visages que vous avez compris. Grâce à quelques manipulations de mon cru, je peux me connecter au tournoi en empruntant l'identité d'un jeune. Le compétiteur concerné reste sagement endormi dans sa capsule pendant que je joue à sa place. Ensuite, il ne me reste plus qu'à télécharger « par erreur » les données dont j'ai besoin tandis que j'affronte son adversaire.

Un nouveau sourire éclaire son visage.

– Ce subterfuge me permet d'indiquer aux Récupérateurs quelles sont les implantations avec des surplus de nourriture, de médicaments et de produits d'hygiène. Quels entrepôts viennent d'être livrés en pièces de rechange ou en matériel médical et quand intervenir pour les subtiliser ni vu ni connu. Et, bien sûr, si un hovercraft dévie de sa trajectoire habituelle pour faire route jusqu'ici…

– Alors pourquoi est-ce qu'il y a eu une attaque ce matin ? je demande.

– C'est toute la raison de votre présence ici. Pendant des années, les attaques étaient prévisibles et régulières. Tous les deux ou trois ans, en été. Avec Alexander, nous nous relayions pour surveiller les mouvements des hovercrafts…

– Avec Alexander ? je l'interromps, surprise.

– Oui, Lani. Il a un transpondeur, comme vous. Endommagé mais toujours capable de se connecter grâce aux interfaces physiques comme les capsules, comme le mien et les vôtres. Je l'ai entièrement formé à la Construction. Je pense qu'il doit être presque aussi fort que toi.

Je jette un rapide coup d'œil à l'intéressé. Une petite moue amusée relève le coin de sa bouche. Presque un air de défi.

– Où en étais-je ? reprend Socrate. Ah oui, donc Alexander et moi, nous nous relayions pour surveiller les trajets des hovercrafts et nous pouvions prévenir la population à temps.

Au moins sur cette île. En presque quinze ans, seule une petite vingtaine d'enfants a été enlevée, le plus souvent à cause de la négligence des parents. Mais depuis deux ans…

Il soupire et ses épaules s'affaissent. Il a soudain l'air d'un homme plus vieux, au bord de l'épuisement.

– Depuis deux ans, les attaques se multiplient. Et pas seulement contre nous, contre les autres îles aussi. Et beaucoup réussissent. Plus d'une centaine d'enfants ont disparu. Nous ne savons pas ce qu'ils veulent, rattraper leur retard sur les dernières années, réduire la population… Ou pire. Tout ce qu'on sait, c'est que des convois d'hovercrafts qui passaient auparavant au large sans s'arrêter font maintenant des détours pour enlever des enfants. Alexander et moi essayons d'être connectés le plus souvent possible mais ce n'est pas humainement tenable. Nous ne pouvons pas continuer à ce rythme-là. Et puis, je me fais de plus en plus vieux. Un jour…

Il laisse la fin de la phrase en suspens. Alexander tend une main pour lui serrer un bref instant le bras. Socrate lui renvoie un sourire triste.

– C'est là que vous intervenez, reprend-il. Nous avons besoin de Constructeurs comme vous deux pour maintenir le Système sous surveillance permanente. Et pour assurer l'avenir des îles quand je ne serai plus là.

– Pourquoi nous deux ? Pourquoi pas Cora ? demande alors Tom.

– Pour deux raisons, mon ami. La première est qu'il faut gagner. Chaque partie doit être une victoire. Quand le jeune membre dont vous aurez piraté la partie se réveillera le lendemain, le souvenir du combat sera chargé dans sa mémoire comme s'il l'avait vécu. Si vous gagnez, sa réaction sera la même que celle que vous avez expérimentée de nombreuses fois : il se réveillera content, en parlera une ou deux fois autour de lui et ce sera tout. Au contraire, s'il perd, il essaiera d'analyser sa performance de la nuit d'avant et risquera de découvrir que ce n'étaient pas vraiment ses décisions. Le risque est faible, mais il est là. Je le sais, car je connais bien ce mécanisme. J'ai travaillé dessus. C'est un processus généré par un des programmes de contrôle des esprits qui le poussera à analyser sa défaite pour en tirer des leçons. Et c'est dangereux, car c'est comme ça que le Système risque de découvrir que quelqu'un s'est amusé à prendre sa place pour voler des informations sur le serveur.

Il marque une pause pour boire une gorgée de tisane avant de reprendre :

– La deuxième raison, c'est que seuls d'excellents Constructeurs sont capables de manipuler avec aisance autant de données, et ce, tout en construisant un rêve. Donnez cette tâche à n'importe quel autre membre et il sera trop occupé à accéder aux serveurs pour penser à organiser une réalité virtuelle. Et il serait alors facile pour le Système de se rendre compte de la supercherie avec des participants qui ne se contenteraient que d'extraire les mouvements d'hovercrafts au-dessus du continent sans rien faire d'autre. C'est pour ça que nous vous avons choisis. Vous deux êtes imbattables. Vous n'avez perdu qu'une fois et ce, l'un contre l'autre. Avoir deux éléments comme vous à portée de main était inespéré. Malheureusement, Cora n'est pas aussi douée. La laisser nous aider ne pourra que nous mettre en danger.

– Mais qu'est-ce qu'elle va devenir ? demande Tom.

– Pour l'instant, nous avons pris la décision de la maintenir dans la famille qui l'accueille. Ils ont besoin de bras pour la fin de l'été. Ensuite, nous verrons. Mais ne craignez rien, on ne lui fera aucun mal.

– Mais pourquoi vous l'avez enlevée aussi alors ?

– C'était vous deux que nous voulions. Malheureusement, les implantations vous envoient toujours en binôme dans la montagne. Nous savions donc que nous devions ramener quatre personnes. À ce propos… Je te présente de nouveau mes condoléances, Lani. Alexander m'a dit qu'il n'y avait rien eu à faire…

Il a dit cela d'une voix très douce, où une pointe d'émotion perçait. Je baisse la tête. J'ai un pincement au cœur en imaginant Jen ici, à mes côtés dans cette salle. Qu'est-ce qu'elle aurait pensé de tout ça ? Avec sa personnalité si calme, si douce, comment aurait-elle réagi au déconditionnement ?

À cet instant, la porte s'ouvre à la volée et Jo pénètre en trombe dans la pièce. Il s'approche de Rodolphe et lui murmure quelques mots dans le creux de l'oreille.

– Excusez-moi, dit celui-ci en se levant.

Ils quittent le salon d'un pas leste. Nous sommes maintenant seuls avec Socrate et Alexander. Seuls entre Constructeurs. J'ai l'impression que la tension qui règne dans la pièce est retombée et qu'au conseil de guerre a succédé une réunion entre vieux amis.

– J'ai conscience que cela fait beaucoup d'informations d'un coup, reprend Socrate. Mais si vous avez d'autres questions…

Je prends une autre gorgée de tisane que j'avale avec difficulté. J'ai une question. Mais la réponse me terrifie. J'inspire à fond et me lance.

– Pourquoi est-ce que les têtes de ces pauvres gens ont explosé sur la place ?

Socrate pousse un long soupir.

– Toute la population de l'île se voit implanter une microbombe à la base du crâne, dès l'âge de dix ans. Vous voyez, le Système ne s'intéresse pas aux souvenirs des enfants. Leur mémoire est trop instable, trop fantaisiste pour être exploitable. Il l'efface tout simplement avant de leur implanter un transpondeur et de les envoyer vivre dans une implantation. Mais si c'est un adulte qui est capturé… Là, c'est autre chose. Le Système va lui extraire tout ce qu'il a dans la tête. Et il va tout de suite tout savoir : qui fait partie des Récupérateurs, ce qu'ils rapportent, où sont localisées nos quelques bases encore secrètes en Terres contrôlées… Sans compter ma présence ici, dans la salle des capsules de sommeil. Une seule capture réussie et nous sommes tous en danger. C'est pour ça que les rebelles préfèrent la mort. Elle leur évite d'être décérébrés, mais surtout de trahir leur communauté. Donc, à ce jour, toute la population adulte de cette île est équipée d'une microbombe, à part Alexander et moi.

– Attendez ! l'interrompt Tom. À part Alexander et vous ?

– Vous… Vous voulez dire que nous… que nous… je balbutie.

– Oui, vous êtes équipés aussi, dit Socrate d'un ton grave.

Je sens la tasse glisser de mes doigts. Je ne l'entends pas se briser sur le sol.

CHAPITRE 27

Je ne sais combien de temps je reste à regarder les débris de porcelaine à terre. Dans le lointain, j'entends des voix diffuses parler. Celles de Tom et Socrate.

– Lani ? Lani, tu m'entends ?

Alexander agite sa main devant moi. Je me lève d'un bond. Je bouillonne de rage à nouveau.

– Vous nous avez implanté une bombe dans le crâne ?!

Je ressens à nouveau cette envie folle de frapper. Mon cœur bat dans mes poings serrés.

– Je sais que c'est un nouveau choc, Lani, dit Socrate calmement. Cependant je vous assure que vous n'avez rien à craindre. De nous en tout cas. Les personnes qui peuvent faire exploser les microbombes savent à quel point vous êtes précieux et ont juré de vous protéger. Et croyez-moi, si vous êtes capturés, cette porte de sortie est douce comparée à ce qu'ils ont l'intention de vous faire subir. Alexander et moi-même, nous n'hésiterions pas un seul instant si nous pouvions nous en faire implanter une. Malheureusement, nos modèles de transpondeur sont un peu plus anciens que les vôtres et leur taille empêche la pose de la microbombe. Nous avons essayé plusieurs fois mais rien n'y a fait…

Alors que Socrate prononce ces mots, Alexander fait une grimace douloureuse.

Je me rassieds et prends ma tête entre mes mains. Le ton doux et courtois de Socrate a réussi à calmer toute mon animosité. Mais le fait est que j'ai maintenant dans le crâne un engin explosif prêt à détruire mon cerveau. Je me sens soudain légèrement nauséeuse. J'aspire une grande goulée d'air.

– Ils ne peuvent pas activer les bombes par erreur ? dit la voix de Tom.

– Non, absolument pas.

Je relève la tête.

– Comment est-ce que vous pouvez en être sûr ?

– Parce que les bombes ne peuvent être activées que si elles sont en contact avec un appareil du Système, donc seulement si la personne est déjà capturée. Et même alors, il faut encore qu'un des quatre chefs de section en confirme l'activation pour qu'elle détone.

Je repense avec un frisson au rayon qui a failli nous engloutir quand nous étions sur le quad avec Tricia. Et si j'avais été capturée par un des hovercrafts aujourd'hui ? Pourtant, si l'alternative est d'avoir le cerveau vidé par le Système pour ensuite servir à faire je ne sais quelles expériences… La sensation de nausée s'amplifie. Si on est vidé de ses souvenirs, de sa personnalité, est-ce qu'on reste conscient de soi-même ? Est-ce qu'on continue d'exister ? Est-ce qu'on peut encore ressentir la douleur ? Est-ce qu'on réalise ce qu'il nous arrive ? Je contemple à nouveau les débris de porcelaine et la tisane répandue au sol. Est-ce que la tasse n'aurait pas fait le même bruit en se brisant si j'avais bu tout son contenu ? Je retiens un haut-le-cœur et ferme les yeux.

– Est-ce que ça va aller, Lani ? demande Socrate d'une voix douce.

Le visage enfoui dans mes mains, je hoche la tête. Il faut que je pense à autre chose. N'importe quoi pour que mon cerveau arrête de faire l'inventaire des expériences que le Système pourrait faire subir à ceux qu'il capture…

– J'aurais aimé pouvoir vous donner le choix, mais il s'agit d'une mesure de sécurité essentielle, pour vous comme pour nous.

– Parce que si… si le Système nous reprenait, on serait traités comme des rebelles ? demande Tom d'une voix blanche.

– Je ne sais pas, Tom. C'est probable. Mais imaginez un instant ce qu'il se passerait si vous étiez capturés… Si vos bombes explosent, le Système récupère vos corps, se rend compte que vous êtes des membres disparus et se demande ce que vous faites là. Bien sûr, ils envisageront le fait qu'on vous ait capturés, mais ils n'en seront jamais sûrs : vous auriez très bien pu avoir été secourus en pleine nature par une équipe de Récupérateurs. Mais si vos microbombes n'explosent pas et que vous êtes pris vivants, peu importe alors qu'il vous traite comme des rebelles ou non, dans tous les cas, le Système lira dans votre cerveau que vous avez été enlevés par les rebelles de Banks pour aider un ancien Architecte à pirater ses données. À ce moment-là, j'ai bien peur que ce soit la fin des habitants de cette île ou des Récupérateurs, ce qui revient à peu près au même…

Je relève la tête. Je n'avais pas réalisé le risque que nous représentions pour les rebelles. Mais j'ai soudain les idées un peu plus claires. Quelles que soient les expériences que fait subir le Système aux rebelles, je n'ai pas la moindre envie d'être en position de les subir un jour. Autant bénéficier d'une fin rapide et indolore plutôt que d'expérimenter la forme de lobotomie dont parlait Socrate. Rien qu'en y repensant, je suis parcourue d'un frisson.

– Donc on n'a pas le choix, souffle Tom en se laissant tomber contre le dossier du canapé.

Je lui jette un coup d'œil. Les yeux baissés, son visage est fermé dans une expression que je ne lui connais pas. Il a raison. On n'a pas le choix.

– On fait quoi maintenant ? je demande, résignée.

– Excellente question, répond Socrate. J'ai conscience que les prochains jours vont certainement vous paraître chargés, mais nous devons vous rendre opérationnels le plus vite possible. Il en va de notre survie à tous. À partir de ce soir, vous dormirez à la caserne avec les jeunes recrues. Demain, vous allez commencer votre formation avec les Récupérateurs.

– Non !

Tom et moi avons crié en même temps. Nous échangeons un regard terrifié.

– Je comprends que ça ne vous réjouisse pas... dit-il d'un ton apaisant. Mais il est crucial que vous soyez capables de réaliser des opérations en extérieur avec eux si le besoin s'en fait ressentir. Je sais que les Récupérateurs ont dû vous paraître durs lors de votre enlèvement, mais vous vous rendrez compte que ces hommes sont un peu plus agréables quand vous n'essayez pas de les faire repérer par le Système.

Je sens pourtant mon estomac se contracter douloureusement.

– À partir de demain, vous vous entraînerez avec eux toute la journée, continue-t-il, en dehors des moments où vous serez ici pour nous aider dans les capsules de sommeil.

– Mais les Brac… Leurs filles viennent d'être enlevées, je ne peux pas les laisser seuls !

– Je comprends, Lani… Malheureusement, nous sommes en guerre et tu es un élément essentiel de notre stratégie. Nous avons besoin de toi pour éviter que d'autres familles subissent la même épreuve, tu comprends ? Nous allons envoyer quelqu'un pour voir s'ils vont bien. Chez les Tomlinson aussi, Tom…

– Merci, dit-il à mi-voix.

– Quand vous aurez quartier libre, vous pourrez aller les voir, bien sûr, mais ce ne sera pas avant un bon moment. En attendant, je vous promets que nous ferons notre possible pour essayer de les réconforter et de les soutenir. Eux, comme toutes les familles qui ont perdu un proche aujourd'hui.

Il se frotte les yeux d'une main. Il a un instant l'air très abattu, avant de se reprendre.

– Si vous voulez bien, je vous propose de vous restaurer avec nous. Et cet après-midi, nous allons vous évaluer dans la capsule, histoire de voir si vous êtes déjà prêts à reprendre le tournoi ou si vous avez besoin d'un peu plus d'entraînement…

La perspective de retourner dans une capsule de sommeil m'attire et m'effraie à la fois. Je meurs d'envie de me retrouver dans un élément familier, et cependant j'ai peur d'être à nouveau confrontée à cette glu noire. Je jette un coup d'œil à Alexander. Pour la première fois depuis son arrivée, nos regards se croisent plus de quelques secondes. Mon cœur saute dans ma poitrine et je détourne les yeux. Je soupire intérieurement. Ce nouveau cerveau est difficile à contrôler… J'ai l'impression de passer d'une émotion à l'autre à la vitesse de l'éclair.

La porte s'ouvre et deux jeunes hommes entrent avec des chariots sur lesquels trônent différentes assiettes qui dégagent un fumet appétissant. Ils les disposent sur la table basse devant nous.

– Je sais que si vous étiez restés dans le Système, vous auriez déjà été répartis, reprend Socrate. Vous auriez eu droit à une grande fête au centre des Constructeurs, à Toronto, avec un beau buffet. Ce n'est pas grand-chose, mais j'espère que ces quelques mets pourront faire l'affaire. Après tout, techniquement, nous sommes toujours dans une implantation...

Il y a un plat de poisson, quelques légumes, un fromage et un gâteau. Les deux jeunes hommes nous donnent chacun une assiette et des couverts.

– Je vous en prie, mes chers amis, dit Socrate avec un sourire.

À contrecœur, je me sers un peu de poisson et me force à l'avaler. Je suis sensible à cette attention, mais la conversation que nous venons d'avoir tourne en boucle dans ma tête. J'ai toujours cette sensation étrange d'avoir basculé de l'autre côté d'une barrière invisible et d'avoir été projetée dans un univers surréaliste. Je mange en face de celui qui a commandité mon enlèvement. Il y a quelques heures encore, je le détestais ! Et maintenant, non seulement j'ai accepté de l'aider, mais je me demande si je ne devrais pas plutôt lui être reconnaissante de m'avoir libérée du Système et de m'avoir implanté une bombe dans le crâne !

Le repas se déroule dans un silence pesant. Socrate a l'air de se retenir de parler, comme s'il voulait nous laisser le temps de digérer les informations que nous avons reçues de lui. Les plats vides, il se lève.

– Bien. Il est temps de voir ce que vous valez face à nous deux. Tom, tu me combattras. Lani, je pense qu'Alexander voudrait voir si tu es aussi douée que lui. Allons-y.

Nous le suivons hors de la pièce. Les deux jeunes hommes se précipitent derrière nous pour nettoyer les reliefs du repas. J'ai un pincement au cœur. À l'implantation, tout le monde aurait aidé à débarrasser. Et puis je repense à ce qu'a dit Socrate. Sans dose quotidienne de lavage de cerveau, peut-être que personne ne l'aurait fait… Nos pas résonnent dans le long couloir blanc qui mène à l'escalier. Je repense aux gens qui ont formé ma famille. Mes parents. Jen. Est-ce qu'ils auraient été aussi gentils, aussi bienveillants, aidants, agréables si leurs cerveaux n'avaient pas été lavés chaque nuit ? Est-ce qu'ils m'auraient aimée si nous étions nés ici ? Est-ce que moi, je les aurais aimés ? Au fond, les seules vraies relations humaines que j'ai connues ne datent pas de plus de deux mois. Tout le reste a été artificiel, orchestré par le Système. Cette pensée est vertigineuse. Plus que cette histoire de microbombes ou toutes les autres horreurs que j'ai pu voir ce matin. Moi-même, ai-je vraiment vécu jusqu'au jour de mon déconditionnement ? Quelles ont été les pensées qui m'appartenaient vraiment et celles que le Système a implantées dans mon cerveau ? Quelle partie de moi a été fabriquée ? Je passe une main tremblante sur mon visage. Je jette un coup d'œil à Alexander qui marche à côté de moi. Il semble à nouveau vouloir éviter de croiser mon regard. Je ne comprends pas son attitude. Il est totalement différent de la dernière fois que nous nous sommes vus. Mon sang se glace. Peut-être qu'il ne veut plus me voir ? Que ce baiser ne voulait rien dire ? Qu'il « s'amusait avec moi », comme l'a dit Tricia ? Les pensées s'emmêlent à nouveau dans mon cerveau. J'oscille entre la rage contre le Système et le désespoir devant la froideur d'Alexander.

Nous arrivons devant la porte de la chambre. À l'intérieur, la pièce est toujours éclairée par la seule lueur des diodes.

– Les dames d'abord, dit Socrate en me désignant une capsule.

Je jette un coup d'œil rapide à Alexander qui entre déjà dans la sienne, toujours sans m'accorder un regard. Je frémis de rage désormais. Pourquoi m'ignore-t-il ? Je m'allonge et referme la vitre à mon tour.

Je me retrouve face à lui dans le grand espace blanc auquel je suis habituée. Nous sommes tous deux vêtus des combinaisons du Système. C'est la première fois que nos deux esprits sont connectés. Son signal est apaisant, doux et calme, un peu comme celui de Jen. Mais en même temps, une sorte de force semble émaner de lui, mêlée d'un peu d'inquiétude. Soudain, avant que j'aie l'occasion de me pencher plus en détail sur l'étude de sa personnalité, la voix de Socrate résonne.

– Bienvenue à vous deux. Nous allons faire un combat à vide, c'est-à-dire que vous n'aurez pas accès aux serveurs de données. Pas d'immobilisation par contact, et espace ouvert. La partie continue jusqu'à ce qu'un des deux rêves s'effondre. Les règles sont les mêmes que dans le Système, sauf qu'en plus, vous ne devez rien construire avec des éléments qui trahiraient l'existence des rebelles. Nous commencerons dans soixante secondes.

Maintenant, les yeux d'Alexander sont vrillés sur moi. Enfin il ne m'ignore plus. Mais nulle trace de celui qui m'a bercée dans ses bras en face du feu de cheminée. Il a l'air tendu, concentré, comme s'il appréhendait ce combat. Après tout, pour la première fois, c'est moi qui suis en terrain familier. *Et peut-être qu'il s'amusait vraiment avec toi*, murmure la petite voix dans un coin de ma tête. Je serre les poings. Je plonge dans ma mémoire et essaie de me rappeler quelle Construction m'a fait gagner le plus rapidement sans avoir eu besoin d'utiliser trop de données... Une en particulier s'impose à moi. J'esquisse un sourire.

– Allez-y, dit la voix de Socrate.

Je projette mon rêve autour de lui. Je perçois sa surprise quand il se retrouve au milieu d'une gigantesque étendue terreuse sous un ciel gris. De mon côté, l'espace s'organise. Je suis sur une grande plate-forme métallique qui se déplace à toute allure dans le ciel. Je suis estomaquée. C'est l'une des Constructions que j'ai réalisées ! Moins précise, moins réaliste que la mienne, mais ça reste ma création !

Le vent siffle à mes oreilles. Je sais ce qui va se passer ensuite. Un cube de fer flotte en plein sur la trajectoire de la plate-forme. Je dois dégager vite fait, à moins de vouloir le prendre en pleine figure. Je prends mon élan et saute sur une autre plate-forme qui arrive en sens inverse. Je roule sur la surface métallique en atterrissant. L'effort me déconcentre un peu et je manque de détruire le rêve que je maintiens autour d'Alexander.

Une fois en sécurité pour les quelques prochaines secondes, je me dépêche de lancer la suite de ma Construction. Le sol gronde autour d'Alexander et un grand pilier d'acier jaillit du sol dans une explosion de terre, manquant de le projeter en l'air. Son niveau de concentration décroît un peu alors qu'il essaie d'éviter les structures qui s'élancent dans le ciel dans un boucan d'enfer.

De mon côté, la plate-forme fonce vers un autre obstacle. Juste avant de m'exploser contre un nouveau cube, je saute sur le côté et atterris sur le toit d'un hovercraft. Emportée par mon élan, je glisse et manque de tomber. Je me rattrape *in extremis* au rivetage de l'appareil, mes pieds au-dessus du vide. Je rampe prudemment vers le centre de l'engin.

Quand je projetais ce rêve, personne n'arrivait jusque-là, généralement... Cette partie est nouvelle. Je sens qu'Alexander perd peu à peu sa concentration à force de courir entre les piliers, et peut-être aussi parce qu'il doit désormais improviser. Il n'a sans doute pas prévu que je tiendrais aussi longtemps.

L'hovercraft sur lequel je suis tangue maintenant à droite et à gauche pour essayer de m'éjecter. Je lance la suite de ma Construction autour d'Alexander. Un pilier sort du sol juste au-dessous de lui et le projette dans le ciel gris. La surprise lui fait perdre tous ses moyens. Le rêve commence à s'effacer autour de moi. L'hovercraft disparaît. Je chute dans les airs. J'écarte les bras et les jambes. Et j'exulte. Je maîtrise enfin la chute libre ! J'atterris en douceur une seconde plus tard dans le grand espace blanc. J'ai gagné. Je sens un large sourire s'étaler sur mon visage. Alexander apparaît à quelques mètres de moi, l'air encore paniqué et surpris.

– Excellent, mes enfants ! s'exclame la voix de Socrate. Vraiment excellent !

Je me réveille dans la capsule. Lorsque je sors, l'adrénaline court encore dans mes veines. Alexander se lève péniblement et se frotte les yeux.

– C'était vraiment très bien, Lani, dit Socrate. Très bonne anticipation. Désolé, Alexander, tu n'auras pas eu ta revanche, en fin de compte...

– Sa revanche ?

– Oui. Vois-tu, Lani, tu es la seule à ce jour à avoir jamais battu Alexander. Nous avons eu une belle frayeur, d'ailleurs, cette fois-là. Heureusement, la Construction que tu avais faite était tellement bien réalisée qu'il a perdu au bout de quelques secondes. Le jeune à qui il avait volé la place ne s'est pas posé beaucoup de questions sur sa défaite, il savait que, confronté à ce niveau, elle était inéluctable. Mais nous avons été sur les dents pendant quelques jours après ça...

Je reste bouche bée. Socrate a l'air assez satisfait de lui-même et sourit encore quand il prend place dans la capsule de sommeil.

– Allez, Tom, à ton tour.

Celui-ci a l'air de se réveiller à l'injonction de Socrate. Il avise une capsule et s'allonge dedans. Les vitres se referment et ils s'endorment dans la seconde.

Aussitôt que nous sommes seuls tous les deux, l'attention d'Alexander se porte sur moi.

– Je suis désolé de t'avoir ignorée aujourd'hui, Lani. J'ai senti ta colère dans la capsule. Je voulais te prévenir avant de partir de chez les Brac, mais Tricia m'a mis à la porte. Il vaut mieux cacher ses sentiments, ici. Les Récupérateurs les voient comme des points faibles. Des points faibles qu'il faut exploiter pour te briser pendant l'entraînement. Je ne voulais pas que tu deviennes une cible facile en arrivant chez eux. J'espère que tu ne m'en veux pas...

Je reste un instant sans réaction avant de secouer la tête. Encore une fois, il a d'abord pensé à me protéger. Ma colère contre lui m'apparaît soudain stupide. Je me demande si je serai un jour capable de lui rendre la pareille.

– Et Tricia ? je lui demande. Elle avait l'air de savoir.

– Elle se doute certainement de quelque chose mais elle ne révélera rien aux autres. Elle a toujours préféré garder les secrets pour elle et s'en servir à l'occasion, ça lui est nettement plus utile.

Il se rapproche de moi. Un curieux mélange d'appréhension et de hâte m'envahit.

– Alors... Alors tu ne t'amuses pas avec moi ? je murmure.

Il fronce les sourcils.

– C'est Tricia qui t'a mis cette idée dans la tête à l'entraînement, non ?

J'acquiesce.

– Ne fais pas attention à ce qu'elle raconte. Elle dirait n'importe quoi pour faire réagir ceux qu'elle forme. En fait...

Il paraît hésiter, puis fait un pas de plus vers moi. Son bras s'enroule autour de ma taille et sa main caresse ma joue. Je suis à nouveau tétanisée, perdue dans la contemplation de son visage penché vers le mien. Mon cœur cogne plus fort dans ma cage thoracique.

– Je n'ai jamais ressenti ça pour quelqu'un d'autre, Lani, murmure-t-il.

Je passe mes bras autour de lui. Quand nos lèvres se rencontrent, cette fois-ci, je ne lutte pas et me laisse déborder par le sentiment que j'éprouve en sa présence. Il resserre son étreinte. Toute l'horreur de la journée paraît se dissiper, remplacée par cette émotion intense et inconnue. Au bout d'un moment, il s'écarte. Son pouce caresse lentement le contour de ma mâchoire.

– La Construction avec les plates-formes... je murmure. C'est dans celle-là que tu m'as affrontée, n'est-ce pas ? C'est comme ça que tu me l'as piquée, non ?

– Oui, répond-il simplement. Désolé de l'avoir projetée autour de toi… Mais j'espérais voir l'arroseur arrosé.

Un sourire éclaire son visage et ses dents blanches brillent dans la pénombre. Il n'a pas l'air désolé du tout.

– Alors en fait, on s'est rencontrés il y a presque huit mois…

– À peu près. Je t'avais déjà trouvée très belle à l'époque. Et sacrément douée.

Le rouge me monte aux joues.

– Viens, on va démarrer le combat pour Socrate et Tom. Tu pourras le suivre sur les écrans à côté de moi.

Il me saisit la main et m'entraîne derrière la gigantesque console qui trône au milieu de la pièce. Il s'assied dans le fauteuil tandis que je prends place sur une petite chaise à côté de lui. Il rentre quelques lignes de code.

– Je viens d'initialiser la procédure. La connexion entre leurs cerveaux et l'espace de combat est en train de s'établir.

Des lignes et des lignes de symboles défilent sur les écrans. Jusqu'à ce que deux d'entre eux s'allument et montrent chacun Tom et Socrate. Alexander m'en désigne deux autres qui leur sont adjacents et qui restent noirs.

– Ceux-là servent à visualiser les données que nous volons, m'explique-t-il. Quand Socrate ou moi sommes connectés, il y en a toujours un qui affiche les déplacements des hovercrafts en temps réel. On transmet tout ou partie de ces informations aux montres des chefs de section, comme celle de Jo, *via* un canal sécurisé.

– Pourquoi vous n'avez pas vu la dernière attaque alors ?

– On l'a vue. Mais trop tard. Un convoi a changé de direction au dernier moment. Quand l'alarme a sonné, les gens ont paniqué sur la place et beaucoup se sont retrouvés pris au piège et à la merci des hovercrafts. Socrate leur avait bien dit que maintenir la fête des Moissons était dangereux. Mais le Conseil s'est entêté. C'est devenu très difficile de prévenir l'île suffisamment en avance. Avant, le convoi décollait toujours du même endroit et se dirigeait directement sur nous. Maintenant, ce sont des hovercrafts de livraison ou d'observation qui dévient à la dernière minute de leur trajectoire habituelle pour venir enlever les enfants. Socrate ne pense pas que nos incursions dans le tournoi aient été repérées – sinon nous ne serions plus de ce monde – mais quelque chose a changé.

Un message apparaît sur l'écran et Alexander s'empare d'un micro :

– Bienvenue à vous deux. Tom, tu as entendu le message de Socrate pour le précédent combat, les mêmes règles s'appliquent ici. Vous avez soixante secondes.

Il lance un autre programme et un compte à rebours s'affiche.

– Voilà, dit-il. Il ne nous reste plus qu'à admirer le spectacle.

Il tourne son fauteuil vers moi et m'offre un sourire.

– Alexander, je ne t'ai toujours pas remercié de m'avoir sauvé la vie ce matin... Une fois de plus...

– Ne me remercie pas. Je m'en veux de t'avoir laissée seule avec Tricia. Qu'elle t'ait mise en danger à ce point, d'abord en t'emmenant en ville en pleine attaque et ensuite en te laissant à la merci de ces... J'aurais dû veiller moi-même à ta sécurité...

Il saisit mes mains. Un bip retentit.

– Ça commence, je murmure.

Derrière Alexander, je peux voir Socrate dans une forêt sombre et Tom sur un radeau ballotté par les flots.

– C'est sans importance, dit-il.

Il se penche par-dessus le fauteuil et m'embrasse à nouveau. Cette fois, c'en est trop pour mon nouveau cerveau tout juste déconditionné. La violence des sensations m'effraie et je le repousse.

– Est-ce que ça va ? me demande-t-il avec une pointe d'inquiétude.

– Oui… C'est juste que… Je ne sais pas comment gérer ça. Ce que je ressens… Je n'ai même pas de mots pour le décrire. Et puis, je ne sais pas quelles sont les règles ici. Dans le Système, ce serait clair, mais là…

– Et quelles sont les règles dans le Système ?

– Seuls les couples s'embrassent.

– Va pour les règles du Système alors. Enfin, si tu veux bien…

Je l'observe à nouveau dans la lumière pâle des écrans. L'harmonie de ses traits me frappe à nouveau. Tout en lui semble être tendu vers moi, dans l'attente de ma réponse. Je n'ai pas le temps d'ouvrir la bouche qu'un autre bip sonore retentit.

– Socrate a gagné. Ç'a été rapide.

Les vitres s'ouvrent et la petite bulle dans laquelle nous nous trouvions seuls tous les deux éclate. Je me lève et contourne la console.

– Tu t'es très bien battu, mon garçon, dit Socrate en s'extrayant de la capsule. Tu as tenu bien plus longtemps que la plupart de mes adversaires. Mais si ça peut te consoler, je suis invaincu depuis presque quarante ans…

Tom est déjà debout. Il a l'air perdu et un peu déçu.

– Eh bien, mes chers petits amis, je pense que vous êtes tous les deux prêts à entrer dans le service actif.

Il nous regarde d'un air satisfait et continue :

– Nous ne devons pas perdre de temps. Tom, tu viendras prendre ton premier tour de guet demain à midi. Lani, tu le relaieras à six heures du soir. Alexander va maintenant vous conduire au bâtiment principal des Récupérateurs, où vous logerez désormais. Vous serez formés avec les nouvelles recrues. Ne parlez pas du Système, et si on vous pose des questions sur votre vie d'avant, dites que vous ne vous souvenez de rien. Ne parlez sous aucun prétexte de ce que nous faisons ici. Seuls les quatre chefs de section et Rodolphe sont au courant de la véritable manière dont nous obtenons nos informations. Le reste de la population ne doit pas savoir comment nous faisons exactement pour prévenir les attaques. Tout le monde sait que nous utilisons les capsules pour nous connecter au Système, mais personne n'est au courant des tournois. On ne sait jamais, si un jour une microbombe n'explosait pas… C'est bien compris ?

Tom et moi acquiesçons.

– Je sais que vous avez eu une journée éprouvante, alors Alexander transmettra de ma part l'ordre de vous laisser tranquilles pour ce soir.

Il nous saisit chacun par les épaules pour nous déposer un baiser sur le front, à la racine des cheveux, pour nous souhaiter bonne nuit. Comme dans le Système.

– Je prends le premier tour de garde, mon petit Alex. Viens me relever à minuit.

Alexander lui cède la place derrière la console et Socrate pianote quelques secondes sur le clavier avant d'aller s'allonger à nouveau dans une capsule. Quand la vitre se referme, Alexander nous fait signe de sortir dans le couloir.

– Je dois vous avertir que la vie chez les Récupérateurs est très différente du reste de l'île. Ils ont une discipline militaire. Vous devrez leur obéir au doigt et à l'œil. Ne parlez pas à moins qu'on vous adresse la parole. Ne faites rien à moins qu'on vous en ait donné l'ordre. Ne croisez pas le regard des Récupérateurs, regardez toujours leur front. Et surtout, obéissez. Tricia sera votre instructrice en théorie. Elle ne parle pas beaucoup, elle est dure, mais elle est juste. Suivez bien ses instructions et elle vous prendra sous son aile. Vous pourriez avoir besoin de sa protection un jour.

Nous descendons maintenant les escaliers vers le rez-de-chaussée. Il marche toujours devant nous et ne nous accorde pas un regard. Son ton est glacial et je peine à reconnaître le garçon qui m'a embrassée seulement quelques minutes auparavant.

– Je participe aux entraînements tous les matins, vous me verrez dans la cour. Ne commettez surtout pas l'erreur de me faire signe ou de m'adresser la parole. Ignorez-moi. La moindre manifestation d'amitié ou d'affection est une faiblesse qui est mal vue et qui peut devenir dangereuse pour vous en période de formation. De manière générale, essayez de cacher vos sentiments et vos émotions.

Je sais que cet avertissement s'adresse plus particulièrement à moi. Il ouvre la porte et nous sortons sous un ciel gris et bas. La place a été entièrement nettoyée et vidée. Les seules traces qui restent du drame sont les corps qui ont été alignés en son centre. Quelques personnes déambulent au milieu des cadavres, en pleurs, certainement à la recherche de leurs proches. Je détourne les yeux. Je suis encore hantée par les images de ce matin.

– Les seules personnes avec qui vous pouvez parler sans y être invités et développer des liens sont les nouvelles recrues avec qui vous vous entraînerez. Et encore, prudence. Souvenez-vous : vous devez protéger notre secret à tout prix.

Nous sommes arrivés devant l'énorme bâtiment gris. Mon estomac se tord. Je n'ai pas la moindre envie d'y entrer.

– Passé cette porte, techniquement, je suis votre supérieur. Ne m'adressez pas la parole, ne me regardez pas dans les yeux. Vous devez éviter d'avoir l'air de fortes têtes dès le début, on risquerait de vous traiter plus durement pour vous faire rentrer dans le rang. C'est compris ?

Nous acquiesçons.

– Très bien. On y va.

Il frappe deux grands coups sur le bois. Deux yeux apparaissent derrière une petite trappe. La porte pivote sur ses gonds dans un grincement sinistre. L'homme se met au garde-à-vous devant Alexander. Celui-ci poursuit son chemin d'un pas rigide, Tom et moi sur ses talons. Nous traversons une salle sombre éclairée seulement par les quelques rais de lumière qui filtrent sous les deux grandes portes à ses extrémités. Sur le côté se trouve un escalier. Alexander nous amène au troisième et dernier étage du bâtiment. Parvenu au bout d'un long couloir, il pousse une porte qui donne sur une grande pièce grisâtre que deux petites fenêtres peinent à éclairer. Des lits de camp à l'aspect particulièrement vieux et endommagé s'alignent le long des murs. Des tables de chevet et des casiers viennent compléter le mobilier spartiate.

– Choisissez-vous chacun un lit. Je reviens dans un instant.

La porte se referme sur lui. Encore une fois, le voir s'en aller est un déchirement. Je soupire.

– Tu vas bien, Lani ? me demande Tom, l'air inquiet.

– Après une journée pareille ?

– Je comprends. Je ne sais plus trop où j'en suis moi non plus. Comment est-ce qu'ils veulent qu'on dorme, ce soir ? Les enfants, le Système… C'est trop. Tu te rends compte que notre propre vie ne nous a pas appartenu jusqu'à ce qu'on arrive ici ? Et encore, je n'ai pas l'impression qu'elle nous appartienne beaucoup plus aujourd'hui.

– Je sais…

Je repense aux microbombes. C'est vrai, nous ne sommes pas beaucoup plus libres, si ce n'est que nous pouvons avoir des pensées et des sentiments qui nous auraient été interdits autrefois. Il s'assied sur un lit au fond de la salle. Je m'effondre sur celui d'à côté.

– Tom ? On se connaît depuis quoi, presque quatorze ans, non ?

– Ouais, à peu près.

– Et on est vraiment amis, non ? Je veux dire, on est toujours amis ? Ce n'était pas quelque chose de décidé par le Système ?

– Je ne pense pas, Lani. On a fait tellement de rêves éveillés ensemble. Et on a traversé cette épreuve ensemble. On partage des tas de souvenirs tous les deux… Fabriqués ou pas, je m'en fiche. Bien sûr que tu es une amie ! Une adversaire redoutable certes, mais une amie.

– Merci, Tom.

Un moment de silence nous enveloppe un instant.

– C'était comment dans ta famille ? je lui demande. Enfin, jusqu'à ce matin…

– C'était… bien, j'imagine, murmure-t-il. En fait, je ne sais pas. J'ai passé les dernières semaines à essayer de gérer toutes ces nouvelles émotions. J'avais tout le temps l'impression d'être sur le point d'exploser, de ne plus être capable de me maîtriser. C'étaient les montagnes russes. Et puis être loin de toi, de Cora… Je… J'ai eu du mal.

Il se racle la gorge avant d'ajouter d'un ton légèrement hésitant :

– Et toi, tu… tu as remarqué quelque chose avec le déconditionnement ?

Le visage d'Alexander apparaît avec netteté dans mon esprit et le rouge me monte aux joues. Je ne sais pas s'il faut que j'en parle à Tom. Et s'il ne comprenait pas ? Moi-même, je ne sais pas trop ce qu'il m'arrive exactement.

– Euh… Comme toi. J'avais l'impression que ma tête était en plein chaos.

– Ok, murmure-t-il.

Bizarrement, il a l'air un peu déçu. Je ne sais pas ce qui m'a poussée à lui mentir. Si c'est à cause de l'avertissement d'Alexander sur la dangerosité des sentiments ici, ou si c'est parce que je ne me sens pas prête à en parler. Peut-être les deux.

– J'espère que les Tomlinson vont bien. Enfin… J'ai vu Arthur se faire happer par le rayon devant moi.

Il se passe une main sur le visage. Il a soudain les yeux très rouges. Je pense à Juliette et Georges, désormais seuls. Une boule se forme dans ma gorge et ma vue se brouille.

– Lani, on est nuls pour ce truc de cacher nos sentiments.

Je hoquète un éclat de rire en même temps qu'un sanglot.

– Ouais…

Je chasse les larmes de mes joues.

– Non, c'est juste que je me fais du souci pour eux, murmure Tom. Et pour Cora.

– Je comprends, Tom. Moi aussi.

Il se passe une main sur le visage et secoue la tête, comme pour se reprendre.

– Je n'arrive pas à croire qu'on soit ici. Qu'on se retrouve à aider ceux qui nous ont enlevés. Ce matin, j'étais encore prêt à sauter dans le premier bateau pour rentrer. Quand…

Il prend une grande inspiration.

– Quand j'ai vu l'hovercraft, j'ai cru que c'était pour moi. Que le Système venait enfin nous secourir. J'ai vu le rayon de sauvetage et je me suis mis à courir vers lui. C'est Lance qui m'a retenu. Et puis j'ai vu que l'hovercraft en avait surtout après Arthur…

– Moi, je n'ai pas eu le temps de réagir, je murmure. Les filles se sont fait happer sous mes yeux. Sur le coup, j'ai juste pensé à les ramener à leur mère…

Il hoche la tête avec lenteur.

– J'ai eu de la chance que Lance soit là. Je n'avais pas compris pourquoi ils m'avaient envoyé un Récupérateur pour me protéger. Je ne voyais pas de quoi. Maintenant, je comprends.

Je fronce les sourcils.

– Ils ne t'ont pas dit ?

– Dit quoi ?

– Trois hommes m'ont attaquée. Apparemment, certains veulent me faire payer la mort de ce Levon, dans les tunnels, et ça pourrait être eux.

Il ouvre la bouche, muet de stupeur, avant de venir s'asseoir à côté de moi et de passer un bras autour de mon épaule :

– Mais ça va, tu vas bien ? demande-t-il d'une voix inquiète. Tu… Tu tiens le coup ? Tu n'as pas été blessée ou…

– Non, tout va bien. C'est Alexander qui m'a sauvée…

Mais je n'ai pas le temps de finir ma phrase que la porte s'ouvre avec un clic sonore. Alexander nous apporte deux grands verres d'eau et un sac. Il pose les verres sur nos tables de nuit et sort deux pyjamas de la sacoche qui pend à son bras.

– Voilà de quoi vous changer et de quoi dormir, dit-il en désignant le liquide transparent. Lani, j'ai mis une dose plus forte pour toi. Ça devrait être suffisant pour t'assommer jusqu'à demain matin. J'ai pensé qu'après une journée pareille, vous ne diriez pas non à une vraie nuit de repos.

Je lui offre un sourire reconnaissant. Tom, lui, a l'air sur le point de se prosterner à ses pieds.

– Je vais vous montrer où vous pouvez vous changer.

Il nous reconduit dans le couloir et nous désigne deux portes. Alexander m'ouvre celle où le mot « Filles » est écrit en toutes lettres. La pièce est entièrement carrelée de blanc. Un banc en bois un peu bancal dans un coin, deux cabinets de toilette au fond, une armoire remplie de produits d'hygiène et un petit lavabo occupent presque tout l'espace. Je me défais de mon uniforme crasseux avec plaisir et passe un peu d'eau sur mon visage et mon corps. Puis je me sèche et enfile mon pyjama. Quand je me tourne enfin vers le petit miroir pour me recoiffer, j'ai un mouvement de recul. Qui est cette fille ? J'ai l'impression de me voir pour la première fois. Mes cheveux sont plus longs et encadrent désormais mon visage. Mes yeux sont plus lumineux. J'ai toujours pensé que je ressemblais à tout le monde, mais en fait pas du tout. Je remarque une multitude de petits détails qui m'échappaient avant. Mon nez est droit, mais avec une minuscule petite bosse sur son arête. Je passe un doigt dessus avec émerveillement. Sur ma joue gauche, il y a un grain de beauté. Et sur mes pommettes, quelques taches de rousseur. Je me rapproche un peu plus du miroir. Mes yeux ne sont pas entièrement marron, il y a un peu de gris et une couleur plus chaude autour de l'iris, comme du caramel. Et mes cils sont très longs… Je ne sais pas combien de temps je reste là, à observer cette inconnue, à essayer d'appréhender pour la première fois son visage. Ma gorge se serre. Je ne sais pas qui je suis. Si on m'avait demandé de faire mon autoportrait il y a encore quelques minutes, j'en aurais été incapable. Je touche mes pommettes hautes, mes lèvres fines du bout des doigts. J'ai encore du mal à croire que cette personne à l'air un peu choqué soit vraiment moi. Que pendant toutes ces années, le Système ait réussi à effacer de mon cerveau l'image de mon propre visage. Oui, peut-être qu'il faudrait vraiment que je remercie Socrate de m'avoir fait enlever. Au prix d'un énorme effort, j'arrive à m'arracher à mon reflet.

Lorsque je sors avec mon uniforme sale sous le bras, Alexander m'attend, adossé au mur. Ses mèches brunes tombent sur son front et ses yeux sombres m'observent intensément. L'atmosphère entre nous est électrique. Je jette un rapide coup d'œil dans le couloir. Personne. Je me rapproche de lui à pas de loup. Ses bras se referment autour de moi. Mes lèvres rencontrent les siennes et mon cerveau est soudain noyé sous une cascade de sensations.

Un bruit métallique nous parvient du dortoir et nous nous écartons prestement l'un de l'autre. Ce doit être Tom qui vient de s'asseoir sur son lit. J'échange un regard avec Alexander. Mieux vaut éviter d'être surpris ici. Il me reconduit jusqu'à la porte.

– Bonne chance, me murmure-t-il dans le creux de l'oreille avant que j'entre.

Il me laisse seule avec Tom, qui m'attend en tailleur sur son matelas défoncé, son verre d'eau à la main.

– Je propose un toast, dit-il avec un sourire triste. À une bonne nuit de repos.

– Bonne idée.

Je m'assieds sur mon lit en face de lui. Nous trinquons et buvons tout le liquide. Quelques secondes après, nous dormons tous les deux d'un sommeil sans rêve.

CHAPITRE 28

– Debout !

J'émerge. J'ai la langue pâteuse. Il me faut un certain temps avant de me souvenir où je suis. Quand je vois une dizaine de personnes sauter de leurs lits et s'agiter autour de moi, les événements d'hier me reviennent en pleine figure. L'enlèvement. La bataille. Les révélations de Socrate. Et Alexander.

– Les nouveaux, sortez de vos pieux ou ce sera à coups de pied dans l'arrière-train !

Tricia se tient dans l'encadrement de la porte, l'air sévère. Je m'extirpe de mes draps.

– Vous avez deux minutes pour être en tenue. Quatre pour me retrouver dans la cour.

Les autres attrapent dans leurs casiers un vêtement noir qu'ils emportent vers les salles d'eau. J'avise le meuble à côté de mon lit, mais il ne contient que mon uniforme encore poisseux de la veille et mon sac vide. Une boule de tissu me heurte en plein visage. Un instant abasourdie, je regarde un Tom ahuri se prendre un short noir dans la figure.

– Votre tenue d'entraînement, les nouveaux, lâche Tricia. Maintenant, allez l'enfiler, et que ça saute !

Je me dépêche de sortir du dortoir.

Quand j'entre dans la salle d'eau, deux filles de mon âge à moitié déshabillées me dévisagent.

– Bonjour, je m'appelle Lani, je dis d'une voix mal assurée.

J'ai l'impression d'être une bête curieuse.

– Doro, dit celle aux cheveux courts et blonds.

– Aliza, dit l'autre, brune au visage rond et jovial.

Je me défais de mon pyjama et le pose sur le banc. Je peux sentir leurs regards braqués sur mes cicatrices.

– La vache ! laisse échapper Aliza.

Mal à l'aise, j'enfile mes sous-vêtements et la tenue noire à la hâte. Qui se révèle être composée d'un bustier couvrant seulement ma poitrine et d'un short. En laçant les chaussures, je réalise avec angoisse que mes blessures ne passeront pas inaperçues.

– Tu viens ? On y va, me dit Doro.

Nous passons ranger nos pyjamas avant d'être rejointes par les garçons vêtus d'un simple short noir. J'entends distinctement les insultes qui fusent quand certains passent près de moi. « Peau de lézard. » « Décérébrée. » Je croise le regard de Tom. Lui non plus n'a pas l'air d'apprécier d'être le centre de ce type d'attention. Nous descendons tous ensemble dans la cour encore sombre sous le ciel pâle de l'aube. Il doit être un peu plus de cinq heures du matin. Le froid me saisit. En cette fin août, il fait à peine cinq degrés et mon corps n'est couvert que de deux malheureux bouts de tissu.

Tricia est au milieu de la cour, les bras croisés.

– Vous êtes en retard d'une minute ! Vous me faites cinq tours ! hurle-t-elle.

Le groupe se met à courir à petite foulée. Je suis le mouvement.

– Plus vite !

Nous accélérons. Le bruit de nos pas résonne contre les murs et de la buée s'échappe de nos bouches. L'air humide et glacé picote ma peau.

Au bout des cinq tours, nous nous arrêtons à bout de souffle devant Tricia. Je n'ai plus froid du tout maintenant. Le groupe s'aligne sur trois rangs et se met au garde-à-vous. Tom et moi les imitons, mais avec un peu de retard.

– Bien. Enchaînement de base !

Tout le monde se met à exécuter les mouvements qu'elle m'a appris les jours précédents. Elle passe dans les rangs pour nous corriger, puis, quand elle est satisfaite, revient se placer devant nous.

– Vous me faites trente pompes !

Nous nous jetons à plat ventre sur la terre battue. Au bout de la sixième, mes bras tremblent. Je finis péniblement, au bord de l'épuisement.

– Tours ! hurle-t-elle à nouveau.

Nous recommençons à courir. Au bout de quelques minutes, nous sommes rejoints par deux autres groupes composés de soldats plus âgés à l'air expérimenté. Parmi eux, Alexander. Il court à quelques mètres devant moi. Ses cicatrices semblent onduler avec les mouvements des muscles de son dos, comme celles de Tom. Nous ne sommes pas si différents après tout. Pas si différents… Une idée me frappe soudain. Une idée que je m'étonne d'avoir réussi à repousser si longtemps. Et si nous aussi, nous avions été arrachés à une famille rebelle ? Si mes parents aussi étaient un mensonge créé par le Système ? Comment savoir si tous les éléments de ma vie n'ont pas été inventés par des algorithmes ? Cette interrogation me donne le vertige et je manque de trébucher.

– Mouvements de base ! ordonne soudain Tricia.

L'esprit ailleurs, je suis le groupe au milieu de la cour où nous recommençons l'exercice. Comment savoir si mes parents sont mes vrais parents ? Je dois absolument en parler à Socrate aujourd'hui. Alors que je refais un énième enchaînement, je jette un coup d'œil à Alexander. Peut-être que lui sait si j'ai été enlevée… Il faut que je trouve un prétexte pour aller lui parler. Tricia nous redonne l'ordre de courir. De son côté, Alexander commence une série d'exercices avec son groupe. J'observe les soldats se jeter des poids qu'ils doivent rattraper au vol. Non, aller le trouver serait trop risqué. Je retiens un soupir. Il faudra que j'attende de voir Socrate ce soir.

Nous continuons de nous échauffer et l'exercice vide progressivement mon cerveau de ces horribles préoccupations. Au bout d'une bonne heure, Tricia nous ordonne enfin de nous arrêter et décide de nous répartir deux par deux pour le corps à corps. Nous sommes onze. Huit garçons et trois filles. Je me retrouve seule. Un petit sourire félin étire le coin de la bouche de notre instructrice.

– Comme on se retrouve, Lani… Tu vas te mettre avec moi. Votre attention, tout le monde, je vais vous détailler le mouvement. En position, toi.

Elle passe l'heure suivante à nous montrer des attaques et des ripostes, et nous à l'imiter.

– Bien, annonce-t-elle. Et maintenant, battez-vous. Utilisez ce qu'on a vu aujourd'hui.

Autour de nous règne un gigantesque vacarme. Les soldats qui nous ont rejoints s'entraînent eux aussi. La plupart se battent par groupes de deux ou trois, certains frappent des mannequins, soulèvent des poids, d'autres encore font de la musculation. Je repère Alexander qui affronte Matthew, le gardien qui nous a accompagnés lors de notre voyage jusqu'ici. Ils ont l'air de s'amuser.

– Arrête de le regarder et attaque-moi, crache Tricia.

Son commentaire me fait l'effet d'une douche froide. Je dois faire plus attention. Il m'a demandé de l'ignorer, et moi, comme une idiote, je suis restée plantée à l'observer. Je jette un bref coup d'œil autour de moi. Avec l'agitation et le bruit, personne n'a entendu la remarque de l'instructrice.

– Dépêche, fait-elle.

Je lance un premier coup qu'elle pare facilement. J'essaie de me remémorer ce que je suis censée faire ensuite... Je commence avec le poing gauche ou le poing droit ? Et après, c'est le genou, non ? J'ai bien observé tous les mouvements qu'elle nous a montrés mais certains enchaînements sont trop longs, trop complexes pour que je m'en souvienne tout de suite. Je tente le poing gauche. Elle l'esquive, contre-attaque avec son coude que je bloque facilement, presque par réflexe. Je retiens un soupir de soulagement. Je ne me suis pas trompée. J'enchaîne avec la troisième série de mouvements.

– Frappe plus fort et plus vite ! Tu es lente, par le Système ! Recommence !

Je hoche la tête, mais avec toutes les pompes qu'elle nous a fait faire, mes bras sont désespérément faibles. Les maintenir en permanence levés à hauteur de visage s'apparente à de la torture. Je rassemble tout mon courage et tente une nouvelle fois de cogner.

– Allez ! Tu n'as rien dans les tripes ! Quand je pense que le frère d'Alexander est mort pour te ramener...

Je reste figée sur place. Et me prends son poing en pleine figure.

CHAPITRE 29

– Relève-toi, c'était qu'un petit coup.

Le visage de Tricia est penché au-dessus du mien. Elle a l'air… satisfaite. Sa révélation doit avoir eu le succès escompté. Je me remets debout avec difficulté. Mon cerveau tourne à cent à l'heure. Est-ce qu'elle pourrait me mentir ? Alexander m'a bien dit qu'elle raconterait n'importe quoi pour faire réagir ses élèves. Pourtant… Je repense à notre traversée dans les montagnes. Julien a été tué et ensuite… ensuite nous avons perdu Levon dans les tunnels. Je me souviens des larmes d'Alexander. Lors de notre escapade au lac, il a mentionné qu'il avait perdu un frère… Les pièces du puzzle se mettent en place et s'emboîtent parfaitement. Pourquoi ne m'a-t-il rien dit ?

– Attaque ! ordonne-t-elle.

Je lance toutes mes forces dans l'exercice. Je ne dois pas lui montrer que cela m'affecte. Je ne dois pas la laisser penser qu'elle a prise sur moi.

Au bout de deux heures, Tricia nous ordonne enfin d'aller nous doucher. J'ai l'impression de lui avoir servi de défouloir pendant tout l'entraînement. Mes coups n'étaient jamais assez puissants, assez précis, assez rythmés. Chacune de mes tentatives a eu droit à une remarque acerbe, humiliante. Comme si j'étais censée tout savoir de leur sport de combat après moins de trois jours d'apprentissage ! Je serre les dents en regagnant le bâtiment. Mes mains tremblent encore sous le coup de l'effort. Mes jambes flageolent. Nous n'avons toujours rien avalé et il doit être près de huit heures. Je suis les deux filles dans la salle d'eau, où je me défais de ma tenue de sport avec soulagement. J'attrape un gant et commence à me laver.

– Tu as les mêmes cicatrices que le bel Alexander, dit Aliza d'une voix curieuse. C'est le Système qui vous a fait ça, à toi et à ton ami ?

– C'est une manière de voir les choses, je réplique avec un peu de lassitude dans la voix.

– C'était comment alors, dans le Système ? Vous étiez tous des robots ? Je veux dire, vous ne pensiez à rien, non ?

– Euh… Je ne me souviens pas de grand-chose avant mon arrivée ici. Je suis complètement amnésique. Tom aussi.

– Dommage. J'aurais bien voulu savoir. Ou alors ça confirme juste que tu ne pensais vraiment à rien, hein ? fait-elle remarquer avec une moue taquine.

– Arrête, Aliza, la rabroue Doro. Il y a certainement un truc qui a dû mal tourner avec sa mémoire quand elle a été déconnectée. Si elle ne pensait à rien, elle ne serait pas en train de nous parler, elle ne saurait pas comment…

– Ça veut rien dire. Arthur, il parle, et pourtant il y a rien qui se passe là-haut !

Elles s'esclaffent toutes les deux et je ne peux réprimer un sourire.

– Bon, sinon, Lani, raconte-nous, dit Aliza alors qu'elle enfile son uniforme. Qu'est-ce que tu as fait avec le bel Alexander et Socrate hier ?

Les deux filles sont maintenant suspendues à mes lèvres. Je devine à la manière dont elles parlent du « bel Alexander » qu'elles se contrefichent éperdument de ce que je peux faire avec Socrate mais qu'elles tiennent surtout à savoir ce qu'Alexander, *lui*, fait de ses journées. Je me sens soudain étrangement possessive. Je choisis le mensonge.

– Oh, on n'a rien fait de spécial. On a seulement discuté. Et Alexander n'était pas avec nous la plupart du temps.

La déception se lit sur leurs visages et j'ai l'impression que j'ai soudain perdu tout intérêt à leurs yeux.

– Je te l'avais dit, il devait être avec Maggie. Elle est encore venue le demander hier, dit Aliza d'un air supérieur.

– Non ! Comment tu sais ça ?

– Lin était de garde à la porte. Elle me l'a dit.

– Elle est venue souvent ces derniers mois. Tu penses qu'ils sont ensemble ?

– Possible. Quel gâchis. C'est une abrutie, il paraît. Lori m'a dit…

Je n'écoute déjà plus. Qu'est-ce qu'elle lui veut, cette Maggie ? Je me surprends à serrer les dents. Hier, il n'était pas avec elle, mais avec moi. Et ils ne peuvent pas être ensemble vu qu'il m'a proposé d'être sa partenaire… Les yeux dans le vide, j'enfile mon uniforme.

Une alarme stridente me sort de mes pensées.

– Une attaque, dit calmement Aliza.

– Encore ?

– Qu'est-ce qu'on fait ? je demande. On va chercher les armes ?

Elles s'engouffrent déjà dans le couloir empli du bruit des pas précipités des garçons. Je les suis.

– On doit se rassembler dans le réfectoire, me dit-elle par-dessus son épaule alors que nous courons dans les escaliers. On recevra des instructions.

Nous arrivons dans une grande salle peu lumineuse où s'alignent de longues tables. Des petits déjeuners à peine entamés trônent encore dessus. Sur une estrade au fond, je vois Tricia et Jo, à côté de deux hommes que je ne connais pas. Des trappes sont ouvertes dans les murs et des armes sont distribuées. On me fourre un fusil entre les mains. Jo hurle les mêmes paroles encore et encore par-dessus la sirène.

– Pas d'action. Je répète, pas d'action. Trois hovercrafts sont à quelques minutes d'ici. Les rues sont déjà vides. Code 3. Je répète, code 3.

– Code 3, ça veut dire qu'on reste ici et qu'on attend de voir comment ça évolue, me dit Aliza dans l'oreille.

Elle a l'air de trouver tout ça parfaitement normal. La salle se remplit au fur et à mesure. Elle attrape un petit pain sur une des tables et me le tend. Je le dévore. Au bout de quelques minutes, nous devons être une bonne centaine à attendre d'éventuels ordres.

– Aliza, ça arrive souvent ces alertes ?

– Oh, tout le temps, répond-elle d'un air blasé. Avant, on avait une attaque tous les deux ou trois ans. Maintenant, c'est presque une fois par mois. Voir plus. Ce mois-ci, c'est la troisième. C'est la première fois qu'ils font ça deux jours de suite, par contre. Parfois, je me dis que Levon avait raison. Il faudrait vraiment contre-attaquer avant qu'ils décident d'en finir avec nous.

– Levon ?

– Oui, tu sais, celui qui est mort en mission pour vous récupérer. Ah mais oui, c'est vrai, tu es amnésique ! Tu ne dois pas t'en souvenir alors... dit-elle d'un air désolé. C'était un des gars de la section 1. Très beau garçon, soit dit en passant.

Enfin bref, il disait toujours qu'il fallait arrêter de vivre comme des planqués et qu'on devait reconquérir les Terres contrôlées les armes à la main, implantation par implantation, et abattre tous les décérébrés un par un. Qu'on n'avait pas besoin de Socrate tant qu'on avait des fusils. Suicidaire, si tu veux mon avis, c'est un coup à ce qu'on se retrouve tous lobotomisés en moins de deux. Mais apparemment, il avait rallié pas mal de monde à sa cause avant de mourir. C'est peut-être une bonne chose qu'il ne soit jamais rentré de mission… C'est Julius qui me l'a dit, il est très ami avec…

Je l'écoute poursuivre son histoire d'une oreille distraite. Je suis plus intéressée par ce qu'elle m'a dit juste avant. Ainsi, voilà pourquoi Levon était si populaire. Il voulait organiser un soulèvement armé contre le Système… Et se passer des services de Socrate. Voilà qui explique pourquoi ma vie a aussi peu de valeur aux yeux de ses partisans. Cette Aliza est une vraie mine d'informations.

Soudain, le bruit des pales des hovercrafts se fait entendre par-dessus la sirène. Alors que, pendant des années, ce son avait toujours été synonyme pour moi de nouveaux objets, de mets de fête et de réjouissance, pour la première fois, je sens le stress me comprimer la poitrine. Pendant de longues minutes, le bourdonnement sourd se déplace sans cesse de gauche à droite alors qu'ils doivent sillonner la ville à la recherche de proies. Les secondes s'égrainent avec lenteur. Quelques visages sont anxieux, mais beaucoup ont l'air d'attendre avec impatience l'ordre d'attaquer alors que leurs doigts parcourent nerveusement la crosse de leur fusil d'assaut. Mon estomac se noue à l'idée de me retrouver à nouveau face au terrible halo vert. Je repère Alexander dans la foule devant moi, à quelques mètres. Visiblement, il n'échappe pas non plus à Doro et Aliza, qui entament à mi-voix un débat sur la largeur de ses épaules comparées à celles du « beau Gregory ». Elles ne s'arrêtent donc jamais ?

Le bruit s'éloigne enfin et, quelques minutes après, la sirène meurt sur sa note la plus haute. Un sifflement aigu persiste dans mes oreilles.

– C'est pas trop tôt ! murmure Doro. On ne s'entendait plus avec ce machin.

Je pousse un soupir de soulagement. Une grande partie des Récupérateurs quittent immédiatement la salle. Les armes sont rangées dans leur râtelier. Quelques hommes se rasseyent devant le petit déjeuner qu'ils ont été forcés d'abandonner plus tôt. Aliza et Doro s'installent à une table propre où trônent un panier de petits pains, de la confiture et un grand récipient de tisane chaude au milieu des assiettes et des couverts. Je m'assieds avec elles. Tom et deux garçons à la peau mate nous rejoignent. Nous allons enfin nous attaquer à notre petit déjeuner quand Tricia s'arrête à côté de nous :

– Ce n'est pas parce qu'il y a eu une attaque qu'on n'a pas un programme à tenir. Champ de tir dans cinq minutes.

La Récupératrice partie, Aliza lâche un juron avant d'essayer d'engloutir sa tartine en une seule bouchée. J'avale moi-même une moitié de petit pain et une grande gorgée de tisane brûlante avant de me lever avec les autres. Nous traversons plusieurs couloirs avant d'arriver dans une grande salle où s'alignent des stands. Tricia nous attend à l'entrée près d'une table où se trouvent douze revolvers et douze casques antibruit. Elle nous les distribue et nous ordonne de nous placer chacun en face d'une cible.

L'arme pèse lourd dans mes mains. Je la regarde avec attention. Elle a l'air usée. À l'évidence, comme tout le matériel ici, c'est l'héritage soigneusement entretenu d'une époque où les engins de guerre étaient monnaie courante.

– Tom et Lani, vous attendez que je passe vous voir. Les autres, vous me défoncez cette cible ! hurle Tricia.

Les coups de feu retentissent. Des images surgissent aussitôt dans ma tête. Le hurlement des gens sur la place. La forêt dense dans laquelle je m'enfuyais. Je vacille. Ce son ne peut être lié qu'à des drames.

Tricia apparaît à mes côtés et entreprend de me montrer comment charger et décharger mon revolver, puis comment tirer proprement.

– Tu vois, quand tu as visé les hovercrafts hier, tu n'as pas anticipé le recul. Et place tes doigts plutôt comme ceci. Voilà. Maintenant, tire.

Je m'exécute. Je touche la cible en plein cœur. La sensation de puissance est indescriptible. À ma grande surprise, je sens un sourire effleurer mes lèvres.

– C'est bien. Tu as de bons yeux. Vide ce chargeur au même endroit maintenant.

J'opine du chef. Elle me laisse seule. J'essaie à nouveau et la balle vient se loger à quelques centimètres de la première. Raté. Je règle encore une fois ma posture et les suivantes déchiquettent toutes la cible en plein milieu. J'exulte.

Quelques minutes plus tard, à court de munitions, nous sommes rassemblés autour de Tricia qui nous fait nettoyer, démonter, remonter, charger, décharger un fusil encore et encore.

– Souvenez-vous-en. Vous n'êtes rien sans votre arme. Que ce soit face au Système ou à un des rapaces des autres îles. Je veux que vous y fassiez attention comme à la prunelle de vos yeux. Vous devez être capables d'effectuer ces gestes avec les doigts gelés, en sang, dans la fournaise ou dans la boue. C'est ça qui fait la différence entre la mort et la survie !

Le reste de la matinée s'écoule à toute vitesse. Un peu avant midi, Alexander fait irruption dans la pièce. Comme à chaque fois que je le vois, mon cœur se met à battre la chamade. Je détourne le regard et me concentre sur mon arme, de peur que quelqu'un ne remarque le rouge qui m'est monté aux joues. Il est venu chercher Tom pour le conduire à l'hôtel de ville, explique-t-il de sa voix grave. Je relève la tête pour voir mon camarade le rejoindre sous les regards intrigués du groupe. J'observe à regret la silhouette d'Alexander disparaître. Très peu de temps après, Tricia nous libère pour déjeuner. Je me dirige avec les autres vers la cantine. Le bavardage des deux filles reprend de plus belle. Sur Tom, cette fois-ci.

– Non, c'est vrai, il est franchement pas mal… répète Aliza pour la cinquième fois.

– Arrête, il est pas « pas mal », il est super beau, renchérit Doro.

– Tu penses qu'il a quelqu'un ?

– Je sais pas…

Leurs deux têtes se tournent simultanément vers moi.

– Tu sors avec lui, non ? demande Doro d'un ton inquisiteur.

– Euh… Ça veut dire quoi ?

– Elle demande si vous êtes ensemble, intervient Aliza.

Je secoue la tête. Moi avec Tom ? Quelle idée…

– Et tu sais s'il a quelqu'un alors ?

– Je ne pense pas.

– Parfait ! s'exclament-elles toutes les deux.

Je suis surprise par leur conversation. Je découvre à peine le concept de beauté physique, certes, mais pour autant je n'ai jamais imaginé que Tom puisse être beau. Je n'arrive pas à voir sur son visage l'harmonie que je trouve aux traits d'Alexander. Peut-être parce qu'on se connaît depuis trop longtemps ?

Je suis le groupe des novices jusqu'à une pièce adjacente au réfectoire. Chacun attrape un plateau et des couverts avant de se mettre en ligne pour se faire servir une sorte de ragoût à l'odeur douteuse. Quand c'est mon tour, une grosse femme m'en sert une louche, et en rajoute un petit peu parce que je suis selon elle « maigre comme sa grand-mère six mois après qu'on l'a enterrée ». L'expression me fait sourire.

Je m'installe avec mon plateau à la même table que les filles. Aliza remue le contenu de son bol du bout de sa cuiller avec un air dégoûté.

– Ça a encore l'air parfaitement dégueulasse.

– Ça va, c'est meilleur que ce que cuisine ma mère, quand même, répond Doro après en avoir avalé une lampée.

Elle rigolent alors que je goûte à mon tour. C'est effectivement infect. Mais j'ai tellement faim que je m'empresse d'en reprendre une grande bouchée.

– Vous... Vous vous connaissiez toutes les deux avant de venir ici ? je leur demande.

Elles hochent la tête.

– Oui, on était voisines, en fait, répond Doro.

– Ouais, depuis qu'on est nées, ajoute Aliza.

– À trois jours d'intervalle.

Deux garçons à la carrure impressionnante posent leurs plateaux à côté de nous. Tous les deux ont les cheveux et les yeux bruns.

– Nous, on vient d'ici, de la ville, me dit Aliza, la bouche pleine. Mais Fred et Dan viennent de la campagne, eux. De vrais bouseux. Ils avaient jamais quitté leur village avant de venir ici…

– Parce qu'il faut bien produire de la bouffe, répond le plus grand sur le même ton moqueur. Un truc que tu as l'air d'apprécier.

Aliza lui tire la langue.

– Et pourquoi vous avez rejoint les Récupérateurs ? je demande, curieuse.

Un silence lourd me répond. Ma question semble avoir jeté un froid à la table. Les sourires de Doro et Aliza se sont évanouis. Le regard de cette dernière plonge dans son bol de ragoût.

– Ma petite sœur a été capturée, lâche-t-elle d'un ton sombre.

– Je… Je suis désolée.

– T'y es pour rien, marmonne-t-elle. À moins que ce soit toi qui aies décidé de nous envoyer cet hovercraft à l'époque.

– On était amies toutes les trois, dit Doro d'un ton un peu absent. Alors, après l'enlèvement de Kat, Aliza et moi, on a fait le pacte d'intégrer les Récupérateurs. Pour défendre les gens. Aider la communauté.

– Faire peur à mes parents, ajoute Aliza d'une voix glaciale.

– Alors que Dan et moi, on en avait juste ras le bol de produire de la bouffe, dit Fred, le plus râblé des deux.

– Ouais, et on voulait voir un peu de pays, accessoirement, rit son comparse.

L'atmosphère se détend à nouveau autour de la table. Tout de suite après, je suis harcelée de questions par les filles. Comment je trouve la vie ici. Dans quelle ferme je suis restée.

C'est avec le cœur serré que je parle des Brac. Je me demande ce qu'ils font aujourd'hui. Ils ont perdu leurs deux enfants. Ont-ils trouvé la force d'aller aux champs comme tous les jours pour préparer l'hiver ? Ou sont-ils plongés dans le chagrin ? Dans une tentative désespérée pour changer de sujet et contenir mes larmes, je réoriente la conversation vers les exercices que nous avons faits ce matin. À la fin du déjeuner, j'ai l'impression que j'ai été acceptée par leur petite bande.

Une sonnerie retentit.

– Déjà la fin de la pause, fait Fred.

– Qu'est-ce qu'on fait maintenant ? je demande.

– On va chercher des balais, des brosses et du savon, et on nettoie cette caserne. Comme tous les après-midi.

Il soupire. Je suis soulagée. Voilà enfin un programme qui se rapproche de la vie normale. Je les suis dans un petit local où nous nous procurons l'équipement, et nous commençons à récurer le sol du couloir de l'entrée. Cette tâche m'apaise. Le mouvement répétitif de la brosse sur la pierre me permet de vider mon esprit des préoccupations qui l'ont tourmenté toute la matinée. Je me concentre sur la propreté du sol. De couloir en couloir, d'escalier en escalier, la lumière du jour a sérieusement décliné quand une paire de bottes fait son apparition devant moi.

– Il est moins le quart, Lani. Tu dois y aller.

Tricia et son regard dur se tiennent devant moi. Je m'empresse de me lever. J'emporte ma brosse et mon seau pour les ranger et sors du bâtiment. Je traverse la place à la hâte. Trois corps sont toujours allongés en son centre. Je me demande s'il reste la moindre famille à ces malheureux, ou si elles ont aussi été emportées par les hovercrafts… Mal à l'aise, j'accélère le pas.

Je cours presque jusqu'à la porte de l'hôtel de ville et monte directement dans la salle des capsules.

Socrate m'y attend, penché sur les écrans de la gigantesque console.

– Bonsoir, Lani. Comment vas-tu ?

– Bien, merci. Et vous ?

– On ne peut mieux. Le jeune Tom se débrouille très bien. Viens t'asseoir à côté de moi, veux-tu ?

Je m'exécute et me retrouve à nouveau sur la petite chaise à côté du grand fauteuil.

– Tom a récupéré de bonnes données sur le stock des implantations côtières. Nous pourrons envoyer une équipe là-bas demain, je pense. On refera le plein de sérum de guérison et d'antibiotiques.

Il me désigne l'écran où brille un tableau rempli de chiffres.

– Une fois que tu seras dans le combat, j'ai plusieurs plages de données que je veux que tu extraies. La première, ce sont les hovercrafts et leurs positions dans la région, bien sûr. Les autres, ce sont les stocks des entrepôts 235753, 890670 et 114138. Nous avons besoin de quelques pièces de rechange pour les canalisations et ils pourraient en avoir reçu.

– D'accord.

– Bien sûr, en même temps, essaie d'extraire d'autres données qui n'ont rien à voir avec ton rêve. Une seule requête spécifique semblerait suspecte. Il faut que cela ait l'air d'être une erreur de débutant. Pour les hovercrafts, télécharge leurs positions à chaque nouveau combat. Ensuite, redemande-les toutes les deux à trois minutes, en même temps que les données pour d'autres régions.

– Très bien.

La vitre de Tom s'ouvre. Il a l'air exténué.

– Six heures de Construction, murmure-t-il, assis sur le bord de la couchette, sa tête entre ses mains. C'est de la folie…

– Je sais, mon ami. Ces deux derniers mois, nous avons enchaîné des séances de douze heures avec Alexander. Vous comprenez pourquoi nous avions désespérément besoin de votre aide. Tu devrais aller te restaurer à la caserne, maintenant, et profiter d'une bonne nuit de sommeil.

– Avec plaisir !

Il se lève pour me donner l'accolade.

– Bonne chance, Lani, me dit-il à mi-voix.

Après un dernier signe de la main à Socrate, il s'éclipse.

– Je t'en prie, dit ce dernier en m'indiquant la capsule laissée libre. Je vais initialiser la connexion.

– Socrate…

C'est la première fois que j'utilise son prénom. Il sonne bizarrement dans ma bouche.

– Oui, Lani ?

– Je voulais vous demander… Vous avez dit que les enfants enlevés étaient répartis dans les implantations. Est-ce que vous savez… Enfin, est-ce que Tom et moi…

– Oui, Lani. C'est possible. Mais vraiment improbable. Des enfants enlevés qui auraient ton âge aujourd'hui, il doit y en avoir quatre ou cinq. Une vingtaine peut-être si l'on inclut ceux des autres îles. Et ils auront été répartis aux quatre coins du continent.

– Mais il n'y aurait pas un moyen de savoir ? D'être sûr ?

– Non, dit-il en secouant la tête. À moins d'avoir accès au réseau – fermé – des Architectes, nous ne pouvons pas vérifier. Mais je ne me tracasserais pas si j'étais toi. Les probabilités sont bien trop faibles. Et puis je connais tout le monde sur cette île, et je ne vois personne à qui tu pourrais ressembler.

Je hoche la tête avec lenteur, rassurée.

– Et vous n'avez jamais essayé de retrouver la trace de ceux qui ont été enlevés et de les récupérer ?

– Si, dit-il d'une voix teintée de tristesse. Crois-moi, à chaque nouveau jeu dans le tournoi, j'espère pouvoir tomber sur un visage qui me rappellerait celui d'un de nos disparus. Mais ça n'est jamais arrivé…

Il pousse un soupir et sa main désigne à nouveau la capsule. Je m'y allonge. La vitre se referme.

Je me retrouve dans l'espace blanc en face d'un jeune garçon. Il doit avoir douze ans. Il me fait un signe de la main enthousiaste. Je regarde les miennes. Elles sont minuscules. L'adversaire auquel j'ai volé son avatar ne doit pas être bien plus âgé que lui. Je lui souris en retour.

– Rodrick432750, Jon432890, bienvenue dans l'espace de Construction. Je vous rappelle les règles : pas d'immobilisation physique de l'adversaire, pas d'enfermement. Le jeu débutera dans soixante secondes et se terminera avec l'effondrement de l'un de vos rêves. Vous pouvez désormais commencer à collecter vos données.

Le bip retentit et des millions de serveurs nous sont enfin accessibles. Le sentiment d'être à nouveau connectée au grand réseau mondial est grisant et je me surprends à sourire de contentement avant de me rappeler que j'ai une mission. Vite, j'élabore un rêve adapté à l'âge du jeune garçon en face de moi. Son visage est tendu par la concentration. Il doit encore avoir du mal à concevoir des univers entiers. Il sera facile de le déconcentrer en lui proposant une Construction pleine de jolies couleurs. Je me connecte aux serveurs et télécharge les données dont j'ai besoin pour créer un monde fait de sucreries. La texture de la guimauve. La couleur exacte des réglisses. Et au milieu de tout ça, les données sur tous les déplacements d'hovercrafts en cours sur l'ensemble de l'Amérique du Nord. Je les sens apparaître un moment dans mon cerveau avant d'être transférées sur la console de l'implantation.

Un bip sonore retentit à nouveau. Je lâche ma Construction autour de lui alors que l'espace se réorganise autour de moi. Je sens son émerveillement à travers le lien qui nous unit. Il se trouve devant une grande maison de pain d'épice, sur un sol en guimauve et à côté d'une rivière de chocolat chaud. Sa concentration chute déjà.

De mon côté, je suis sur une petite barque au milieu d'un lac. C'est une Construction de débutant. La texture du bois est ratée, l'eau a l'air beaucoup trop épaisse et, surtout, il y a des trous un peu partout dans la matière qui laissent voir l'espace blanc dans lequel nous nous trouvons réellement. Je télécharge à nouveau l'emplacement des hovercrafts en même temps que les données sur la barbe à papa. J'en fais des nuages qui se déplacent au-dessus de lui. Il perd complètement le contrôle de ce qu'il fait. Il se met à sauter dans tous les sens pour en attraper des bouts. Déjà, le lac s'assèche autour de moi. J'en profite pour télécharger les données du premier entrepôt alors que je fais neiger du sucre glace.

Une seconde plus tard, je me trouve en face de lui dans le grand espace blanc. Il lèche encore ses mains couvertes de chocolat. Il me fait un grand signe du pouce, apparemment ravi d'avoir perdu en se gavant de bonbons.

– Rodrick432750 remporte ce tournoi. Félicitations, Rodrick432750 ! Merci pour ta participation, Jon432890. Vous allez maintenant être rendus à vos couchettes.

Je suis brièvement déconnectée et me retrouve quelques secondes plus tard devant un autre adversaire, cette fois plus âgé. Et tout recommence. L'annonce des participants et des règles par la voix féminine déshumanisée. L'accès au serveur où je pioche les informations dont nous avons besoin au milieu d'une quantité astronomique de données inutiles. La Construction. La victoire. Encore et encore. Je perds vite le compte du nombre d'adversaires que j'affronte.

Après avoir triomphé d'un certain Karthik326789, je me retrouve face à un nouveau participant. Je reconnais tout de suite son signal calme, serein et bienveillant. Ce n'est pas un combat. L'accès au Système été interrompu. Nous sommes dans l'espace de Construction de l'implantation et les yeux sombres d'Alexander m'observent sous les mèches brunes qui lui tombent sur le front.

Il me sourit et traverse la distance qui nous sépare pour me prendre dans ses bras. Je sens la tension accumulée tout au long de la journée se dissoudre à son contact. La tête contre son épaule, je respire son odeur d'aiguilles de pin et de savon. Il desserre son étreinte et prend mes mains dans les siennes.

#Alexander : Lani, je sais que tu as encore du mal à nommer tes sentiments, mais je peux mettre des mots sur les miens. Ferme les yeux. Je vais te montrer.

Il me serre contre lui. Connectée à ses émotions, je peux sentir leur puissance déferler dans ma direction. Je reconnais le sentiment étrange qui m'habite moi aussi et que j'ai tellement de mal à saisir. Blottie contre sa poitrine, je me laisse engloutir dans le flux de ses pensées et de ses sensations.

#Alexander : Je t'aime, Lani.

C'est donc ça… J'ouvre à mon tour mon esprit au sien. Pour la première fois, nous entrons en Communion. La frontière entre nos deux psychés s'abolit. Nos vies, nos expériences se mélangent. Pendant un court instant, nous ne formons plus qu'un seul être animé d'un amour plus violent que tout ce que j'ai pu connaître.

– Je… Je t'aime aussi, Alexander, je murmure, hésitante.

Pouvoir mettre un nom sur mes sentiments est une libération. Les choses sont désormais claires et limpides. Je l'aime. J'ouvre les yeux. Son visage me sourit sous une voûte étoilée où dansent les aurores boréales. Sa main glisse le long de mon dos jusqu'à la chute de mes reins et il me serre plus fort contre lui. Nous échangeons un long baiser dans le silence de la nuit arctique qu'il projette autour de nous. Je referme mes bras autour de son torse. Je veux que ce moment ne connaisse pas de fin.

Mais nous sommes à nouveau propulsés dans les capsules de sommeil. Je sors de ma couchette encore tremblante sous le coup de l'émotion. Alexander est déjà debout. Je me dirige vers lui et le serre dans mes bras.

– Merci… je murmure. De m'avoir montré.

Pour toute réponse, il embrasse mon front.

– Je vais devoir y retourner. Mais on pourra se retrouver comme ça demain, si tu veux… Et partager un autre rêve. Je n'ai qu'à interrompre la connexion au Système et lancer l'espace d'entraînement à la fin de ton tour de garde.

J'acquiesce. Il fait un pas vers la console.

– Attends, je l'arrête. Tricia m'a dit que tu avais perdu ton frère pendant le voyage où vous nous avez capturés… Est-ce que c'est vrai ?

– On était censés avoir un accord, elle et moi… soupire-t-il pour lui-même.

Il se retourne vers moi.

– Oui, c'est vrai. Je ne voulais pas que tu le saches. Ni Tom, ni Cora. Contrairement aux partisans de Levon, je ne voulais pas que vous vous sentiez coupables d'une situation dont vous n'étiez pas responsables.

– Alexander… Je suis désolée…

Il me prend à nouveau dans ses bras. Sa main caresse doucement mon front puis ma joue.

– Ne le sois pas, Lani. Levon et moi n'étions pas proches. À vrai dire, il me détestait. Quand Socrate m'a ramené des Terres contrôlées, il a très vite demandé à mes parents de le laisser me garder auprès de lui pour pouvoir me former et m'instruire. Levon, lui, est resté avec eux. Mes parents étaient très… violents. Il m'en a toujours voulu de l'avoir laissé seul. Quand je l'ai revu chez les Récupérateurs, il était très endurci. Il n'était proche de personne, à part peut-être de Maggie, sa fiancée.

– Maggie ?

– Oui. Tu la connais ?

– Non, mais les filles qui sont avec moi chez les novices ont dit qu'elle venait souvent te voir.

Il fronce les sourcils. À l'évidence, il n'a pas l'air d'être au courant.

– Je n'en ai pas été averti… D'un autre côté, ça ne m'étonne pas. Il se présente énormément de monde à l'entrée de la caserne et le rôle des gardes n'est pas de délivrer des messages.

J'essaierai d'aller la voir dans les prochains jours. Elle doit certainement vouloir récupérer des affaires à lui. Ils étaient très attachés l'un à l'autre.

Il me serre plus fort contre lui. Je peux sentir son souffle agiter mes cheveux. Je n'ai pas envie de quitter son étreinte pour retourner dans le dortoir de la caserne. Il dépose un baiser sur mon front.

– Je dois prendre le relais maintenant. Ce serait dangereux d'attendre plus longtemps, à cause des hovercrafts, dit-il sur un ton d'excuse. Tu devrais rentrer te reposer, il ne te reste pas beaucoup de temps pour dormir.

– D'accord.

– Reviens à la même heure demain. Bonne nuit.

– Bonne nuit.

Il dépose un dernier baiser sur mes lèvres et se dirige vers la console.

Je quitte l'implantation le cœur battant. Quand j'arrive au dortoir, tout le monde dort. Je me glisse sous mes couvertures avec un sourire aux lèvres.

CHAPITRE 30

Les corps s'empilent sous mes yeux. Autour de moi, le rayon vert capture des hommes et des femmes dont les têtes explosent instantanément. Les balles sifflent vers les hovercrafts. Au milieu du chaos, Alexander gît dans une mare de sang…

Je me réveille en sursaut. La boucherie de la fête des Moissons m'a finalement rattrapée. Autour de moi, le dortoir est silencieux. J'enfouis ma tête dans mes draps. Je ne dois pas pleurer. Si quelqu'un m'entendait ? Je me balance d'avant en arrière sur mon lit, les mains crispées sur le tissu grossier. J'étouffe un sanglot. Je me rallonge et respire profondément pour essayer de me calmer. Au bout de quelques minutes, mon rythme cardiaque ralentit enfin.

Mon œil est attiré par un mouvement dans l'obscurité. Je me fige. Une silhouette se rapproche. Un rai de lumière blanche, projeté par un mince quartier de lune à travers les petites fenêtres de la chambre, se reflète pendant un quart de seconde sur le métal d'une lame nue. L'homme cherche quelqu'un. Il me cherche moi. Son regard se promène de lit en lit alors qu'il remonte silencieusement l'allée.

Soudain, je sais qu'il m'a repérée. Son pas se fait déterminé et il marche dans ma direction. Avec les couvertures remontées jusqu'à mon nez, il ne peut pas voir que je suis réveillée.

Je ne bouge pas. Je vois la lame s'approcher de moi puis se lever au-dessus de mon cœur. Je lance mes couvertures sur mon agresseur à la manière d'un filet. Je me jette sur lui alors qu'il se débat toujours dans mes draps. Son couteau tente de traverser le tissu épais. Il lâche un cri rauque. J'effectue la prise apprise ce matin pour le jeter au sol. À terre, il rejette la couverture et lance sa lame sur moi. Je me déporte sur le côté pour l'éviter mais elle s'enfonce dans mon flanc droit. Je pousse un hurlement de douleur qui réveille la moitié du dortoir. L'homme sort un second couteau de son ceinturon. Je n'ai pas le choix. J'arrache la lame de ma chair et me jette sur lui. Quand son arme s'enfonce profondément dans mon épaule, la mienne pénètre directement dans son cœur.

La panique règne autour de moi. Je reste figée à califourchon sur le corps de l'homme, captivée par la flaque rouge qui s'étend sur le sol. Quelque part, je suis vaguement consciente de ma propre douleur et de mon propre sang qui coule de mes plaies mais je ne peux pas détourner mon regard de ce que j'ai fait. La lumière s'allume. Il est jeune. Vingt-trois ans. Peut-être vingt-quatre. Et je l'ai tué.

– Lani ? Lani ? Tu vas bien ?

– Elle est blessée ! Appelez l'infirmière !

Je sens que quelqu'un me saisit par les épaules et m'allonge au sol. Tom. Doro est penchée au-dessus de moi et presse sa couverture sur mon flanc.

– Que se passe-t-il ici ?

C'est la voix de Tricia. Son habituelle froideur ne peut masquer sa peur. Je sombre dans l'inconscience.

Lorsque je me réveille, je suis installée dans un lit blanc. J'essaie de relever la tête. Mon cou est maintenu par une sangle, comme mon torse, mes mains et mes pieds. J'ai dû recevoir une forte dose de sérum de guérison et les dégâts internes devaient être importants pour qu'on ait eu besoin de m'immobiliser. Je respire trois fois par le ventre. Je revois encore le corps sans vie de l'homme qui a tenté de m'assassiner. J'ai tué quelqu'un. Les larmes me montent aux yeux. Je veux les essuyer mais la sangle arrête net la course de ma main. Les souvenirs de mon enlèvement remontent dans ma mémoire. La panique s'empare de moi. Je veux bouger. Je veux partir d'ici. Je hurle. Encore et encore. Jusqu'à ce que la porte s'ouvre sur une femme en blouse blanche et aux cheveux blonds. Bénédicte. Tout recommence. Je hurle de plus belle. C'est un cauchemar. C'est un cauchemar et je vais me réveiller.

Elle se précipite vers moi et défait les sangles. Je me recroqueville sur mon lit, le corps parcouru de sanglots. Elle me serre dans ses bras. Sa peau sent le savon, le latex et la menthe.

– Tout va bien, Lani. Tout va bien.

Elle me berce jusqu'à ce que mes pleurs se tarissent.

– Quelqu'un veut te voir.

Elle va ouvrir la porte. Tricia entre. Sa figure affiche un air froid, comme à son habitude. Devant mon visage encore humide de larmes, elle lâche un soupir impatient. Je me redresse.

– On pensait avoir arrêté tous ceux qui voulaient ta mort, mais malheureusement, celui-là avait réussi à nous échapper, me dit-elle en guise d'explication.

Elle s'approche du bord du lit et observe le goutte-à-goutte qui est toujours relié à mon bras.

– Leur procès aura lieu dans les prochains jours. Après enquête, le Conseil a conclu que tu n'avais plus rien à craindre. Comme le sérum a fini de te remettre sur pied, tu rentreras à la caserne ce soir.

Elle tourne les talons et se dirige vers la porte. Elle hésite un instant et s'arrête dans l'entrebâillement.

– Ne te ronge pas les sangs. Nous sommes formés pour tuer. C'était toi ou lui. Et je ne pense pas que tu sois vraiment enchantée à l'idée de mourir.

La porte se referme sur elle. Je m'allonge à nouveau sur le lit. Au poids des horreurs vues ces derniers mois s'ajoute maintenant celui de la culpabilité. Je songe à ce qu'a dit Socrate. Au programme de contrôle des esprits. Que ne donnerais-je pas pour m'y soumettre et oublier tout ça… Je passe le reste de la journée à fixer le plafond et à réfléchir à ce que j'ai fait. Je revois chacun des mouvements effectués lors de ma courte bataille avec mon agresseur. Le pas de côté pour essayer d'éviter son premier couteau. La contorsion rapide qui m'a permis de dévier le coup mortel du second. La trajectoire de mon arme jusqu'à son cœur. Je passe en revue chacun de mes gestes, les uns après les autres, pour comprendre ce que j'aurais pu faire différemment pour le maîtriser et non le tuer. La vérité s'impose à moi petit à petit. Je n'ai pas eu le choix. Et je vais devoir vivre avec.

Le jour décline par la fenêtre. Le ciel a pris une teinte vive lorsqu'on vient me chercher. J'espère voir Alexander, mais ce sont Doro et Aliza qui passent la porte.

– Bah tu vois, elle va très bien, s'exclame cette dernière.

– Mouais, elle a quand même une sale tête.

Doro dépose mon uniforme sur le lit avant de me serrer brièvement le bras.

– Mais ça va aller. Valait mieux que ce soit lui qui prenne que toi, pas vrai ?

Je me contente d'acquiescer. Je me dévêts de l'horrible blouse d'hôpital verte et remarque mes nouvelles cicatrices. Sur le ventre et sur l'épaule. Je passe mes doigts sur le léger renflement. Déjà guéries. J'ai bien peur que mon esprit mette plus de temps à s'en remettre.

– Oui, c'est ennuyeux ça, dit Doro quand elle remarque mon geste. Ce type aurait quand même pu te faire des cicatrices là où tu en avais déjà…

– Quel rustre ! plaisante Aliza.

Je me surprends à sourire. Je sors dans le couloir avec les filles. Nous nous trouvons dans ce qui ressemble à un petit hôpital. Je reconnais le mobilier médical du Système. Comme beaucoup de choses ici, tout doit avoir été volé au stock des implantations. Nous croisons quelques infirmiers et docteurs en blouse blanche qui détournent le regard sur notre passage. J'avais presque oublié la terreur qu'un Récupérateur peut inspirer au reste de la population. Alors que nous passons la porte d'entrée, nous tombons nez à nez avec Alexander. Mon cœur fait un bond.

– J'ai ordre de conduire Lani à l'hôtel de ville, dit-il froidement.

Aliza rosit légèrement et balbutie que tout est en ordre. Les filles partent vers la caserne, non sans se retourner pour me faire un signe de la main. Je marche à côté d'Alexander qui arbore toujours son air dur. L'ancienne implantation se trouve seulement à quelques centaines de mètres.

Une fois la porte passée, il me serre dans ses bras. Son étreinte est comme rentrer à la maison. J'enfouis ma tête dans le creux de son épaule et suis assaillie par son odeur d'aiguilles de pin et de savon.

– J'ai cru à nouveau que je t'avais perdue… Est-ce que tout va bien ? Tu encaisses le choc ?

Je hoche la tête. Je ne veux pas qu'il s'inquiète à mon sujet. Il en a déjà tellement fait pour moi. Je me blottis un peu plus contre son torse.

Des bruits se font entendre dans la salle d'à côté.

– Socrate est déjà rentré. Je vais devoir te reconduire à la caserne.

Il dépose furtivement un baiser sur mes lèvres et nous ressortons. Avant que je pénètre dans le bâtiment, il me glisse quatre pilules dans la main.

– Pour dormir, murmure-t-il. À demain soir.

Lorsque j'entre dans le dortoir, tous les regards se tournent vers moi. Un silence oppressant envahit la pièce un instant avant d'être remplacé par une gigantesque clameur. Sans que je comprenne vraiment pourquoi, tous les novices viennent me taper dans le dos et me féliciter.

– Tu lui en as mis pour son compte, dit un grand rouquin du nom d'Arthur. Pas mal pour une décérébrée !

– Bravo, Lani, il n'a eu que ce qu'il méritait ! dit un autre dont je ne connais pas le nom, mais qui me couvrait d'insultes encore hier.

Je trouve étrange d'avoir gagné l'acceptation du groupe en ayant tué un homme. Je reste silencieuse devant les multiples félicitations que je reçois. Je ne sais pas quoi répondre. Il n'y a pas de quoi être fière. Finalement, quand la foule s'écarte un peu pour me laisser respirer, Tom s'avance vers moi et me serre longuement dans ses bras.

– J'ai eu très peur pour toi, murmure-t-il seulement.

Il ne me demande pas comment je vais. Il sait ce que je ressens. Nous ne sommes plus connectés aux sentiments l'un de l'autre, mais il sait que ce que j'ai dû faire hier soir va à l'encontre de tout ce qu'on nous a toujours enseigné. La non-violence, la compassion, la compréhension. Alors il se contente de me serrer dans ses bras. Je ferme les yeux pour empêcher les larmes de les envahir. Des sifflets retentissent soudain autour de nous. Il me relâche aussitôt. Derrière lui, Aliza et Doro me regardent avec insistance. Je pousse un soupir. J'avais complètement oublié cette règle stupide sur les sentiments ici. Sans un mot, je me dirige vers mon lit. Je serre toujours les pilules que m'a données Alexander dans ma main droite. Je ne prends pas la peine d'enfiler mon pyjama et les avale aussi sec.

CHAPITRE 31

– Debout ! hurle Tricia.

Je me réveille péniblement. En une fraction de seconde, les événements de la veille me reviennent et la culpabilité m'assaille. J'ai tué un homme. Ce n'était pas un cauchemar. J'ai vraiment tué quelqu'un. J'enfouis ma tête dans les draps rêches. J'aimerais pouvoir disparaître. Je ferme les yeux aussi fort que je peux et presse mon visage contre le tissu. Mais je suis toujours là. Et le passé aussi.

Quand je relève la tête, Tom se tient devant moi. Les autres sont déjà en route pour la salle de bains.

– Je sais que ça doit être difficile, Lani... Si tu en as besoin, je suis là...

– Merci Tom, je murmure.

Je ravale mes larmes. Je repense à ce qu'a dit Alexander sur la façon dont les sentiments sont vus ici. Je dois être plus forte. Ne rien laisser paraître. Je prends une grande inspiration et m'abrite derrière un visage impassible avant de me rendre dans la salle de bains pour me changer. En deux minutes, j'ai rejoint les autres dans la cour.

– Vous me faites cinq tours !

Nous suivons la même routine que le premier jour. Bientôt, les autres Récupérateurs nous rejoignent. Seulement, cette fois-ci, je sens que tous les regards convergent vers moi.

Quelques-uns m'adressent un signe de tête quand je les croise. D'autres me dévisagent avec haine. J'essaie de ne pas y faire attention pendant que je réalise les enchaînements de base.

Quand nous passons au corps à corps, je remarque que certains Récupérateurs nous observent, Tricia et moi. Lorsque je bloque ses attaques, de petits sifflements encourageants se font entendre.

– À ton tour, m'ordonne-t-elle, alors que de plus en plus de visages se tournent vers nous.

Je n'aime pas toute cette attention. Je respire un grand coup et lance la première attaque. Elle la pare facilement.

– Concentre-toi.

Je me remets en position. J'essaie de vider mon esprit et de faire abstraction des Récupérateurs qui se regroupent maintenant autour de nous.

J'envoie l'enchaînement. Elle pare mon premier coup mais mon poing lui percute ensuite violemment les côtes. Mon genou s'enfonce dans son ventre et elle s'effondre. Autour de moi, les hommes et les femmes hurlent et applaudissent à tout rompre. Je reste un moment interdite à regarder mon instructrice qui se tord au sol. Qu'est-ce qu'il s'est passé ? Qu'est-ce que j'ai fait ? Pendant une seconde, c'est comme si mon corps avait bougé tout seul !

Tricia se relève péniblement. Son visage est déformé par la rage. Elle ne va pas me laisser passer ça.

– Avery ! hurle-t-elle. Occupe-toi d'elle !

Un homme de haute stature s'avance au milieu du cercle formé par les Récupérateurs. Oh non. Il est au moins deux fois plus épais que moi. Ses muscles sont saillants et il arbore une expression sans pitié. La peur me comprime la poitrine.

Est-ce que je suis vraiment censée combattre cet homme ? Il pourrait me tuer en quelques secondes !

Il se met en position. Je lève mes poings. J'essaie de faire à nouveau le vide dans ma tête, de me mettre en condition comme pour le combat précédent. Je ne sais pas comment j'ai réussi à vaincre Tricia, mais j'ai besoin du même miracle si je veux rester entière.

– Ça ne fera presque pas mal… dit le colosse avec un sourire féroce.

Il envoie sa première attaque. Sans réfléchir, je me jette au sol pour l'esquiver et lui envoie un violent coup de pied dans l'entrejambe. Il tombe en arrière comme un arbre qu'on abat. Le vacarme est assourdissant maintenant. Presque toute la caserne applaudit.

Je me relève et reste à contempler l'homme qui se tord de douleur sous mes yeux. Je ne comprends rien à ce qu'il vient de se passer… Il y a à peine quelques jours, je ne savais pas me battre du tout… Et là, je viens d'envoyer deux Récupérateurs expérimentés au tapis. Les mouvements me sont venus naturellement, presque par réflexe. Je n'aurais jamais dû être capable de faire ça !

– C'est mon tour ! C'est mon tour ! vocifère Pete.

Quelques hommes traînent le dénommé Avery en dehors du cercle pendant qu'il se place en face de moi, prêt à attaquer. Encore sous le choc, j'essaie de me reconcentrer et prie intérieurement pour que cette nouvelle aptitude au combat n'ait pas déjà disparu. En quelques secondes, Pete se retrouve lui aussi à terre. C'est l'explosion de cris dans la cour. Tous veulent maintenant se mesurer à moi.

Les uns après les autres, les Récupérateurs tentent de me faire mordre la poussière. Pas un ne réussit. À chaque fois, je n'ai besoin que de quelques minutes pour les mettre à terre, sans que je ne comprenne comment. Et plus je me bats, plus j'ai l'impression que l'exercice devient facile, sans effort. Je me surprends même à assimiler certains mouvements de mes adversaires sans en avoir conscience ! Au bout d'une bonne heure, Pete et Matthew poussent Alexander au milieu du cercle. La foule scande désormais son nom. Mon estomac se tord. Je n'ai pas envie de lui faire mal.

Il se place en face de moi, plante ses grands yeux sombres dans les miens et adopte la position d'attaque. Je l'imite. Aucun de nous deux n'ose envoyer le premier coup. L'excitation de la foule grandit. Quelques hommes prennent des paris.

Alexander envoie un premier enchaînement que je pare sans trop de difficulté. Je sens qu'il se retient.

– Vas-y, Alex ! hurle une femme à la longue tresse brune.

Cette fois-ci, il attaque avec toute sa puissance. J'esquive et réussis à lui enfoncer mon poing dans les côtes. Il riposte et m'atteint au visage. J'ai le nez en sang. Il n'y a plus de retenue dans nos coups maintenant. Nous continuons encore et encore à attaquer, parer et esquiver. Notre combat prend des allures de chorégraphie. Nous dansons l'un autour de l'autre sans qu'aucun de nous deux ne réussisse à prendre l'avantage. Au bout d'une demi-heure, je suis épuisée. Je sens mes mouvements perdre en force et en précision. Et c'est comme ça qu'il me bat, à l'endurance. J'entends son poing me percuter avec un bruit mat avant de m'effondrer sur le sol.

Lorsque je reprends conscience, il est penché au-dessus de moi. Je lui souris avant de réaliser que d'autres visages entourent le sien. La foule continue de scander son nom. Il me relève avant de me donner une grande claque dans le dos.

– Tu devrais aller essuyer le sang de ton visage, me dit-il avant de tourner les talons et de rejoindre Pete et Matthew.

– C'est bien, soldate Lani, me complimente Tricia.

Sa voix est teintée de respect. Je remarque que les novices sont tous agglutinés autour de moi maintenant.

– Viens, on va se laver, dit Doro.

Attablés dans le grand réfectoire devant les petits pains, la confiture et la tisane, les conversations vont bon train sur ma performance de ce matin. Dan et Fred décrivent avec admiration tous les mouvements que j'ai employés sans même en avoir eu conscience. Aliza et Doro ne tarissent pas d'éloges sur mon combat avec Alexander. Seul Tom est silencieux, et je peux deviner pourquoi. Jamais je n'aurais dû être capable de maîtriser ces techniques. Comme la manière dont j'ai survécu à la noyade, ces progrès doivent être liés à un mécanisme de mon transpondeur. Il doit se demander pourquoi lui n'est pas encore arrivé à ce niveau. À moins que son transpondeur ne soit plus endommagé que le mien ? Cette pensée me met mal à l'aise. Nous avons toujours passé notre temps à nous chamailler dans les rêves éveillés pour savoir qui apprendrait le plus vite une compétence. Et la plupart du temps, c'était lui qui gagnait, même si je le rattrapais vite. Je n'aime pas l'idée d'être durablement meilleure que lui dans un domaine. Je lui jette un coup d'œil. Il mange une tartine d'un air inquiet, le regard plongé dans son bol de tisane.

Je m'apprête à le réconforter quand Tricia vient nous chercher pour nous emmener sur le champ de tir. Comme à l'entraînement ce matin, les gestes me viennent naturellement. Je vide mon chargeur en plein cœur de la cible. Je démonte et remonte mon fusil en quelques secondes à peine. Les novices me regardent maintenant avec un mélange de crainte et de respect. Tom, lui, a une mine sombre et maussade quand il part prendre son tour de guet dans les capsules de sommeil.

L'après-midi est bien morose. Je me retrouve encore à frotter le sol avec une brosse et du savon. Seulement, cette fois, cet exercice ne m'apporte aucune sérénité. Les pensées noires m'assaillent. Je revois encore et encore le cadavre de l'homme qui a tenté de me tuer. Avec un peu plus d'entraînement, j'aurais peut-être pu l'immobiliser ou me contenter de le blesser. Aujourd'hui, je pourrais utiliser mes nouvelles capacités pour éviter de le tuer… D'ailleurs, comment ai-je pu battre la moitié de la caserne ? Comment mon transpondeur a-t-il été capable de m'apprendre tous ces mouvements en quelques jours à peine ? J'essaie de me concentrer sur les allées et venues de la brosse sur le sol, sans succès. J'ai besoin de réponses. J'ai besoin de parler à Socrate. Je lève les yeux vers la petite fenêtre qui éclaire péniblement le couloir. Il doit être cinq heures. Personne ne remarquera que j'ai interrompu mes corvées un peu plus tôt pour aller à l'implantation. Je ramène discrètement les ustensiles dans le placard avant de me diriger vers la sortie.

La sentinelle m'adresse un regard circonspect.

– Vous n'êtes pas censée sortir de la base avant six heures.

Ses muscles se tendent. Je sens qu'il a peur de moi.

– Je… Heu… J'ai reçu l'ordre d'aller voir Socrate… Pour parler des événements de ce matin.

Ma voix sonne faux mais le garde s'empresse de m'ouvrir la porte. Il a l'air de me vouloir le plus loin possible de lui. Tant mieux.

Je traverse la place d'un pas leste. Les quelques personnes que je croise détournent le regard sur mon passage. Mon uniforme de Récupérateur doit les terrifier. Que je le veuille ou non, je suis l'une des leurs maintenant.

Je m'engouffre dans l'ancienne implantation et monte directement à l'étage. Alors que je me rapproche de la salle de repos, des voix me parviennent. Celles de Socrate et Rodolphe. J'entends distinctement mon nom. J'avance sur la pointe des pieds. La porte est tout juste entrebâillée.

– Non, Rodolphe. Ce n'est pas une bonne idée. Ils ne sont pas encore prêts. J'ai besoin de plus de temps.

– Mais elle a anéanti tout le monde ce matin… Elle est prête. Et ce n'est qu'une question d'heures avant que lui le soit aussi. Écoute, je ne sais pas combien de temps je vais pouvoir gérer cette situation. Avec toutes ces attaques… La contestation a pris une ampleur sans précédent. Ils ne veulent plus faire dans la discrétion et se contenter de récupérer des pièces de rechange. Ils veulent se battre. Ils veulent riposter. Il ne se passe plus un jour sans que moi ou Jo ne surprenions des conversations inquiétantes. On doit agir, et vite, avant de perdre complètement le contrôle.

Sa voix trahit une réelle alarme.

– Non, Rodolphe, je suis désolé. Ils ont besoin de quelques semaines d'entraînement encore. Et je parle des capsules, pas des combats. Sinon, ils n'auront aucune chance. Ils sont tous les deux très forts, peut-être plus que moi au même âge. Mais ce n'est pas encore suffisant. Tu dois maintenir tes troupes en ordre jusqu'à ce que nous soyons prêts.

Prêts ? Mais prêts à faire quoi ? J'ai soudain la nette impression que Socrate ne nous a pas tout dit quant à la raison de notre présence ici.

– Très bien, dit Rodolphe. Très bien. Je vais essayer. Mais je t'aurai prévenu.

Le bruit de ses pas se rapproche de la porte et je m'en écarte à reculons. Lorsqu'il sort, je suis près des escaliers et fais mine d'arriver.

– Ah, Lani ! s'exclame-t-il. Félicitations pour ta performance de ce matin. Toute la caserne ne parle plus que de ça.

– Merci…

– Bon courage pour cette nuit ! me glisse-t-il avant de partir.

Dans la salle, Socrate est seul, penché sur l'écran où il peut suivre les performances de Tom. Il m'offre un sourire bienveillant quand il m'aperçoit.

– Bonsoir, Lani. Tu es en avance.

– J'avais besoin de vous parler de ce qu'il s'est passé ce matin.

– Je m'y attendais. Assieds-toi à côté de moi.

Je contourne la console et m'assieds sur la petite chaise.

– J'imagine que tu veux savoir comment tu es arrivée à maîtriser les techniques de combat en à peine une semaine ?

Je hoche la tête.

– Je me doutais que ce n'était qu'une question de jours avant que tu ne sois capable de maîtriser cette compétence. Vois-tu, ton transpondeur n'est pas seulement capable de te relier au Système ou de te garder en vie dans des situations exceptionnelles. C'est aussi un accélérateur d'apprentissage. Il favorise l'impression de nouveaux mouvements et connaissances dans ton cerveau. Tu ne t'es jamais demandé pourquoi il te suffisait de trois ou quatre rêves pour maîtriser une nouvelle discipline ?

– Heu… Non. Je pensais que c'était dû à la manière dont ils étaient conçus…

– En fait, cette capacité d'apprentissage augmentée vient de ton transpondeur et elle est nécessaire au bon fonctionnement du Système. Elle est absolument vitale pour la Construction. La complexité de l'exercice, le nombre de paramètres et de données à gérer, tout cela serait trop pour un cerveau normal sans l'aide d'un transpondeur. Une vie entière ne suffirait pas pour concevoir le moindre rêve. L'effet secondaire, c'est qu'il te rend capable de maîtriser de nouvelles disciplines en seulement quelques jours.

Je reste bouche bée. Jamais je n'avais envisagé que l'électronique embarquée dans ma boîte crânienne puisse être aussi puissante.

– Vos cerveaux, à Tom et à toi, sont particulièrement réceptifs à vos transpondeurs. Cela explique en partie vos formidables résultats en Construction. D'ici un jour ou deux, ce sera au tour de ton ami de battre à plate couture la quasi-totalité de la caserne, normalement.

– Comment ça normalement ?

– Eh bien, c'est très improbable, mais son transpondeur pourrait avoir été trop endommagé. L'électrocution qu'on vous a fait subir pour vous déconnecter ne détruit en théorie que la partie qui communique avec les satellites et les antennes du Système, mais il est possible que d'autres fonctionnalités de vos transpondeurs aient subi des dégâts. C'est pour ça que je ne vous ai pas prévenus de ce qu'il pouvait se passer à l'entraînement. Je ne voulais pas vous donner de faux espoirs.

– Donc, dans ce cas, est-ce que Tom…

– Tom va certainement très bien, m'interrompt Socrate. Et nous ne devons surtout pas l'inquiéter avec ce qui pourrait ou ne pourrait pas être. À mon avis, ce n'est qu'une question de temps avant qu'il ne te rattrape, il a simplement commencé son apprentissage après toi.

Je hoche lentement la tête. Il me regarde toujours avec un sourire bienveillant.

– Socrate... Je vous ai entendu parler avec Rodolphe tout à l'heure.

Ses sourcils se froncent un très bref instant mais son sourire reste accroché à son visage.

– Je vois...

Il jette un coup d'œil à sa montre.

– Nous avons un peu de temps avant que tu remplaces Tom. Viens, je vais te montrer.

Il se lève et je le suis dans le couloir. Il ouvre la porte de ce qui devait être l'ancienne salle des loisirs. Là où les membres auraient dû se réunir pour jouer à des jeux, chanter ou faire de la musique. La pièce a été vidée et la baie vitrée a été murée. La seule lumière provient d'une grande table à écran tactile qui trône au centre de la salle et projette une lueur blafarde sur les cartes qui recouvrent les murs. Je reconnais l'appareil sur lequel nous jouions ou dessinions pendant des heures. Lorsque nous nous approchons, je remarque qu'il indique les positions des hovercrafts transmises par Tom. Socrate le contourne et se dirige vers un coin sombre de la pièce.

Immobilisé par de lourdes chaînes, s'y tient un androïde des tunnels de la base Alpha-101.

CHAPITRE 32

Je fais un bond en arrière.

– Ne crains rien, Lani. Je l'ai désactivé. Vas-y, tu peux le regarder de plus près.

Je me rapproche de la créature. Sa peau est noire et mate, presque humaine et en même temps semblable à du tissu. Elle n'a pas de nez ni d'oreilles et ses yeux sont seulement deux fentes sombres. Pas de bouche non plus.

– Comment vous l'avez amené ici ? Et comment vous avez fait pour le désactiver ?

– Je me suis connecté à son système central et je lui en ai donné l'ordre. Tu peux essayer, toi aussi. Il t'obéira.

– Comment ?

– Mets ta main sur son visage. Ton transpondeur va le détecter.

Je m'exécute et tends mes doigts tremblants vers la créature. Sa peau est froide sous ma paume. Je repense au contact avec son congénère dans les tunnels et réprime un frisson. Et soudain, je la sens. Une conscience. Très différente de celle d'un humain, mais une conscience. De la même manière que j'interagis avec les serveurs, je lui ordonne de se réveiller et de hocher la tête. L'androïde s'exécute. Je retire ma main. Il se met aussitôt à se débattre dans tous les sens pour se libérer des chaînes. Il se penche dans ma direction et je m'écarte d'un bond.

Une voix hargneuse et gutturale s'échappe de son corps à plein volume dans une langue que je ne comprends pas.

Socrate lui touche le visage et il se fige à nouveau.

– Qu'est-ce qu'on est censés faire avec ça, Socrate ? À quoi est-ce que nous devons être prêts avec Tom ?

– Vois-tu, votre fuite forcée à travers les tunnels nous a amenés à reconsidérer pas mal de choses, et surtout notre stratégie. Depuis qu'ils ont été chassés de leurs anciennes bases, les rebelles les ont évitées à cause de ces androïdes. À mon arrivée ici, la dernière tentative d'exploration remontait à trois ou quatre ans auparavant et l'équipe n'était jamais rentrée. Quand j'en ai entendu parler pour la première fois, j'ai cru à une légende ou à une exagération. Comment est-ce que des robots pouvaient être encore en marche après tout ce temps ? J'ai demandé plusieurs fois à ce qu'une nouvelle équipe soit envoyée pour vérifier l'état de ces bases. Mais les Récupérateurs ont toujours refusé la moindre mission où ils auraient eu à s'y aventurer. Jusqu'à ce qu'ils vous ramènent, Tom et toi. Quand j'ai entendu le compte rendu de Jo, je savais que nous tenions une opportunité hors du commun.

– Laquelle ?

– La plus grande que cette île ait eue depuis des années. Un moyen d'inverser le rapport de force avec le Système.

Il me fait signe de m'asseoir à la table tactile. D'une pression du doigt, la carte du continent s'efface et un hologramme surgit en son centre. C'est la montagne du Pigeon et, à l'intérieur, les plans en relief de la base Alpha-101. Je reconnais le gigantesque hangar où nous nous sommes arrêtés.

– Nous avons longuement discuté avec Jo et Rodolphe après votre arrivée. J'étais particulièrement intéressé par ce qui avait l'air de se passer dans les étages inférieurs de la base. D'après Jo, tout était très bien entretenu, d'une propreté clinique, ce qui voulait dire que les robots qui y vivaient continuaient d'assurer toutes les tâches de maintenance depuis des années. Donc au moins une partie de la base pouvait être habitable. Et surtout, Alexander m'a raconté que lorsque les androïdes l'ont touché, ils l'ont aussitôt lâché. Et apparemment, la même chose s'est produite avec toi. Alors que quand ils ont saisi Levon, ils ne l'ont pas laissé partir. Pour moi, cela voulait dire une seule chose : tous ces robots avaient été reprogrammés par le Système pour éradiquer les rebelles, certes. Mais ils avaient été aussi modifiés pour ne pas faire de mal aux membres, et peut-être même leur obéir !

– C'est pour ça qu'ils ne nous ont pas fait de mal, à Alexander et à moi ? Parce qu'ils ont senti qu'on avait des transpondeurs ?

– Exactement, Lani. Ils vous ont lâchés au moment où ils l'ont capté. Alors que dans le même temps, ils entraînaient Levon. Bien sûr, j'ai dû faire vérifier cette théorie. C'est pour ça que j'ai renvoyé Jo et son équipe en capturer un pendant votre déconditionnement. Si mon raisonnement était correct, Alexander pouvait pénétrer seul dans la base sans danger et entrer en communication avec l'un d'eux. C'est ce qu'il a fait. Il a réussi à désactiver celui-ci pour que l'équipe de Jo le ramène.

Je me mords la lèvre. J'ai rétrospectivement peur pour lui. Entrer seul dans ces tunnels, à la recherche de ces robots ? C'est de la folie. Et qu'est-ce qu'il aurait pu lui arriver si l'intuition de Socrate n'avait pas été correcte ?

– Bien sûr, ce n'était pas sans risque, continue Socrate. Mais Alexander était prêt à le prendre. Et il a eu raison, le jeu en valait la chandelle. Ces derniers mois, j'ai pu étudier le spécimen qu'il a ramené, et surtout les informations qu'il contenait sur la base. Tu vois cet endroit ?

Il touche l'hologramme et une pièce se colore en rouge dans les profondeurs de la montagne.

– C'est ici que se trouve la salle de commande des androïdes. Une fois là-bas, nous n'avons qu'à reprogrammer toute cette unité pour qu'elle nous obéisse à nouveau. Cela va demander les capacités d'un voire deux Architectes confirmés. J'ai pensé à Tom et toi. Alexander et moi resterions ici afin de surveiller le Système depuis les capsules. Ce sera votre première mission hors de l'île. C'est ce à quoi vous devrez être prêts. Si nous réussissons, nous pourrons reprendre le contrôle de cette armée et par la même occasion mettre la main sur le matériel contenu dans la base. Les androïdes, bien sûr, qui sont aussi bien capables de nous défendre que d'effectuer des opérations complexes. Mais aussi des véhicules, des machines-outils, du matériel médical. Et puis des armes, bien plus sophistiquées que celles que nous utilisons, qui ne sont que des antiquités.

Je reste impassible à l'observer.

– Pourquoi nous ? Pourquoi pas vous ou Alexander ?

– Bonne question, Lani. Vous êtes jeunes, en bonne santé, et mes meilleurs éléments. Alexander est très bon aussi, mais je pense qu'il n'a pas votre potentiel. Quant à moi, je suis bien trop vieux pour partir en mission. Je ne tiendrais pas le rythme. Non, nous avons besoin de vous.

– D'accord. On les reprogramme. Et on fait quoi ensuite ?

– Sais-tu pourquoi les attaques se multiplient, Lani ? Nous craignons que ce soit une manière pour le Système de tâter le terrain, d'évaluer notre résistance. Rodolphe et moi commençons à croire que ces incursions ne sont qu'un test pour évaluer les moyens à mettre en œuvre au cas où ils voudraient en finir avec nous. Depuis des années, les îles libres vivent dans la peur que quelqu'un à New York décide qu'elles ne leur sont plus utiles. Mais pour la première fois, on dirait que cette menace prend corps.

Il pousse un long soupir.

– Nous n'avons que des soupçons, bien sûr. Peut-être qu'ils ont simplement besoin de plus de jeunes depuis deux ans. Je ne sais pas... Mais ce ne serait pas la première fois dans l'histoire qu'un groupe déciderait d'éradiquer une population entière. Nous devons nous préparer à ce genre d'événement.

D'un geste, il effleure la surface de la table. Une carte se dessine avec trois points rouges sur la côte nord du continent.

– Nous avons déjà prévu un plan d'évacuation au cas où le Système décide d'éradiquer la population. Mais nous ne disposons que de trois bases minuscules, sous-équipées, qui ne pourraient accueillir qu'une centaine de personnes pour quelques semaines.

Il désigne du doigt les trois points rouges.

– Autrement dit, c'est une solution très temporaire, en cas d'urgence seulement, qui implique de sacrifier des milliers de gens. Alors que si nous disposions de tout le réseau des anciennes bases...

Il touche à nouveau la surface de la table. Une trentaine de points s'illuminent sur le continent.

– Nous pourrions reprendre ces bases une à une et y transférer petit à petit la totalité de la population. C'est un plan à mettre en place sur plusieurs années bien sûr, tu imagines bien que le Système se rendrait compte d'un mouvement aussi massif de personnes si nous faisions ça d'un coup. Lentement mais sûrement, nous pourrions faire croire à une lente disparition des rebelles sur cette île alors que nous serions en fait en train de reprendre le contrôle de l'ancien territoire de l'armée. Tu dois te rendre compte de l'opportunité que cela représente pour nous. Nous ne sommes plus qu'une quinzaine de milliers, à vivre en marge du Système, à sa merci, à devoir voler dans ses réserves pour garder un niveau de vie à peine supérieur à celui du vingt et unième siècle. Le réseau des bases, lui, a été conçu pour vivre en autonomie totale pendant presque deux cents ans, et pour abriter une population de près de deux cent mille personnes.

J'observe à nouveau la trentaine de points rouges sur la carte. Le plan de Socrate est énorme. Reprendre le contrôle de toutes les bases de l'ancienne armée du gouvernement de l'Union d'Amérique du Nord. Y cacher une population entière. Incroyable.

– Et tu vois, Lani, d'ici quelques dizaines d'années, la population rebelle aura pu être multipliée par quinze, sans compter les robots, et là, nous aurons une vraie chance de survie.

Je hoche la tête, impressionnée. Nous pourrions nous battre d'égal à égal avec le Système.

– Quand partons-nous pour Alpha-101 ? je lui demande.

Socrate esquisse un sourire.

– À partir de maintenant, je vais vous observer tous les soirs, Tom et toi, et je vous rejoindrai à la fin de chaque session. Vous me combattrez. Quand je vous estimerai suffisamment forts, vous partirez avec Jo et une équipe réduite.

Je hoche la tête. Je repense à Alexander qui devait me rejoindre à la fin des Constructions. Pour ça, c'est fichu. D'un autre côté, qu'adviendra-t-il de nous si j'échoue à reprogrammer ces robots et que le Système décide d'en finir avec les îles rebelles ? Je pousse un long soupir.

– Et surtout, Lani, pas un seul mot à quiconque, dit-il d'un ton d'avertissement. Cette mission est hautement confidentielle. Seuls Alexander, Rodolphe, Jo et toi êtes au courant. Nous ne devons pas donner de faux espoirs à la population. Imagine si l'on faisait miroiter la possibilité d'une vie à l'abri du Système à tout le monde pour finalement leur dire que ce n'est pas possible. Tu as certainement eu vent des idées que Levon diffusait au sein des Récupérateurs ?

– Il voulait que tout le monde prenne les armes contre le Système, c'est bien ça ?

– Oui. Prendre tous les fusils et toutes les munitions, et aller tuer le plus de membres possible. Parfaitement inutile, car le Système enverrait tous ses hovercrafts sur eux dès la première balle. Mais avec les attaques, le désespoir augmente. Quelques soldats ont été séduits par ces idées radicales, même si elles signifient leur fin à tous. Et malgré la mort de Levon, elles continuent de trouver une résonnance chez les hommes. Imagine alors si l'on promettait une vie cachée du Système et que nous échouions. Nous aurions une mutinerie.

Je hoche la tête. L'instabilité et la précarité de la situation m'avaient échappé.

– Pour l'instant, il ne s'agit que de quelques personnes, dont ceux qui ont attenté à ta vie. Rodolphe a ses équipes sous contrôle. Mais plus tôt nous pourrons offrir de meilleures perspectives, mieux ce sera.

Je comprends. Mon regard se promène encore une fois sur le gigantesque réseau de bases sur la carte. J'ai peine à croire que tous ces endroits pourraient bientôt grouiller de rebelles non connectés.

– Socrate, vous pensez qu'on arrivera un jour à se débarrasser du Système ? Si on est suffisamment nombreux…

– Non, Lani, m'interrompt-il. Ma réponse ne va pas te plaire, mais on ne peut pas « se débarrasser du Système ». Il faudrait détruire chaque membre et chaque centre de données. Partout sur la planète. Un par un. On ne peut pas tuer ce genre de réseau, car ça reviendrait à un génocide. Et même si nous le pouvions, le voudrions-nous ? Imagine ce à quoi ressemblerait le monde si chaque membre retournait à son état originel. Il n'y a plus rien de prévu pour une vie non connectée. Il n'y a plus d'écoles ni de vrai apprentissage depuis des dizaines d'années : en une génération, toutes les connaissances de l'humanité seraient perdues. Brutalement libérés des programmes de contrôle des esprits, les membres seraient incapables de gérer leurs nouvelles émotions, et la proximité qu'implique la vie collective dans les implantations deviendrait un enfer. Il n'y aurait plus de répartition de nourriture par hovercraft et une partie des gens mourraient de faim en quelques semaines. Ce serait le chaos. Encore pire qu'avant la Grande Connexion. Pour le moment, l'humanité est heureuse, en paix, les écosystèmes sont réparés les uns après les autres et la production d'oxygène de la biosphère est repartie pour la première fois à la hausse. Vouloir détruire tout cela serait de la folie, un suicide. Non.

– Mais je ne comprends pas, Socrate. Les membres ne sont pas libres. On ne va pas les aider ?

– Bien sûr qu'ils ne sont pas libres. Mais qui est libre en ce monde ? Le Système impose certains schémas à leurs cerveaux, certes, mais l'éducation qui est fournie aux enfants ici en impose d'autres. Quelle différence y a-t-il entre un formatage en ligne ou dans la vraie vie ? Tu as été horrifiée en découvrant certaines situations ici. Les rebelles sont choqués de certains comportements des membres. Mais d'un côté comme de l'autre, chaque personne pourrait jurer qu'elle est libre et parfaitement heureuse là où elle est. On se sent toujours libre quand on ignore où sont placées ses chaînes. Tu comprends ?

Je repense à mon enfance et mon adolescence à l'implantation. Bien sûr que j'ai été heureuse. Bien sûr que je me sentais libre. Même plus que maintenant. Une vie comblée. Pourtant je ne suis pas satisfaite de son explication.

– Mais les rebelles, eux, ont le droit de changer. Ils ont le droit de remettre en cause ce qui leur a été enseigné. Ils ont le droit de vivre pleinement leurs émotions.

– Tu veux dire que tu aimerais remettre en cause ce qui t'a été enseigné dans le Système ? dit-il avec un sourire. La non-violence, l'entraide, le partage ?

Sa question me désarçonne un moment.

– Bien sûr que non, mais ce n'est pas juste que le Système l'impose comme ça aux membres. Qu'il leur dise quoi faire et quoi penser...

– Ah, Lani, mais chaque société a toujours dit à ses membres quoi faire ou quoi penser. Tu as fait des rêves éveillés historiques. Tu as pu voir que presque toutes aspiraient à la paix, à la prospérité et ont essayé par tous les moyens d'atteindre ce but. Que ce soit par les interdits moraux, religieux, par la loi, par l'enseignement. De tout temps, les humains ont tenté de s'éduquer pour être bons, et ont mis en place des moyens coercitifs pour écarter, supprimer ou mater ceux qui ne l'étaient pas. Le Système ne fait rien de plus que ce que toute société a toujours fait. Mais de manière beaucoup plus efficace. Sans créer un nombre incalculable de névroses, sans gâcher des vies, sans violence...

Je me mords la lèvre. Je ne sais pas quoi lui répondre. Bien sûr que je ne peux pas m'opposer au fait que l'humanité soit enfin heureuse et en paix. Pourtant, cette absence de choix me met toujours aussi mal à l'aise.

– Je comprends que ça te gêne, Lani. Mais mets-toi un peu dans la position du Système pour un court instant. Imagine que tu sois à la tête d'une communauté et que tu puisses empêcher les gens de faire preuve de violence, d'en avoir même l'idée... Qu'est-ce que tu ferais ?

– Je... Je les laisserais libres de penser ce qu'ils veulent, de faire leurs propres choix.

– Tu es sûre ? Et si ces choix les amenaient à faire du mal aux autres ? Comme l'homme qui t'a agressée, par exemple. Si tu avais pu l'empêcher de choisir cette voie, mais que tu avais décidé de le laisser « libre », comme tu dis, ne serais-tu pas devenue alors aussi coupable que lui de ses crimes, par extension ?

Je mâchonne ma lèvre de plus belle. Je comprends ce qu'il veut dire. Je repense à la culpabilité qui me ronge pour m'être simplement défendue... Si j'avais pu empêcher un seul d'entre eux de prendre ce chemin de violence... Non. Il doit quand même y avoir d'autres moyens pour garantir la paix !

– Ce qui n'est vraiment pas juste, Lani, continue Socrate, c'est ce que le Système fait subir à cette communauté. C'est bien beau d'enseigner la non-violence à ses membres pour ensuite lobotomiser des humains qu'il considère de moindre valeur. D'enlever un trop-plein d'enfants parce qu'on veut maîtriser la taille d'une population comme s'il s'agissait de nuisibles. De harceler une communauté avec des attaques alors que nous ne sommes qu'une poignée, comparés au Système. C'est ce comportement-là qui doit cesser. Et pour ça, nous devons obtenir un changement de politique du Système. Parvenir à un statu quo. C'est ce à quoi les bases et les robots nous serviront. Quand nous ne serons plus quelques milliers sur une île mais des centaines de milliers dans des bases fortifiées, il faudra bien qu'ils viennent à la table des négociations.

– Et si on échoue ?

– Il vaut mieux pour nous que ce ne soit pas le cas.

– Socrate, j'ai souvent l'impression que vous nous avez fait venir sur un bateau en train de sombrer…

– Et j'en suis encore une fois désolé, Lani. Mais tu as vu la situation dans laquelle nous sommes…

– Ne vous en faites pas. Je comprends.

Je regarde son visage usé par les ans, toujours bienveillant. Je ressens soudain une profonde admiration pour cet homme qui a renoncé à tout pour mener ici une vie presque monacale à aider cette communauté. Dans un sens, il m'apparaît comme ayant vraiment mis en application l'enseignement du Système, en se dévouant sans limites à ces gens malgré leurs défauts et leur violence.

– Tu devrais aller dans la capsule, maintenant, me dit-il avec douceur. Je pense que Tom doit être mis au courant aussi à présent.

J'acquiesce et me dirige vers la salle de repos. Tom sort tout juste de sa capsule. Il m'adresse un petit sourire. Il a l'air préoccupé. Socrate lui fait signe de venir avec lui alors que je m'allonge sur une couchette. La vitre se ferme et je plonge dans le tournoi.

Après avoir triomphé d'une vingtaine d'adversaires, je me retrouve à nouveau dans l'espace blanc. Socrate se tient en face de moi. La combinaison blanche du Système lui donne une allure très différente de l'uniforme noir des rebelles. Il a l'air plus jeune. Je capte son signal pour la première fois. Il n'en émane rien d'autre que de la détermination. Comme si tout en lui était tendu vers un seul objectif. Ce qui n'est pas étonnant, en considérant la conversation que nous venons d'avoir.

#Socrate : Prête ?

#Lani : Prête.

Un premier bip retentit. J'élabore un labyrinthe. Des murs de béton. Des panneaux qui bougent et manquent de vous écraser contre la cloison d'en face. Des pièges. Un rêve simple mais efficace. Lorsque le second bip retentit, je déploie ma Construction autour de lui.

Je manque de tomber. Le sol au-dessous de moi a disparu. Je me tiens en équilibre sur la pointe de mon pied droit sur une longue et fine tige de métal. Plusieurs mètres au-dessous, le sol se hérisse de piques acérées.

Socrate est parfaitement calme dans mon labyrinthe. Il évite le premier panneau avec facilité. De mon côté, la tige de métal se rétracte et s'enfonce au milieu des épieux. Je saute sur une autre quelques centimètres plus loin et atterris en équilibre sur mon pied gauche cette fois. Je souffle et essaie de garder mon regard braqué sur un point fixe. Je lance un deuxième piège. Le labyrinthe se retourne et Socrate se retrouve projeté au plafond. Toujours pas de signe de panique de sa part. La tige de métal sur laquelle je me tiens s'enfonce à son tour. Je bondis sur une troisième mais le scénario se répète. Je saute maintenant d'un pilier à l'autre, mais les piques se rapprochent inexorablement. J'essaie de lancer mon troisième piège mais manque de concentration. Socrate évite sans difficulté la boule que j'ai lâchée dans son couloir. Elle va s'écraser dans un tournant. Les épieux métalliques sont de plus en plus proches… En une fraction de seconde, c'est fini.

Je me retrouve face à lui dans le grand espace blanc. Il m'adresse un grand sourire. Il a l'air de n'avoir fourni aucun effort.

Je sors dépitée de ma couchette. J'ai horreur de perdre. Alexander est là, derrière la console. Il a le temps de me faire un clin d'œil avant que Socrate ne sorte à son tour.

– C'était très bien, Lani. Vraiment très bien. Je pense que d'ici seulement quelques semaines, nous devrions y arriver.

– Vous êtes sûr ? Je n'ai pas eu l'impression de m'en sortir si bien que ça…

– Oh, mais si. Tu as tenu bien plus longtemps que je ne l'espérais. La clé, ici, c'est la concentration, et tu te laisses encore trop facilement déstabiliser par ce qui arrive autour de toi. Mais tu y arriveras. Tu dois juste faire le vide dans ton esprit.

Il me donne une grande tape dans le dos.

– Tu devrais aller te coucher, maintenant. À demain.

Je jette un dernier regard à Alexander et sors de la pièce. J'aurais aimé pouvoir lui parler. Cette journée a été trop riche en émotions et en découvertes. Et surtout, j'espère qu'il ne m'en veut pas de l'avoir cogné ce matin. Je me promets de trouver un moyen de le voir seule à seul demain. À peine ai-je formulé cette pensée que des bruits de pas me rattrapent. Son bras s'enroule autour de ma taille et ses lèvres se posent sur les miennes. Toutes mes préoccupations semblent se dissoudre à son contact.

– Désolé pour ce matin, me glisse-t-il dans l'oreille. Tu n'as pas trop mal ?

– Non. Et toi ?

– Ça va. Socrate t'a montré notre nouvel ami alors ?

– Oui. Il est tout de suite beaucoup plus sympa sans ses petits copains.

– C'est ce que je pense aussi. J'espère qu'on réussira à les contrôler. Ce serait bien de ne plus avoir à vivre au rythme des attaques du Système…

Je hoche la tête. Ses yeux brillent dans la faible lueur blanche du couloir. Je lève une main tremblante pour caresser sa joue.

– Tu es beau, je murmure, sans même y penser, perdue dans la contemplation de son visage.

Il sourit, surpris.

– Et toi, tu es magnifique. Et incroyablement douée, avec ça.

Je l'attire à moi. Il m'embrasse à nouveau. Son étreinte se fait plus puissante et notre baiser plus profond. Ma tête bourdonne d'un millier de sensations. Et puis soudain, c'est trop. Je m'écarte de lui. J'ai l'impression que mon cerveau a disjoncté sous l'afflux de toutes ces nouvelles données. Comme s'il avait compris ce qu'il m'arrivait, Alexander me serre contre lui.

– Je dois y retourner ou Socrate se posera des questions. Mais je trouverai un moyen pour qu'on se voie un peu plus longtemps dans les prochains jours. En attendant, à demain dans la cour. Je t'aime.

Je rentre à la caserne avec le cœur un peu plus léger.

CHAPITRE 33

– Debout !

Quand le cri de Tricia résonne dans le dortoir, j'ai l'impression de ne pas avoir dormi. Le visage de celui que j'ai tué n'a pas arrêté de hanter mes rêves. Je suis épuisée. Et je ne sais pas si c'est à cause des combats d'hier, du tournoi de Construction ou de l'effort fourni pour affronter Socrate, mais tous mes muscles sont courbatus. Dans le lit à côté du mien, Tom n'a pas non plus l'air d'avoir récupéré. Nous échangeons un regard fatigué. Dans ses yeux, je devine sa préoccupation : son transpondeur est-il plus endommagé que le mien ? Quand va-t-il enfin développer la même habileté que moi au combat ? J'ai un bref accès d'angoisse à l'idée que ça puisse ne jamais arriver.

– Allez, viens, Lani, chantonne Aliza en tirant sur mes draps, sinon on va être en retard.

– Bonjour à toi aussi, je réplique.

Je la suis à contrecœur dans la salle de bains. Quand je jette un dernier regard à Tom, il est prostré sur son lit, la tête entre ses mains.

En tenue d'entraînement, je cours à petites foulées sur la terre battue. Cela fait trente minutes que nous alternons les exercices d'échauffement avec les autres groupes. Et si j'arrive à me retenir de regarder Alexander, je ne peux en revanche m'empêcher de scruter Tom. Surtout quand nous nous entraînons à faire les mouvements de base. J'espère à tout moment le voir enchaîner les gestes avec la même précision que moi. Mais rien ne se passe.

– Allez, on passe au corps à corps ! nous crie Tricia. Deux par deux.

Par habitude, je vais me poster en face d'elle.

– Oh que non ! s'exclame-t-elle. Tu crois que je suis masochiste, soldate ? Tu trouves ça respectueux de frapper ton supérieur ?

– Non, chef ! je me hâte de répondre.

– Alexander ! hurle-t-elle soudain.

Mon cœur fait un bond. Il la rejoint en quelques foulées. Nos regards se croisent un instant avant que le sien ne se concentre sur Tricia.

– Désormais, vous vous entraînez ensemble, tous les deux.

– Pourquoi ? Tu as peur, Tricia ? se moque-t-il avec un sourire en coin.

Elle lui envoie une petite tape à l'arrière du crâne.

– Arrête ça ou je te fous au trou, OK ?

Elle s'éloigne à grands pas pour retourner vers le reste des novices. Je me retrouve seule face à Alexander. Je peux sentir le regard des autres sur nous alors qu'il se met en position d'attaque. Je fais le vide dans mon esprit, comme me l'a conseillé Socrate. Et le combat commence.

Je laisse mes bras et mes jambes enchaîner les gestes techniques. J'ai l'impression d'être la simple spectatrice des mouvements de mon corps. Une fine pellicule de sueur recouvre ma peau. En face de moi, Alexander souffle une buée épaisse alors qu'il pare et esquive mes attaques.

Une clameur retentit derrière moi. Sans le vouloir, je jette un coup d'œil. Tom est debout, triomphant, devant une Tricia à genoux. Un choc me propulse soudain à terre. L'instant d'après, Alexander m'a immobilisée au sol de tout son poids. Je peux sentir son cœur battre tout contre le mien.

– Exactement ce que disait Socrate, dit-il à quelques centimètres de mon visage. Tu te laisses encore trop déconcentrer par ce qui arrive autour de toi.

Il me fait un clin d'œil avant de se relever. Il me tend une main et me remet debout. Autour de nous, les combats se sont arrêtés. Tous les yeux sont désormais tournés vers Tom.

– Lani ! appelle Tricia.

Je me dépêche de la rejoindre non sans jeter un dernier regard à Alexander. En face d'elle, Tom a l'air soulagé.

– Ton ami s'est aussi transformé en génie apparemment, grogne-t-elle. On va voir ce qu'il vaut face à toi.

Je me retourne vers Tom. D'un geste de la main, il remet en place une mèche qui lui tombe sur le front. Je ne peux m'empêcher de sourire. À nouveau face à lui, j'ai l'impression d'être au début d'une épreuve de Construction. Je me mets en position d'attaque. Novices comme Récupérateurs expérimentés forment un cercle autour de nous et les paris vont bon train.

Nous nous tournons lentement autour. Il a l'air à moitié concentré, à moitié amusé.

– Tu as peur ? plaisante-t-il.

– Non, je me demandais juste quel cri de victoire je vais pouvoir pousser quand j'aurai gagné.

– Tu as réfléchi à celui de ta défaite ?

Il envoie un premier enchaînement que je pare facilement.

– Non, je pensais m'inspirer du tien.

J'envoie une attaque qu'il esquive sans difficulté. Le murmure de la foule gronde autour de nous. Je lance un nouvel enchaînement. Et me retrouve à terre un quart de seconde plus tard, incrédule. Tom me fixe avec incompréhension, comme s'il ne savait pas très bien ce qui s'était passé. Nous échangeons tous les deux un regard un peu ahuri. Avant d'éclater de rire. Je suis tellement rassurée par le fait que son transpondeur marche correctement que je ne suis même pas gênée d'avoir été battue. Il m'aide à me remettre debout et nous recommençons l'entraînement. Si j'arrive quelquefois à le prendre par surprise, à la fin de la matinée, il est évident qu'il a largement l'avantage sur moi. Quand Tricia annonce la fin de l'entraînement, nous partons tous les deux de bonne humeur prendre notre petit déjeuner.

Les jours suivants ne sont que des répétitions du précédent. Entraînement. Repas. Corvées. Construction. Sommeil. Je bénis cet emploi du temps chargé qui empêche mon esprit de s'enfoncer dans des contrées obscures où la culpabilité et l'angoisse me rongent. Le matin, Tom et moi ne nous entraînons plus qu'avec Alexander et nos affrontements font toujours l'objet de paris lucratifs entre les Récupérateurs.

Tous les soirs, je retrouve Socrate dans l'espace de Construction. Et il est toujours aussi invincible. Je passe mes après-midi de corvées à élaborer des stratégies de plus en plus complexes. Des pièges de plus en plus sophistiqués. J'essaie même de retourner ses propres rêves contre lui. Mais il triomphe toujours. Je m'habitue presque à cette sensation d'humiliation et de défaite que je ressens à chaque fois que je sors de la capsule. Avec tout cela, je n'ai presque pas l'occasion de voir Alexander seule à seul. J'ai à peine le temps de lui souhaiter bonsoir que Socrate me presse de rentrer dormir. Sa main effleure discrètement la mienne à chaque fois qu'il me croise pour prendre ma place dans le tournoi de Construction et nous parvenons parfois à voler un ou deux baisers dans le couloir.

La nuit est de loin le pire moment de ma journée. Je revois sans cesse le visage de l'homme que j'ai tué au milieu des horreurs dont j'ai été témoin depuis mon enlèvement. Le visage de Jen revient souvent. Je me réveille plusieurs fois en sueur, les yeux grands ouverts à la recherche du prochain assassin qui pourrait se cacher dans le noir.

Au bout de quelques semaines, Tricia nous annonce à la fin de l'entraînement que nous aurons l'après-midi et la soirée de libres. Un murmure d'approbation parcourt les rangs à cette nouvelle. Aliza et Doro sont surexcitées à l'idée de pouvoir sortir de la caserne. Tous les novices ne parlent plus que des verres d'arouk qu'ils pourront boire. Je suis la seule qui ne soit pas réjouie par cette information. Je sais que je serai livrée à mes turpitudes pendant près de six heures et cette perspective ne m'enthousiasme pas. Je regagne le dortoir avec les autres lorsque Alexander se présente devant moi.

– On a besoin de toi à l'hôtel de ville.

Je hausse un sourcil. Normalement, Tom doit prendre le relais à midi et il est déjà parti il y a un quart d'heure – non sans avoir promis de rejoindre les autres plus tard dans la soirée. Que peut bien vouloir Socrate ?

J'obtempère devant le regard curieux et un peu envieux d'Aliza et Doro. Nous sortons et contournons le bâtiment jusqu'à un hangar où dorment une dizaine de quads blancs.

– J'ai pensé que tu voudrais voir Juliette et Georges pour ton jour de repos, me dit-il.

Je lui souris. Alexander enjambe un des engins et me fait signe de grimper à l'arrière. J'enroule mes bras autour de sa taille. J'ai l'impression que mon cœur fond à son contact. Il m'a terriblement manqué.

Il démarre l'engin et nous roulons à toute vitesse à travers les rues puis la campagne. Ma joue contre son dos, je respire à pleins poumons le parfum de l'automne qui s'installe. Cette odeur d'humus, de terre et d'humidité qui semble saturer l'air. Les talus défilent sur les côtés et le vent se prend dans mes cheveux plus longs. Au bout de quelques minutes, nous remontons l'allée qui conduit au chalet des Brac. La porte s'ouvre sur un visage familier.

C'est Cora.

Alexander coupe le contact et je me précipite vers elle. Je me jette dans ses bras. Nous éclatons toutes les deux en sanglots. Mes souvenirs de notre enlèvement remontent à la surface. Son oreille porte encore une longue cicatrice.

Alexander se tient en retrait à quelques mètres de nous. Je devine qu'il ne veut pas perturber nos retrouvailles.

– Comment vas-tu ? Et Tom ? me demande-t-elle.

– Bien. Tu lui manques énormément, Cora. Il n'arrête pas de me parler de toi.

Un sourire triste passe sur son visage. Elle est vêtue d'une vieille robe que Juliette m'a prêtée durant l'été.

– Il me manque aussi… Beaucoup… dit-elle d'une voix faible. En fait, je n'ai pas arrêté de penser à lui ces dernières semaines. On n'a jamais été séparés aussi longtemps.

– Et toi, comment ça va ? D'ailleurs, qu'est-ce que tu fais là ? On pensait que tu étais dans une autre famille…

– Ça va, souffle-t-elle.

Pourtant, la tristesse de son visage semble indiquer le contraire.

– Une personne de l'équipe d'aide aux victimes du Système est venue me chercher il y a une quinzaine de jours, à peu près, en me disant qu'ils avaient besoin de moi. J'étais dans une ferme au milieu des terres, avant, chez les Gardener. Un couple âgé, très gentil. Je les ai aidés tout l'été.

– On s'est tellement inquiétés pour toi avec Tom ! Tu... Tu es sûre que ça va ?

– Ça va, Lani, je t'assure, dit-elle devant mon air inquiet. Socrate est passé tout m'expliquer après m'avoir envoyée ici. Depuis que j'ai des réponses, je vais mieux. J'aime la tranquillité de la campagne. Je me fais seulement énormément de souci pour vous deux. Je sais ce qu'il vous fait faire, je sais qu'il vous pousse au-delà de vos limites. Mais viens, entre, je pense que tu veux voir Juliette.

Je la suis dans la pièce principale si familière envahie par l'odeur du feu de bois. Elle me conduit dans la chambre du couple. Je n'y suis jamais entrée. Juliette est allongée dans un grand lit qui occupe tout l'espace. Son regard vide est fixé sur le plafond. Elle ne manifeste aucune réaction à mon arrivée.

– Juliette, Lani est ici.

Celle-ci ne bouge pas, ses yeux sans vie toujours braqués sur un point imaginaire.

Je m'assieds au bord du lit et lui saisis la main.

– Juliette ?

Un mouvement furtif anime ses paupières.

– Juliette, c'est moi. Lani.

Sa main se resserre sur la mienne.

– Juliette, je suis désolée. Peut-être que si j'avais couru plus vite ce matin-là…

Elle serre maintenant mes doigts au point que j'en ai mal. Je suis désespérée de la voir dans cet état. Elle était si vivante habituellement. La personne en face de moi est un vrai fantôme.

– Parle-lui, Lani, murmure Cora. Je pense qu'elle t'entend, toi. Elle ne réagit pas avec moi.

Je prends une grande inspiration et commence à raconter ce que je fais en ville. Les entraînements avec les Récupérateurs. Les combats et le tir. Aliza et Doro qui me font rire tous les midis pendant la pause. Tom qui continue d'être meilleur que moi au corps à corps. La main de Juliette se contracte parfois autour de la mienne. J'ai un moment l'impression d'apercevoir une lueur de vie dans ses yeux, mais elle s'éteint aussitôt. Je continue de parler malgré la boule qui se forme dans ma gorge. Mais au bout d'un moment, Juliette ne réagit plus du tout. Elle reste là, inerte, tandis que j'ai l'impression de serrer la main d'une morte.

– Viens, on va la laisser, finit par murmurer Cora. C'est bien, on a fait des progrès aujourd'hui.

Le cœur en miettes, j'abandonne Juliette à ses démons.

– Comment va Georges ? je demande à Cora.

– Pas très bien. Il s'abrutit de travail. Il part très tôt aux champs. Et le soir, il lui parle. Il lui raconte sa journée. Il espère la faire réagir. Rien n'y fait.

Elle ouvre la porte et me reconduit dans la pièce principale. Alexander nous a fait chauffer une tisane et nous verse le liquide fumant dans des tasses.

Nous nous asseyons autour de la table. J'avale une gorgée qui me réchauffe délicieusement.

– Moi aussi, j'essaie de sortir Juliette de son état catatonique depuis que je suis ici. Georges l'a trouvée effondrée, seule à l'entrée de la maison. Les filles n'étaient plus là. Toi et Tricia non plus. Elle a juste trouvé la force de lui parler de l'enlèvement. Et depuis elle n'a plus prononcé un mot…

Les larmes me montent à nouveau aux yeux. Je m'en veux maintenant de l'avoir laissée seule, d'avoir suivi Tricia. Si j'avais su qu'il ne servirait à rien de prendre en chasse cet hovercraft… Sous la table, la main d'Alexander se pose sur la mienne pour la serrer.

– J'aurais dû rester, je murmure.

Cora secoue la tête.

– Non. Socrate m'a dit que tu avais essayé de protéger la ville. Tu as bien fait, Lani. Tu as peut-être empêché d'autres enlèvements et d'autres drames.

Elle pousse un soupir.

– Je fais ce que je peux pour essayer de la ramener avec nous. L'équipe médicale qui est passée l'examiner m'a demandé de lui parler le plus possible pour tenter de lui faire garder contact avec la réalité. Mais j'ai peur qu'elle ait besoin de plus que de simples conversations. Si on était dans le Système…

Elle s'interrompt et tourne sa tasse entre ses doigts. Elle ne finit pas sa phrase mais je la devine. Si nous étions dans le Système, celui-ci pourrait certainement modifier ses souvenirs, ses pensées, son état mental… Faire quelque chose pour la rendre à son état normal. Quelque chose qu'aucune équipe médicale ne pourrait réaliser ici.

– Elle était comment avant l'enlèvement ? me demande Cora. Et Georges ?

Je lui raconte ma vie chez les Brac avant l'attaque du Système. Les histoires au coin du feu, les jeux des filles, les délicieuses tartes aux pommes et les gratins.

– Eh bien, j'aurais bien aimé voir ça, murmure-t-elle d'un air triste.

Je ne peux m'empêcher de me sentir désolée pour elle. Elle doit se sentir terriblement seule ici, avec Juliette réduite à un fantôme et Georges constamment absent. S'il n'est pas facile de vivre parmi les Récupérateurs, au moins Tom et moi pouvons compter l'un sur l'autre.

Nous continuons de discuter un long moment des Brac et des Gardener, sa première famille d'accueil, jusqu'à ce qu'elle me pose des questions sur notre vie en ville. Je lui raconte tout, à l'exception du plan pour libérer les anciennes bases militaires. Notre entraînement chez les Récupérateurs et la magie opérée par nos transpondeurs. Nos progrès dans le tournoi des Constructeurs et le Système que nous maintenons sous surveillance constante. Les corvées à la caserne. Les amitiés que nous commençons à développer avec les autres novices. Et puis finalement mon agression. Elle se couvre le visage de ses mains lorsque je lui apprends que j'ai tué celui qui a tenté de m'assassiner. Puis elle reprend ses esprits et me saisit le bras.

– Tu ne t'en veux pas, j'espère ? me demande-t-elle, inquiète.

Je baisse les yeux sur ma tasse désormais vide et froide.

– Oh, Lani, tu n'as pas le droit de t'infliger ça. Tu n'y peux rien si cet homme avait décidé de te tuer… Tu n'as fait que te défendre.

Quand je relève la tête, ses deux grands yeux bruns me regardent avec préoccupation.

– Promets-moi d'essayer de ne pas t'en vouloir…

– Je te le promets.

Bizarrement, un poids semble tomber de mes épaules alors que je prononce ces mots.

– Tu ressembles beaucoup à Tom, tu sais, dit-elle d'un ton absent. Lui aussi a tendance à vouloir tout prendre sur ses épaules. En tout cas avant…

Elle s'interrompt soudain.

– Est-ce qu'il est toujours pareil ? Je veux dire, Tom, après son déconditionnement ?

– Il est toujours le même, oui, je réponds en hochant la tête.

Les couleurs reviennent sur son visage.

– Tu n'imagines pas à quel point je suis rassurée. J'avais envie de te poser la question depuis que tu es arrivée mais j'avais tellement peur de la réponse ! Si Tom était devenu quelqu'un d'autre, je…

Elle se mord la lèvre.

– Moi, je me sens toujours moi-même. J'ai juste l'impression de ressentir les choses de manière plus intense. Mais je ne savais pas comment le déconditionnement avait pu vous affecter, Tom ou toi. J'avais peur de l'avoir perdu… d'avoir perdu mon meilleur ami, je veux dire.

C'est mon tour de lui serrer le bras pour la réconforter.

– Tu lui diras que je pense à lui ?

– Je lui dirai, Cora.

Nous passons encore quelque temps à discuter quand Alexander me fait signe qu'il est l'heure de rentrer. Sur le pas de la porte, j'enlace une dernière fois Cora.

– Prends soin de toi, me dit-elle.

– Toi aussi.

– Et veille bien sur Tom, pour moi.

Je m'accroche à nouveau à Alexander derrière le quad. Nous roulons jusqu'au bord de la rivière, où il coupe le contact.

Il descend de l'engin et m'embrasse à pleine bouche.

– J'avais peur de ne pas pouvoir faire ça de la journée, dit-il, un peu gêné.

Je l'attire à moi et l'embrasse à mon tour. Son blouson tombe à terre. Sa peau est chaude sous mes doigts. Il me soulève du quad et me serre contre lui, mes pieds à quelques centimètres du sol. Ses baisers se font plus pressants. Je suis à bout de souffle. Quand nous nous écartons enfin l'un de l'autre, mes joues sont brûlantes et j'ai l'impression d'avoir couru un marathon. Il promène son pouce le long de ma mâchoire.

– Tu m'as manqué… souffle-t-il.

– Toi aussi.

Il dépose un baiser léger sur mon front, à la racine des cheveux.

– Merci de m'avoir emmenée voir Juliette et Cora.

– C'est normal. J'ai pensé que cela vous ferait du bien à toutes les trois…

– Tu penses que Juliette va s'en sortir ? je lui demande avec inquiétude.

Il pousse un soupir. Ses yeux se perdent dans le lointain.

– Je n'en sais rien. J'aimerais te dire que oui, mais j'ai vu tellement de gens sombrer après avoir perdu des proches dans une attaque…

Mon cœur se serre à ces mots. Alexander s'assied alors dans l'herbe et m'invite à le rejoindre. Blottie contre son torse, je laisse mon regard dériver le long de la rivière.

– Quand les attaques étaient plus rares, je passais beaucoup de temps à aider les familles de victimes, poursuit-il. Certains arrivaient à continuer. D'autres ne s'en remettaient pas. C'était très difficile de voir les gens s'enfoncer un peu plus chaque jour dans la tristesse et la dépression malgré tous nos efforts. Comme si après avoir échoué à protéger leurs proches, j'échouais à leur donner la force de se relever.

Il me serre plus fort contre lui.

– C'est pour ça que je ne voulais pas vous enlever. J'ai vu les effets d'une disparition brutale sur les familles, les amis… Je ne voulais pas vous imposer ça, ni à vous, ni à vos proches, même si le Système finirait par leur modifier la mémoire pour effacer le traumatisme…

– Alexander… je murmure. Je suis heureuse que tu m'aies enlevée.

Je lève les yeux vers lui et vers son regard sombre.

– Moi aussi.

Ses lèvres se posent sur les miennes pour un baiser empli de douceur. Puis nous restons un moment pelotonnés l'un contre l'autre à apprécier ce moment de calme rien qu'à nous. Sa main caresse mes cheveux.

– J'espère que je serai assez forte pour modifier le programme des robots, je finis par dire. Je ne veux plus voir qui que ce soit dans le même état que Juliette.

– Je suis sûr que tu y arriveras. Socrate m'a dit que Tom et toi étiez les éléments les plus prometteurs qu'il ait jamais vus.

Sa réponse m'arrache un sourire.

– C'était comment d'avoir été élevé par lui ? je demande avec une pointe de curiosité.

– Plutôt formidable, rit-il. Il m'inventait des rêves exceptionnels. Quand j'aimais une histoire, il la créait pour moi dans les capsules. *Les Trois Petits Cochons, Le Petit Chaperon rouge*…

Il venait avec moi et on s'amusait beaucoup. Il en profitait pour m'apprendre plein de choses. Et puis, un jour, j'ai eu le droit de faire mes propres rêves, moi aussi. Il m'a montré comment. C'est comme ça que j'ai appris à manipuler les réalités virtuelles. Quand j'ai été assez grand et assez fort, je lui ai demandé si je pouvais l'aider à surveiller le Système dans les tournois.

– Tes parents ne t'ont pas manqué ?

Il secoue la tête.

– Non. Quand Socrate m'a ramené, je ne me rappelais rien à propos de Banks. Le Système avait déjà effacé ma mémoire et commencé à m'implanter de faux souvenirs. Avant mes six ans, c'est le visage d'une très belle femme blonde que je vois. Astrid, matriarche de l'implantation 315617, au bord de l'Atlantique. Je peux encore sentir son odeur si je ferme les yeux. Je ne l'ai jamais rencontrée. Pourtant, j'ai l'impression de l'avoir connue et elle me manque plus que ma propre mère. Je ne suis resté avec mes parents que quelques mois après mon retour, le temps que Socrate convainque le Conseil qu'il pouvait les aider et que moi aussi je le pouvais, si j'étais correctement formé et entraîné. Mais ces quelques mois chez eux ont été les pires de ma vie. Ils nous éduquaient, Levon et moi, pour intégrer les Récupérateurs. « Pour nous donner un avenir », comme ils le répétaient. Pour ça, il fallait nous endurcir. Dormir dans le froid, savoir encaisser les coups, être privés de sommeil, de nourriture…

– C'est horrible, je souffle, choquée.

Je relève la tête et caresse sa joue. Mon cœur se serre quand je l'imagine enfant aux mains de ces tortionnaires.

– Plutôt oui, sourit-il. C'est pour ça que je considère Socrate comme mon père et ma seule famille. J'ai été tellement heureux quand il est venu me chercher. C'est mon plus beau souvenir, je crois, après le moment où je t'ai vue pour la première fois, dans le tournoi. En fait, après tous les moments passés avec toi.

Je me sens soudain débordée par l'amour que j'éprouve pour lui. Je passe mes bras autour de son torse et nos lèvres se trouvent à nouveau. Nos corps basculent sur l'herbe humide. Sa main glisse le long de mon dos jusqu'à la chute des mes reins. Mon rythme cardiaque s'accélère et une chaleur inconnue me consume. Surprise par cette émotion nouvelle, je m'écarte de lui. Allongé sur le tapis de végétation, il me sourit.

– Je vais devoir te ramener. Il est déjà tard et tu ne devrais pas manquer ton premier verre d'arouk avec les autres.

– Mais… Je dois prendre le relais à six heures…

– Non. Je m'en occupe. Va rejoindre les autres. Tu as bien mérité de souffler un peu.

Il se relève aussitôt. Je le suis à contrecœur vers le quad. J'aurais aimé pouvoir prolonger cet instant avec lui. Discuter encore des heures seule à seul et peut-être explorer cette nouvelle sensation étrange provoquée par ce dernier baiser. Mais nous ne pouvons pas manquer le prochain tour de guet sans mettre en danger toute cette île, alors nous reprenons la route de la ville.

Lorsque nous arrivons au garage, les novices sortent tout juste du bâtiment principal.

– Lani ! Viens avec nous ! appelle Fred.

Alexander retrouve son air froid et distant.

– Va avec eux.

Je le salue d'un bref signe de tête et me dirige vers le groupe. Doro et Aliza me regardent d'un air envieux.

– Qu'est-ce que tu faisais avec lui ? me demande Aliza alors que nous déambulons dans la rue.

– Il m'a conduite dans la famille qui m'a accueillie.

– Et… ?

– Et c'est tout. Socrate le lui a demandé.

Elle et Doro me regardent d'un air suspicieux. Tom apparaît soudain à mes côtés et passe son bras autour de mes épaules.

– Tu as quartier libre, alors ?

– Oui, exceptionnellement.

– Tant mieux. Quel que soit le goût de ce verre d'arouk, j'aurais sauté sur n'importe quel prétexte pour sortir de cette caserne.

Le groupe se met en mouvement. Je ralentis le pas. Je veux pouvoir parler à Tom de mon après-midi sans que des oreilles indiscrètes ne captent notre conversation. Quand les autres se sont un peu éloignés, je lui murmure :

– J'ai vu Cora cet après-midi. Elle est chez les Brac. Elle m'a dit de te dire qu'elle pensait à toi.

Un gigantesque sourire illumine soudain le visage de Tom et le rouge lui monte aux joues.

– Tu l'as vue quand ? Tout cet après-midi ? Elle allait bien ?

– Eh, traînez pas, vous deux ! nous interpelle Doro. Ou sinon il y aura plus de places !

Quelques mètres devant nous, le groupe s'engouffre dans un bâtiment en béton à l'air un peu lugubre.

– On en reparlera en sortant, je murmure alors que Dan et Fred nous prennent chacun par un bras pour nous entraîner en rigolant vers une petite porte.

Nous arrivons dans une grande salle éclairée à la bougie. Un homme à l'aspect jovial se tient derrière un bar. Son sourire s'évanouit quand il avise nos uniformes sombres. Les quelques personnes qui se trouvent là se fraient un chemin vers la sortie tandis que nous nous asseyons à une table. L'homme se hâte de déposer un flacon devant nous ainsi qu'une douzaine de petits verres.

– Cadeau de la maison, balbutie-t-il.

Arthur se saisit de la bouteille et sert le liquide ambré.

– À nous ! lance-t-il en levant son verre.

Il l'avale d'un coup. Je l'imite. Le liquide me brûle la gorge. Je reconnais le goût agressif de l'alcool. J'en ai déjà bu dans les petites liqueurs parfumées de l'implantation, lors des fêtes. Mais jamais aussi fort. Et jamais autant. Je manque de m'étouffer.

Arthur explose de rire.

– La décérébrée a bien besoin d'un autre pour s'en remettre !

À mon grand désespoir, il remplit à nouveau les verres. La porte s'ouvre à la volée. Un groupe de Récupérateurs entre. Parmi eux, Matthew et Pete. Je vois Tom se raidir sur sa chaise. Ils s'asseyent à la table voisine. L'homme derrière le bar s'empresse de les servir du même liquide.

Je suis déjà écœurée par le goût sirupeux de la boisson, mais Arthur me fourre un autre verre dans les mains avant que je n'aie le temps de protester.

– Allez, à la permission !

– À la permission, reprend le groupe en chœur.

Je porte le verre à mes lèvres et fais semblant de boire. En le claquant sur la table pour le reposer, j'en renverse une grande partie. Ni vu ni connu.

Les conversations vont bon train autour de moi et l'ambiance est festive. Tous se demandent quelle section ils vont rejoindre.

– Tout le monde sait que Jo prend les meilleurs. C'est lui qui fait toujours les missions les plus dangereuses, dit Aliza. Quoique Tricia pourrait prendre du galon, d'après ce que j'ai entendu.

– On sait déjà où ira notre décérébrée alors, dit Arthur alors qu'il passe un bras autour de mes épaules.

Je suis mal à l'aise à son contact. Je n'oublie pas qu'il a fallu que je tue un homme pour qu'il m'apprécie.

– Ce n'est pas nous qui choisissons ? demande Tom.

– Tu rigoles ? Bien sûr qu'on ne choisit pas. Ce sont les chefs de section qui se répartissent les recrues à la fin de notre formation.

Je repense à la mission si spéciale qu'élabore Socrate. Je jette un coup d'œil à Tom. Je vois que la même idée lui trotte dans la tête. Un groupe réduit. Ce sera certainement avec les membres de la section 1. Je réprime un frisson. J'ai beau avoir vu un Jo beaucoup plus calme et composé tous les matins à l'entraînement, je n'arrive pas à enlever de ma tête l'image de l'homme cruel et sanguinaire qui coupait l'oreille de Cora. Je n'ai pas la moindre envie de partir en expédition avec lui.

Les conjectures vont désormais bon train sur qui prendra qui. Je les écoute d'une oreille attentive. Jo a l'élite, suivi de très près par Tricia. Will et Augustin s'occupent des missions de routine et prennent les éléments les plus moyens. Les recrues qui n'ont pas le niveau sont renvoyées chez elles ou intègrent la force de police de Rhodes. Au bout de quelques heures, je vois Matthew se lever de la table voisine et se diriger vers la nôtre.

– Vous devriez rentrer, maintenant, dit-il d'un ton dur. Vous ne voulez pas avoir la gueule de bois demain.

La bouteille est finie et les autres sont tous très alcoolisés. Aliza se balance à droite et à gauche sur sa chaise. Fred rit trop fort. Je me réjouis d'avoir fait semblant d'avaler tous les verres suivants. L'alcool m'a un peu rougi les joues, mais c'est tout.

– Je suis sérieux. Rentrez tout de suite, aboie-t-il.

Tout le monde comprend au ton de sa voix que la fête est finie. Je me lève. Tom n'a pas eu la même idée que moi et se tient à la table pour ne pas perdre l'équilibre. Le groupe se met en route d'un pas inégal vers la caserne. Dans la rue, la lune projette une lueur contrastée sur les bâtiments.

– Alors… Alors, Cora va bien ?

– Elle va bien, Tom, elle s'occupe de la famille dans laquelle j'étais. Elle m'a dit qu'elle pensait tout le temps à toi…

Je suis interrompue par Aliza et Doro qui passent chacune un bras autour de mes épaules.

– Comment t'arrives à marcher droit, toi ? hoquète Aliza.

– Je me suis arrêtée de boire à temps.

– Malin, siffle Doro.

– Chacrément malin, renchérit sa comparse.

– Ton signal a compris le mieeen… Il vibre d'amouuur au creux de mes mains ! se met à chanter Tom, reprenant une chanson connue du Système.

J'éclate de rire.

– Il chante faux, non ? rigole Doro.

– Complètement, je réponds, hilare.

– Ton signal a compris le mieeen ! entonne alors Aliza à tue-tête en se joignant à lui pour le refrain.

Nous regagnons ainsi la caserne, bras dessus bras dessous, en rigolant et en chantant. Pour la première fois, j'ai l'impression d'y être chez moi.

CHAPITRE 34

Le réveil est douloureux le lendemain. Tricia allume la lumière pour trouver son unité groggy et ensommeillée.

– Tout le monde en uniforme ce matin. Rassemblement général dans la cour. Lani, rejoins-moi quand tu seras en bas.

Je hausse un sourcil. Que peut-il bien se passer ? Tom a un teint légèrement verdâtre. Tous les novices se dirigent vers la salle de bains pour enfiler leur uniforme d'une démarche mal assurée.

Aliza et Doro, habituellement si pipelettes, enfilent leurs vêtements en silence et avec peine. Nous descendons tous dans la cour éclairée par la lueur d'une aube blanche.

Une cinquantaine de personnes font déjà face à une estrade en bois qui a été installée contre un des murs. Rodolphe et les quatre chefs de section s'y trouvent. D'un geste, Tricia me fait signe de la rejoindre. D'un pas hésitant, je monte sur la scène. Au regard que me lance ma formatrice, je comprends que je dois rester à côté d'elle.

Je vois la cour se remplir, les visages impassibles des Récupérateurs fixés sur nous. Je repère Alexander. Sa mine sombre est penchée vers le sol. Il a l'air plus froid et indifférent que d'habitude.

– Soldats ! s'exclame Rodolphe. Hier, le Conseil s'est réuni en séance exceptionnelle afin de juger les cas de Goethe

Fairview et Mathieu Halifax. Ils ont été jugés coupables de tentative de meurtre avec préméditation sur la personne de Lani202138.

Alors qu'il prononce ces mots, une porte s'ouvre sur le côté et deux hommes font leur apparition, encadrés par quatre Récupérateurs. Ils sont pieds et poings liés. Je reconnais celui qui a voulu me tirer dessus sur la place. Nos regards se croisent. Ses yeux ne sont que haine. On les escorte sur l'estrade où on les met à genoux face à la foule. Mes entrailles se tordent. J'ai un mauvais pressentiment. Rodolphe continue.

– Lani202138 a été récupérée par la section de Jo. Il s'agit donc de notre propriété, et ce crime, d'une tentative de sabotage par destruction d'objets stratégiques.

Il marque une pause théâtrale en me désignant de la main. J'ai l'impression de recevoir un coup de poing en plein visage. Ainsi, je ne suis qu'un objet pour eux ? Quelque chose qu'on possède ? Mais je n'ai pas le temps de réagir que déjà Rodolphe reprend :

– La sentence décidée par le Conseil est la mort, clame-t-il d'une voix forte.

Je reste figée à regarder les deux hommes. Un léger murmure parcourt la foule. J'ai envie de prendre mes jambes à mon cou. De quitter tout de suite cette estrade pour aller me réfugier je ne sais où.

– Silence ! crie le chef des Récupérateurs. Comme le veut la coutume, la sentence sera exécutée par la partie plaignante.

Je sens qu'on me fourre une arme entre les mains et qu'on me pousse en avant. Je regarde un instant le revolver et sa crosse usée par les ans, sous le choc. Deux Récupérateurs mettent des sacs en tissu noir sur le visage des condamnés. Je me retrouve à côté d'eux alors que Rodolphe me désigne le plus proche de la main. Tous les regards sont braqués sur moi. Tom a l'air d'être malade. Alexander me fixe, impassible, de son regard sombre. Je respire un grand coup et lève le canon vers la tête du premier. Ma main tremble. La poitrine de l'homme monte et descend au rythme de sa respiration. Ce mouvement me ramène subitement sur terre.

– Non.

Je laisse tomber l'arme au sol. Je vois Rodolphe et les chefs de section froncer les sourcils.

– Non, je répète. Je ne les tuerai pas.

– C'est un ordre, Lani, crache Rodolphe.

– C'est MA vie qu'ils ont tenté de prendre ! Je devrais avoir le droit de décider de ce qu'elle vaut ! Et je ne leur en veux pas. C'est au Système que j'en veux. Pour les avoir piégés ici comme des rats. Pour les avoir harcelés jusqu'à ce qu'ils perdent tellement l'esprit qu'ils me confondent avec l'ennemi. C'est le Système qu'on doit abattre, pas le peu de rebelles qu'il reste !!!

Un murmure d'approbation et quelques clameurs montent de l'assemblée. Je serre les dents.

– Mort au Système ! crie alors un des condamnés, sa voix étouffée par le sac.

– Mort au Système ! reprend une partie des Récupérateurs.

– Arrêtez-la, dit calmement Rodolphe.

Deux des gardes qui ont amené les prisonniers se saisissent de moi et me conduisent au bas de l'estrade. Alors que nous passons la petite porte pour pénétrer dans le bâtiment, deux coups de feu retentissent sous les huées de la foule.

Je suis conduite dans un cachot humide et sombre. Les Récupérateurs m'attachent les poignets à deux anneaux métalliques qui pendent au mur et referment la grille de métal de la cellule. Un soupirail dépose un rai de lumière diffus sur le sol en béton.

Je souffle un grand coup. Je suis soulagée et en colère en même temps. Soulagée parce que j'ai trouvé le courage de m'opposer à cette peine de mort et refusé de couvrir mes mains de sang. Et en colère, car cela n'a servi à rien. J'ai entendu les coups de feu et le bruit mat des corps sur le bois de l'estrade.

Je reste prostrée dans cette cellule, avec mes souvenirs sanglants pour seuls compagnons. Aucun garde ne passe. Très vite, la colère fait place à l'inquiétude. Qu'est-ce qu'ils vont me faire ? Est-ce qu'ils vont me punir ? Non, ils ont besoin de moi pour surveiller le Système et pour libérer les bases militaires. *Pour ça, ils n'ont besoin que de ton cerveau*, murmure la petite voix dans un coin de ma tête. L'inquiétude m'oppresse la poitrine. Et si j'avais parlé trop vite en m'opposant à cette peine de mort ? Je me remémore chacun de mes mots… Et je me frappe le front contre le mur. J'ai appelé à abattre le Système ! J'ai employé le même discours que Levon ! Sous le coup de l'émotion, j'ai dit exactement ce qu'il ne fallait pas dire ! Pas étonnant que Rodolphe m'ait jetée dans un cachot ! Je suis stupide, stupide, stupide ! Le rai de lumière se déplace sur le sol au fur et à mesure que le soleil suit sa course dans le ciel, pendant que je me creuse les méninges pour essayer de trouver une solution. Peut-être que je pourrais m'excuser ? Auprès de Rodolphe et des Récupérateurs ? Je pourrais peut-être prononcer un discours pour dire que je me suis trompée. Pourquoi faut-il que je m'emporte aussi souvent sans réfléchir ? Il fait presque nuit quand un cliquetis se fait entendre. Un homme laisse entrer Alexander.

– Détachez-la, dit-il d'un ton sec. Elle doit venir avec moi.

Le garde ouvre la grille et libère mes poignets endoloris, désormais ornés de marques rouges.

– Allez-y, dit-il.

Alexander me conduit d'un pas rapide jusqu'à l'ancienne implantation. Dans le long couloir, nous croisons quelques hommes en uniforme brun qui montent la garde devant le réfectoire d'où proviennent des éclats de voix.

– Le Conseil est en train de siéger, me souffle-t-il.

Je le suis à l'étage. Mais au lieu d'ouvrir la salle des capsules comme je m'y attendais, il me conduit dans sa petite chambre aux murs couverts de papiers griffonnés. Sitôt la porte refermée, il m'ouvre les bras. Je m'y jette et toute la tension accumulée ces dernières heures se relâche aussitôt. J'éclate en sanglots.

– Ça va aller, Lani. Ça va aller. C'est fini, murmure-t-il en me caressant les cheveux.

Il me garde tout contre lui et me chuchote des mots rassurants jusqu'à ce que j'arrive enfin à calmer mes pleurs. Encore tremblante, je demande :

– Qu'est-ce qu'ils vont me faire, tu penses ?

– Rien du tout, sourit-il. Tu as entendu les cris quand on est passés devant la porte du Conseil ? Les chefs de guilde sont outrés, Socrate le premier. Ils avaient condamné les deux partisans de Levon au bannissement, pas à la peine capitale. Mais Rodolphe a décidé tout seul de faire un exemple…

Il me serre plus fort contre lui.

– Quand je t'ai vue monter sur cette estrade, je… j'ai cru vivre un cauchemar. Je suis tellement, tellement fier que tu aies trouvé la force de refuser…

Il se penche vers moi pour m'embrasser, mais je pose un doigt sur ses lèvres.

– Mais j'ai fait une erreur, non ? je demande, inquiète. En appelant à combattre le Système. C'est comme si j'avais défendu les idées de Levon.

– Ce n'est pas toi qui as fait une erreur, Lani, répond-il en saisissant ma main pour la serrer dans la sienne. C'est Rodolphe. Il n'aurait jamais dû changer la sentence du Conseil. Le simple fait de mettre ces deux hommes sur une estrade pour une exécution publique n'a fait que donner plus de légitimité et de visibilité à leur cause. C'étaient deux lâches qui s'en étaient pris à une jeune femme seule, et il en a fait des martyrs morts pour leurs idées.

Il secoue la tête, l'air soucieux.

– Je ne serais pas surpris que le Conseil demande sa démission. Il a franchi la ligne rouge, ce matin.

– Et qui le remplacerait ?

– Jo, sans doute. C'est le plus expérimenté et le plus respecté de la caserne. Et ça a beau être une brute, il est entièrement loyal au Conseil. Son sens du devoir passe avant tout…

– À commencer par l'oreille d'une adolescente, je lâche.

Alexander hoche la tête d'un air entendu. J'avise soudain la petite horloge sur la table de nuit derrière lui.

– Sept heures trente ! Il faut que j'aille prendre mon tour de garde !

Je tourne déjà les talons qu'Alexander me retient par une main.

– Tom a déjà pris ton tour sur l'ordre de Socrate. En fait…

Un sourire espiègle illumine son visage.

– Rodolphe a donné son accord pour te libérer seulement dans la journée de demain, mais on va dire que je suis allé te chercher un peu en avance. Je me suis dit que tu aimerais peut-être passer la nuit ici plutôt qu'en cellule, et retourner à la caserne demain, ni vu ni connu. Je pourrais rester avec toi jusqu'à ce que je prenne le relais dans les capsules. On pourrait…

Mais je le fais taire en posant mes lèvres sur les siennes. Il me serre plus fort contre lui et notre baiser se fait plus intense. Je passe ma main dans ses cheveux, sur son uniforme… La sensation de chaleur revient. Quelque part, j'ai vaguement conscience de sa veste et de la mienne qui tombent au sol…

Deux coups brefs contre la porte viennent nous interrompre.

– Alex ? Tu es là ? dit la voix de Socrate.

Les yeux d'Alexander s'écarquillent et il me fait signe de rester silencieuse.

– Oui, une minute !

Je ramasse ma veste en vitesse et vais me cacher derrière la porte tandis qu'Alexander renfile la sienne.

– Qu'est-ce qu'il y a ? demande-t-il à Socrate en lui ouvrant.

– Tu peux venir avec moi un instant ? Ce ne sera pas long, le Conseil veut t'entendre à propos d'une affaire…

Sa voix s'éloigne déjà et la porte se referme. Je reste seule, encore essoufflée, dans la petite pièce. Et je n'arrive pas à m'empêcher de sourire.

Je vais m'allonger sur le lit d'Alexander, dont les draps sentent si bon son odeur. Je prends une grande inspiration. En l'attendant, je parcours des yeux les schémas et les notes sur les murs. J'en comprends une partie, maintenant. C'est un alphabet secret qu'utilise Socrate. Sur l'un des feuillets, je reconnais mon nom.

Une sirène mugit soudain au-dessus de ma tête. Une attaque. Je saute du lit et me précipite vers la porte. Avant de m'arrêter, la main sur la poignée. Je suis censée être en cellule, qu'est-ce que les Récupérateurs vont dire s'ils me voient débarquer parmi eux ? L'image de Lilly et Rose hurlant dans le rayon vert me revient comme un flash. Tant pis. Pour empêcher un seul enlèvement, ça vaut le coup de risquer quelques heures de plus en prison.

Je m'élance vers la caserne.

CHAPITRE 35

Le bruit strident résonne dans mes oreilles. Le couloir principal grouille de monde.

– Qu'est-ce que tu fais ici, toi ? s'exclame Tricia en me voyant. Bon, on s'en fiche ! Au réfectoire et tout de suite ! Bouge-toi le train !

Je la suis dans la salle déjà pleine à craquer. Jo est sur l'estrade et répète la même phrase encore et encore.

– Code 2 ! Je répète, code 2 ! Dix hovercrafts en approche !

La tension monte d'un cran. Dix hovercrafts. C'est une attaque d'envergure. Les hommes et les femmes de la caserne se cramponnent désormais à leurs armes. Les trappes ont été ouvertes et l'arsenal est distribué. Je reçois un coup de coude. Aliza se tient à côté de moi et me tend un fusil d'assaut ainsi qu'une ceinture de munitions. Elle a l'air surprise de me voir mais ne me pose pas de questions.

L'attente commence. Personne ne discute cette fois-ci. Même pas Aliza et Doro. Les visages sont tendus. La sirène hurle au-dessus de nos crânes. Soudain, le bruit des pales se fait entendre. Il s'amplifie jusqu'à rester stable. Nos regards se tournent vers la petite fenêtre qui donne sur la place. Elle est éclairée par les halos verts qui tranchent la nuit noire. Et ils apparaissent. Des robots semblables à des chiens descendent dans la lumière. Leurs yeux rouges se tournent dans toutes les directions. Ils sont des dizaines à poser leurs quatre pattes au sol et à se répandre comme des insectes.

– C'est une purge ! hurle Jo. Code 1, je répète, code 1 !

– Les novices et la section 2, avec moi ! hurle Tricia.

Nous sortons en trombe de la salle par l'entrée principale pendant que les autres groupes prennent des chemins différents. Dans le large couloir, nous tombons nez à nez avec cinq robots. La porte d'entrée est grande ouverte. Nul signe du garde. Nous ouvrons le feu et les balles rencontrent leurs corps dans un bruit métallique. Aucun projectile ne semble capable de percer leur carapace. Leur progression se trouve à peine ralentie par les impacts.

Impuissants devant leur avancée, nous reculons vers l'escalier qui mène aux étages supérieurs. Deux d'entre eux projettent chacun un long tentacule qui vient se ficher dans les gorges de Fred et Arthur. Leurs yeux se vident de toute vie et leur visage de toute expression. Ils lâchent leurs armes et suivent docilement les robots à l'extérieur comme s'ils n'avaient plus de volonté propre. À travers la porte grande ouverte, je les vois se faire emporter par le rayon vert.

Ainsi c'est ça, leur plan. Acculés, nous commençons à monter les escaliers à reculons, tout en tirant sur les robots qui viennent de plus en plus nombreux à notre poursuite. Un autre lance son tentacule. Entre les petits crochets qui s'apprêtent à s'agripper à la peau de sa proie, je vois briller la pointe d'une aiguille. Elle atteint Tricia au bras. Je vise le cordon métallique et tire dessus alors que ma chef lâche son arme. Les balles ricochent. Elle fait un pas pour le suivre. Je n'ai plus le choix. Je me décale légèrement sur le côté et vise son bras. La balle arrache le tentacule ainsi que la totalité du muscle.

Elle se réveille et pousse un long hurlement de douleur. Je lui saisis la main et la tire en arrière.

– On se replie sur le toit ! je hurle. Aliza, Doro, aidez-moi à couvrir notre retraite !

Nous arrosons copieusement les robots pendant que les autres montent se mettre à l'abri. Leurs tentacules fusent maintenant dans notre direction. Je vise toujours l'aiguille et la balle arrache les petites griffes dans une pluie d'étincelles bleues. Nous reculons encore, repoussés par les bêtes métalliques qui n'en finissent plus d'arriver. Je repère alors l'endroit sur leur dos d'où sort leur appendice. Quand je vois l'orifice s'ouvrir, j'y loge une balle. Le robot s'immobilise, parcouru d'éclairs bleus, et s'effondre sur ses congénères, bloquant momentanément leur progression.

– On fonce ! je hurle.

Nous nous précipitons vers les étages supérieurs, poursuivis par les cliquetis des pattes métalliques sur les marches. Nous arrivons devant la lourde porte en acier. Fermée. Aliza tambourine dessus. Je braque mon fusil sur les marches. Quand le premier chien apparaît, je lui envoie une salve. Une main me saisit soudain par le col et me fait passer violemment à travers l'ouverture. Je suis projetée sur le sol du toit. Jo referme la porte et met une barre en travers des poignées. Le cliquetis des pattes métalliques retentit une seconde plus tard contre les battants que les chiens essayent de forcer.

Je me retourne. Les dix hovercrafts projettent leur lumière verte sur la place. Les hurlements s'élèvent dans la nuit noire par-dessus le bruit des machines qui traquent les habitants jusque dans le moindre recoin. En bas, des dizaines d'hommes, de femmes et d'enfants marchent derrière leurs nouveaux maîtres pour ensuite se faire capturer par les halos verts.

– Lani, Doro, Aliza, venez m'aider !

La voix de Tricia me sort de mon état de choc. Elle tient une grenade explosive blanche de son bras valide.

– Retire ma montre, Lani !

– Quoi ?

– Retire ma montre et mets-la ! Appuie sur le détonateur quand le signal apparaît en rouge. Ne réfléchis pas. Si tu ne le fais pas nous sommes fichus !

Je me saisis de l'accessoire attaché à son bras détruit qui pend mollement le long de son flanc. Il est couvert de sang.

– N'oublie pas ! Appuie quand le signal est rouge ! Maintenant ouvrez-moi cette fichue porte !

– Non, Tricia !

– Ne discute pas !

Elle dégoupille la grenade avec ses dents. Appuyés de toutes nos forces contre les battants, nous retirons la barre. Les bêtes métalliques se bousculent pour s'engouffrer par la mince ouverture que nous peinons à maintenir. Tricia fait reculer le premier chien d'un coup de pied et s'y jette. Nous refermons la porte avec peine et Aliza replace la barre. Un *boum* sonore retentit une seconde plus tard et secoue les battants. Les cliquetis s'arrêtent.

Autour de nous, les Récupérateurs arrosent les robots et les hovercrafts depuis le bord du toit. Les balles sortent dans un trait lumineux au milieu de la nuit noire. Toujours plus d'hommes et de femmes montent dans la lumière.

– Lani ! La montre ! hurle Aliza par-dessus le bruit des détonations.

J'essuie le sang du petit écran. Un signal rouge clignote. 282. Et en dessous, un message : « Terminer sujets pris. »

– Appuie, Lani !

Mais au milieu du chaos, je reste figée, un doigt tremblant au-dessus du cadran. Je ne peux pas faire ça. Même si je sais que c'est la seule chose à faire, je ne peux pas. Un index vient brutalement se coller sur l'écran. Une série d'explosions suit. Et le chiffre revient à un zéro, entouré d'une belle couleur verte.

Je relève la tête vers le visage dur d'Aliza qui presse toujours son doigt contre l'objet.

– Tu peux pas hésiter, sinon on est morts ! Si tu te sens pas de faire ça, donne-la-moi !

Mais je n'ai pas le temps de lui répondre qu'un bruit de métal plié se fait entendre derrière moi. Les chiens métalliques ont réussi à forcer une autre des portes du toit. Je fourre la montre dans ma poche et retourne mon arme contre eux.

– Visez l'orifice des tentacules ! je hurle. Visez l'orifice !!!

Trois robots se dirigent vers moi. J'en élimine deux en quelques secondes. Le tentacule du troisième se jette sur mon front. Une pluie d'étincelles bleues me picote le visage. Une balle a arraché l'appendice à trois centimètres de ma tête.

– Y a pas de quoi, dit Jo alors qu'il en loge une autre sous la carapace du robot qui a manqué de me capturer.

Les Récupérateurs ont abattu la quinzaine de chiens qui sont montés sur le toit. Mais d'autres robots continuent d'affluer.

– On doit descendre, Jo. On doit tous les éliminer ou ils continueront jusqu'à ce que toute cette île soit dans leurs soutes.

– D'accord. Prends la section de Tricia et descends sur l'entrée sud. Je sors avec mon équipe par l'entrée principale est. On doit bloquer les deux rues et les empêcher de sortir et de rentrer de cette place. Will et Augustin vont passer par le port.

Je lui adresse un bref signe de tête.

– La section 1, à moi ! tonne-t-il en s'éloignant.

– La section 2 et les novices, à moi ! je hurle à mon tour par-dessus la sirène et le bruit des tirs.

Une vingtaine de personnes accourent.

– On va nettoyer cette île de ces robots ! On descend par l'entrée sud et on élimine tout ce qui se trouve sur la grand-place ! Suivez-moi !

Un bref hourra suit. Je me dirige vers l'autre bout du toit, là où la porte a cédé, mon groupe sur les talons. Les bêtes affluent toujours. Nous descendons les trois premiers chiens. L'homme à côté de moi se penche pour éviter l'aiguille du quatrième, mais se la prend dans l'œil et s'effondre. Je loge une balle dans l'orifice à la base du tentacule et des éclairs bleus parcourent les deux cadavres dans un grésillement. Nous nous engouffrons dans la cage d'escalier plongée dans le noir. Je descends sur le qui-vive. Avec le bruit de la sirène et des tirs, impossible d'entendre des robots qui monteraient vers nous. Soudain, deux yeux rouges font leur apparition. Nos balles le martèlent et les brefs éclairs lumineux révèlent un tentacule qui vient se planter dans la poitrine de l'homme derrière moi. Je vise l'orifice d'où il est sorti et les étincelles bleues illuminent un instant les escaliers. J'arrache l'appendice. L'homme reprend aussitôt connaissance. Nous continuons notre descente, fusils levés. À l'étage suivant, quatre chiens surgissent d'un couloir. L'impact des balles sur leur dos est si assourdissant qu'il couvre un moment le bruit de la sirène. Nous les arrosons jusqu'à ce que nos projectiles viennent se ficher dans leur seul point faible et qu'ils s'écroulent au sol.

Nous atteignons enfin l'entrée sud. Je jette un bref coup d'œil à l'extérieur. Quelques machines ramènent une famille vers la place d'un pas trottinant.

– On nettoie la rue et ensuite on se dirige vers la place !

La pluie se met à tomber. Les gouttes produisent un son métallique et creux contre les robots. Nous nous engageons dans la rue. J'abats un chien qui ramène une fillette. Elle gémit quand les étincelles bleues se propagent jusque dans son corps et sur une partie du sol mouillé. J'arrache le tentacule de sa nuque. Autour de moi, mes hommes libèrent sa famille de la même façon. Les parents et leurs trois enfants ont l'air perdus, en pyjama sous la pluie, comme s'il venaient de se réveiller et ne comprenaient pas ce qu'ils faisaient là.

– On est en pleine attaque, courez vous cacher ! je leur ordonne. Section 2, on bouge sur la place !

Nous nous élançons en direction du rassemblement d'hovercrafts. Des chiens reviennent dans notre direction pour capturer d'autres rebelles. Mes balles emportent les tentacules de trois d'entre eux tandis que mes hommes s'occupent du reste. Je peux voir le groupe de Jo abattre les robots dans l'autre rue. Au centre de la place, sous des dizaines de rebelles qui montent dans les rayons verts, il ne reste que quelques chiens au sol. Ils se dirigent aussitôt vers nous.

– On bloque cette entrée de la place ! j'ordonne. On ne les laisse pas passer !

La section se disperse sur la largeur de la rue et nous nous mettons à arroser les robots.

– Lani, donne-moi la montre ! me crie Aliza entre deux coups de feu.

Sans réfléchir, je la sors de ma poche et la lui tends aussitôt.

Une série d'explosions résonne entre les bâtiments. Je ne lève pas les yeux vers ce qui se trouve désormais dans les rayons verts. Je concentre toute ma rage à abattre ces chiens de l'enfer que je vise les uns après les autres.

Une détonation plus forte me fait tourner la tête. Un groupe de robots vient de se jeter sur la porte de l'ancienne implantation pour la forcer. Alexander !

Je recharge mon fusil et leur envoie une salve. Mais ils ne font pas attention aux balles qui rebondissent sur leur carapace et continuent de s'acharner sur la porte. Si elle cède, ils découvriront Alexander, Socrate et les capsules !

– À l'hôtel de ville ! Il ne faut pas les laisser entrer !

Nous avançons d'un seul mouvement vers le groupe de chiens. Mais c'est déjà trop tard. Un craquement retentit. Ils ont ouvert la porte. Je m'élance vers eux.

– Hé ! HÉ ! Par ici ! je hurle, désepérée.

Enfin, ils tournent leurs têtes hideuses vers moi. Et me chargent aussitôt. Je lève mon canon vers leurs corps luisants. La pluie tombe des mèches de mon front. Leurs tentacules se tendent vers moi. J'en abats un premier. Un deuxième. Un troisième. Le quatrième projette son dard vers mon bras mais une balle l'arrête dans un grésillement. C'est Aliza qui est venue me prêter main-forte. En quelques secondes, nous en venons à bout. Je regarde autour de moi. La porte de l'implantation est béante, mais la place est vide.

Les halos se mettent soudain en mouvement.

– Ils s'en vont ! À couvert !

Cinq hovercrafts se dirigent dans notre direction, leurs soutes toujours ouvertes et prêtes à nous engloutir. Je m'enfuis à toutes jambes. L'entrée secondaire de la caserne est à cent mètres, grande ouverte. Mais un rayon vert me coupe la route et emporte Gregory dans un cri d'effroi. Je tourne dans la rue adjacente. Derrière moi, l'air vibre du bourdonnement de l'hovercraft qui se repositionne pour me poursuivre. Je me jette sur la première porte que je trouve. Fermée. Le halo se rapproche. Je reprends ma course. Deuxième porte. Fermée. Il est à quelques mètres maintenant. Je m'élance en sens inverse, en espérant pouvoir éviter à la dernière minute le rond vert qui arrive à toute vitesse sur moi. Il est sur le point de me prendre quand je me jette sur le côté et heurte le mur avec violence. Je continue de courir. L'entrée de la caserne est à cinquante mètres. J'entends l'hovercraft faire demi-tour. Je peux y arriver. Je dois y arriver. Plus que quelques foulées. Mes muscles me brûlent alors que je touche au but. Mais c'est trop tard. Le bruit des pales est au-dessus de moi. Ma vision se brouille de vert.

– LANI, NON !

Je suis projetée sur le côté et roule sur le sol. Je sens une main qui me saisit par le col et me traîne à l'intérieur d'un couloir en béton. Les cris de victoire résonnent autour de moi. Je me relève et hurle alors de toute la puissance de mon âme. Dehors, Alexander s'élève dans la lumière verte.

ÉPILOGUE

La lumière de l'aube souligne les reliefs de mes montagnes natales. Mes mains se crispent sur les accoudoirs du siège. Le bateau file sous un vent d'est. Nous serons très vite sur la côte. En route pour la mission la plus dangereuse jamais entreprise par les Récupérateurs. Je ferme les yeux et prends trois grandes inspirations. Je vais le chercher.

REMERCIEMENTS

Plus que tout, j'aimerais remercier mon merveilleux Ross pour m'avoir soutenue et surtout supportée pendant mes longues heures de mutisme à travailler sur ce livre, pour son esprit affûté qui m'aura toujours renvoyé la balle à chaque hésitation sur le scénario. *Thank you, my darling !*

J'aimerais aussi remercier mon père pour sa précieuse aide en tant que bêta-lecteur de choc, ses encouragements, ses extraordinaires suggestions et solutions qui auront contribué à faire de ce livre ce qu'il est. Merci à tous mes premiers lecteurs, dont les retours m'ont grandement aidée : ma mère, mes sœurs Klervi et Bleuenn, mes amis Gautier Foy, Éric Liabot, Siroune Der Sarkissian, Aliza Boussiba, Colin Pouey-Sanchou, Cynthia Bochud et, bien sûr, mon irremplaçable Mathieu Bancelin. Un merci spécial à James Welch pour m'avoir écoutée radoter sur mon livre pendant les pauses-déjeuner, et à mon boss Rob Peachey, qui m'a permis d'avoir une vie en dehors du boulot, et donc d'écrire. Merci à mes grands-parents de m'avoir transmis le goût des mots et de la littérature. Finalement, un immense merci à Erell, ma fantastique éditrice, pour m'avoir fait confiance et surtout pour ses merveilleuses remarques qui m'ont aidée non seulement à achever ce roman mais aussi à progresser.

J'oublie certainement des noms : j'espère que vous ne m'en voudrez pas ! Merci encore à tous !

Achevé d'imprimer en Espagne par Rodesa
Dépôt légal : 3e trimestre 2018